臺灣現代詩交響——臺灣重點詩人論

陳仲義——著

主編　李瑞騰

【總序】
二〇二三，挖深織廣

李瑞騰

　　一些寫詩的人集結成為一個團體，是為「詩社」。「一些」是多少？沒有一個地方有規範；寫詩的人簡稱「詩人」，沒有證照，當然更不是一種職業；集結是一個什麼樣的概念？通常是有人起心動念，時機成熟就發起了，找一些朋友來參加，他們之間或有情誼，也可能理念相近，可以互相切磋詩藝，有時聚會聊天，東家長西家短的，然後他們可能會想辦一份詩刊，作為公共平臺，發表詩或者關於詩的意見，也開放給非社員投稿；看不順眼，或聽不下去，就可能論爭，有單挑，有打群架，總之熱鬧滾滾。

　　作為一個團體，詩社可能會有組織章程、同仁公約等，但也可能什麼都沒有，很多事說說也就決定了。因此就有人說，這是剛性的，那是柔性的；依我看，詩人的團體，都是柔性的，當然程度是會有所差別的。

　　「臺灣詩學季刊雜誌社」看起來是「雜誌社」，但其實是「詩社」，一開始辦了一個詩刊《臺灣詩學季刊》（出版了40期），後來多發展出《吹鼓吹詩論壇》（已出版54期），原來的那個季刊就轉型成《臺灣詩學學刊》（已出版42期）。我曾說，這「一社兩刊」的形態，在臺灣是沒有過的；這幾年，又致力於圖書出版，包括同仁詩集、選集、截句系列、詩論叢等，去年又增設「臺灣詩學散文詩叢」。迄今為止總計已出版超過百本了。

　　根據白靈提供的資料，2023年臺灣詩學季刊雜誌社在秀威有六

本書出版（另有蘇紹連主編的吹鼓吹詩人叢書六本），包括截句詩系、同仁詩叢、臺灣詩學論叢、散文詩叢等，略述如下：

本社推行截句有年，已往境外擴展，往更年輕的世代扎根，也更日常化、生活化了。今年只有一本白靈編的《轉身：2022～2023臉書截句選》，我們很難視此為由盛轉衰，從詩社詩刊推動詩運的角度，這很正常，2020年起推動散文詩，已有一些成果。

「散文詩」既非詩化散文，也不是散文化的詩，它將散文和詩融裁成體，一般來說，以事為主體，人物動作構成詩意流動，極難界定。這兩三年，臺灣詩學季刊社除鼓勵散文詩創作以外，特重解讀、批評和系統理論的建立，如去年出版寧靜海和漫漁主編《波特萊爾，你做了什麼？——臺灣詩學散文詩選》、陳政彥《七情七縱——臺灣詩學散文詩解讀》、孟樊《用散文打拍子》三書，提供詩壇和學界參考；今年，臺灣詩學散文詩叢有同仁蘇家立和王羅蜜多的個集《前程》和《漂流的霧派》，個人散文詩集如蘇紹連《驚心散文詩》（1990年）者，在臺灣並不多見，值得觀察。

「同仁詩叢」表面上只有向明《四平調》一本，但前述個人散文詩集其實亦可納入；此外，同仁詩集也有在他家出版的，像靈歌就剛在時報文化出版《前往時間的傷口》（2023年7月）、展元文創出版李飛鵬《那門裏的悲傷——李飛鵬醫師詩圖集之二》（2023年5月）、聯合文學出版楊宗翰的《隱於詩》（2023年4月）、九歌出版林宇軒《心術》（2023年9月）及漫漁《夢的截圖》（2023年10月），以及蕭蕭、蘇紹連、白靈在爾雅出版的三本新世紀詩選……等。向明已逾九旬，老當益壯，迄今猶活躍於網路社群，「四平調」實為「四行詩集」，含不盡之意見於言外。

「臺灣詩學論叢」有二本：蔡知臻《「臺灣詩學·吹鼓吹詩論壇」研究：詩人群體、網路傳播與企劃編輯》和陳仲義《臺灣現代詩交響——臺灣重點詩人論》。知臻在臺師大國文系的碩博士論文都研究臺灣現代詩，他勤於論述，專業形象鮮明，在臺灣詩學領域

新一代的論者中，特值得期待；我看過他討論過「臺灣詩學‧吹鼓吹詩論壇」的「企劃活動執行」、「出版及內容」，史料紮實、論述力強，此專著從詩社和詩刊角度入手，為現代新詩傳播的個案研究，有學術和實務雙重價值。

　　住在廈門鼓浪嶼的詩人教授陳仲義是我們的好友，他學殖深厚，兼通兩岸現代詩學，析論臺灣現代詩一直都很客觀到味，本書為臺灣十九位有代表性的詩人論，陳氏以饒沛的學養提供了兩岸現代詩學與美學豐富的啟迪與借鑒，所論都是重點，特值得我們參考。

　　詩之為藝，語言是關鍵，從里巷歌謠之俚俗與迴環復沓，到講究聲律的「欲使宮羽相變，低昂互節，若前有浮聲，則後須切響」（《宋書‧謝靈運傳論》），是詩人的素養和能力；一旦集結成社，團隊的力量就必須出來，至於把力量放在哪裡？怎麼去運作？共識很重要，那正是集體的智慧。

　　臺灣詩學季刊社將不忘初心，不執著於一端，在應行可行之事務上，全力以赴；同仁不論寫詩論詩，都將挖深織廣，於臺灣現代新詩之沃土上努力經之營之。

目次

第一章　洛夫
魔幻的藝術形構

　　臺灣的現代詩跑道，領銜者當屬洛夫，他從「靈河」出發，穿越「石室」，駕馭「漂木」，一路劈風斬浪，逸態橫肆。可貴的是，他不斷揚棄自我，顯示從容的勻速和超強後勁。他的詭奇多變，加快「九葉」之後現代詩的蛻變，也標示著現代詩自青澀到圓熟的完形。

　　洛夫的詩，是古典韻致與現代素質的融匯。視界通達、氣象紛紜，超拔中有驚鴻一瞥的詭譎，睿智裡深藏雪落無聲的意味。洛夫詩歌藝術的重要特徵，體現為投射、轉化、隱喻、畸聯等諸多方面，且根植於他獨到的現實、超現實與禪結合的意象思維。簡單說，投射，是詩人強烈的主觀情志對於對象世界的「強暴」，多層面、多維度地穿梭其間，任由驅遣，在移情中重構變形的世界；所謂轉化，是詩人優游於時間與空間、歷史與現實、內宇宙與外宇宙、運動與靜止、瞬間與永恆，進出自如，俯仰自得，巧妙地進行對接、置換，使大千世界和自我一併「玩轉」於股掌間；隱喻，是詩人在意象思維的統攝下，充分沛然地開通相似性門戶──將暗示、借代、象徵、轉喻，導入更為深文隱蔚的指向；而畸聯，是詩人突出的修辭技藝，在稠密的語詞叢林裡，嫁接出意想不到的新意。

一、投射：全方位的籠蓋占有，感應交通

投射（Projective）一詞，是美國黑山派詩人查爾斯‧奧爾森（Charles Olson）的「專利」，借用它來說明洛夫觀照、把握世界的主要方式，實在符合現代詩的機理。奧爾遜的投射是專指詩人能量的傳遞，主要是生理能量的聚集與開發；詩人的生理能量是包括血液、軀體、骨胳、肌肉運動及呼吸節奏所產生的功。而筆者這裡所議論的投射，更多偏重於心理能量，包括潛意識、感覺、情緒、想像、靈視、意念、體悟諸多元素的交集、匯總、協調的放射形態，而非僅僅是生理行為。

早期的洛夫，主觀情志所喚起的各種心理能量，異常敏感、強烈。從抽象理念「神一獸」，到感覺具象的「雲一雪」，無不凸現詩人鼓脹的「占有欲」。劍拔弩張式的衝動，繃緊的思維力度和密度，加劇「我心萬物」、「萬物心我」的全方位投射，它讓洛夫在內外宇宙中英勇神遊，八面搏殺；或者放大本我、膨脹自我、調度山川草木日月星辰，供其驅遣，自由支配；或者降格為物，以物度人，與大千世界串通一氣：「你猛力拋起那顆磷質的頭顱／便與太陽互撞而俱焚」（〈醒之外〉）、「我以目光掃過那座石壁／上面即鑿成兩道血槽」（〈石室之死亡‧第一首〉），這些都是典型的早期投射方式。賁張的主體輻射源，自心靈外射，所到之處，萬物無不變形、解體。目光觸及石壁即成血槽；頭顱撞至太陽，同燒共焚；腦殼炸裂樹中，亦可結成果實。居高臨下的自我，不斷施放主觀強力意志，紛繁的表象紛紛變形重組。本我意識膨脹飛揚，一己意願肢解萬物，萬物成了人格化對象。

自我對自我的投射穿透，是現代詩人區別古典、浪漫詩人的一種重要方式。在此之前，沒有人能對靈魂深部的顫動、本能、原欲、衝動等非理性進行全面掘進，大部分僅停留於意識層面的「露

天開採」，唯有現代詩的鑽頭能旋進到自我的深處。自「石室」以來，洛夫就側重生命奧義的聚焦、靈與肉的戰爭：「我撫摸赤裸的白己／傾聽內部的喧囂與時間的盡頭／且怔怔望著／碎裂的肌膚如何在風中片片揚起」（〈巨石之變之三〉）。肉體的剝離，靈魂的蛻變，主體內部各種能量相互交織，無論夢幻、潛意識，還是觀念、理念、超驗共同演繹出一幕幕壯烈的「苦肉計」。「於今，主要問題乃在／我已吃掉這尊炮／而嘯聲／在體內如一爆燃的火把／我好冷／掌心／只剩下一把黑煙」（〈嘯〉）——面對一部中國近代史，滿腹憂憤投射於鏽蝕的炮膛，彷彿要吞掉這深重的屈辱。主體內的嘯聲、火把，以及主體掌心的黑煙，一同形成主觀情志的強大外化，那是潘朵拉的盒子、無法遏制的「詩魔」的能量。

　　洛夫後來的投射方式有所收斂了，一般是先把主體降格為物，或者自覺「消失」主體，自我轉移為萬物一個組成部分，主客體處於一種平等、親和、互融狀態中：「那漢子蕭然而立，在H鎮上／一株白楊繞著他飛／偶然仰首／從煙囪中飄出來的是骨灰／抑是蝴蝶？」（〈魚〉）主觀情思基本上被隱匿、消解了，多表現為客觀敘述，唯一一句投射是「白楊繞著他飛」。不過，這裡的主體並沒有事先物化為樹，而是依然以原本的樹為客體而用主觀性去調度它，主體保持自己的位置，冷冷地站在遠處，讓樹繞著他飛，從而完成客體間的投射。白楊樹在這裡被賦予死亡的隱喻，而蝴蝶則是骨灰再生的美化，兩者共同描繪一幅死亡旋舞的畫面。須知，絕對純粹的客體與客體之間的投射是不大可能的，它往往需要依靠主觀性人為安排，只不過有時較顯露、有時較隱蔽罷了。

　　直至禪思的漸進加入，洛夫那種明顯的主體與主體、主體與客體、客體與客體的「間性」投射，才轉移為相對圓融境界的追求：「冬夜／偷偷埋下一塊石頭／你說開了春／就會釀出酒來／那一年／差不多稻田都沒有懷孕」（〈釀酒的石頭〉），大大去除了現實的「煙火味」，接近於雋永的韻致，那是後話了。

二、轉化：臨界點的飄移置換

投射讓洛夫觀照世界，左右逢源，有一種耳聽四路、眼觀八方的架勢。他之所以能在萬物之間出入自由、俯仰自得，在我看來，還有賴於一種臨界點上的轉化，即在時空、運動形式、內宇宙與外宇宙以及現實與超現實之間所進行的巧妙置換處理。

時空問題是人類的斯芬克斯之謎。是威脅人類生存、陷人類於永恆恐懼的淵藪。駕馭時空、美化時空、調度時空，無疑成為人們在藝術精神上的一種「慰安」。古往今來，人們處理把握時空，花樣繁多，如時空並置、對比、錯位、映襯等。就時間單方面而言，可以將其拉長、壓短、切斷、中止；就空間而言，可以將其切割組裝、錯開、拼貼等；中國古典詩詞在這兩方面都積累許多經驗，不再囉嗦。洛夫在這方面可謂得心應手，家常便飯：「他沉思且仰望天花板／他把時間雕成一塊塊方格」（〈歲末無雪〉）、「回首，乍見昨日秋千架上／冷白如雪的童年／迎面逼來」（〈雪地秋千〉），上述兩例是比較簡單的時空轉化。〈血的再版〉稍微複雜一些：「只癡癡地望著一面鏡子／望著／鏡面上懸著的／淚滴／三十年後才流到唇邊」。癡情的淚，在這裡做短時性的突然爆發，那只能是一種膚淺表情。詩人讓它大膽穿越時間，穿越長達三十年的時間，自心靈的井沿汲上唇的邊沿。這樣，帶著空間平面化的具象淚珠，經過時間長度的放慢、拉長，便徹底時間化了。長長三十年才流到唇邊，這一時間化的拉長，使空間性淚珠載上濃濃且長長的情思，加深了哀悼的意味。

內宇宙與外宇宙的轉換，其轉化關節常常表現出過渡與銜接中的自然和諧，以及讓人驚詫的突變。比如〈水聲〉：「由我眼中／升起的那一枚月亮／突然降落在你的／掌心／你就把它摺成一隻小船／任其漂向／水聲的盡頭」。這裡是三重轉換，秩序卻依舊井

然，富於節奏感和透明。由於銜接十分自然，完全符合抒情主體潛在的情感邏輯，所以即使表層悖理，意蘊卻令人信服。其多重轉換路線如下：

多重轉換路線

第一重轉換	第二重轉換	第三重轉換
眼→月亮	月亮→掌心	掌心→船
（內）→（外）	（外）→（內）	（內）→（外）
（我）→（物）	（物）→（我）	（我）→（物）

與多重快速轉換不同，〈午夜削梨〉可以說總體上是一種慢速轉換，它不在一兩個句子中做「朝令夕改」，而是始終圍繞一個事件、一個過程，鋪開情境與細節「那確是一隻觸手冰冷的／閃著黃銅膚色的／梨／一刀剖開／它胸中／竟然藏有／一口好深好深的井／戰慄著／拇指與食指輕輕撚起／一小片梨肉／／白色無罪／刀子跌落／我彎下身子去找／／啊！滿地都是／我那黃銅色的皮膚」。整個情節轉換線索很明顯：先慢慢削梨皮──然後突變──削出我滿地的黃皮膚，巧妙道出詩人的故國情結。整體過程的物我轉換可以說是完全慢速的，但在梨皮削成黃皮的臨界點，卻應該說是快速、突變的。由此可知，轉換的另一妙招，可以是慢速過程中的「快速突變」。

〈鼠圖〉更是在時空、內外、運動、現實與超現實的關聯中，幾乎看不到轉化的痕跡。首先是空白的牆上掛著一幅名畫，這是假鼠，接著夜裡傳出窸窸唧齜的聲音，這大概是真鼠偷襲？撚燈檢視仍靜如白紙，不過畫中之鼠炯炯對視，似真似幻，一時難辨。及至次晨，牆上一片空白，牆腳一地碎紙，假鼠變成真鼠。此詩轉換線路為：「假→真→幻→真」，即「超現實（圖）→現實（非圖）→超現實（圖）→現實（非圖）」的四重轉換。於是，真鼠與假鼠、圖與非圖、現實與超現實，就在真與幻的自然轉換中，演出了一幕

幕生趣盎然的「鼠舞」，洛夫充當了一名出色的導演。

〈入山〉甚至高出一籌，完全分不清是登山還是賞畫。登山就是入畫，入畫就是上山，對畫的凝神觀賞，實際成了實境中的登山，簡直無法分辨是入畫的感想體會，還是登山的實境回味。雙方是如此不分彼此交融一體，也沒有特意的暗示、轉折、交代，不著斧跡一路寫去，使得畫境與實況、現實與超現實、真與幻獲得高度統一，在在是臻至化境。

三、隱喻：表達之外的深度指向

所有的投射與轉化都離不開意象與隱喻。因為意象是詩的基本構件，隱喻是意象的底蘊。如果單憑意象的簡單組合，詩只能變成積木堆砌，只有千方百計讓意象構成一定的隱喻關係，詩才能獲得更大意義。現代詩人的職能之一，就在於不斷製造新的隱喻，而每一個隱喻的發現，都是現代詩發現世界的一次小小勝利。隱喻是建立在相似性基礎上，洛夫熟諳此道，運作起來如魚得水。

如並置隱喻：「把一大疊詩稿拿去燒掉／然後在灰燼中／畫一株白楊／／推窗／山那邊傳來一陣伐木的聲音」（〈焚詩記〉）。室內焚燒詩稿，室外伐木聲聲。詩人將內外兩個事件並置在一起，即產生聯想空白，形成了超出事件之外的另外意義。似乎是：畫白楊，意味灰燼中的詩可能起死復生，而窗外伐木聲聲，恐怕是宣告死無葬身之地，兩者共同指向詩歌命運的艱難多舛。這就是隱喻在並置空白中的收益：「固定化解答的失落，以及解答在詩中的始終延擱、空缺，正是詩的隱喻的現代特徵。解答意義借助隱喻而被傳遞到空白中，空白因此而成為詩的中心。」[1]

悖理性隱喻：「他是盲者[⋯⋯]他舉槍向天——每顆星都是自

---

[1] 沈天鴻：〈隱喻〉，《現代詩學形式與技巧——三十講》（北京：崑崙出版社，2005年），第21頁。

己」。盲者即失明者，失明反而能舉槍對空瞄準，且把每顆星當作自己，是幻覺抑或錯覺？比起上例，它嚴重違背日常常規，必然又把讀者注意力緊緊抓住，究竟是怎麼回事？這裡有二度違背：一是盲者能夠瞄準自己，二是把每顆星都當作自己，在這個二重錯瞄的違逆日常經驗的過程中，究竟隱含著什麼意蘊？是自我的茫然失卻？是無數個分裂的自我？是失卻的自我又面對分裂的自我？不能不引起讀者各種追索的興味。

還有典故隱喻：「唐玄宗／從／水聲裡／提煉出一縷黑髮的哀慟」（〈長恨歌〉），洛夫利用大家所熟悉的事典，在開篇第一句就點化出整首詩篇的隱喻性主題。水，是陰性繁殖的原型，黑髮是女人的代符，在水與黑髮的關係上，詩人就提煉出整個悲劇的旨意，這種暗示幾乎貫穿首尾。接下去是：「一粒／華清池中／等待雙手捧起的／泡沫」。華清池與泡沫表面是交代楊玉環沐浴的典故，但值得注意的是，「泡沫」順隨並發展前面水的原型意象，寄寓楊的紅顏薄命將如泡沫般稍縱即逝，同時也隱含著男主角愛情幻滅的徵兆。

還有寓言式的強制隱喻：近作〈蒼蠅〉作為「時間以外的東西」，脫離了一般昆蟲科目的屬性，奇怪地停留在「壁鐘的某個數字上」，「時間在走／牠不走」，而且「牠的呼吸／深深牽引著宇宙的呼吸」，所以每一次按常規的撲打，總是從指縫間飛走，最後是牆上留下「我那碎裂沾血的影子」。蒼蠅的原本文化意涵總是與污穢、醜陋密切聯繫在一起，經過作者的特殊「美化」，改變了骯髒、噁心、毒化、疾隱的「本性」，而成為時間新的寓言？蒼蠅按理與時間是沒有瓜葛的，但在詩人強行指令下，特定語境中蒼蠅搖身變為時間的信使，睥睨著主人「虛幻的存在」，成為「最難抓住的東西」，並且演出雞蛋碰石頭的悲劇。至此，讀者的審美注意力和情趣，得到一次瓦解與改寫。

隱喻無所不在，以上提供的僅僅是洛夫隱喻大海中的一勺。現

代詩之所以撲朔迷離，其重要原因之一是隱喻遍地開花，特別是晚近現代詩澈底告別直接抒懷的浪漫範型，轉為尋找「客觀對應物」和「思想知覺化」，隱喻和象徵就成為座上賓了。隱喻作為現代詩重要的表達方式，其表達之外的深度指向存在著無限可能性。由於它最終必須依賴意象的中介，故有多少意象的創造翻新，也就有多少隱喻生發的可能。所以隱喻表達的熟練程度，可以看作是現代詩人成熟的標誌之一。

四、畸聯：畸形的搭配、嵌鑲、組合

　　隱喻占據著洛夫詩歌形構的重要份額，而隱喻與意象的陌生化傳達，一個突出亮點是詩人往往借助於修辭技藝上的畸聯——為隱喻與意象錦上添花。

　　簡單地說，畸聯就是超出常態的畸形組合，它表現在特定語境中，語詞之間的關係搭配上。畸聯要改變語詞在經驗世界中被規範好的秩序，就要不惜採取「歪曲」、「誤解」、「挑撥離間」手段，極大扭轉它們固有的親緣關係。具體說，就是詩人充分利用潛意識、聯覺、錯幻覺、自由聯想及語法修辭的各種手段於對象中進行強制性的、大跨度的關係變異。洛夫憑著對語言的敏感，隨時隨地扮演語詞的紅娘。比如在原因—結果、具體—抽象、瞬時—恆久、被動—主動、有限—無限等關係範疇中，實施大規模的「非法通婚」。

　　例一，大小畸聯。「我為你／運來一整條河的水／流自／我積雪初融的眼睛」（〈河畔墓園——為亡母上墳〉）。眼睛不可謂不小，河流不可謂不大，可那麼小的眼睛竟能裝滿那麼大的河流，那麼大的河流竟源自那麼小的眼睛，這在生理上是一個巨大矛盾，有違常理，但在情感上卻是說得通的。小小的情感水庫，怎麼不能貯備大大的情感河流？詩人利用現實生理與想像化情感的「同一」，

將小與大的矛盾關係順利勾通，使思情在流瀉中不因生理上的巨大差異而滯留，且依憑情感的共通性而流暢無阻。

例二，遠近畸聯。「荷姆茲海峽驚起的巨浪／濺濕了我那靠得太近的／老花眼鏡」（〈讀報・國際版〉）。讀報時，遠在幾千公里外的海峽一旦接到想像力的邀請，便一下子直抵眼前——空間剎那間做了遠距離的壓縮推進。這還不夠，巨浪滾滾灌耳也還嫌遠了點，想像力乾脆把它調近到濺濕了主人翁的眼鏡，海岸簡直就在咫尺之內。不同空間的事物經過想像力的畸形組接，完成一幅如入實境的逼真拼貼，有如作者轉動一架高倍攝影機，能將遠景忽然一下子拉近，能將近物一下子推遠，使遠近不同事物得以在同一空間同臺演出。

例三，虛實畸聯。「積了四十年的話／想說無從說／只好一句句／密密縫在鞋底／／這些話我偷偷藏了很久／有幾句藏在井邊／有幾句藏在廚房／有幾句藏在枕頭下／有幾句藏在午夜明滅不定的燈光裡」（〈寄鞋〉）。話語是一種語音的連續過程，四十年積下的話固然三天三夜傾吐不盡，但有一個缺陷畢竟是眼睛看不見、容器納不了的有聲無形的物質，因而是虛的。虛的話語如何保存呢？詩人巧妙調動動詞，讓話語能縫進鞋底，如密麻麻的針腳，也能藏在井邊、廚房、枕頭下。最奇的還能藏在明滅不定的燈光裡。這樣，便賦以虛的無形的聲音以充實有形的實體，且禁得起燈火燒烤，充分傳達出親情的綿長與深厚。

例四，因果畸聯。「昨夜夢見釣上一條好大／好大的魚[……][2]／舉竿細看／嘿嘿，竟是一尾鱗片剝落的童年」（〈贈大哥〉）。垂釣的動因肯定直指水產品之類，結果事與願反，在夢境作用下，原因完全改變它的初始方向，成為另外一種結果，變成「釣童年」。洛夫是各類垂釣的高手，不斷從語詞的汪洋大海出其不意地

---

[2] ［……］代表節略原詩。

釣出奇珍異寶。

例五，有限與無限畸聯。「當教堂的鐘聲招引著遠山的幽冥／一對紫燕銜來了滿室的纏綿，滿階的蒼茫──」（〈四月的黃昏〉）。鐘聲是一種有限長度的音響，雖然能穿越空間，但畢竟是短暫易消逝的。在現實中，叫它招引具有無限空間狀態的幽冥山色的確是有些力不從心，但詩人卻叫它在詩裡這樣做了，且做得十分從容不迫，絲毫沒有捉襟見肘之感。有限長度的鐘聲彷彿生出無數手臂，簇擁著神祕的「幽靈」款款而來；紫燕是一種細小的飛鳥，同樣詩人叫牠銜來充滿空間狀態、具有無限瀰漫性的蒼茫暮色，一個小巧的「銜」字，就把有限與無限、虛與實的事物全給「抬舉」了。

畸聯的成功，得力於洛夫在對象各種對應關係中進行大跨度扭曲變異，或強行嵌鑲，或違章搭建，充分利用錯幻覺、通感、自由聯想、詞性易位、轉品，洛夫不愧是語詞婚介所的「月老」。

五、現實、超現實與禪之結合

上述幾種藝術成因加入到現實、超現實與禪的彙集、和解中，最終夯實了洛夫的藝術根基，對此起重要作用的超現實與禪有必要多說幾句。

源自法國正宗的超現實詩歌是由潛意識（前意識）、幻象和自動書寫三大要素構成。潛意識、前意識（經常體現為意識流），是作為詩歌寫作資源又作為詩歌表現對象的，具有雙重功能：幻象作為中介傳遞及產物，起著意象思維中類似意象的功能，帶有冥想式色彩；而自動或半自動書寫則是其鮮明獨到的寫作手段。六十年代的洛夫吸收並改造安德烈・布勒東（André Breton）的超現實為「廣義超現實」，他的「廣義」特色，並沒有全盤照收潛意識、下意識產物，而保留有顯意識、現實意識成分，其中不乏知性的深層

思考。

　　現代詩中的禪，或禪思進入現代詩中，主要體現為：真如本心的澄明、空無般若的詩性智慧，及其類似「除故」、「忘言」的語言方式。禪思取向，改變了洛夫早期「生命裸裎」的過於張揚獰厲，轉而尋求「物我同一」、「與天地參」的境界，開始進入「不塵不染」、「當下即是」的心態，以清淨淡泊之性淡化世事滄桑。禪的語言核心是「不立文字」，但如貫澈到底肯定會陷入「失傳」的黑洞，為克服此一矛盾，後來變為「不執文字」——用不落入「有無兩邊」的方法來處理令人頭痛的悖論，故禪思之語，依然承擔著「見月之指、登岸之筏」的職能。洛夫將禪語適時轉化為詩家語，遵守不關理路又有跡可求的陌生化原則，從而獲取無理而妙的結果。

　　早在一九六五年，洛夫就在第一部長詩自序中預言：「超現實主義的詩進一步勢必發展為純詩，純詩乃在於發掘不可言說的內心經驗。故詩發展到最後即成為禪的境界，真心達到不落言詮，不著纖塵的空靈境界。」[3]身體力行之後他又總結道：「禪詩是一項偶發性的、觸機性的無主題意識的寫作。但卻是我詩歌作品中最特殊也最重要的一部分。」[4]四十年來他一直堅信：詩與禪的結合絕對是一種革命性的東方智慧；兩者之間的密切關係可表述為：「詩和禪都是一種神祕經驗，但卻可以從我們的日常生活中體驗到。我對禪的理解是：從生活中體驗到空無，又從空無中體驗到活潑的生機。」[5]兩者的契合，終成後期明晰的圭臬：「超現實的作品力圖通過對夢與潛意識的探索來把握人的內在真實，而禪則講究見性明

---

[3]　洛夫：〈禪詩的現代美學意義〉，《中國現代禪詩精選》（上海：文化出版社，2008年）序言，第1頁。

[4]　洛夫：〈鏡中之象的背後〉，《洛夫詩歌全集》（臺北：普音文化事業有限公司，2009年）自序，第22頁。

[5]　詩探索編輯部：〈洛夫訪談錄〉，《詩探索》（天津：天津社會科學出版社，2002年，1-2合輯），第282頁。

心，追求生命的自覺，過濾潛意識中的諸多欲念，使其昇華為一種超凡的智慧，藉以悟解生命的本真。」[6]這一關乎詩學意識與詩學信仰的體認，是對超現實的中國化改造，成就了詩人安身立命的根基，也促成了詩人的藝術完形。

沈奇在分析其內在發生原因時指出，洛夫於中年後詩旅近莊、近禪，係心理機制使然，屬卓然峭拔的人格精神和素直蕭散的人文心境的自然取向；對富有「東方智慧」的古典詩美及漢詩本質的二度認領，以求「汲古潤今」的超越性與親和性連結[7]，是頗為妥貼的。長期以來，洛夫既在現實與超現實界面上做落日如鞭的舉螯飛行，同時又「暗自／在胸中煮一鍋很前衛的莊子」。悲憫情懷、在地之思，存在探尋、無常之心，在充分體察人生、經歷經驗時，或兼濟或轉移為禪之空靈和超越，終於能看到他人看不到的東西，獲取相當的覺悟。

這在三千行長詩《漂木》，尤其是第三章〈浮瓶中的書札〉中表現得尤為突出，超現實和禪始終得到很好的貫通結合。時間是極為複雜的存在、無法破解的迷宮，也是歷代詩人最艱澀的必答考題。洛夫以多重身份、角色頻頻出現，對時間的本質、形態、質地，進行了巨細無遺的尋繹，對各種由此引發的體驗、經歷、思考，做了豐富而深刻的探賾。

「……滴答／午夜水龍頭的漏滴」，對於老掉牙的抽象時間，詩人從平淡的日常器物中攫取水龍頭實像，配置以熟悉不過的滴答聲音，作為時間吟述的興起。在現實與超現實、抽象與具象之間，接著植入時間的幻聽：「玻璃碎裂的聲音如銅山之崩／有的奔向大海／有的潛入泡沫」。在那裡，有時間的形象質感：「千年的空白

6　洛夫：〈鏡中之象的背後〉，《洛夫詩歌全集》（臺北：普音文化事業有限公司，2009年）自序，第22頁。
7　沈奇：〈詩魔之禪：讀洛夫禪詩〉，張默主編《大河的雄辯──洛夫詩作評論集》（臺北：創世紀詩社，2008年），第203頁。

／一頁蟲齧斑斑的枯葉」；有時間的陰影：如跌落在瓷盤裡的羽毛，喪失飛行意願；以及時間帶來的孤獨「特性」：「舊家具木頭中的孤獨，足以使一窩蟋蟀，產下更多的孤獨」。而孤獨必然與夢幻如影隨行：無意中我又跨進了夢的堂廡，幽深的房間裡我找到了那隻抽屜。其實表面的夢幻虛晃一槍，實際上指向詩人的現實經歷：舊照片、過期護照、指甲刀、咳嗽藥水、蟑螂屎。一齊環繞著時間之痂，如歲月脫落的毛髮，隨即又轉換為另一幻象：一碗湯，上面漂著一片淒黃的菜葉。這一幻象某種程度上，象徵著生命的晚境。但詩人的白日夢畢竟還是清醒的，在時間之殤的掙扎中，他開始學習聆聽開花的聲音、樹的乳汁流進石榴嘴裡的聲音、螞蟻挖掘隧道穿過地球的聲音，結果也沒有聽到來自天堂的聲音，而是聽到「從時間的嘴裡哼出的、一首失聲天涯的歌」。

　　洛夫在超現實的推進中，一如多年前〈石室之死亡〉，也不時閃爍著禪思的靈光，不同的是少了凌厲的風頭，多了機警與活絡。面對時間製造的孤獨和戕害，詩人自然要攬鏡鑑照，驅除生理上留下的痕跡，結果是：「而我鏡子外面的狼／正想偷襲我鏡子裡面的狼」，將狼狽的尷尬境況，做了「名理」的巧妙解構，反倒顯示詩人解嘲性的智慧。在非對象化的把握中，詩人繼續以直覺體悟險峻：「我們／只要聽到門的咿呀聲便委頓在地／不知來者是誰」，更嚴重的是「舉起燈籠／就是看不見自己」。在時間強大的魔力下，只能直覺到氣息陰森、生命無奈。當時間分解為各式各樣的形態時，禪式語言得到了相當發揮：那種城市匿名的病態，恰似投幣機口的便祕，「久久的等待／然後嘩啦……掉下一個醉漢」，也如同百年快車，停在叔本華的後門（暗喻虛無驛站）。直覺式的體認繼續深入下去：菜籃裡的魚蝦瞪著迷惑的目光，角落的那把雨傘原是三月的過客。迷惘、虛無、縹緲。對於個體來講，的確一方面時間是如此短暫：「一根長長的繩子牽著一匹獸，而被我拴住的日子卻很短」；另一方面時間又是永無窮盡——鋼索是一條永遠走不到

盡頭的驚悚之路。所以生命的演出，經常是「他突然墜落，一把抓起地面自己的影子／扔上去，他接住，立刻穿上且裝作仍然活著的樣子」。如此透澈的解悟，既得益於詩人自性本心的開發，又出自人生歷練的結晶。儘管如此，詩人仍以不滯不黏的心態，於飲茶之後、洗手之後，坐下來聽遠方的鐘聲，或者騎著從太陽那裡借來的一匹馬，一如飄出的那朵雲，庶幾達到精神的明澈化境？那就是——

> 存活
> 以螻蛄的方式最為完整，痛快，有效率
> 微笑或悲嘆，一次便是一生
> 時間形同炊煙
> 飛過籬笆便是夕陽中的浮塵
> [……]
> 一隻蒼鷹在上空盤旋
> 而時間俯身向我
> 且躲進我的骨頭裡繼續滴答，滴答……

與其說是詩人對開頭宏大框架的呼應和具體細節水龍頭的轉喻，毋寧說是在生命、死亡，這無底洞的母題面前留下繼續參禪的話頭。

晚期的洛夫，愈發堅定把參禪進行到底，幾乎成了最後的歸宿，〈背向大海〉再次把心願淋漓出來：

> 背向大海
> 我側耳傾聽
> 和南寺的木魚吐出沉鬱的泡沫
> [……]

我把自己躺平在一塊巨巖上

然後從胸口掏出

大把大把的藍

塗抹天空

我和魚群

除了一身鱗

便再也沒有什麼可剃度的了

至此，我們大約可將洛夫詩歌的藝術形構勾勒如下：

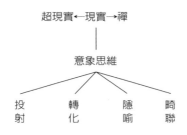

洛夫詩歌的藝術形構

也由此寫下繼續探討的試言：

洛夫六十年的詩歌寫作，是在東方智慧的根基上，廣納西方現代意識，鑄成以現實、廣義超現實與禪思相結合的書寫「主軸」，在廣度與深度上，探析現代主義有關存在、生死、命運、虛無、永恆、瞬間等母題，發人深省。他經營的意象思維，帶動投射、轉化、隱喻、畸聯等多項「鏈」條，連接起現代詩把握自我與把握世界的熟絡途徑。他的孤絕氣質、蕭邁風骨、詭奇超拔的語言景象，一直伴隨著他多變的探尋，把中國現代詩提升到具有世紀意義的美學標高。在那裡，我們領略到了四通八達的詩性智慧和魔幻般的詩意盛宴。

第二章 余光中
「祭酒」裡五彩繽紛

一、語法修辭：壓縮・捶扁・拉長・磨利

　　余光中的影響力有目共睹，在華語世界的接受頻道上獨占鰲頭，蓋因其詩作早溢出詩歌與文學圈子，進入共識的文化層面，特別吻合國人的審美習性。雅俗共賞的風貌，「一馬領先」（評鑑文章與碩博論文數他最多），他手握五彩筆，醇圓麗雋，金聲玉朗，有汲古潤今的巧慧創設，也有融西再造的自主功力，多種涵泳浹洽，終成陽春與下里咸宜的格局。本文僅就修辭技藝的幾個特點，寫下一點心得體會。

　　蕭蕭評價余光中「文采華美，活用詞曲中習用的意象，賦予新的生機，在字句的安排與斷逗、聲韻的釀造與鋪排上，表現了余氏獨特的運鑿技巧。可以說，現代詩人中余光中修辭的熟絡與靈活，少有出其右者。」[1]的確，余氏對語言調度的高度自覺與靈活，一以貫之。他在散文集《逍遙遊》後記中曾說：「我嘗試把中國的文字壓縮、捶扁、拉長、磨利，把它拆開又拼攏，拆來且疊去，為了試驗它的速度、密度和彈性。我的理想是要讓中國的文字，在變化各殊的句法中，交響成一個大樂隊，而作家的筆，應該一揮而應，如交響樂的指揮杖。」[2]這裡指的雖是散文語言，其實也代表他的

---

[1]　張漢良、蕭蕭：《現代詩導讀》（臺北：故鄉出版社，1979年），第89頁。
[2]　余光中：《逍遙遊》（臺北：文星書店，1965年）後記。

詩歌語言觀念與實踐。一組組象形隊列，就在他敏感而通靈的指揮杖下，伸展收縮，組成變幻萬端的方陣。無論是文字的排列、跨行、中止、延伸，抑或語法的倒裝、易位、省略、扭斷，還是修辭的各種變格，他都能逞才使氣，達到一種堪稱信手拈來、任由驅遣、左右逢源的境地。中國古典詩詞已積累了相當豐富的辭格資本，名目繁多、美不勝收：有以名詞為中心的定名結構組織如「列錦法」——「樓船夜雪瓜洲渡，鐵馬秋風大散關」（陸游〈書憤五首・其一〉）；有故意做出曲解誤解的「巧綴法」——「舟中賈客莫漫狂，小姑前年嫁彭郎」（蘇軾〈李思訓畫長江絕島圖〉）；有顛倒文法順序的「易位法」——「紅豆啄餘鸚鵡粒，碧梧棲老鳳凰枝」（杜甫〈秋興八首〉）；有把實際不存在的事物說得如見如聞的「示現法」——「羲和敲日玻璃聲，劫灰飛盡古今天」（李賀〈秦王飲酒〉）。此外，還有大家熟悉的拈連法——「對瀟瀟暮雨灑江天，一番洗清秋」（柳永〈八聲甘州〉），等等，多達四五十種。余光中不僅深諳這些豐厚的辭格，且多有創造性發展，時時花樣翻新，目不暇接。下面，就其中一小部分：化解、拆嵌、綴連、易位等做點歸納，以斑窺豹。

化解。化解是對古典詩詞曲（包括題意、掌故、典故）的點化、演繹，或衍生。

> 掃墓的路上不見牧童
> 杏花村的小店改賣了啤酒
> 你是水墨畫也畫不出來的
> 細雨背後的那種鄉愁
>
> ——〈布穀〉

顯然，這四句是化解杜牧〈清明〉一詩的。牧童、杏花村、酒家統統都為作者的鄉愁做潛在「宿主」，特別是「改賣了啤酒」，

這一改，把原來很容易落入套路的古意，提到了現代生活層面，其間隱藏了多少無聲感喟。下面是單句的點化，如：

李商隱〈石榴〉：斷無消息石榴紅

點化成：

斷無消息，石榴紅得要死

——〈劫〉

非常口語化的土語「……要死」彷彿是漫不經心加上去的，卻加重了與消息的對比性，讓嚴峻的句勢一下子活脫了。

轉品。轉品是根據相關語境，故意轉變其中某些詞的詞性（品性），如名詞轉化為動詞、形容詞轉化為名詞、量詞轉化為形容詞等。

卓文君死了二十個世紀，春天還是春天
還是雲很天鵝，女孩子們很孔雀
還是雲很瀟灑，女孩子們很四月

——〈大度山〉

此例是名詞轉形容詞，它有兩個好處：（1）由於名詞被「塗上」形容詞油彩，故它的內涵大大增加了聯想空間。（2）由於副詞「很」後面硬要跟上名詞，在這漢語語法背後就省卻了一大串狀語，句子顯得格外洗煉。雲很天鵝，是指雲像天鵝一樣，可有各種聯想形態，如性質上的蓬鬆、顏色上的純白、運行上的飄逸；女孩子很孔雀，也是指女孩子像孔雀一樣，可有各種聯想形態，如色彩的絢麗、神態的嬌嗔、心理上的爭豔。再看另一特例，量詞轉化替代介詞：

我便安然睡去，睡整張大陸

——〈當我死時〉

按規範語法，睡去後面應緊跟介詞「在」，作者恰恰不，因為他知道依照慣常用法，睡在大陸會詩味全失；而將介詞用量詞「張」來頂替，效果則不一樣，因量詞「張」與後面的地圖遙相呼應，不會給人突兀雕琢之感，反而顯示作者的大氣度。還有，量詞轉化為形容詞或名詞：

你和一整匹夜賽跑

——〈詩人〉

一座孤獨／有那樣頑固

——〈積木〉

用非抽象的量詞將抽象的孤獨和偌大的時空「夜」具體化。由於「匹」的關係，夜實際上被形容為有長度、有流動感的布匹形象了；由於「座」的關係，無形的孤獨實際上亦被形容為具有沉重實在的空間感。

拆嵌。拆嵌是根據音形義關係，在特定詞字中，進行減員或增補。

和耶穌或魔鬼都不訂條約
座右無銘
道德無經

——〈浮士德〉

余氏自如運轉語言還表現在對隨便一個典故、術語、成語、用濫的詞,信手拈來減一字或加一字,都能令其生輝,頗有一指禪的硬功夫。如上例,座右銘與《道德經》分別是術語和書名,插進一個「無」字,變成無銘、無經,與前頭詞語搭配,不僅說得通,且叫人回味無窮。再如:

　　　　無論哭聲有天長戰爭有地久
　　　　無論哭倒孟姜女或哭倒長城

　　　　　　　　　　　　　　　　　　　——〈燈火〉

　　將成語「天長地久」拆開,嵌成「哭聲有天長,戰爭有地久」,頗得奇趣,甚至於作者自己的名字,都可以通過拆嵌法,巧妙塞進詩行,真是無孔不入:

　　　　濕濕的流光中
　　　　天天
　　　　燈光兩三,閃著誰的像

　　　　　　　　　　　　　　　　　　　——〈降落〉

　　將「濕濕的流光中」拆開,完全可以變成「濕濕的流,光中」,這樣一來,就把作者的名字打進詩中。不知是無心還是有意,〈白玉苦瓜〉也有一句是大家所熟悉的「在時光以外奇異的光中／熟著,一個自足的宇宙」,可以拆成:

　　　　在時光以外,奇異的
　　　　光中,熟著,一個自足的宇宙

　　詩人將自己名字巧妙嵌入詩內,並非文字遊戲,它實際上亦起

著雙關作用，利用文字的藕斷絲連，利用同音歧義、同形變意，寄託了詩人的人格理想。

　　綴連。綴連是指文字詞語之間相互的銜接引領，由前一個字詞因勢因意誘導出後一個字詞，這叫「因詞生詞」。同理，也可以造成「因句生句，因韻呼韻」。余氏尤其慣用這套手法。

> 公寓的陰影圍過來
> 圍過來陰影圍過去
>
> ——〈雨季〉

> 中國啊中國你要我說些什麼？
> 天鵝無歌無歌的天鵝
> 天使無顏無顏的天使
>
> ——〈凡有翅的〉

　　兩例用字都是「顛來倒去」。無顏、無歌與天鵝、天使互相生發，陰影圍過來圍過去，互相糾纏，互相引領。即便只有兩個字，也可以爆發式地當一回「倒爺」。

> 翻過來，金黃
> 翻過去，黃金
> 誰掉了一顆金黃的心
>
> ——〈白楊〉

　　甚至一個「死」字，也可以變出三種句型：

> 阿善公是死不了的
> 阿善公不能死

阿善公要是死了

——〈阿善公〉

　　第一句變成正面肯定的判斷句，第二句為負面肯定陳述句，第三句是假設性陳述。由此可見余氏手腕之活絡。再看一個「搖」字如何三變：

　　一隻古搖籃遙遙地搖
　　搖你的，吾友啊，我的回憶

——〈九廣鐵路〉

　　第一個「搖」是名詞，第二個「搖」是形容詞，第三、第四個「搖」是動詞，在如此緊湊，只有九個字的羊腸小道，塞入那麼豐富的「搖滾樂」，代表三種意思，怕是古今罕見了。除了「顛來倒去」在字詞上繁殖多義外，余光中還擅長因句生句。

　　橋下流水橋不流，年年七七
　　那老傷口就回過頭
　　就回過頭來咬他

——〈老戰士〉

　　傷口是不會咬人的，但詩人意識潛能裡已把傷口拆開，這樣只剩下口就變成會咬人，所以「由傷口」這個詞（確切地說是「由口」）引出下一句，「咬他」，而且狠狠咬，一咬再咬。因詞生詞，因句生句，簡直令余氏在小小篇幅中，駕著「輕騎」，隨心所欲，暢行無阻。
　　易位，是指根據詩情詩意發展需要，大膽改變規範語法中句子成分的本來位置，各種形態的倒裝句，是易位的主要表現。

有一個字，長生殿裡說過

向一隻玲瓏的耳朵

就在那年，那年的七夕

——〈啊太真〉

　　這也是余氏常用的句型，濃厚的歐化倒裝——具有某種「待讀」效果。如果恢復正常語態，則是「有一個字，我曾向一隻玲瓏的耳朵，在長生殿裡說過」，效果就寡味多了。余氏早期倒裝易位，有時近乎極端，如「曾經，雨夫人的孩子，我是」，把狀語「曾經」易位到開頭，真是膽大包天。還有「已經，這是最新的武器」也是同一類型。儘管後來，倒裝不那麼時興了，但各種句子成分的變移位置仍時有所見，下面是一典型余氏語型：

　　月，是盤古的瘦耳冷冷

　　基本上是主謂賓結構，只是將定語拉到賓語後面，且刪掉一個「的」字，似乎有意讓「冷冷」充當一下補語。由此句子，筆者試翻轉出另外八種句型，這八種都可以在余氏詩中找到印證。

　　（1）月冷冷，是盤古的瘦耳

　　（2）盤古的瘦耳是，月冷冷

　　（3）冷冷月，是盤古的瘦耳

　　（4）月，是盤古的冷冷瘦耳

　　（5）盤古的瘦耳，冷冷是月

　　（6）盤古的瘦耳，是冷冷月

　　（7）冷冷的盤古瘦耳，月是

　　（8）盤古的瘦耳冷冷，月是

除了（7）、（8）兩種較少見，以及少數如「紅塵黃衫，當年都是」（〈少年遊〉）、「堂堂的北京人，我就是」（〈西出陽關〉）外，其餘在余氏詩集中不難找到例證。總之，余氏語法句型的翻新，經常在倒裝、懸空、前置、轉位、省略諸方面大做文章。而這種語法句型運用到散文，更成就了一種恣肆汪洋的大家風度。

此外，他還大量改進宋詞以降特有的三聯句[3]，對對仗格式進行「變種」。在筆者看來，三聯句的美學特徵有二：其一在並置的平面推進中，做「躍級」式升遷，具懸宕之美。其二在短暫齊整的節律中，變化為較長、較自由的節奏，具旋律之美。比較簡單的像：

> 你在彼岸織你的錦
> 我在此岸吹我的笛
> 從上個七夕，到下個七夕

——〈碧潭〉

比較複雜的像〈茫〉：

天河如路，路如天河，	第一雙聯
上游茫茫，下游茫茫，	第二雙聯
渡口以下，渡口以上，	（過渡）
兩皆茫茫。我已經忘記，	第三雙聯
從何處我們來，向何處我們去	（可以是第三雙聯，引出另一開頭）

這也從一個側面透露出余光中對古典精華的吸取與轉化。

---

3 參見江萌：〈論三聯句——關於余光中的《蓮的聯想》〉，《蓮的聯想》（臺北：時報文化出版公司，1980年），第101-120頁。

記得流沙河在評析〈那鼻音——接瘂弦長途電話〉一詩中也曾褒揚：「余光中的語言求新求僻。水晶透明形容語音，不用緊張而用張緊（把電話線張緊），不用振波而用波振，不說眾人傾聽而說耳朵簇仰，不說悅耳而說醒耳（來自「醒目」一詞），不從光照方面去覓詞而用含情脈脈去形容桌燈，都是例子。」[4]是的，要深刻理解中國漢字的活性，看來，余光中提供了一種範本。他以「精新鬱趣，博麗豪雄」的風範在臺灣自成一家，特別是對中國漢字洞察透澈，對漢字音形義之底蘊與韻味的切膚之感，使他「玩」起來，左右亨通，無以窒礙。本節僅僅做了一點佐證，在詩的語法修辭方面，余氏無疑為我們樹起了一塊中國化豐碑。

二、語調：對位、快慢板、複疊及其調頻

現代詩的語調可是個雙棲角色，一手摟著語言的腰身，一腳踩著音樂性的步點。余光中對中國文字經絡的熟絡把握，巧妙運用各種調度手段，於對位和聲、慢板快板、擬聲、頂真、複疊，進行調頻而產生豐富多彩的語調節奏，而出色的語調節奏禁得起詩語的反覆整容、濾波，使內在詩思詩情在最匹配的頻段，得以精準而細微地傳遞。

和聲對位。音樂上的對位是指不同聲部複調的有機組合。由於詩行是歷時性的行進，不像樂章多部旋律可共時同步產生，因此詩歌的對位只是借用這一術語，實際上它沒有音響上的共時，只有視覺意義上的對位及和聲的潛在效應。名篇〈民歌〉是通篇變化不大大的和聲對位，大約有一半「音符」相同，採用一種並置性行進方式。兩段中，第一、三、四、五句極為工整、對仗；只有第二句做適當變化，否則會顯得呆板。這一段的對位特點是，嚴飾與舒展、

---

[4]　流沙河編：《余光中詩一百首》（成都：四川文藝出版社，1988年），第151頁。

文言與白話、高雅與通俗三者較好地揉合在一起，形成一組音色相當渾厚的男中音和聲部。〈凝望〉也可以「聽」到非常優美的一段：

> 你的窗朝北／比特麗絲啊／你的方向是戌卒的方向／是旗的方向／鷹的方向／用瞭望臺的遠鏡，你眺我／用歌劇的遠鏡，我眺你／我們凝神，向相反的方向／／眼與眼可以約會，靈魂與靈魂／可以隔岸觀，觀火生火滅／觀霧起霧散，雨落雨霽／看淚後有一條安慰的虹

但比起〈民歌〉，它變化大得多了。為了考察方便，特意把它抽取出來，從中可看出對位所發生的平衡與破壞的統一，而在對位中起骨架作用的是對仗——相當於旋律中的「和聲」，下面即是這一段經過「過濾」後抽取出來的三組「和聲」：

第一組
用瞭望臺的遠鏡——你眺我
用歌劇的遠鏡——我眺你

第二組
眼與眼——約會
靈魂與靈魂——隔岸觀

第三組
觀火——生火滅
觀霧——起霧散
雨落——雨霽

柔板。余光中十分講究並很會控制詩情運行幅度與速度。輕重緩疾，悠長短促，都能恰到好處。感傷憂戚，常以柔板賦之；昂奮高蹈，慣以快板鋪之。而這些做法，大抵都在不分段中進行，充分利用排列、跨句、標點加以調整，使調性與主題動機相得益彰。

>　　當我死時，葬我，在長江與黃河
>　　之間，枕我的頭顱，白髮蓋著黑土，在中國，
>　　最美最母親的國度
>　　我便坦然睡去，睡整張大陸
>
>　　　　　　　　　　　　　　　　──〈當我死時〉

　　讀這段詩最大的感受是，馬上進入一種安魂曲式的慢板氛圍，有一股祥和、靜穆的震懾力抓住你的神經。深究原因，主要是作者有意拖長聲調，放慢節奏。原來，作者巧妙用六個逗號插入詩行，把長句子斷開，且順應語勢，將其中三句做跨行處理，這樣總體上就顯出不斷停頓的韻味，而這種停頓無形中倒把那種恬靜安詳的情懷給傳遞出來。讀這段詩彷彿眾人圍佇在墓地前，靜聽一位牧師緩慢地誦吟讚美詩一樣。這種慢板的節奏控制，還得益於意象的輔助，作者不用高密度意象，而是適當稀釋，使節奏得以減速：

>　　聽兩側，安魂曲起自長江，黃河
>　　兩管永生的音樂，滔滔，朝東
>　　這是最縱容最寬闊的床
>　　讓一顆心滿足地睡去，滿足地想

　　這四句的語調語氣一脈承接上面，同樣顯得舒緩平和。不過，有一點不同，腳韻改成江陽韻（江、床、想），這樣就使前面的短促韻（顱、土、度、陸）變為更洪亮悠長，這種悠長的韻味特別適

合於做夢人滿足地睡去，滿足地懷想，從而使這一段柔板節奏成功地傳達出主人翁撫慰的主題樂思。

快板。相對柔板而言，這是一種鼓點般的快速節奏。余光中採用快板，有時妙在並不借助短句分行優勢，而是別出心裁把它們藏在長句中，竟讓讀者不那麼容易看出，如〈唐馬〉：

　　旌旗在風裡招，多少英雄
　　潑剌剌四蹄過處潑剌剌
　　千蹄踏萬蹄蹴擾擾中原的塵土
　　叩，寂寞古神州，成一面巨鼓

　　這些句子表面上看是三句分行，其實分解開來，是由十來個短句構成，只要你誦讀起來，其短暫、急促、奔馳、跳脫的節奏立即油然而生，完全與詩中描寫的對象唐馬吻合。余氏大概為整首詩整齊起見，把它們排得較長，如果換成下列分行，會不會在視覺上有一種更迫促的效果？

　　潑剌剌
　　四蹄過處
　　潑剌剌
　　千蹄踏
　　萬蹄蹴
　　擾擾
　　中原的塵土
　　叩
　　寂寞古神州
　　成一面巨鼓

余光中曾說過，節奏是詩的呼吸，影響節奏最大的因素是句法和語言[5]。此段的急促呼吸，完全是由短句和帶有急促色彩的短韻構成的。

　　複疊。複疊是民歌民謠中最重要最基本的手法之一，同一物象的反覆示現能加深印象與情感濃度，它的往返迴復最易釀出濃稠的情愫，給人以迴腸盪氣的打動。〈鄉愁四韻〉是這方面的翹楚。但許多現代詩人卻不屑採用重複性，認為太單純、太土氣，余光中倒不忌諱。先後有過比喻「詩和音樂結婚，歌乃生」[6]。還有：詩是蛋，歌是鳥，可孵出新雛[7]。與《敲打樂》大多數作品一樣，他經常採用複疊造成音調和諧，音韻悠長，一詠三嘆。純樸而不失渾厚，如嚼橄欖，有回甘之飴，且這種複疊往往同時與和聲對位一起混用效果則更好。

　　複韻。複韻其實是要歸在複疊的範疇裡，它是同一腳韻的不斷重複，類似於複疊中同一物象、同一意象乃至同一語型的重複。由於韻腳有連環、綰結加深印象記憶的功能，巧妙採用複韻，除了在旋律上增加美感、快感外，更由於韻腳前的字意關聯，往往起到純旋律所不及的另一效用。

> 這該是莫可奈何的距離
> 你在眼中，你在夢中
> 你是飄渺的觀音，在空中
>
> 　　　　　　　　　　——〈觀音山〉

　　眼中、夢中、空中，最後的「中」都是複韻。但是，韻前的眼、夢、空所構成的潛在關聯，就使讀者何啻獲得聲韻上的快感？

---

[5]　余光中：〈現代詩的節奏〉，《掌上雨》（臺北：文藝書屋，1975年），第67頁。
[6]　余光中：《余光中集》（瀋陽：春風文藝出版社，2005年）第二卷，第474頁。
[7]　同上引書，第345頁。

這三句有排比的成分，有並置的成分，有複沓的成分，而其詩的內涵是由眼睛看到的「實」朝向夢中、空中的「虛」發展，頗具中國化特有的句法，省略了一系列轉折性虛詞，異常緊湊結實，一個緊綴一個，從而使無可奈何的情思最終落在「中」的複韻囊中，獲得充分飽和。

> 就這樣夢著，醒著，在多峰駝背上
> 回去中國，回去，啊，終於回去
>
> ——〈多峰駝上〉

實際上這也是複韻的另一變種（是雙腳韻的複韻），連續三個「回去」，加重回去的反覆喟嘆的效果，且配置三個逗號及後面一個感嘆「啊」，更平添了急切焦灼的情味。

總之，複疊（包括複韻內韻及頂真），都是一種會產生復返預期的音樂美效果。「預期不斷地產生，不斷地證實，所以發生恰如所料的快慰。」[8] 顯然，復返、重複是節奏的一個重要標誌，有重複才有節奏感，有節奏感才有音樂美。「音樂是一種力求把情緒加以反覆詠嘆和雕琢的藝術：重複有助於達到這個目的，因為重複使意識不斷地回到同一主題上來。」[9] 看來，為取得詩的音樂美，萬萬不可丟掉各式各樣的重複及重複變奏的手段。

調頻。有些文言詞彙、專有術語、成語要插入詩中往往顯得生硬且會破壞節奏，不免使詩運行滯礙、乾澀。詩人往往憑助靈性，巧妙調度，將不和諧雜音濾波、整形，使其音形符合所規定的「收聽頻段」，這就是調頻。余光中非常擅長此道，將生硬的音形過濾：自如駕馭語勢，化解不協調因素，使詩思能在間隔、停頓轉折的語意中擺脫板滯，亦有人稱這種做法為「文白浮雕」。

8　朱光潛：《詩論》（北京：三聯書店，1984年），第145頁。
9　[美]H・帕克：《美學原理》，張今譯（臺北：商務印刷館，1966年），第179頁。

仰也仰不盡的雪峰，仰上去，

吐霧、吞雲、吹雨

——〈落磯大山〉

　　後句的吐霧吞雲吹雨具有文言的語質成分與節奏，是單字單音組成嚴格的雙音節。詩人先在前一句連續用三個「仰」字，前兩個「仰」處於膠結狀，第三個則堅決果斷將它推上去，製造出一種上行性旋律，接著馬上轉入短促整齊的「三頓」的吐霧、吞雲、吹雨，這樣使得一個「高八度」的上行旋律搖曳一變為急促的「短平快」，節奏就顯得異常活潤圓通了。此類調頻的細微處，真正調出了「文白浮雕」效果。

　　記得哪一位大家曾說過：不懂音樂的人不會是一位好詩人。因為詩是靈魂的音樂，詩是帶文字的旋律。詩與音樂的密切關係要求詩的傳達應具有流暢和諧的樂感，起伏跌宕的律動，抑揚頓挫的節奏，迴環蕩氣的韻致。余光中以靈活的多樣化調度手段，接二連三奏出一闋闋中國化的迴旋曲、奏鳴曲。他在不削弱內在節奏的同時，致力於外在節奏的不懈追求，使內在節奏與外在節奏出色地統一起來，這一中國化的努力，確實給一味拋棄外在節奏者一帖清醒劑。在詩的霧區裡航行，余先生不時扮演著敲鐘人。

　　如果說，〈萬聖節〉的節奏——「磷質的脛骨擊起暗藍的火花／此刻此刻擦擦／此刻此刻擦擦擦擦／——擦擦／——擦擦」是屬搖滾樂的，那麼〈臺東〉則是道地的中國風：

城比臺北是矮一點，／天比臺北卻高得多；／

燈比臺北是淡一點，／星比臺北卻亮得多；／

街比臺北是短一點，／風比臺北卻長得多；／

飛機過境是少一點，／老鷹盤空卻多得多；／

人比西岸是稀一點，／山比西岸卻密得多；／

港比西岸是小一點，／海比西岸卻大得多；／

報紙送到是晚一點，／太陽起來卻早得多；／

無論地球怎麼轉，／臺東永遠在前面。

〈臺東〉在與「老大」的對比中展開連鎖形式，並置加以遞進。明白如話，朗朗上口的謠曲。簡潔的韻致，內外節奏的自然合成，是很可以推薦為臺東地方誌的「絕唱」或臺東市歌的。

三、語味：風趣詼諧的「光帶」

一九九八年，孫紹振先生全面推出他的幽默理論，一方面吸收康德「期待落空」說、柏格森「笑的滑稽」說、叔本華「不一致」說的一元論營養，又對它們加以翻造：幽默邏輯不能基於單一、線性發展，而應該建立在「二重邏輯」基礎上；二重之間要有明顯斷層——「錯位」，同時要有巧妙的契合與銜接——「複位」[10]。「二重邏輯錯位」理論很好劃清了諷刺、滑稽、詼諧、反諷、玩笑之間的關係，此前很容易在大幽默的邏輯範圍中被混淆。筆者學習之後，大致認領了：滑稽是缺乏語義長度的錯位，詼諧是滑稽的同胞兄弟，諷刺是直接的進攻性，反諷是比諷刺更厲害的「後背」攻擊，而風趣與玩笑在兩重邏輯的邊沿上跳來跳去，是不是屬大眾化的「廣場舞」？

余光中的詩語充滿七彩光譜。其中詼諧風趣，乃可歸入幽默範疇。在前面語法修辭與語調節奏分析基礎上，再看一看環繞在他詩歌周圍的紫色光帶。

---

[10]　孫紹振：《幽默邏輯揭祕》（福州：福建人民出版社，1998年）。

一張椅子究竟坐幾分之一／才算是謙虛？／／決不能超過／
四分之一／最初，你說／／但後來你變大了／而椅子呢／開
始嫌小／／四分之三／四分之七／你漸漸失去重心／／而一
張椅子／似乎已嫌少／甚至兩張／／你愈變愈笨重／四隻椅
腳／已開始呻吟／／危險的吱吱／下面的螞蟻／全聽見了／
／我還來不及／大叫當心／椅子已解體／／你跌在曾經／是
椅子的地方／對滿地碎片說／「你們要檢討」

——〈椅子〉

　　沒想到首句是這樣提問，充滿高智商的「偽裝」，利用「謙
虛」的恭敬表達，讓人根本摸不清用意，且隨著邏輯進展——椅子
面積陸續加大，依然沒有露出任何破綻，而是狡點地把謎底往肥胖
方向發展。使得作者抨擊權力膨脹的文本意圖，一直巧妙隱瞞到結
局。直到最後，跌落在地的「你」——權力，打腫臉充胖子，繼續
耀武揚威，把責任推到他者身上，如此大蠢話，令人捧腹大笑而陷
入沉思。

無辜的雞頭不要再斬了／拜託，拜託／
陰間的菩薩不要再跪了／拜託，拜託／
江湖的毒誓不要再發了／拜託，拜託／
對頭跟對手不要再罵了／拜託，拜託／
美麗的謊話不要再吹了／拜託，拜託／
不美麗的髒話不要再叫了／拜託，拜託／
鞭炮跟喇叭不要再吵了／拜託，拜託／
拜託，拜託／管你是幾號都不選你了。

——〈拜託，拜託〉

　　余光中回到高雄後，目睹了幾場選舉有感而發，針對選舉亂

象，他選擇了臺灣人最常見、最通行的請託詞「拜託，拜託」。拜託的能指和諧順口、舒服動聽，拜託的所指恭維矜持、客氣得體，兩者結合，且雙詞連用，效果不錯，所以現代以來很是受用。詩人連續用十六次的請託敬詞進行呼籲，連續緊湊的能指響動後面，是拉票、賄賂、假票、毒誓、黑金、混仗、罵陣及空頭支票的黑幕。所謂公平的民選，充滿鬧劇，鬧到最後，往往變成「管你是幾號都不選你了」。本來是由候選人出來「拜票」，現在反客為主，其譏刺嘲諷，讓人啼笑皆非。

> [……]雨落在屏東的香蕉田裡，／甜甜的香蕉甜甜的雨，／肥肥的香蕉肥肥的田，／雨落在屏東肥肥的田裡。／／雨是一首濕濕的牧歌，／路是一把瘦瘦的牧笛，／吹十里五里的阡阡陌陌。／雨落在屏東的香蕉田裡，／胖胖的香蕉肥肥的雨，／長途車駛不出牧神的轄區，／路是一把長長的牧笛。／／正說屏東是最甜的縣，／屏東是方糖砌成的城，／忽然一個右轉，／最鹹最鹹，／劈面撲過來／那海。
> 　　　　　　　　　　　　　　　　——〈車過枋寮〉

如果說〈拜託〉像民間的俚俗小調，〈車過枋寮〉就是正宗民謠。我們在此不討論民謠，我們只是探查該詩的幽默機密：原來是甜與鹹的強烈對比。屏東最具特色的水果是甘蔗、西瓜、香蕉，故屏東是糖分最高，因而也是全臺最甜的縣城，一個通俗巧妙「方糖砌成的城」，把大家十分認同的比喻歌詞化，從而把「甜」推到至上境地。當然到此了結，未嘗不可，但筆鋒一轉，讓它的反面「最鹹最鹹」的海劈面而來，在強烈而猝然的對比中，猛地叫人一愣，恍然失笑，原來是請我們吃甜鹹雙料的夾心餅啊。

獨行的灰衣客，履險如夷／走壁的輕功是你傳授的嗎？／貼
遊的步法，倒掛的絕技／什麼是懼高症呢，你問／什麼是陡
峭，什麼是傾斜？／仰面矗起的長夜／任你竄去又縱來／細
尾倏忽在半空搖擺／蚊蠅和蜘蛛都難逃／你長舌一吐，猝到
的飛鏢／多少深夜感謝你伴陪／一抬頭總見你在上面相窺／
是為誰守宮呢，不眠的禁衛？／這苦練的書房並非／藝術之
宮或象牙之塔／跟你一樣我也是獵戶／也慣於獨征，卻尚未
練成／一撲就成擒的神技，像你／你的坦途是我的險路／卻
不妨寂寞相對的主客／結為垂直相交的伴侶／雖然你屬虎而
我屬龍／你捕蠅而虎嘯，我獲句而龍吟／龍吟虎嘯未必要鬥
爭／此刻，你攀伏在窗玻璃外／背著一夜的星斗，五臟都透
明／小小的生命坦然裸裎／在炯炯的燈下，全無戒心／讓我
為你寫一篇小傳／若是你會意，就應我一聲吧！／──唧唧

──〈壁虎〉

此詩的藝術顯得十分圓熟。詩人藉與牆上壁虎對話，傳達出藝
術創造的艱辛。余先生終於找到自己的知音，是如此合榫同構，又
是如此地惺惺相惜。一廂是輕功、步伐、絕技，另一廂是獵戶、獨
征、撲擒；一廂是躍縱、搖擺、守宮禁衛，另一廂是苦練、神技、
險路。在在是抵達「你捕蠅而虎嘯，我獲句而龍吟」的共通境界，
所以啊「讓我為你寫一篇小傳／若是你會意，就應我一聲吧！／
──唧唧」。煞有介事，語重心長，假戲真做，似實似幻，實在叫
人忍俊不禁。

無論涉及社會、歷史、現實，還是自我、親情、交誼，文本所
到之處，無不露出余氏特有的詼諧「微笑」，或苦澀，或善意，或
憤懣，或會意。〈控訴一隻煙囪〉，用轉喻的「抽煙」方式，抨擊
城市污染，聲色俱厲，屬重度譏刺。〈與李白同遊高速公路〉，運
用時空轉換、古今在場，針對酒駕、無照駕、超速等社會「堵塞」

發難，連篇風趣，屬輕幽默。〈牙關〉把整個治牙過程當作提心吊膽的受刑，充滿戲劇性的誇張，誇張中是滿滿的自嘲。〈老來多夢〉用因果倒置的邏輯，錯怪枕頭、床頭、牆頭、頭顱，在錯怪的詼諧中留下無奈。〈調葉珊〉公佈「遺囑」：死後三年勿上我墓，卻演繹出一場「詩鬼」復生的「小鬧劇」，在戲言身後事的調侃背後，披露詩心不改的嚴肅主題。〈雪橇〉描寫誰滑到谷底，所有器官都準時到場，唯獨「心臟到得最遲」，驚恐之際令人莞爾。〈五十歲後〉寫禿頂：五尺三寸，頂上已伸入雪線，怵目驚心這一片早白，是仙凡的邊界。既貶損又拔高，既矛盾又得體，讓人在發噱中感受生命的美好。在〈捉放蝸牛〉的收官中，忽然有點不好意思；「一時也沒有想起／問秋海棠同不同意」，童心夾著童趣，躍然紙上。同樣〈聽蟬〉是：知了知了你知不知，是誰拉他的金鋸子？鋸齒鋸齒又鋸齒——稚氣的童聲、歡快的童謠，把整個酷暑炎熱都消解了。而〈插圖〉，隨便拈來一個現場的即興比喻：「那著魔的禁區，只黏回一些／鵝黃的落蕊在我腳底／算春天留下的一點點腳注」，就叫通篇平淡的詩句，立生奇趣。同樣的比喻用在〈山中傳奇〉，那一截斷霞是落日的簽名，從焰紅到盡紫，「有效期是黃昏」。可見余光中的彩筆，處處灌滿幽默的膽汁。

這一條閃亮的光帶竟延續到十年之後的散文創作，一發不可收拾，嬉笑怒罵，皆成文章，甚或連打科插諢，皆成妙語妙解，絡繹不絕，已然作為一種常態，蔚成風尚。詩與文，兩廂對讀，真想直呼一聲，詩語之幽默，難出其右耳。確乎「一個真正幽默的心靈，必定是富足、寬厚、開放，而且圓通的」[11]。幽默，可算是一種天才？靈光閃現，生趣盎然。筆者對幽默的理解是睿智+機智；用心經營常僵硬造作，事先籌備則差強人意，全憑思維敏捷、隨機應變、慧心「雌黃」。詩語（語意、語調、語味）之幽默，在在難上難。

---

[11]　余光中：〈幽默的境界〉，《余光中散文精選：心有猛虎，細嗅薔薇》（南京：江蘇鳳凰文藝出版社，2018年），第178頁。

二〇〇八年，在徐州師範大學召開「余光中與20世紀華文文學國際研討會」，筆者受臺灣同仁謬舉，有幸做大會閉幕式的學術「總結」（觀察報告），事先瞭解到華語世界對余光中的研究論文已達千篇之多，幾近一網打盡，而大會提交宣講討論的，亦周全詳備。從余光中的體液、氣味、水果香，一直到「臉上風華，眼底山水」，應有盡有。余光中的研究業已達到一個巨細無遺的全面階段，這與他寬大包容的格局十分適配。本文只在詩語修辭的小範圍，為我們的祭酒祭上一炷小香，愧歉愧歉。

第三章　羅門
靈視、想像及主客顛倒

一、靈視：智性的燭照與悟性的穿透

　　讀完《羅門詩選》，有一種異樣感覺：詩人的想像、穿越時空的能力、智性深度、靈覺乃至悟性都在一般詩人之上，想來想去，最後還是服膺張漢良先生的判定：「羅門是臺灣少數具有靈視（Poetic Vision）的詩人之一。」[1]靈視，按字面的理解，可解釋為心靈的視界視域，即心靈的洞見。羅門在他的經驗談裡曾指出：「任何一個具有創造性的詩人與藝術家，都必須不斷擴展一特殊性的靈視，去向時空與生命做深入性探索，以便把個人具卓越性與特異性的『看見』提示出來，讓全世界以驚讚的眼光來注視它。」[2]也就是說，詩人要以自己獨異的目光與聲音呼應萬物，把萬物壓縮且融入瞬間的自我，重新主宰一切存在與活動，在新的境域裡與世界獲得新的關聯與交通[3]。羅門又從他所熟悉的飛行行業中引出一個比喻，將視靈視為「多向導航儀」（NDB），這種儀器使飛機可在看得見、看不見的狀況下，從各種方向，準確飛向機場。頗似詩人與藝術家以廣體的心靈與各種媒介，將世界從各種方向，導入存在的真位與核心，無形中形成他創作上多向性的詩觀，道出靈視的巨大功能：可在看得見、看不見的狀態

---

[1]　張漢良、蕭蕭：《現代詩導讀》（臺北：故鄉出版社，1980年），第130頁。
[2]　蕭蕭：《現代詩入門》（臺北：故鄉出版社，1982年），第200頁。
[3]　同上注。

下對詩思、詩情做多向準確的導航。

靈視既然是詩人心靈對萬物的洞燭與照澈，是一種內在的深見，那麼我寧可把它上升到智性與悟性的高度，它是智性與悟性的合一。智性一般可以看作是詩人敏銳的智解力與智慧的集成，它帶有直接知性思考（詩想）的特徵，它不是一種單純抽象思維能力，而是充滿高度能動性的智慧詩想，詩人的智性深度往往取決於詩的哲思去向，所以一首詩的詩想高度亦往往導源於詩人的智性深度。然而好的現代詩不能僅僅靠智性把握，在詩人的思維運動過程中，實際上很大一部分智性在自覺或不自覺中已瞬間地轉化為悟性了。悟性是現代詩掌握世界的一種特殊高級方式。悟性就其過程來講，是一種帶有神祕性質，充滿個人化的神祕心靈體驗；就其心理圖式來講，應是直覺、想像、知解三位一體的瞬間頓悟；就其結果本身來講，卻是一種屬知性、理性的智慧結晶。所以，我願意把羅門極其可貴的靈視──心靈的內在發見上升為理論定位，即智性的燭照與悟性的穿透。

在靈視的統攝下，戰爭、都市、死亡成為他筆下三大主題。如戰爭力作〈麥堅利堡〉，沒有停留於一般膚淺的人道感傷，也沒有追究意識形態性質的褒貶，而主要是面對人類生命與文化的偉大悲劇：「你們的盲睛不分季節地睡著／睡醒了一個死不透的世界」。我們從陰鬱的字裡行間感受到戰爭不可逃脫的悖論，它處於偉大（道德上的正義）與血（生存殘酷的劣根性）的對峙中，詩人有如此深刻的洞見，完全取決於他的靈視。

比如死亡，始終是羅門靈視的主要聚焦。他凝視時間對生命的絞殺，感受空間對存在的沉重壓迫，體味生與死的撕裂及其轉換，並追求終極性的超越永恆，據此他才能發出如此發聲振聵的呼喊：「生命最大的迴聲，是碰上死亡才響的」[4]；「在時空與死亡的紡織機上，我們紡織著虛無也紡織著生命」《死亡之塔》。再比如，

---

[4]　羅門：《羅門詩選》（臺北：洪範書店，1984年），第63頁。

面對都市，羅門的靈視更似解剖刀犀利無比：「天空溺死在方形的市井裡／山水枯死在方形的鋁窗外」[5]，都市只不過是「一具雕花的棺 裝滿了走動的死亡」[6]，他洞見現代都市被文明異化的嚴重結果，最根本的是喪失了內在精神，卻要以繁華物欲的食色填補空虛和危機，他對於這種空心文明的「稻草人」，永遠保持一股清醒與救贖精神。

羅門的靈視確乎無所不在，一切有形的、無形的，宏觀像星雲，微觀似芥末，一切抽象的、虛象的，縹緲如影子，寂靜如空曠，一經靈視的照耀，便會格外生動顯明起來，何況充滿生命活力的具象：

　　一隻鳥把路飛起來
　　雙目遠過翅膀時
　　那朵圓寂便將你
　　整個開放
　　寧靜中你是聲音的心
　　回聲裡你是遠方的心

　　　　　　　　　　　　——〈日月的行蹤〉

在羅門的靈視裡，鳥可以把路帶飛起來，目力可以超過翅膀的飛行距離，當全身所有感官和細胞全方位打開時，心靈也隨之擁有八面來風，那是在寧靜中能諦聽一切神明的耳朵，那是一種在呼喚中能接納感通萬有的回音壁。

羅門的靈視首先擁有一種智性的燭照，著名者如〈窗〉：

　　猛力一推　雙手如流／總是千山萬水／總是回不來的眼睛／

---

[5]　羅門：〈都市・方形的存在〉。
[6]　羅門：〈都市之死〉。

／遙望裡／你被望成千翼之鳥／棄天空而去　你已不在翅膀
上／聆聽裡／你被聽成千孔之笛／音道深如望向往昔的凝目
／／猛力一推　竟被反鎖在走不出去／的透明裡

　　該詩通過對窗的推、望、聽三個連續動作闡明都市與自然、精
神與肉體之間的激烈衝突。流水般的推窗，收不了的眼波，提示著
內心對大自然的嚮往，同時亦反彈出對都市生活壓抑的抗爭逃離。
在目光與千山萬水的交往中，神思萬里，心遊太玄，竟脫穎出千翼
鳥，且能棄翅而飛；竟「坐忘」成千孔笛，且幽然深邃，一種精神
超脫的快感溢於言表。然而好景不長，開窗後短暫的解放終歸還是
註定要被困鎖。「透明」兩字極為突兀、詭奇，亦最見生氣，這種
困境恰恰是一種衝不破的透明，是人人可以感知卻無可奈何的無形
鎖鏈。羅門的智慧與機警就在於把現代人生存欲擺不脫、欲破無能
的窘態通過極為形象的日常推窗予以顯現，充滿智性的照澈。這種
照澈，沒有一句半行理性說教，也看不出意念的人工化演繹，完全
是在意象行進中寓入哲思的伏線，且全詩達到高度集中凝練，這不
能不歸功於羅門對智性的深刻把握。
　　〈隱形的椅子〉同樣體現羅門這一靈視特色，不過摻入的智性
成分卻大大增多：

　　落葉是被風坐去的那張椅子／流水是被荒野坐去的那張椅子
　　／鳥與雲是放在天空裡／很遠的那張椅子／十字架與銅像是
　　放在天空裡／更遠的那張椅子／較近的那張椅子／是你的影
　　子／他的影子／我的影子／大家的影子

　　按羅門的創造意念是：「全人類都在找那張椅子，它一直吊在
空中，周圍堆滿了被擊瞎的眼睛與停了的破鐘。」尋找椅子，該是
與等待果陀具有相似的指向，人類在生存困境中要尋找的是精神家

園、靈魂憩所,但往往得到的還是一團虛幻,猶如自己的影子、大家的影子。羅門用超拔的想像力,把具象的椅子寓入抽象的意蘊,讓它在萬物中成為寄託的焦點。以椅子為輻輳中心,推衍發展各種意象,同時再由各種意象反射椅子;這一知性的邏輯思路顯然取決於智性的成熟,這種智性的成熟使各種意象的輻輳式雙向發展有條不紊,且帶著極強的想像成分,從而擁有相當的感性色彩而避免枯燥的理念說教。除了智性之外,羅門的靈視還少不了悟性的參與介入。如果說洛夫後期的某種禪意更多帶有人與自然和解共融,那麼羅門的感悟多出於人與都市的對峙分裂。這種悟相當精彩地表現在〈傘〉上,他首先在都市背景下推出雨中的前景:

> 他靠著公寓的窗口／看雨中的傘／走成一個個／孤獨的世界／想起一大群人／每天從人潮滾滾的／公車與地下道／裹住自己躲回家／把門關上

然後筆鋒一轉:

> 忽然間
> 公寓所有的住屋
> 全都往雨裡跑
> 直喊自己,
> 也是傘
>
> 他愕然站住
> 把自己緊緊握成傘把
> 而只有天空是傘
> 雨在傘裡落
> 傘外無雨

所有的住屋都朝雨裡跑，且喊著自己是雨傘，他（不管他是什麼指稱）在這一片幻境中也把自己當作一把傘，此時的景況亦改變為傘裡落雨、傘外無雨的奇觀。這，並不是什麼詩人的錯覺、幻覺，而是都市對人性普遍擠壓所產生的一種悟道，即都市對人的異化，借助住屋與傘、他與傘把的轉換關係，通過體味的瞬間激發給予巧妙地傳達出來。

現代詩人的悟性與直覺、靈感是緊密關聯的：直覺作為詩人感覺系統的尖鋒，是在知覺水準上，直接感知穿透對象；而靈感則是大量感性訊息積澱基礎上的一種噴射口，它有閃電般打開封閉思路閘門的功能；而悟性既有直覺的直接穿透直逼底裡的能力，又有靈感突然爆發、瞬間活化、頓開茅塞的解悟能力。悟性已成為現代詩人感受世界的高級手段。作為一名大家，羅門的靈視已擁有可觀的資本，其智性的燭照與悟性的穿透是一種極難仿效的秉賦。

> 整個寂靜在那一握裡／伸開來　江河便沿掌紋而流／滿目都是水聲／山連著山走來　飛成你的遙遠／翅膀疊著翅膀飛去　走來你的形體

在主客互融、內外交感中，羅門渾身的毛孔彷彿都奔湧瀰漫著一股股生氣靈氣，他淋漓盡致地發揮靈視的優勢；憑著這種優勢，他將走在現代詩的前列。

二、想像：不合法的「配偶」與「離異」

羅門自己曾說：「由於詩與一切事物能發生良好的交通，完全是依靠聯想力與想像力。所以詩人必須培養自己有優越與遼闊的想像力，方能使詩在活動中，發揮出同一切往來的無限良好的交通。」[7]

---

[7] 蕭蕭：《現代詩入門》（臺北：故鄉出版社，1982年），第196頁。

羅門如此推仰想像，是基於對都市景況深切的失望，他認為現代人在都市機械文明的壓榨下，內心的聯想、想像世界已接近零度：拉不出一點距離。人與神、與物、與自我的交通連線，早已被急轉的齒輪碾斷，這種抽離與落空，導致人的內在失明與陰暗，叫人成為一頭猛奔在物欲中心的「文明獸」。為打開被物質文明愈扣愈緊的死鎖，聯想和想像是最好的鑰匙[8]。

　　如果暫時撇開社會學視角，僅就方法論而言，我們佩服羅門早就懂得如何以想像的鑰匙輕鬆旋開想像之門。這裡有什麼祕訣呢？我們覺察羅門有自己獨特思路，主要是：他放棄對對象屬性之間的相似、相近點尋求（即放棄近取譬式的聯想），而努力追求事物之間屬性特徵的遠距離差異，進而做出更為「不合法的配偶和離異」（培根語），即追求遠取譬式的想像，在大幅度的分解組合中，創造更高的藝術真實並形成動人的詩意。

　　想像，其本質是對表象的改造工作，是主觀情思對客觀表象的強大變異，改造變異得愈離譜，詩愈有刺激性。詩人的想像要瀟灑，就不能在事物表象屬性相近相似的地方尋找落腳點；如果這樣做，想像往往停留於一般比喻性修辭學程度上。

　　聰慧的詩人往往在表象屬性差異很大、甚至風馬牛不相及的絕路「鑽牛角」，循著「無理而妙」邏輯，鑽出驚奇感。羅門的想像素質，我倒覺得更多體現於對想像長度、想像跨度、想像密度的出色把握。

想像長度：

　　　將貝多芬的心房／先點火／然後把世界放在火山／射出去／／那是一朵最美的形而上／馬拉美早就等在神祕的天空裡／以一個象徵的手勢／把它指引過去／／一轉目　夢也追不上

---

[8]　同上注。

／它已飛越阿拉貢的故鄉／降落成一座月球

——〈哥倫比亞太空梭登月記〉

羅門把自己漫長的創作生涯想像為登月，創作是隱祕的精神活動，登月則是冒險的空間壯舉，兩者的差異可是十萬八千里，不用說，雙方的連接點多麼聳人聽聞，就是其想像的距離（時間的、空間的）也夠馬拉松了。先將貝多芬心房點火，意謂詩人早期的浪漫主義情愫，如其詩歌內在動力；接著馬拉美的手勢指引，意謂中期的象徵主義，做形而上急劇推進；而飛越阿拉貢故鄉，連夢也追不上，則意謂後期超現實主義影響。三十多年的創作道路，壓縮性地想像為一次完整的登月過程，且表現如此完美嚴密，有始有終，正是對詩人想像耐性的考驗。功夫不足的詩人，或者後勁跟不上，難以為繼，或者想像只停留個別句段。羅門能一氣呵成，遊刃有餘，善始善終，顯示出他有很強的想像拉力。

想像密度：

那是一部不鏽鋼洗衣機／經過六天弄髒的靈魂／禮拜日都送到這裡來受洗／／唱詩班的嘴一張開／天國的電源便接通了／牧師的嘴一張開／水龍頭的水便滾滾下來／在佈道詞迴蕩的聲浪裡／受洗的靈魂漂白又漂白／如果有什麼不潔的／便是自目中排出去的那些／不安與焦慮　迷惘與悔意

——〈教堂〉

想像密度是指一定長度語境中，想像的單位含量。羅門又一次天方夜譚般把教堂想像為不鏽鋼洗衣機，確是前所未有，其想像的觸發點除叫人驚魂未定外，還在於洗過程的密度：先是唱詩班的嘴張開——電源接通，繼而牧師的嘴張開——水龍頭流通，接著佈道詞迴蕩——水流旋轉，然後下漂白粉——靈魂受洗。最後再來一個

假設性提升，如果還有洗不乾淨的，便是那些排解不掉的焦慮與悔意。四道想像接力，一環緊扣一環，在很短的跑道，密鑼緊鼓般很快跑完全程。

想像跨度：

眼睛圍在那裡／大驚小怪的說／那是沒有欄杆的天井／近不得／／警笛由遠而近／由近而遠／原來那是廿世紀新開的天窗／眼睛遂都亮成星子／把那片天空照得／閃閃發光

——〈露背裝〉

想像跨度是指想像與對象之間的距離，距離拉得愈開，「空白」效果愈好。露背裝與超短裙一樣，是一種充滿性感的現代時髦服裝。對於服裝的想像，或由於司空見慣的惰性，或由於長期類比的鈍化，很容易陷入「近取譬」的圈子脫不出身，羅門要了個「超高空」飛行，機頭猛然掉轉，忽然和屬性相距甚遠的天井連接，造成一種大跨度、令人暈眩的突兀，繼而再聯想已成古董，難得再見到的新聞報紙的「開天窗」。連續突變轉換，且在沒有任何鋪墊、積蓄的前提下進行，這種突發性的大跨度真夠刺激人的神經。在警笛與眼光的烘托陪襯下，露背裝的形象、質感，充滿活生生的韻味，同時亦留下大面積反諷和空白效果。

羅門深諳想像的竅門，要盡可能甩開聯想的慣常軌道。畢竟，聯想只是想像的初級階段，而衡量想像的高明高超，竊以為就是上述那三把尺度，即：表現在想像密度上擁有較高的頻率，表現在想像長度上擁有持續的騰越能力，而表現在想像跨度上則有足夠強韌緊繃的拉力。

除此之外，羅門還注意將想像這一長項優勢與其他心理要素結合，共同構成想像合力：或滲透、或協調、或強化、或催化各種心理圖式，使它們接通「無理而妙」的邏輯線路，觸發出令人暈眩的

弧光。羅門對這些心理要素，所做的「發酵」工作，主要表現在：情感的想像化、感覺的想像化、理念的想像化等。

情感的想像化：

> 在藍得不能再藍的奧克立荷馬／天空藍在湖裡／湖藍在少女的眼睛中／少女藍得可將海藍染藍／太陽選最藍的天空下來／遊艇游到最藍的湖上去／旅行車把最藍的假期速寫在風景裡／風景一想到美便到處拿湖來當鏡子
>
> ——〈藍色的奧克立荷馬〉

　　情感是一種不具形、摸不著的體驗物，浪漫主義詩人如表達情感，常常採取直接傾訴的直白方式，其特徵是用誇大的手法把情感極化（以至於到極點而造成濫情），現代主義詩人克服誇飾濫情的辦法之一，是注意以想像的曲折邏輯來牽引情感，泄導情感，將赤裸情感部分或全部地隱藏在想像和意象之中。面對奧克立荷馬，詩人充滿驚喜、依戀、眷顧，如遇故友如見知音的情感，他有意避開早期浪漫派直面對象，一對一逼近的歌詠，而是把心中美的情愫，寄託集中裝載在一個「藍」字上，且由藍展開無盡的想像。

　　其想像邏輯進程是這樣：天空藍，染藍少女眼睛，眼睛亦把大海染藍，太陽選擇最藍的天空（即湖）走下來，旅遊艇寫最藍的風景，風景拿最藍的湖當鏡子。「藍」的想像過程，演化變異過程，就是詩人清新活潑的情感心態的淋漓過程，水彩般一抹一抹給渲染出來，情感融化在「藍」字裡面，依託想像的推進，既親切生動，又避免直露濫情。

　　由此筆者聯想詩歌創作中，情感與想像的關係，兩者確乎過從甚密，有時是情感激發想像，有時是想像催生情感，很難分清究竟是誰先「點燃」誰。其實分清誰先誰後並不重要，重要的是應該記住：情感的直接赤裸，過多、過分不好，倒是應該充分借助想像的

途徑，讓情感曲折隱蔽一些，附麗其中或轉嫁其身。通過想像的邏輯傳達詩人的情愫，總比從情感到情感的直來直去，顯然更富韻味情致。

感覺的想像化：

> 那隻鳥飛上去／把天空劃破了　交給送行的視線去縫／[⋯⋯]天空藍得像一個魚池／那隻鳥是拋出去的魚鉤／[⋯⋯]那隻鳥一叫／天空便露出那隻大乳房／在衝動中那隻鳥的雙翼／風流成那隻手／一路摸過去／圓山　富士山　舊金山／全部是乳房
>
> ——〈機場・鳥的記事〉

　　現代詩的美學目標之一是表現人的感覺世界，如果直寫感覺，往往是局部的零亂的碎片，只有通過想像的加工、整合，感覺上升為詩意、詩美的閃光，才能獲得接收者的青睞。此詩充分體現詩人感覺的尖利和想像的超拔。飛機把天空劃破了，這一劃讓詩人感覺出是劃出一條「縫」，立體空間轉化為平面空間。詩人頃刻又躍出連鎖想像「交給送行的視線去縫」，無形的眼光變成有形的實物，視線的虛線與針線的實線「疊合」，在以虛為主的想像交接處，充分利用假借字文，真是機巧得很！接著，詩人感覺出天空藍得像魚池，而飛行軌道就是拋出的細細長長的魚鉤。是感覺牽引想像，想像引發感覺，還是感覺疊匯想像？兩者的有機結合，使詩意發出了奇異的光彩。再接下去，詩人想像飛機的雙翼如手，通過手的觸感，感覺出圓山、富士山、舊金山全是乳房，把這種摸的觸感加以想像化，其效果是單純的感覺或單純的想像難以比擬的。

　　感覺的想像化在現代詩創作中已經占據愈來愈重要的位置了，因為現代詩人掌握世界的最初出發點一般是先憑藉感覺，而詩的感覺要求具有放大性、新鮮性、立體性。為使詩的感覺蓬勃展開，又

往往在借助想像的推力。正是這種感覺的想像化使「無生命的變成有生命，不具象的變成有形象，抽象的變得具體，模糊的變得清晰，色彩變成聲音，音響轉化為光線，流動的可以凝固，凝固的可以飛翔，短暫的時光可以拉長，狹小的空間可以放大……」[9]。

　　總之，詩的成功，首先取決於詩的「起點」──感覺，而感覺要避免粗糙羅列，最好再經想像的催化加工，那麼原初的感覺很快就會上升為詩意的閃光。

理念的想像化：

> 時序逃不出四季的方域／雙目望不回千山萬水／花瓶也養不活春天／[……]眼睛背燈而睡／鏡子背形象而望／於綠葉花朵與果子的接力跑過後／誰也無力去抱太陽的橄欖球／猛衝歲月的凱旋門

> ──〈死亡之塔之三〉

　　一般來講，理念是枯燥乾癟的。通常詩人都力戒理念入詩，但有時，理念像意念一樣，也能作為入詩的一種方式。因為詩的創作過程，不全然是感性過程，在總體感性過程中少不了知性的暗中規導，少不了詩想的左右，這就使得理念的介入有時在詩中難以完全避免，而為了使理念的枯燥生硬成分減弱到最低限度，對理念進行想像化則是勢在必行的。

　　換句話說，理念的入詩方式最好能經過想像化的中介轉換。〈死亡之塔〉是寫死亡體驗。本質上，誰都無法真正寫出死亡的當然體驗，因為誰都沒有真正死亡過，因此死亡體驗只能是局部的，臨界的，淺層的，總之帶有一種假定性，因而難免有理念先入為主，或理念意念的演繹成分。詩中的時序、方域、生命、歲月，都

---

[9]　陳仲義：《現代詩創作探微》（福州：海峽文藝出版社，1991年），第67頁。

是生命有關理念，為沖淡緩解，詩人通過一連串意象和想像：雙目與千山萬水、花瓶與春天，以及眼睛背燈而睡、鏡子背形象而望等等，寫出死神來臨的宿命與無奈。倘若理念不經任何想像的發酵，一味孤行堆積，那麼可想而知其閱讀效果，無異於榨乾的蘿蔔。

由於羅門更有哲學、宇宙觀頭腦，他面臨著的是如何更有效處理理念，他最喜歡也寫得較多的原型——門，是高度抽象、理念化的象徵物，蘊含多種含義，僅僅依恃理念自身的說教，門是無法被推開的。羅門充分發揮想像聯想的優勢，把理念的門充分開放在想像聯想之中，「鳥把天空的門推開了；泉水把山林的門推開了；河流把曠野的門推開了；大海把天地的門推開了〔……〕在一陣陣停不下來的開門聲中〔……〕」[10]，賦予門的理念以多樣色調、音響與意義。同樣，面對大都市文明症候，羅門通常都用概括性很強的意象，進行大面積的想像性圍剿：「摩天樓已圍成深淵／電梯已磨成峭壁／地下車已奔成急流／銀河已流成鑽石街／海在傾銷日已出生／眼睛已張開成荒野」，顯露出深刻的智性。這就不奇怪他如何那麼熱衷推舉想像與聯想，把它們比作繁榮都市的交通網，交通網愈精密開闊，繁榮現象便也愈壯觀。

羅門的想像之網織密，撒得開，無論想像的長度、密度、跨度，還是感覺的想像化、情感的想像化，在臺灣詩壇都均屬一流水準。

三、顛倒：常態秩序的倒置

羅門詭異的詩風和意象，除了得益於他的靈視、想像，還有賴於另一招式：顛倒。他善於在時空、物我、因果諸方面採取顛覆性動作，頻頻瓦解常態世界固有的秩序，以全然逆反的方式歪曲事物之間的關聯，利用錯幻覺、聯覺、聯想，調度常規語法，從而叫日

---

[10] 羅門：〈門的聯想〉。

常的經驗世界發生錯位，叫空間透視關係發生倒置。這是典型的羅氏顛倒句型：

　　克勞酸喝得你好累
　　咖啡把你沖入最疲憊的下午

　　　　　　　　　　　　　　　　——〈曠野〉

筆者試著將第二句意思變成其他句型，可得：

（1）主動陳述句型：下午疲憊，（所以）我沖咖啡。
（2）被動描述句型：用咖啡沖出下午的疲憊。
（3）判斷句型：是咖啡，調出下午的疲憊。
（4）表態句型：下午的咖啡，很沖出疲憊。
（5）有無句型：有疲憊，才有（沖出）下午的咖啡。

　　羅門的句法與上述的不同和複雜，是採用另一種被動加顛倒句型。按日常經驗必須是你沖咖啡才能成立，結果變成咖啡沖你，主動者變為受動者，此為被動結構。再，把你沖入下午：你先成為咖啡，再溶入下午，此為時空關係顛倒扭曲也。由此思路還可以多種演化，如：

　　鐵柵等不等於那隻豹的視線
　　那把箭能不能把曠野追回來

　　　　　　　　　　　　　　　　——〈逃〉

　　淚是星星
　　家鄉的星空
　　便亮到電視的螢光幕上

來看他

——〈望了三十多年〉

將上述兩例壓縮便成「箭追曠野」、「星空看他」，顯然又是顛倒型的範例。羅門正是在靈視的廣闊域界上，以超拔的想像，頻頻利用錯位倒置手段，上演一批批令人咋舌的劇目。下面我們就主客體顛倒、客體間顛倒、設身性、置換性、透視性顛倒做一點抽樣解釋。

主客體顛倒：

我們從眼中拉出八條鋼繩
將落日埋下去
海才放心回家

——〈海邊遊〉

以地球物理學解釋，太陽之所以成為落日，完全是由於地球公轉與自轉原因造成的。詩人假裝無視這一事實，而讓主體的眼睛錯幻似的伸出鋼纜，硬是把太陽給拖下海。要是嚴格依照科學原理寫落日，準確是準確了，卻無任何詩意可言。因為詩的旨意是造就一種非常規非常態、完全個人化的想像「境遇」，而這種特異經驗體驗的獲得，重要手段之一是澈底改變主客體關係：

他不走了　路反過來走他
他不走了　城裡那尾好看的週末仍在走

——〈車禍〉

這也是羅門的典型句法。詩中的主人翁被撞死路上，怎麼可能變成路來走他呢？從相對主義運動原理來看，未嘗不可。潮水般的

人群，風馳電掣的車隊，組成都市洶湧的洪水交響樂，整條馬路即是一條奔騰不息的河流。一方是懸置不動的靜物，一方是高速運動的流體，相對動靜本身就隱伏了關係變更的可能。此時的死者轉換為靜止的路面，固定的路面因車流人流的動勢遂成急促的川流。這樣，無須什麼高超的想像，只須利用一點相對運動的錯覺，即利用流動的路面與靜止的死者的參照，就完成「路反過來走他」的奇觀。

還須指出的是：「反過來走」四個字，十分強烈地暗示著，大都市車水馬龍的繁華是對個體生存的蔑視與踐踏；動靜比照之間，都市的狂奔囂張與靜默的死者構成一種極為冷漠的人際關係，其批判鋒芒就不用多說了。顯然這種顛倒手法，不僅僅是純技巧的，還有深厚的現實背景作為依託。

客體之間顛倒：

> 明天　當第一扇百葉窗
> 將太陽拉成一把梯子
>
> ──〈流浪人〉

百葉窗和太陽都是詩人心中的客體。按理，當太陽照射窗戶，陽光該是主動者，百葉窗是受動者。陽光穿透打開的百葉窗，因葉片關係，光線變成成格子狀（貌似梯子），詩人在這裡把主動者與受動者調換了位置，讓百葉窗主動把陽光轉變成具有多層格子、貌似斜長梯子的形態，就此產生陽光變形的巧妙效果。而如果不做兩者間的關係顛倒。按正常順序直寫太陽把百葉窗拉成梯子，雖然還算可行，但詩味肯定大打折扣，不如現在好，更談不上打上羅氏特有的印記。

一顆星也在很遠很遠裡
帶著星空在走

——〈流浪人〉

　　星星天空也是詩人心目中的客體。星星在沒有參照物的條件下其實是靜止的，但由於有主體意識的介入（前一行詩是「帶著隨身帶的那條動物／讓整條街只在他的腳下走著」），由於有動物與他與街道一起走，故遠方的星星也受他（還有它們）的「感染」，接受順延下來「走」的邏輯的支配，也就帶著整個天空跟著走了。

　　就空間關係而言，星星僅是偌大時空中一分子，是怎麼也無法主宰天空的。就動力學而言，星星啟動天空簡直是永動機問世。其高明就是利用「他」走的動勢與錯覺，利用主體性介入的「影子」力量，誘使星星走起來，隨之信手牽羊般讓天空也跟著走。正是這種「有理」的顛倒，才產生如此詭譎的意象。

設身性顛倒：

而當秋千升起時　一邊繩子斷了／整座藍天斜入太陽的背面／旋轉不成溜冰場與芭蕾舞臺的遠方／便唱盤般磨在那枝斷針下

——〈彈片・TROM的斷腿〉

　　主體詩人進入特定情景（場景），設身處地以對象的感覺、知覺、目力、視力觀照感受世界，對象就可能改變原來的鐵序，發生異乎尋常的畸變。詩人在此詩設身處地「繩子斷了」秋千傾斜失衡，詩人有意讓自己的目力保留在斜傾的秋千上，並隨「斜傾」轉動，則可見藍天斜插太陽，且還能插入太陽的背面（太陽竟有背面，可嘆詩人空間透視力之高明）。無論地上萬物如何傾倒歪斜，作為大氣層的藍天必然「風雨不動安如山」，但由於主體在特殊境

遇中做設身處地的「依物觀物」、「隨物觀物」，所以就有可能在剎那間突破萬物恆定的法則，極大扭曲事物間的透視關係，做出離奇古怪的畸變表演。

〈車入自然〉也有同等效果：

> 一隻鳥側滑下來
> 天空便斜得站不住
> 將滿目的藍往海裡倒

不管鳥如何大鬧天宮，天空肯定「我自巋然不動」。由於詩人同物交通，設身處地進入物的視域，所以鳥側滑，天空也由運動的相對性產生傾斜。斜傾還不夠，詩人再做一次想像發酵，乾脆讓天空整個翻轉倒扣，讓「滿目的藍往海裡倒」，偌大的天空落入詩人倒置的魔術袋中，可以花樣百出，其嫻熟程度幾近隨心所欲。

置換性顛倒：

> 車急馳／太陽左車窗敲敲／右車窗敲敲／敲得樹林東奔西跑／敲得路迴峰轉／要不是落霞已暗／輪子怎會轉來那輪月
>
> ——〈車入自然〉

太陽之所以能左右移動，忽而敲敲左窗，忽而敲敲右窗，完全由於車子左拐右彎所致。詩人巧妙利用太陽頂替車子，即將車子置換給太陽「使用」，在這種借代慣性運動下（敲作為推動槓桿），連靜止的樹林也跟著「東跑西奔」了。此詩與眾不同的是，又多了一個中介──太陽，並將太陽置換車子。這樣，通過多一個層次的借代置換顛倒，詩思的運作，則平添了幾分複雜豐富的情趣。

那隻鳥飛上飛下
天空是小弟弟手拍的皮球
忽東忽西忽南忽北

——〈機場・鳥的記事〉

　　此例的置換比上例複雜了一些。有兩個比喻要搞清楚：一是
鳥暗喻飛機，二是天空比作皮球。由於飛機上下飛行，天空也因飛
機晃動而晃動。但這裡添上一個比喻性中介——皮球（上一例中介
「太陽」是非比喻性的）。天空是皮球，皮球在不熟練的孩子手
中，控制不好而竄動，實際也暗示飛機飛行操作中的飄忽不穩現
象。其想像之妙是把原本不動的天空成功地轉換為竄動的皮球，從
而造成先暗喻（鳥→飛機），再經過中介性比喻置換（天空→皮
球）最後達到顛倒（天空飄忽）的效果，其韻味真夠咀嚼的了。

透視性顛倒：

　　繪畫上十分講究透視，即講究事物在空間中的大小、遠近的正
確關係，所以透視又稱「遠近法」，而羅門卻經常有意違背透視
原則。

天空不穿衣服在雲上
海不穿衣服在風浪裡

——〈逃〉

　　將詩句簡化便成：天空在雲上，海在風浪裡。天空與雲、海
與風浪的關係，是一種大與小的空間關係，只有大才能容納小，
即只有天空才能容納雲，海容納浪。詩人恰恰故意歪曲大小的準
確關係，讓小的容納大的，這就造成空間透視顛倒的離奇效果。
再看：

整座藍天坐在教堂的尖頂上[11]

　　教堂及尖頂在物理常規世界中只能背靠藍天，以藍天為背景，這才符合遠近準確的空間關係。憑著地面某些參照物（如樹或其他建築）的作用影響，詩人就把藍天「強行」安放在教堂上，表面上是兩個空間合成一個空間，實質上是羅門有意違背「遠近法」，扭曲透視，反倒造成詩的效果。

　　以上簡便分析，看出羅門擁有長期練就的特技。他的靈視、想像力、詭譎的意象，以及近乎隨心所欲的錯位倒置，把現代詩推向更富表現力的廣闊天地。他的持久不衰的才情，連續的爆發力和後勁，使他走在臺灣現代詩的前列。

---

[11]　羅門：〈第九日的底流〉。

第四章　瘂弦
一本詩集搭建一個世界

一、有別於戲劇性的電影鏡頭

一個運動員，只參加一次百米衝刺（不管初賽、複賽、決賽），就征服了整個田徑場，這個選手肯定不同尋常；瘂弦幾乎憑一本詩集，就深深立足於詩世界，同樣匪夷所思。評論者蜂擁群集，從宏觀到個作，從評傳到細讀，林林總總數百篇，都建立在其質量普遍齊整又獨特優質的基礎上，否則怎禁得起再三推敲，逾越大半世紀風雲？誠然，瘂弦創作量偏少，百餘首而已，但其思想藝術的邊邊角角，都被眾人掘地三尺了。後續研究者如何在同行研究基礎上出點新意，頗感走投無路。筆者躊躇再三，姑且把主旨定格在電影鏡頭、反諷思路、現代性反思。

瘂弦的戲劇性早被窮盡，余光中在《左手的繆斯・簡介四位詩人》中斷言，瘂弦的抒情詩幾乎都是戲劇性。熊國華在〈論瘂弦的詩〉中，肯定戲劇性是瘂弦對現代詩的最大貢獻。為躲避顯而易見的撞車，筆者有意引入電影鏡頭。瘂弦嫻熟地利用場景、旁白、隱身人敘述、時空倒錯、切割等電影化手段，其高明在於二十行左右的篇幅，就能輕鬆解決「三面牆」難題。濃縮、精妙的剪裁、跳脫與轉換，顯示了極強的鏡頭調度能力。〈教授〉、〈水夫〉、〈上校〉、〈修女〉、〈坤伶〉、〈故某省長〉的人物詩，分開看是六齣短戲，總起來可合成一幕連續劇。

瘂弦的部分詩作可用戲劇性解讀，但有些用電影鏡頭闡釋更恰到好處，還有一些是雙方的協同混用。電影的基本元素是鏡頭，連接鏡頭的主要方式是蒙太奇，蒙太奇是對電影分切鏡頭的剪輯組合手段，造成富有深意和衝擊效果的敘事。

　　有論者指出：瘂弦詩作暗含的鏡頭技巧之熟稔，能夠頻頻看到一些世界級電影大師的影子。背離了華茲華斯（William Wordsworth）詩歌般純然的感性流露，達到了以技巧鑲嵌哲思的層次。走向探尋更深層次的宗教、存在等問題，很大程度上也得益於這些鏡頭技巧的運用[1]。

長鏡頭：

> 鐵葇藜那廂是國民小學；再遠一些是鋸木廠
> 隔壁是蘇阿姨的園子；種著萵苣，玉蜀黍
> 三棵楓樹左邊還有一些別的
> 再下去是郵政、網球場，而一直向西則是車站
> 至於雲現在是飄在曬著的衣物之上
> 至於悲哀或正躲在靠近鐵道的什麼地方
> 總是這個樣子的
> 五月已至
> 而安安靜靜接受這些不許吵鬧
>
> 五時三刻一列貨車駛過
> 河在橋墩下打了個美麗的結又去遠了
> 當草與草從此地出發去占領遠處的那座墳場
> 死人們從不東張西望
> 而主要的是

---

[1]　李世鵬：〈電影理論視域下的瘂弦詩歌〉，瀋陽：《文化學刊》2019年第10期。

那邊露臺上

一個男孩在吃著桃子

五月已至

不管永恆在誰家樑上做巢

安安靜靜接受這些不許吵鬧

——〈一般之歌〉

　　這是一個長鏡頭的畫面，也是長距離的「跟鏡頭」，表現主體的運動速度、方向，給人一種身臨其境的感覺。按順序是：鐵蒺藜——國民小學——鋸木廠——種萵苣、玉米的菜園子——三棵楓樹——郵局——網球場——車站——貨車——河水打結——吃桃男孩。整個鏡頭的移動，基本是按照生活的本來樣貌，照相式地如實記錄，除了少許的主觀介入（兩個「至於」兩個「不許」），都可以看作客觀化的場景呈現，在極為冷靜的敘事調性中產生某種「間離」效應。叫人揪心的是，絕大多數物象都是孤立、靜止，彷彿隔世的「殭屍」，毫無生氣。「老死不相往來」的疏離感，重重凍結了空氣，加上死寂般的氛圍，營建出月球背面的境地，那是一種時代性的淒涼，普遍性的隔絕情緒，經由外在物象的連續滾動，直指物化的現實，和由現實的物化引發心靈的麻木。但幸好，在這空乏與荒涼的世界還能嵌入一點亮色：河水在洄流的橋墩下打了個美麗的結；與墳場對望的露臺上尚有小男孩在咬著桃子。這點活力，至少暗示：反抗人為的強暴力軟暴力，人們依然在努力驅趕死亡的陰影與恐懼。漫不經心的鏡頭語調，質樸淡遠的敘事風格，其實隱藏著安靜與喧囂、生命與死寂的悄悄角力。瘂弦澈底告別浪漫主義的詩歌前沿，不再做跨塹躍壕的抒情陷陣，而是轉身撤回哨所，架起不動聲色的觀察境，按捺住主體情思的顫動，以冷眼旁觀的姿態俯瞰萬物，並施以「推拉搖移」的各種手段。

　　特寫鏡頭或「分格攝影」：

宣統那年的風吹著／吹著那串紅玉米／／它就在屋簷下／掛
著／好像整個北方／整個北方的憂鬱／都掛在那兒／／猶似
一些逃學的下午／雪使私塾先生的戒尺冷了／表姊的驢兒就
拴在桑樹下面／／猶似嗩吶吹起／道士們喃喃著／祖父的亡
靈到京城去還沒有回來／／猶似叫哥哥的葫蘆兒藏在棉袍裡
／一點點淒涼，一點點溫暖／以及銅環滾過崗子／遙見外婆
家的蕎麥田／便哭了／／就是那種紅玉米／掛著，久久地／
在屋簷底下／宣統那年的風吹著／／你們永不懂得／那樣的
紅玉米／它掛在那兒的姿態／和它的顏色／我底南方出生的
女兒也不懂得／凡爾哈崙也不懂得／／猶似現在／我已老邁
／在記憶的屋簷下／紅玉米掛著／一九五八年的風吹著／紅
玉米掛著

——〈紅玉米〉

　　北方寥廓的天空下，一角熏黑的屋簷，屋簷下掛著微風晃動的
紅玉米。依標準的特寫鏡頭，我們的主角應該呈現最細膩的一面：
顆粒的爆裂或乾癟，縫隙間的緊緻或稀疏，乃至苞葉的厚薄，鬍鬚
的長短。但瘂弦不，一個紅玉米的意象就足夠了。在典型的環境
下，安置一個極具北方氣息、形態、體味的紅玉米就足夠了。這個
包含「原始」意象的蜂窩，儲滿了說不清的憂鬱，這憂鬱又幾乎是
濃郁得化不開的鄉愁，只要微風稍稍拂來，風鈴般的便搖響一連串
記憶。記憶化成清晰的「分格攝影」，留下四幀童年遺照：第一幀
是逃學後去逗表姊拴在桑樹下的驢兒，先生的戒尺在雪意中空落；
第二幀是一路道士吹響嗩吶，卻迎不回遠逝京城的祖父亡靈；第三
幀是藏在棉袍裡的蟈蟈，一陣高一陣低、一陣淒涼一陣溫暖地叫
著，多麼揪心；第四幀是銅環滾過崗子，看見外婆家的蕎麥地便哭
了。如此細膩的逐格攝影，原來是戲劇的專科行當。在屏幕上做四

次「疊印」之後，再連續三次插入你們都「不懂」（對比老邁如我者的差異性）強調，終於將紅玉米牢牢掛上，同時也將充滿家國憂感的情懷定格。

蒙太奇跳接：

> 溫柔之必要／肯定之必要／一點點酒和木樨花之必要／正正經經看一名女子走過之必要／君非海明威此一起碼認識之必要／歐戰，雨，加農炮，天氣與紅十字會之必要／散步之必要／遛狗之必要／薄荷茶之必要／每晚七點鐘自證券交易所彼端／草一般飄起來的謠言之必要。旋轉玻璃門／之必要。盤尼西林之必要。暗殺之必要。晚報之必要／穿法蘭絨長褲之必要。馬票之必要／姑母遺產繼承之必要／陽臺、海、微笑之必要／懶洋洋之必要／／而既被目為一條河總得繼續流下去的／世界老這樣總這樣：──／觀音在遠遠的山上／罌粟在罌粟的田裡

〈如歌的行板〉一口氣羅列十九個「之必要」，居然以抽象的能願動詞做推進線索，因超級重複、快速迴環而贏得節奏，手法極為新穎、大膽，在冒險中提領出一種知性化風格。沒有任何的鋪墊、氛圍、交代、說明，只是「突如其來」地搜羅、剪輯生活語料：酒、木樨花、歐戰消息、下雨、紅十字會、散步、遛狗、下午茶、證券交易所、上班、盤尼西林、法蘭絨長褲、馬票、遺產、陽臺、海，等等，用蒙太奇的跳接手法，把這一切聚攏起來，無非告訴人們，芸芸眾生，浸淫於日常生活的染缸，天經地義，無所厚非，因為有十九個「必要」在做必要的支撐。然而，太多的「必要」，也溢出一點反諷：難道真的是這樣的必要嗎？最具發人深省是最後：「一條河總得繼續流下去的／世界老這樣總這樣」，發出對生命和生命規律的一種無奈感和無力感。尤其結句：「觀音在

遠遠的山上／罌粟在罌粟的田裡」，兩種意象遙遙對視——觀音菩薩代表善，罌粟隱喻惡，揭示人類社會中仍逃脫不了善惡的因果選擇。這樣強烈的影像感，應該歸入平行蒙太奇。

〈戰神〉則屬隱喻蒙太奇。

> 很多黑十字架，沒有名字
> 食屍鳥的冷宴，淒涼的剝啄
> 病鐘樓，死了的姐兒倆
> 僵冷的臂膀，畫著最後的V

在黑十字架的率領下，食屍鳥、冷宴、剝啄、病鐘樓、姐兒倆、臂膀、V，一切影像組接，無疑都直指死亡的題旨。畫外音在本質上其實也是一種蒙太奇，畫面與聲音的平行、對立、同步、錯開、對比、暗示，都會產生超過鏡頭同類項的特異效果。〈殯儀館〉第一節和最後一節做得不錯：

> 食屍鳥從教堂後面飛起來
> 我們的頸間撒滿了鮮花
> （媽媽為什麼還不來呢）
> [……]
> 啊啊，眼眶裡蠕動的是什麼呀
> 蛆蟲們來湊什麼熱鬧喲
> 而且也沒有什麼淚水好飲的
> （媽媽為什麼還不來呢）

括號裡兩次重複「媽媽為什麼還不來呢」——作為一種旁白，與其說成戲劇獨白，毋寧說是「畫外音」更加準確，在食屍鳥與蛆蟲們的來襲中，驚聞弱勢者的求救，其效果不會比兩種畫面的對比

差到哪裡。再把疊印鏡頭或高速鏡頭轉到〈遠洋感覺〉，帶來的直接體驗必然是暈眩接著暈眩。暈眩即便短暫「藏於艙廳的食盤／藏於波蘿蜜和鱒魚／藏於女性旅客褪色的口唇」，尚未發作，但終究要來臨，它將化作無數無法控制的旋轉，在意識的大海裡與時間一起翻滾：

> 鐘擺、秋千、木馬、搖籃、腦漿流動、顛倒、攪動、殘憶的
> 流動和顛倒

　　短促的詞組，帶著一個個具象的疊印鏡頭，波浪般接踵而來，又波浪般退出遠逝，遠洋的感覺通過快速切換，獲得閱讀的身歷其境。早慧早熟的導演處置，瘂弦無愧是戲劇專業的高才生。

二、遠比諷刺上位的反諷

　　反諷剛在五十年代詩壇初出茅廬，一下子便成了瘂弦的殺手鐧。反諷具有強大的伸縮性，既可以思維方式、表現形式現身，也可以世界觀、方法論出牌，同時作為一種結構原則、詩學原理、文化觀念。反諷的巨大容量，溢出自身難以控制的活性，讓狹促的理性「定義」在它的面前漏洞頻出[2]。反諷的本質應是所言非所是，即「似是而非」，反諷的二重邏輯錯位，使之成為一種有別於隱喻與象徵的、非對應性的「曲解式」表達。它廣納容留了許多成分：戲耍、挪揄，自嘲、奚落、調侃、滑稽等等，都可以任由調派，為之盡力，瘂弦無疑是捷足先登的高手。
　　看散文詩〈鹽〉：

---

[2]　陳仲義：〈基於內外表裡之「佯裝」與「歪曲」：反諷——張力詩語探究之四〉，
　　臺北：《中國文學研究》2012年第2期。

二孃孃壓根兒也沒見過退斯妥也夫斯基。春天她只叫著一句話：鹽呀，鹽呀，給我一把鹽呀！天使們就在榆樹上歌唱。那年豌豆差不多完全沒有開花。／／鹽務大臣的駱隊在七百里以外的海湄走著。二孃孃的盲瞳裡一束藻草也沒有過。她只叫著一句話：鹽呀，鹽呀，給我一把鹽呀！天使們嬉笑著把雪搖給她。／／一九一一年黨人們到了武昌。而二孃孃卻從吊在榆樹上的裹腳帶上，走進了野狗的呼吸中，禿鷲的翅膀裡；且很多聲音傷逝在風中，鹽呀，鹽呀，給我一把鹽呀！那年豌豆差不多完全開了白花。退斯妥也夫斯基壓根兒也沒見過二孃孃。

二孃孃作為底層的貧民與農婦，為自己基本的生存權利呼籲，所有的精神、寄託、血淚、籲請，都集中在一把鹽上，在對象化身上，展開了一場反諷型追逐，一共有四層：鹽與「退斯妥也夫斯基」（代表知識分子），看來這個軟弱無力卻寄託厚望的精英團體「壓根兒沒見過」——根本不要指望有什麼結果；鹽與「天使」（代表最高神），看來這個萬能的上帝也無法伸出援救之手，最多在榆樹上唱唱歌兒，或嬉笑著搖一把替代的雪；鹽與「鹽務大臣」（當權者）——實際的民眾生活的擔當者，即便在七百公里的運輸線勤勉地運作，主客觀條件造成連「一束藻草也沒有」的窘境；而鹽與「黨人們」（代表革命性暴力），同樣無法改善二孃孃的基本生存條件。在四種合力作用下，二孃孃終於用裹腳布結束了可憐的一生。想望中的鹽，與皚皚飄雪，與豌豆瑟瑟開盡的白花，構成了形象上的巨大反差，同時也構成巨大的反諷；飢寒交迫的二孃孃與四種大人物的力量對比，讓兩個所指間的矛盾衝突，擰成一股富有韌性的意義張力。

代表作〈船中之鼠〉，總體上是屬寓言式反諷，通過一隻老鼠的航行經歷，其間摻雜進不少戲劇成分：傾訴型主觀表白、虛擬的

對話者、非個人化的隱身敘述，偶爾的旁白、插敘、啞場等，在單純的複雜中，從頭到尾始終貫穿著強烈的反諷思維與手段。

> 看到呂宋兩岸的燈火／就想起住在那兒的灰色哥兒們／在愉快的磨牙齒／／馬尼拉，有很多麵包店／那是一九五四年曾有一個黑女孩／用一朵吻換取半枚胡桃核／她現在就住在帆纜艙裡／帶著孩子們／枕著海流做夢／她不愛女紅／／中國船長並不贊成婚禮／雖然我答應不再咬他的洋服口袋／和他那些紅脊背的航海書／妻總說那次狂奔是明智的／也許，貓的恐懼是遠了／／我說，那更糟／有一些礁區／我們知道／而船長不知道／當然，我們用不著管明天的風信旗／今天能夠磨磨牙齒總是好的。

　　這是生活中被鄙視的宵小之輩與大人物「叫勁」的情景劇，詩人故意做出「顛倒」：船長作為人的形象在詩中被降格、矮化，褪盡萬物靈長的光環，鼠作為對立面，自由地思想與行動，並體現某種智慧，使得鼠人的對照、映襯，散發出強烈的譏諷效果。再加上，鼠本身的生命歷程（躲避貓的恐懼，逃脫人的圍剿，隨時懷揣生命危險、回首往昔的愜意生活、面對殘酷現實的過且過、逃出一個牢籠落又入一個陷阱的境況，豈不體現了某種悖謬式命運的反諷。克爾凱郭爾（又譯齊克果，Søren Aabye Kierkegaard）在日記寫道：「反諷在其明顯的意義上不是針對這一個或那一個個別存在，而是針對某一時代或某一情勢下的整個特定的現實。」[3]
　　是的，人與鼠的地位「互換」，甚至人不如鼠，鼠高於人，影射了臺灣資本主義嚴重的「異化」問題，連帶著整個人類同樣的問題。瘂弦比起一般詩人的深刻洞察，由此可見一斑。反諷「是語境

---

[3]　[丹麥]彼得・P・羅德編：《克爾凱郭爾日記選》，姚蓓琴、晏可佳譯（上海：上海社會科學出版社，1995年），第35頁。

對一個陳述語明顯的歪曲」[4]。它遠比單純的諷刺、譏刺複雜，它含有戲謔、諷刺、調侃、揶揄的成分，它更多地體現為一種矛盾語義狀態，如「赫魯雪夫」（應看成人類社會某一類型化的人）連續九次出現肯定性的全值判斷，一個好人，是的一個好人。當一種強調推廣到過度、超常、濫用的地步，人們必然對此產生質疑，反諷便如約蒞臨了。

「赫魯雪夫是從煙囪裡／爬出來的人物」，「他常常騎在一柄掃帚上」——漫畫式的日常行為誇大，將政治人物的莊嚴感、神祕感澈底瓦解，呈現為小丑的表演，油然而生滑稽式的反諷效果。「他以嬰兒的脂肪擦靴子」，「他用窮人的肋骨剔牙齒」，「他愛以鐵絲網管理人民」，「他愛以鮮血洗刷國家」——人的興趣嗜好是最能體現人格的，主人翁卻以極為變態的動作關愛自己，同時以殘酷的鐵腕對待臣民，如此大的差異，體現表裡不一的分裂，這是屬鞭撻型的反諷。「他是患著嚴重的耳病／因此不得不借重祕密警察」——耳病與設置警察完全是兩碼事，作者故意將其作為因果關係來處理，為國家機器需求合法性依據，殊不知這一依據顯得何等荒謬，因而達成因果倒置式的反諷。「他常常經過高爾基公園／在噴泉旁洗他的血手」，「他的襯衣被農奴們洗得／比古代彼得堡的雪還白」。一方面，他要到代表文化的高爾基公園去徜徉，以示尊重，也要把襯衣熨洗得雪白雪白，以示紳士高雅；但另一方面，他還要去美麗清新的噴泉旁洗洗手，去除罪惡，在彼得堡驅策農奴，這是表裡不一型反諷。「他扼緊捷克的咽喉／為的是幫助他們的國家呼吸」——按理，幫助人家呼吸，是得清理喉管、復蘇心肺，居然是給對象重重的窒息；「他以刺刀和波蘭握手／又用坦克／耕耘匈牙利的土地」[5]——本來，握手只能對等地以手相待，耕耘和平必須犁耙相向，可是我們的主人翁卻拿出刺刀與坦克，顯然這是直

---

[4] 趙毅衡編選：《「新批評」文集》（天津：百花文藝出版社，2001年），第335頁。
[5] 本段所引皆出自瘂弦〈赫魯雪夫〉一詩。

接性的嘲諷。總之，全詩在肯定與否定的嚴峻對峙中，進行抽象肯定、具體否定的操作，撕下霸權主義者偽善佯裝的面具。

還有自嘲型戲仿。

　　有那麼一個人
　　他真的瘦得跟耶穌一樣。
　　他渴望有人能狠狠的釘他，
　　（或將因此而出名）
　　有血濺在他的袍子上，
　　有荊冠——哪怕是用紙糊成——
　　落在他為市儈狎戲過的
　　傖俗的額上

　　　　　　　　　　　　　　　　——〈剖——序詩〉

　　還有他者型戲仿。在〈乞丐〉全篇中，作者故意模仿底層流浪漢口吻，用一種無所謂的、輕鬆戲謔的民間小調，帶著甜味的小調，披露小人物心理，佯裝的語調其實散發著隱隱的憂苦。

　　誰在金幣上鑄上他自己的側面像
　　（依呀呵！蓮花兒那個落）
　　誰把朝笏拋在塵埃上
　　（依呀呵！小調兒那個唱）
　　酸棗樹，酸棗樹
　　大家的太陽照著，照著
　　酸棗那個樹

　　甚至許多四行短詩，都止不住塗抹不協調油彩，彷彿新砌的牆上，米黃色的塗料摻入一道灰漆：「鐘鳴七句時他的前額和崇高突

然宣告崩潰／在由醫生那裡借來的夜中／在他悲哀而高貴的皮膚底下／／合唱終止。」（〈故某省長〉）表層上看，是告別大人物的哀悼，卻在由醫生那裡借來的夜中「合唱終止」，瞬間產生崩潰的意義。「崇高」走向「低劣」，「尊貴」化為「消逝」，權勢們終究抵抗不了死亡的力量，一種憤世嫉俗的強烈反諷油然而生。

〈棄婦〉則一改辛辣的味道，收斂譏刺，帶著溫婉的一點訕笑。這顯然是屬克制型的反諷，有些同情的意味放在裡面，因不是十惡不赦的壞蛋，是千百萬小人物、芸芸眾生裡的一個女性。通過四個否定句：春天不是她的敵人、她的裙不能構成眩暈的圓、她的髮不能使少年迷失、她的磁場已不是北方，進而在總體上否決了她不是今年春天的女子而是現代人的一種荒蕪代名。冷冷的「奚落」，折射出另一種反諷「軟實力」。

三、難得問津的深切主題

超前的瘂弦，不僅在藝術範式上得風氣之先，在鮮有人問津的死亡主題上，也勇於衝鋒陷陣。早在一九五九年，他就寫出〈從感覺出發〉，全面碰觸生命的深淵。對比洛夫一九六五〈石室之死亡〉、北島七〇年代的〈回聲〉，在異曲同工的競技中，彰顯瘂弦鷹準般的銳利與過人的早慧。

肇始於一九五九年「八二三」金門炮聲，六年後才完成六十四首〈石室之死亡〉，洛夫最大的貢獻是充滿對死亡的詩化與超越。〈石室之死亡〉超載著「孤」與「絕」的死亡意象，散發著生命的脆弱、殘酷、迷惘以及浴火重生的渴望。隨機抽樣第十二首明朗的一段：「閃電從左頰穿入右頰／雲層直劈而下，當回聲四起／山色突然逼近，重重撞擊久閉的眼瞳／我便聞到時間的腐味從唇際飄出／而雪的聲音如此暴躁，猶之鱷魚的膚色／[……]」，不能不承認，在現代詩史，對死亡的穿透獨樹一幟。唯其詩質過密，晦澀堰

塞，時有非議。

　　北島在一個突發事件的碰觸下，則將自己對生命的感悟收集在〈回聲〉裡。一開始就撞出驚悚的聲響：「你走不出這峽谷／在送葬的行列／你不能單獨放開棺材／與死亡媾和」，峽谷、行列、棺材，組成揪心的視覺和弦，送葬的行列，其實已經送出長長的「哀樂」──為歷史，也為自己，逸出紙面的「回聲」，隱隱托出那個年代近乎是一片漆黑、沒有光明生機的瘖啞。中間部分的「回聲」複雜一點，「回聲找到你和人們之間／心理上的聯繫」。那就是經歷了災變，人的生存本能獲致某種覺醒──「倖存／下去，倖存到明天」。回聲帶來的鼓舞也同時帶來絕望，北島以自己的睿智，結合人類悲劇性的生存，完成了一種言簡意賅的「送葬」式的生存挽歌。

　　實在是奇妙的耦合（也不清楚北島是否受過瘂弦的直接影響或啟發），〈從感覺出發〉一直就有個「回聲的日子」像古老的留聲機在旋轉。回聲，簡直是個魔咒，簡直是死亡嘴角邊最豔麗的唇膏。其實，回聲這中性美麗的聲音，被詩人拿來當容器，承載著那個鐵蒺藜時期的所有「反彈性」物：時代、制度、政黨、社團、文化、心理、生理所發出的聲音，無不隱含著折射出來特有的「聲帶」。合成的、沙啞的、遲滯的，久久徘徊的聲響，帶著多少恐怖、恫嚇、高壓、撕裂，連同隨影不離的死亡意象：

> 穿過山楂樹上吊著的
> 肋骨的梯子，穿過兵工廠後邊
> 一株苦梨的呼吸，穿過蒙黑紗的鼓點
> 那些永遠離開了鐘錶和月份牌的
> 長長的名單
> 在月光中露齒而笑的玉蜀黍下面
> 在毛瑟槍慷慨的演說中
> 在偽裝網下一堆頭髮的空虛裡

在仙人掌和疲倦的聖經間
穿過傷逝在風中的
重重疊疊的臉兒，穿過十字架上
那些姓氏的白色

　　不同於上述兩位的作品，瘂弦直呈死亡場景：吊死的場景、槍斃的場景、掩埋的場景。不幸的夭亡者，在白色恐怖裡均留有恐怖的回聲。借助回聲，詩人一方面克制不住發出悲天憫人的哀嚎：

噫死，你的名字，許是沾血之美
這重重疊疊的臉兒，這斷了下顎的兵隊
噫死，你的名字，許是這沾血之美
這冷冷的蝴蝶的叫喊
這沉沉的長睡，我底淒涼的姊妹

　　何其淒美慘慟。另一方面作為時代見證，以及直指思想之死的犀利控訴：

噫，日子的回聲！何其可怖
他的腳在我腦漿中拔出

　　「他的腳在我腦漿中拔出」，這是絕無僅有的獨創意象，摧心裂膽。僅憑這一句，此詩就可以長壽。經由肉身、軀體再到精神、意識，精緻地導入圍剿、禁錮，乃至消失殆盡、絞殺致命。最後時刻結尾這樣寫道：

在低低的愛的扯謊的星空下／在假的祈禱文編綴成的假的黃昏／[……]而我回聲的心，將永不休歇／向五月的驟雨狂奔

／以濕濡的鞋子掠過高高的懸崖／看哪！一個患跳舞病的女孩／／如這回聲的日子，自焦慮中開始／在鏡子的驚呼中被人拭掃／在鱒魚盤子裡待人揀起／在衙門中昏暗／在床單上顫慄／／一個患跳舞病的女孩／一部感覺的編年紀……

不言而言，詩人瘂弦，自況在懸崖邊患跳舞病的女孩，以自己的死亡舞蹈及其回聲撰寫時代的編年紀。面對撒謊、偽裝、欺騙無所不在的語境，面對高壓觸電即亡的困境，面對身處被人拭掃、被人揀起、衙門與家居緊鄰的邊緣，尤其時時承受昏暗與顫慄的精神死亡時刻，巨大的心理壓力，逼迫詩人做出抉擇，仍以不死的刻度，獨具一格的舞蹈姿勢，消受「光榮的日子」，咀嚼「回聲的日子」（從回聲中開始／那便是我的名字），在「歷史的險灘」中擔待起一個公知的使命與良知。在肉體與精神的雙重死亡中，繳納了一份擲地有聲的答案。

回想九〇年代初期，筆者開設過《人生哲學》。其時國人對「生命底色」的認知，不是忌諱著退避三舍，就是擔心染上消極虛無。本人也不知道哪來的勇氣，安排死亡專章八節課，涉及死亡的本質、屬性、特點、瀕臨死亡的體驗、死亡的哲學文化思考、中西死亡觀——向死而生與向生而死的對比，以及安樂死，還精心列舉古今中外著名案例。沒想到這一遲到的「啟蒙」，還大受歡迎。

死亡是一部大百科全書，可以劃分無數分卷分冊，每個人在其中都可以占據一小段，寫出自己的哀傷。瘂弦這麼早這麼快就寫出自己的精彩注釋，力透紙背、入木三分，成為超前詩人不足為奇。

四、反思現代性的「深淵」

看透死亡不容易，看透現代性更不容易。因為現代性有極強的迷惑性，猶如現代高科技，其正面的錢幣光彩總要蓋過反面缺陷。

當工商資本在臺灣盛行發展（亞洲四小龍）而獲得普遍讚賞，作為中國現代詩人最具先知先覺的一位，瘂弦已嗅出畸形的怪味。瘂弦至少比同時代詩人超前整整二十年，敏感到問題之所在而率先做出反應。是他，藉超現實主義的荒誕與怪誕，直擊生存的困境，寫出以〈深淵〉為代表的一批詩作，深入反思現代性的「齷齪」。流沙河在引介這首詩時，曾批評它意象陰鬱、歧義晦澀、撲朔迷離，過於消極，殊不知瘂弦對於滑入現代深淵的世道人心洞若觀火。

他坦露當初動機：「我常常作著它原本無法承載的容量；要說出生存期間的一切，世界終極學，愛與死，追求與幻滅，生命的全部悸動、焦慮、空洞和悲哀！總之，要鯨吞一切感覺的錯綜性和複雜性。」[6]〈深淵〉——一個東方式的「荒原」喻象，一種心理與物質的時空裂隙，一種寂滅與萌生的零度場，一個不歸路的時代之深陷的眸子。其意義就是把所有的「存在」帶入發光的詩的顯示中，通過對個人生存窘態和公眾生存危機的獨特審視，揭示時代和民族的憂患，並最終抵達個體與人類整體之生命最深刻的精神內涵[7]。是的，在〈深淵〉裡，集結著眾多矛盾，「多聲部」的劍拔弩張。筆者試圖從長詩中檢索部分，用括弧的形式給出簡明的詮釋。

　　　我們用鐵絲網煮熟麥子。我們活著。

　　　（在軍事管制與「戒嚴」高壓下討生活，作者雖然在斷句裡用一種中性語調標示活著，但前面刺激性的語境牽引而做出對比，完全指向苟且偷生的無奈與憤懣。）

　　　穿過文告牌悲哀的韻律，穿過水門汀骯髒的陰影，

---

[6]　瘂弦：〈現代詩短札〉，《中國新詩研究》（臺北：洪範書局，1987年），第49頁。
[7]　沈奇：〈瘂弦詩歌藝術論〉，汕頭：《華文文學》2011年第4期。

（以廣告為代表的商業文化，其實是很悲哀的，光滑的都市水泥地佈滿骯髒的醜聞，兩次的頻繁穿過，意味著整個文化與倫理的下滑。）

　　穿過從肋骨的牢獄中釋放的靈魂，

　　（再次穿過，大概只剩下從煉獄裡走出來的「幽靈」，這些幽魂，應該是指社會精英而不是人間渣滓，因為穿過肋骨暗示著社會的精神中流砥柱，因禁錮所遭遇的同樣不幸。）

　　哈里路亞！我們活著。走路、咳嗽、辯論，
　　厚著臉皮占地球的一部分。

　　（萬般無奈，我們只得呼喚「哈里路亞」──我的主啊，感謝主也慶幸自己依然活著。不過，不管自然形態還是人為暴力，人們都厚顏無恥地搶占資源，已然嚴重地損害賴以生存的地球生態。）

　　沒有什麼現在正在死去，
　　今天的雲抄襲昨天的雲。

　　（沒有什麼比現在的高壓、受困、逝去的「死」更為悲涼、可怕。同樣，沒有什麼可怕與悲涼的是日復一日、年復一年的「仿效」，整個社會的「類像」式複製與循環，證明老化的「此在」，簡直就是一種無可救藥的「抄襲」。）

　　在三月我聽到櫻桃的吆喝。
　　很多舌頭，搖出了春天的墮落。而青蠅在啃她的臉，
　　旗袍叉從某種小腿間擺盪；且渴望人去讀她，

（老化與腐化的徵兆之一是：櫻桃、吆喝、舌頭、旗袍、小腿、擺盪……所構成的人性的欲望追逐，統統都指向「渴望」中的墮落。）

　　去進入她體內工作。而除了死與這個，
　　沒有什麼是一定的。生存是風，生存是打穀場的聲音，

（墮落中的肉欲，實際上與「死」並沒有什麼差別，卻被定義為「沒有什麼是一定」的合法性。生存如風是再自然不過的一種自然狀態，如同打穀場的聲音是生活的收穫，那樣的嘈雜轟鳴，又是那樣的平穩運轉──存在主義在此接受了詩人的一次審視與推行。）

　　生存是，向她們──愛被人膈肢的──
　　倒出整個夏季的欲望。

（生存在這裡，拐彎為一個巧喻──如同被膈肢一樣，再次讓人充滿發癢發笑的欲望，同時也讓人誤入生存=欲望的最大誤區。生存就是欲望──它充任了現代人五內刻骨的「座右銘」，揮之不去。現代人委實找到生存的合理性，然而誰能揭開其真正的面目呢？）

　　[……]
　　在我影子的盡頭坐著一個女人。她哭泣，
　　嬰兒在蛇莓子與虎耳草之間埋下……。
　　第二天我們又同去看雲、發笑、飲梅子汁，
　　在舞池中把剩下的人格跳盡。
　　哈里路亞！我仍活著。雙肩抬著頭，
　　抬著存在與不存在，
　　抬著一副穿褲子的臉。

（生存的基本依據之一是床笫之事，床笫後在隔夜間便轉換向日常飲食，而被日常瑣事矮化的人格，不甘寂寞繼續向舞池的揮霍中滑行，哈里路亞——我的主啊，我和我們，在苟且中活著。第二次發出求救的呼告，還是不行，只好借用馬雅可夫斯基（Владимир Владимирович Маяковский）的名句「穿褲子的雲」，做自我撫摸——在未來主義的道路上，下墜到繼續依靠下半身來存活。）

　　　　[……]
　　　　而你不是什麼；
　　　　不是把手杖擊斷在時代的臉上，
　　　　不是把曙光纏在頭上跳舞的人。
　　　　在這沒有肩膀的城市，你底書第三天便會被搗爛再去作紙。
　　　　你以夜色洗臉，你同影子決鬥，
　　　　你吃遺產、吃妝奩、吃死者們小小的吶喊，
　　　　你從屋子裡走出來，又走進去，搓著手……
　　　　你不是什麼。

　　（故而，從存在的本質上講，「你」根本不是什麼東西——「你」只是作為非人、廢人、異人的代名。即便你舉起手杖，引出曙光，你的知識、你的文明，還是會被搗爛再去製作成紙漿，繼續循環。掙扎、決鬥，享用或壓榨，始終都會讓你感覺無能為力，所以，「你」在困境中做「困獸鬥」，根本不是什麼東西、不是什麼東西——反覆地再三強調，再次宣判存在的無奈。）

　　　　要怎樣才能給跳蚤的腿子加大力量？
　　　　在喉管中注射音樂，令盲者飲盡輝芒！
　　　　把種籽播在掌心，雙乳間擠出月光，
　　　　——這層層疊疊圍你自轉的黑夜都有你一份，

妖嬈而美麗，她們是你的。
一朵花、一壺酒、一床調笑、一個日期。

（那麼，要怎樣加大氣力，才能跳出深淵呢？注射音樂、飲盡輝芒、播撒種子、擠出乳汁。雖然有令盲者睜眼的時刻，但更多是層層疊疊圍困的黑夜。況且，你本身也成為黑夜的一部分。即便你擁有妖嬈美麗的瞬間，最終還要落入庸常的時日。）

[……]
工作、散步、向壞人致敬，微笑和不朽。
為生存而生存，為看雲而看雲，
厚著臉皮占地球的一部分……

（庸常的時日，無窮無盡。平庸的日常起居，工作散步，必要時還得向壞人致敬，為活著而活著，為無聊而無聊，為一己私欲而繼續占據地球的有限資源。這樣厚顏無恥的生存有何意義？）

在剛果河邊一輛雪橇停在那裡；
沒有人知道它為何滑得那樣遠，
沒人知道的一輛雪橇停在那裡。

（在沒有意義的「此在」，做最後遙望：在那遙遠而無雪的地方，居然停泊著一輛雪橇，誰能解答，它存在的荒謬性？誰又能告知，它為何滑到那麼遠？作者的最後定點跳傘，落到了那個古老的靶心：你是誰？從哪裡來？到哪裡去？）

瘂弦對現代生存的深淵反思，那麼早就單一無二，鞭辟入裡。臺灣在上世紀五〇至七〇年代迅速轉型，帶來現代化的繁榮也帶來

諸多問題。詩人用超常的眼力捕捉現代性負面，以儒者悲天憫人的情懷和對社會良心的堅守，採用冷抒情的知性方式，針對都市光怪陸離的畸形、人心不古世風日下的浮囂，尤其是欲望的膨脹、人性弱點的曝曬，全面出示自我與存在、自我與自我的衝突，表達一個「公知」對生存困境的痛苦揭示。令人驚悸的幻滅感、震撼性的靈魂掙扎與精神抗爭、深淵式的挽歌，雖不無放大成分，但它直面荒誕人生和殘缺人性，彰顯詩人對人類生存狀況的痛心疾首與悲天憫人，入木三分的體驗與鞭笞，迄今無出其右。故而我們再三肯定，瘂弦的思想與藝術成熟，經過短暫過渡，一下子便從起跑線衝刺到終點，所向披靡。比起幾十年前的李金髮，整整高出一個檔次；也給後來者做出了極為稀缺的啟示性「前瞻」。

　　〈深淵〉較之一般詩人對於家國、家園的深度挽歌——「鄉愁」，完全不在同一個層面上。「瘂弦抵達得更深——通過他的詩，他不僅以戲謔的口吻宣佈了那些遠大的航行和目標的統統消失，不再相信那些歷史性的偉大主題和英雄主角，且最終連那種一廂情願式的『鄉愁』也漸消解摒棄，認同一種文化漂泊者的思維。漂泊者四海為家而永遠不在家，對他而言，無家存在——於是他將思與詩的視點落於此在；當『家園』的內涵有待做新的界定而失鄉的時代無從結束（作為民族的和世界的）時，所謂『回歸』常常只是一種倒退。這種帶有後現代因子的決絕態勢，使瘂弦徹底超越了他所寫作的那個時代，使他的詩在抵達今天時代的人心時，仍振顫著鮮活的感應和現實的警策。」[8]海德格爾說，真正可畏的是存在本身，而存在就是「深淵」。深淵存在最黑暗的區域，也出現在最無關痛癢的地方。存在主義認為世界的本質是虛無與荒誕，最經典的流行說法是人生無意義，世界無規律可循。置身於難以理喻的世界，人必然產生一種根本性焦慮，不知道自身從何而來又到何

8　同上注。

處去，無法回答存在的根本依據與意義，所以陷入存在的虛無感，帶給人類是一次次絕望與打擊。虛無的背後則連襟著荒誕與幻滅。荒誕的生命屬性折射人類尷尬的困境，荒誕指向人與環境之間的失衡、失序的悖謬狀態。而幻滅，則是虛無與荒誕受精後產下的最大的蛋。

　　有前衛學者認為：虛無與幻滅可能帶來哲學與意識上對於世界認知的另外支點，只有荒誕乃是西方現代藝術最典型的詩意形態，它首次以痛苦而觸目的悲劇形式揭示了人的之間處境，從而將人帶向了一種命運自覺的嶄新維度[9]。瘂弦借助荒誕與反諷的思維與手段，以新的視角，重新審視人類能否詩意地棲居在這塊大地？人類是否就永遠處於黑暗的深淵之中，走不出來？

　　從現代性的生存反面、負面，瘂弦對存在的深淵進行了一場長達十年的探查，交出一份少而精的超前答案。可是本該乘勝追擊，不知為何突然金盆洗手了。一般而言，如沒發生重大變故（疾病、改行、轉向），哪會在順境或平靜中戛然而止，留下一連串疑竇。對照瑞典特朗斯特羅姆（Tomas Transtroemer，二〇一一年諾獎得主），設若沒有足夠的底氣，怎敢拿六十年時段二百多首詩作做資本，衝擊世界巔峰？而我們的「詩儒」，卻在生育最旺盛的時刻，毅然「斷子絕孫」。設若沒有對生命超級的自信與看破，豈能做到如此無情無義，清心寡欲？然而轉念自忖，無須深究他個人的隱私謎底，正是這份軼類超群，讓一個甲子之後的他的絕大部分詩作，經歷歲月漂洗，豈非沒有發黴，反而愈顯先見之明。他對戲劇性、電影性的詩寫新意、對反諷的大力推進，對現代人性的發露指陳，即便帶些艱澀，進入現代詩的典律化館藏，仍熠熠閃光，發人深省。

---

[9]　余虹：《思與詩的對話──海德格爾詩學引論》（北京：中國社會科學出版社，1991年），第292頁。

第五章　周夢蝶
孤絕而幽邃　空無而豐盈

一、從孤魂草到白菊花

周夢蝶的悲苦源自命運的不幸與捉弄：

一九二一年，出生於河南陳店村貧困農家，作為遺腹子（出生前四個月喪父）在三歲時與苗氏女子定親（十六虛歲未滿而娶）。

一九三九年，以十九歲大齡考入開封第一小學（就讀一學期跳至六年級後畢業）。

一九四五年，因戰亂輟學於開封師範學校，擔任過縣立小、中學國文教員。

一九四八年，在武漢復學未成轉投考「青年軍」來臺，至此與髮妻、二子一女暌違半個世紀（後遭中年喪妻，晚年喪子之痛）。

一九五五年，因病弱不堪任勞，於左營「淨身」退伍，輾轉臺北擔任四維書屋店員。

一九五七年，以流動攤販的方式在武昌街鬻書為活，凡二十一年。且專賣詩集、佛學、文學叢書（曾因妨礙市容被取締禁閉，曾遭颱風流浪街頭三天三夜）。

一九六一年，因南懷瑾《禪海蠡測》，開始禮佛習禪，親近莊老，及至終生不離不棄。武昌街明星咖啡屋前的「趺坐」亦成為一道罕見的人文風景。

一九八〇年，因胃潰瘍出血入院（胃切除四分之三），遂收拾

擺攤蟄居新店五峰山下，每月以千餘元最低生活費，簞食瓢飲。

二〇一四年，肺炎合併敗血症，入住慈濟醫院。孑然一身離世九十四歲。

古遠清從古今文人的比較角度中說：周生活清苦，與孔子的弟子顏回相似。其至情至性，與蘇曼殊相差無幾。其自虐而宿命，與納蘭性德靠近[1]。作為同儕、《創世紀》三駕馬車評價他：「從沒有一個人像周夢蝶那樣贏得更多純粹心靈的迎擁與嚮往。周夢蝶是孤絕的，周夢蝶是暗淡的，但是他的內心卻是無比的豐盈與執著。」[2]這大概可歸結於他「欲與理，獨與兼，凡與聖，苦與空，每每相煎，必當成詩而後快也，必當成詩而後安也」[3]。

作為同仁、《藍星》詩社的余光中在周公紀錄片《化城再來人》說他：充滿了矛盾，也充滿了嚮往，這些遺憾都在詩裡得到補償。所以他在現實世界很拘謹，很不自由，而在想像世界裡，是逍遙遊、孤獨國。紀錄片開場還特別引用周公的詩句：「我選擇紫色，／我選擇早睡早起早出早歸。／我選擇冷粥，破硯，晴窗，／忙人之所閒而閒人之所忙。」[4]他用早與忙化解生活的坎坷與重壓。

作為入門弟子、高雄師範大學曾進豐教授剖析了周公一個特徵：「周夢蝶的詩旅跋涉，宛如蝸牛觸鬚，緩慢、寧靜且忐忑。」確如他的夫子自道：「我沒一飛衝天的鵬翼，／只揚起沉默忐忑的觸角／一分一寸忍耐的向前挪走：／我是蝸牛。」（〈蝸牛〉）

而後輩們對苦行僧則做出如是理解：「其痛苦絕望是因詩人生命經歷的坎坷與精神的長久壓抑才鬱積成形，它盤踞在詩人靈魂的最深處，自其性情中散發出悲哀，這些就使得他的詩作呈現出一種濃郁的悲劇意識。這種悲劇意識主要表現為個體的孤獨感、對命運

---

[1] 古遠清：〈「藍星」詩人群〉，重慶：《長江師範學院學報》2008年第6期。
[2] 洛夫、瘂弦、張默：《七十年代詩選》（臺北：業大書店，1967年）後記，第352頁。
[3] 胡亮：《窺豹錄》（南京：江蘇鳳凰文藝出版社，2018年），第2頁。
[4] 周夢蝶：〈我選擇‧二十一行〉。

的無奈感以及心境的悲哀與沉重。」[5]「以一種紅塵之中又摒棄紅塵於千里之外的孤絕，在出世與入世中，從道家思想中汲取高曠超絕的生命精神，融入基督教的原罪思想和宿命的生命悲感，並結合佛陀的慈悲和基督救贖，形成一種對眾生苦難全然的負擔和承載的人道精神，和將小我的悲苦提升為對人生、宇宙的大澈大悟。」[6]所以說周公是「以詩的悲哀征服生命的悲哀」（印度詩人奈都夫人）。

因為周夢蝶低調、寡言、謙卑、逃避，留下的資料不多，只知道他有生以來從未跟人家吵架、打架，連高聲講句話都沒有；寥寥幾句性格自我分析中也是概括性的：最大的缺陷是失去「剛毅果敢」，最常表達自己的是「缺陷人」、「畸形人」。但留下兩個確鑿細節卻很有意思：周公吃飯極慢極慢，朋友忍不住問其緣由，答曰：「不這樣，就領略不出一顆米和另一顆不同的味道。」大病初癒後總獲朋友十一萬元捐助，結果被人家倒掉，只見他盤腿微笑不以為意，超拔到那樣實非凡人。前者顯示心細如針的藝術稟性，後者表則明人格修煉已近不食人間煙火。細節雖小，卻為詮釋周公文本留下可靠注腳。

周夢蝶留下詩作不多，總共才二百多首，卻是用充滿苦、空與無常的耄耋之年磨礪出來的，每一首都是心酸、血淚，與無言的啞語。他的心理與文本既高度統一又高度背離，一直是難解之謎。說高度統一，是指心靈的崩塌轉化為火與雪的深刻對峙與和解；說高度分離，是長期在心如止水境況的浸泡下，依然擴散為道道縈緊的漣漪。

「真實無瑕的周夢蝶，別有傷心懷抱，曾經大痛苦、大寂寞，卻終於修得大清淨、大逍遙、大歡喜和大圓滿。此種懷抱，此種境界，當世不作第二人想。」[7]這是一個奇妙的矛盾體。他沒有大動

---

[5]　許敏霏、孫曉婭：〈花雨滿天中低飛的蝴蝶——論周夢蝶詩集《十三朵白菊花》〉，汕頭：《華文文學》2016年第1期。

[6]　屠麗潔：〈論周夢蝶詩歌中的基督教意象〉，武漢：《文學教育》2016年第12期。

[7]　胡亮：《窺豹錄》（南京：江蘇鳳凰文藝出版社，2018年），第2頁。

感情（用他的話說），可能就寫不出〈還魂草〉的絕唱；他無動於衷，趺坐於熙來攘往的人流旁，但依然逃脫不了酬唱、賀壽、寄寓、親物；他經歷坎坷，看破紅塵，皈依佛門，過著與色欲、物欲無涉的生活，但依然心存念想，頑韌地進行悲苦凝鑄的喃喃獨語。他將愛情滄海的驚濤駭浪（估測百分百柏拉圖式的）推向懸崖絕壁，也將細微的生命觀照、提煉出周而復始的生機；他在禪意與悟境中，出示寂寥與謙沖，也在剎那與永恆間獨領無住的空無；他的慘淡遭際加劇他的沉默寡言終日落落靜坐冥思，匹配人屆中年後的潛心佛理；越過塵世浮囂陡增人生世事的頓悟，度入晚境更是淡泊無欲，在玄祕幽奧裡怒放淒美之花。

　　周夢蝶的心靈掙扎、自我救贖，應是得益於佛教的「三量」（現量、比量、非量），得益於禪宗美學的「三無」（無念、無相、無住）。用現代話說，存在能顯現的，又可被感知的，叫現量；存在而不顯現的，叫比量；不存在卻可顯現的，或不存也不顯現的，叫非量。周夢蝶就在三者的糾纏中，唯識修煉、悟道自持。而「三無」是一切都是以「自性」為主，無相是指性體清淨；無住是指本性無縛，心無住；無念是指不染萬境，從此悟入自性。即見性成佛。因為不黏於物、不依於物才能在無限的時空中具有超脫的心靈。超脫的心靈反倒能心生萬物，即心是佛，是故一切事象皆是空幻，一切心生即萬象亦生，由此而救渡人生。

　　有年輕學人用「攖寧」解釋臺灣詩人自我掙扎、自我救渡的張力狀態。「攖寧」一說出自《莊子・大宗師》，「攖」，是擾亂的意思。攖寧，則是修道者在悟道過程中，被各種外界影響後，復歸於寧靜澄明的一種現象。[8]周夢蝶的心靈掙扎，體現在形而下的日常情欲廝殺中的激烈與復歸平靜，他在〈讓〉的詩章中，用四個「讓」字：「讓軟香輕紅嫁與春水，／讓蝴蝶死吻夏日最後一

---

8 林美強：《臺灣前行代詩歌的莊禪時空研究》（廣州：暨南大學，碩士論文，2014年）。

瓣玫瑰，／讓秋菊之冷豔與清愁／酌滿詩人咄咄之空杯；／／讓風雪歸我，孤寂歸我／如果我必須冥滅，或發光──／我寧願為聖壇一蕊燭花／或遙夜盈盈一閃星淚。」於四種生命與情欲的苦痛意象達成心境（冷熱、生死、苦樂、醒睡）之平和與安然。而在形而上的時空築夢中，周夢蝶借〈逍遙遊〉為依託，帶著道家的玄奇、佛門的禪意，洞古穿今，穿越天地：「飛越啊，我心在高寒／高寒是大化底眼神／我是那眼神沒遮攔的一瞬。／／不是追尋，必須追尋／不是超越，必須超越──／雲倦了，有風扶著／風倦了，有海托著／海倦了呢？堤倦了呢？／／以飛為歸止的／仍須歸止於飛。／世界在我翅上／一如歷歷星河之在我膽邊／浩浩天籟之在我脇下⋯⋯」。不管是形而下的情欲逃避與克制，還是形而上的空無坐享，其特有的矛盾語法、非常態邏輯、超現實體驗，在人間煙火與世俗之外，搭建強大的藝術張力。從最早的孤魂草到耄耋之年的白菊花，周夢蝶一直給人多病、蕭瑟、枯坐的影子，但他弱不禁風的骨架、嫋嫋升騰的襟懷、不沾凡俗煙火的精氣神，撐起一個深邃的藝術天堂，反差之大，一如他醞釀、修改四十年的〈好雪，片片不落別處〉所云：「生於冷養於冷壯於冷而冷於冷的／山有多高，月就有多小」。反過來說，孤絕、封閉、清冷的靈府，成就的卻是何其曠遠、迷離、幽邃的世界。

二、禪元素的化合

　　周夢蝶勤懇於佛禪多年修習，幾達禪宗境界：一是反外力依靠和崇拜的「無相」，二是反邏輯推理的「無念」，三是冥思苦想中之不想的「無念」，四是澈底解脫自在的頓悟「無住」[9]。在佛禪薰陶浸淫中，周夢蝶無愧於現代禪詩寫作的祖師爺。

9　高峰、業露華：《禪宗十講》（臺北：書林出版有限公司，1999年），第188-193頁。

現代禪詩是詩歌分類學最困難的品種，能成氣候者寥寥。早期有不大成熟的瘂弦，具有「晚期風格」的洛夫略帶雛形，時有經營的蕭蕭（《松下聽濤》集），臻至佳境的沈奇（《天生麗質》集），但最全面最深入非苦行僧周公莫屬。以狷者的孤潔穿越紅塵市井，蘊滿佛禪真義的筆意，由不可逃脫的精神困境到心性自足的超驗天地，探尋禪與人世、原始虛空的關聯。解密個體生命、人類，乃至萬事萬物生存的終極價值與意義[10]。

禪與詩具有天然的聯姻基因，理由有三：其一，禪強調自性本心，世間萬事萬物，不過是本心的影像。詩，尤其是現代詩，也強調本性的淋漓揮發，心靈的自由張揚，靈魂的全然開放，與禪完全對口。雖不如禪道絕對化地將心等同宇宙、世界，卻異質同構性地將萬事萬物置於心靈感化中，即心靈的高度幻化。其二，禪是以頓悟為特徵的靈感思維，這樣的悟性必然大規模開啟潛意識、直覺、超感覺、靈視、意念、幻象，全方位引入神祕體驗，這就使得現代禪詩的神祕心性體驗、「非思量」直覺、頓悟妙悟方式，與現代詩的運思頗為「榫合」。換言之，現代詩有關生命的敏銳體認可以借助或融入禪思的悟性思維，而禪思的神祕體驗也可部分轉嫁於現代詩的領悟性思路。其三，禪提供大量「無理」的語言迷徑。左手「忘言」，右手「除故」，雙管齊下，是一種無跡可求、無言忘言的「無」，現代詩追求目擊道存、祕響旁通的「有」，表面上兩者差異不小，但實際上在掙脫語言牢籠、陷阱、破除語言惰性，製造新意與驚愕感，都有異曲同工之妙。

因為難度與篇幅關係，我們暫時無法深勘周夢蝶的佛、禪情懷、悲劇意識、自怡自得的心境，及匠心獨運的語言方式所鑄就的東方古典之睿智與玄妙，只能先在外圍上，羅列一些相關元素。

---

[10] 陳仲義：〈悖論詩語的本質及其表現形式——張力詩語探究之三〉，南京：《南京理工大學學報》2013年第1期。

比如禪境。自然與虛無的結合，喧囂與空寂的交融，托舉出一個蟬蛻的「自我」：

> 以一片雪花，一粒枯瘦的麥子
> 以四句偈
> 以喧囂的市聲砌成的一方空寂
> 將自己，舉起
>
> ——〈再來人〉

　　也由生機勃勃的感性具象，進入虛擬中的抽象，在形而上王國建立超驗的信仰：

> 世界坐在如來的掌上
> 如來，勞碌命的如來
> 淚血滴滴往肚裡流的如來
> 卻坐在我的掌上
>
> ——〈花，總得開一次——七十自壽〉

　　比如禪意。順應生生不息的自然，在忘我與萬物之間，寄託生命的本然，昭現於眼前的「無」：

> 門前雪也不掃；
> 瓦上霜也不管。
> 春天行過池塘，在鬱鬱的草香
> 蜻蜓吻過的微波之上
> [……]
>
> ——〈蛻——兼謝伊弟〉

也在看山、看水、看我的關係轉換中，努力抵達明心見性，關鍵在於如何掙脫羈絆的自我：

> 世界在我的眼前走過
> 我在我的眼前走過
> 我看得見他們
> 他們看不見我
> 我也看不見我
>
> ——《十三朵白菊花‧密林中的一盞燈》

禪趣。以一種物象取代、置換來獲取另一種「意思」、意味，或將其等同於世界、宇宙，童真之趣溢於言表，比如用鳥聲就可以完全取代——

> 世界就全在這裡了
>
> 如此婉轉，如此嘹亮與真切
> 當每天一大早
> 九宮鳥一叫
>
> ——〈九宮鳥的早晨〉

相當程度與範圍內，也可以等同用純淨無邪的思維感受天地——

> 在水上，在水的天上
> 天有多高，我的小舟就有多高
>
> ——〈垂釣者之二〉

禪思。霹靂都可化為蝴蝶的安立與清睡，那麼，還有哪種思維禁受不了這種「灌頂」？

> 誰家的禾穗生起五隻蝴蝶？
> 當群山葵仰，眾流壁立
> 當疾飛而下的迦陵頻伽
> 在無盡藏的風中安立、清睡：
> 是誰？以手中之手，點頭中之點頭
> 將你：巍巍之棒喝
>
> ——〈聞雷〉

　　禪悟。在相對循環的格局中，什麼時候，才能進入漸悟的真傳，抵達頓悟、了悟的境界？

> 我們在冷冷之初，冷冷之終
> 相遇。像風與風眼之
> 乍醒。驚喜相窺
> 看你在我，我在你；
> 看你在上，在後在前在左右
> 回眸一笑便足成千古。
>
> ——〈行到水窮處〉

　　禪理。禪宗總用無常、無盡、無定的「道理」消解世俗功利，進而形成一系列互否的「說教」——

> 一天就是兩歲
> 百年
> 比一剎那的三萬六千分之一

還短！

——〈花，總得開一次〉

最近的路最短也最長
而最遠的路最長也最短

——〈鳥道〉

一切都將成為灰燼，
而灰燼又孕育著一切

——〈徘徊〉

禪機。抓住剎那的一念之動，或許就貼近了某種終極奧祕。

行到水窮處
不見窮，不見水——
卻有一片幽香
冷冷在目，在耳，在衣

——〈行到水窮處〉

同樣，面臨同一對象，稍一動作就面目全非。永恆—瞬間、瞬間—永恆的思路，是進入「四維世界」的利器？

只一足之失
已此水非彼水了

——《約會‧風——野塘事件》

棒喝。禪師對人所問，不以言語答覆，或棒打，或口喝，以此「牛頭不對馬嘴」的方式提升對象的警戒或悟解——

明年骷髏的眼裡，可有

虞美人草再度笑出？

鷥鷥不答：望空擲起一道雪色！

——〈蛻〉

而〈牽牛花〉，是另一種「有答案」的棒喝——

我問阿雄：「曾聽取這如雷之靜寂否？」

他答非所問的說：「牽牛花自己不會笑

是大地——這自然之母在笑啊！」

作者最後還是忍不住給出了答案，解謎並不恪守「不立文字」的鐵律，依然保留語言的最後一絲光亮。「棒喝怒呵，無非至理」，「呻吟咳唾，動觸天真」（胡應麟《詩藪》）。

至於無處不在的禪語，其本質盡在不言之中，其狀態恰如「向每一寸虛空／問驚鴻的歸處／虛空以東無語，虛空以西無語／虛空以南無語，虛空以北無語」[11]，雖然不能說或說不出，但必須說，至少有所表示，於是周氏經常陷入兩難境地。這是典型的周氏禪語：「無邊的夜連著無邊的／比夜更夜的非夜」[12]——也即是標準、決絕的悖論語，乃至落入無止境循環：「我清清澈澈知道我底知道。／他們也有很多很多自己／他們也知道。而且也知道／我知道他們知道。」（〈濠上〉）更彰顯出周夢蝶人格的孤傲，體現禪語上，文如其人，實乃一絕。

現代禪詩涉及諸多的禪元素：禪境、禪思、禪意、禪機、禪象、禪脈、禪語、禪鋒，乃至禪謎，比較其他類型相對有序，它們

11　周夢蝶：〈虛空的擁抱〉。

12　周夢蝶：〈風——野塘事件〉。

乃屬詩歌世界中「非晶相」的高分子結構。要是沒有緣分，即便眼前，也遠在天邊。這種無緣怪不得別人，首先是它無法刻意而為，其次是「配對」難度很大，成活率很低，難免育出許多自以為是的贗品。所以說，它是詩歌化學反應中最難操控的類型，一如「核糖核酸」分子式，稍稍改變「排序」，立馬生成另種面目。非超一流者，切莫輕舉妄動！

祕笈之一是周氏將佛法概念與心靈意念緊密交織，經過詩意熟成而不拘泥於文字相。佛法觸受如果沒有經過身體性經驗之沉澱，而挪移到文字中，常常讓人感到新瓶裝舊酒的不適；沒有禪修經驗做根本，徒然自我捉弄多此一舉。其牽涉佛法只在剎那間，並不黏著；直接切入心尖，而幻生詩歌空間及其迴響。心靈意念帶出「活色生香，神出鬼沒的靜默」的詩語，是決定性經驗與整體性價值的中間地帶。承續前面殺死又殺活的轟然，開啟後來「驚異於自身的一片白」新天地，詩之無端無盡藏盡攝入奧美之極的境界[13]。放眼百年新詩，真正成功者能有幾人呢？

三、全方位邏輯消解

最大祕笈，恐怕還是詩僧的大腦，對邏輯學有一種天然的自閉。而人們在日常生活中一定要遵循千百年來約定成俗的鐵律，否則一切都將亂套。但是，藝術與詩常要衝破人為法定，進入顛倒黑白、指鹿為馬、混淆是非、歪門左道的「詭辯」，方可叩響堂奧之門。「詭辯」不要求嚴密辯證，而要在邏輯的通道上設置機關，耍盡花招，造成似非而是、似是而非的語境、語義。悖論是其間的要角。尤其是剪不斷理還亂的互否、互斥所帶來的極大的含混、曖昧，一方面把不合邏輯，不近常情，不可理喻的深奧美推向極致，

---

[13] 黃梁：《百年新詩1917-2017》（臺北：青銅社出版社，2020年）第四卷，第34頁。

另一方面也帶來難以從容消化的晦澀。這也是禪詩寫作的一個高難度。

周氏在這方面標識著一種範式的成形，其悖論思維與悖論語言，如若從語法學上進一步剖析，主要是對四大形式邏輯進行澈底顛覆與瓦解，由此造成難以適從的詭異。

消解同一律。

形式邏輯的同一律告訴我們：任何一個思維自身都應該確保它的同一性。如果反映了某一對象，那麼就是反映了這個對象，是什麼就是什麼，不能任意更換。如果A是真，則A必真；如果A假，則A必假。其公式為A是A，且看周氏是如何「混淆」：

> 雪既非雪，你亦非你
>
> ──〈菩提樹下〉

> 像風與風眼之
> 乍醒。驚喜相窺
> 看你在我，我在你；
> 看你在上，在後在前在左右：
> 回眸一笑便足成千古。
>
> ──〈行到水窮處〉

雪不是雪，你不是你，即A≠A，B≠B，周氏在這裡做了一次膽大包天的偷換概念；你在我，我在你，則成為A=B、B=A。周氏在這裡做了另一種「轉移」，這在同一對象思維中是絕對不允許的。顯然，周氏嚴重違反了思維的同一律，但恰恰就是這種違反，澈底消解獨立的人稱關係，消解你我的森嚴界限，使周氏迅速而順利進入忘我境地。

消解矛盾律。

矛盾律是指同一個思維中，一種想法不能既反映某對象，又不反映某對象。也就是說，互相矛盾或者互相反對的思想，不能同時都是真的。其公式是A不是非A。表示在同一思維對象進程，是A就不能又是非A。

縱使黑暗挖去自己底眼睛……
蛇知道：它仍能自水裡喊出火底消息

——〈六月〉

所有的眼都給眼矇住了
誰能於雪中取火，且鑄火為雪？

——〈菩提樹下〉

水與火勢不兩立，火與雪不能共存，周氏一方面有意摧毀思維的矛盾律，不怕犯「自相矛盾」的錯誤；另一方面又巧妙運用矛盾語、矛盾意象，將兩種互抗互拒互阻互否、不可調和的矛盾事物同置於統一語境，造成突兀而緊繃的張力。

消解排中律。

排中律是指同一個思維過程，一個思想或者反映某對象，者不反映某對象，二者必居其一。其公式是：或者A，或者非A。也可以簡潔地說成「要麼A，要麼非A」——二者必取其一。

不是追尋，必須追尋
不是超越，必須超越——

——〈逍遙遊〉

宇宙至小，而空白甚大
何處是家，何處非家？

——〈絕響〉

　　在邏輯上，一件東西是A就不可能同時不是A，要麼確定一個，要麼否定一個，周氏偏偏兩者都要：已經確定不追尋還必須追尋，已經確定不超越還要超越，所以變成一不追尋就是追尋，不超越就是超越；是家就是不是家，不是家就是家；這種白馬非馬的思維，「上德非德」的倫理觀（老子），「不死不生」的生命觀（莊子），無疑構成周氏禪詩的主要內容，而破壞消解排中律，利用「模稜兩不可」（或稱兩不可）的錯誤，顯然是其中重要手段。
　　消解充足理由律。
　　充足理由律是指一個思維過程，一個被確定為真的對象，必須具備充足理由，也就是說，任何判斷，要確定為真，必須要有足夠的根據。其公式為：A真，因為B真，並且由B推出A。符號表為B→A。

在未有眼睛以前就已先有了淚

——〈二月〉

看腳在你腳下生根
看你底瞳孔坐著四個瞳仁。

——〈一瞥〉

　　未有眼睛竟先有淚、腳於腳下生根——這些都是毫無道理的「道理」。人們不禁要問，詩人哪條神經出了毛病？前者顯然犯了「推不出來」的邏輯錯誤，後者犯了「虛假理由」的邏輯錯誤，但正是這種沒有任何憑據的胡思亂想，沒有任何內在聯繫、風馬牛不

相及的「無道理」，才引領周氏抵達禪道的眾妙之門。

　　周夢蝶在形式邏輯上裝聾作啞地破壞、消解四大邏輯定律，波及到時空、心靈、外域、內裡與諸多他者，最後集中於自我消解、物我泯沒的空無效果。

物我消解。

　　什麼是我？
　　什麼是差別，我與這橋下的浮沫？

——〈川端橋夜坐〉

　　我與物質的浮沫並無差別，我與物質的浮沫等值，這是莊子的齊物觀，成為周氏全身心拜服的一種透澈。

　　是水負載著船和我行走？
　　抑是我行走，負載著船和水？

——〈擺渡船上〉

　　絕對真理失去了根本意義，在「心生，種種法生」的統罩下，一切都是相對主義的展開：水、船、我，其實已失去壁壘森嚴的界限，開始逼近「天人合一」的境界。

自我消解。

　　枕著不是自己的自己聽
　　聽隱約在自己之外
　　而又分明在自己之內的
　　那六月的潮聲

——〈六月〉

無端
穿入灰鴿或鳥鳶的腹中
於是，不知愁不知驚不知痛的我
遂一身而多身
且不翼而能飛了

——〈白雲三願〉

　　在一般情況下，人的自我與非我是難以區分的，只有進入特殊的境遇，比如進入坐忘、參禪的入定中，進入萬籟俱寂的內心獨白時，自我方能顯現跳脫出來，產生分化的第二、第三甚至更多的自我，然後才可能重塑自我。只有在這特殊際遇，人驚異地「靈視」到，原來人還有另一個（或另一群）「我」的存在，甚至於還能「靈聽、靈觸、靈嗅」到那活生生的「在」，何其妙哉。周氏正是依靠他特有的禪思，順利地靈視自我、他我、物我，同時也不費吹灰之力，很便當地泯滅自我、他我、物我，不斷地獲得對自我與世界的發現與提升。

　　產生周氏這種幾近無是非、無利害、無差別的非邏輯運思方式，從哲學上追溯自然要直抵禪道本體。如若說佛家主張的本體是寂然不動的自性，那麼禪道則把這種自性看成是每個人本來澄明的心性，只有自性本心是真實的，而一切外在的東西都是虛幻的，因而禪道能「開眼則普照十方，合眼則包含萬有」。一切都從自性出發又回歸自性，由此哲學觀導致的心態必然產生禪道固有的「境由心設」論；是以發現自己的本心，回復到自己的本心為歸依的。它輕而易舉泯滅了作為對立面物的界限，泯滅了自我與非我、自我與他我的界限，泯滅了一切諸如生死、是非，壽夭、榮辱、升降的對立衝突，把這一切都歸結於澈悟之中，最終進入「無心」、「無念」的空靈永恆，這種歸依自性本心的宇宙觀和「境由心設」論，勢必導致方法論上相對、模糊、非邏輯、非分析的直覺思維，按禪

宗的術語講就是「不二法門」。由於禪宗認為佛本體是不能發生主客區分的「真如自性」，而一切對它的知性思維只能改變其自性的內核，從而失去本來面目，所以它的方法論肯定要消解一切「差別」，用我們今天流行的話來說：「它既不是遵守一般的肯定邏輯，也不是一般的否定邏輯；而是超越二值邏輯之上的既肯定，又否定；既不肯定，又不否定的模糊邏輯。對於任何事物，禪宗從不作非此即彼的判斷，只作亦此亦彼，非此即彼的啟發。」[14]

周氏大量運用反邏輯、非邏輯、模糊邏輯的運思方法，造就了他獨特的現代禪味，其妙諦「在不即不離，若遠若近，似乎可解不可解之間」[15]。本文僅就方法論做了個別抽樣性剝取，多少會損害其整體意味，但從中是否給予我們若干啟發——

現代詩主要是以生命體驗為其本體歸屬的，切入生命靈魂內質，依靠的多是一種非分析非推理判斷的內在靈覺，一種想像、知解、靈感瞬時活化的悟性思維。這種內在靈覺與悟性必然要抵制以明確性為旨歸的形式邏輯的入侵。因而可以說，現代詩愈是推行形式邏輯，愈是遠離詩的；模糊邏輯、模糊思維應該成為「詩想」的首選。

不過仔細推敲，這樣的論斷也會走向極端。畢竟詩性思維也要符合條條道路通羅馬的大道理。東方的形上思維、圓周思維、直覺思維，如蜻蜓點水，水上掠「漂」，充滿散點的虛線，到處揮灑，不會打結，固然有自己的優勢，更有利於抵達圓融境界，但西方縝密的分析性思維，細膩入微、錙銖必較，齒輪咬著齒輪般的演繹推進，運用廣泛的二元有機辯證，亦可各勝擅長，關鍵是詩人如何根據自己的天性稟賦，走出自己的奇葩異想。

---

[14] 覃召文：《中國詩歌美學概論》（廣州：花城出版社，1999年），第256頁。
[15] [清]朱庭珍：《筱園詩話》，陳良運編《中國歷代詩學論著選》（南昌：百花洲文藝出版社，1995年），第1096頁。

第六章　向明
他把明礬投向渾濁的池子

　　一九二八年，對臺灣詩壇來講，是頗具福分、緣分與喜感的年份。因為這一年，它集中提供了超過個位數的十幾位詩人的誕辰。在接連痛失三位巨匠（洛夫、余光中、羅門）之後，同庚的向明便成為碩果僅存、稀缺的熊貓。他「守成」於老欉，卻不時踢踏出感時憂世的火花，火花中閃現白樂天的光影。「不詭譎、不賣弄、不矯揉、不造作、不投機、不取巧、不囉嗦、不嘮叨」成了他的「不八」標籤[1]。整整一個甲子，向明的瘦小身軀，實誠地、日復一日地推動生活之磨，把各種「鳥蘿」、「糖果樹」、「吊蘭植物」，連同《詩餘札記》、《窺詩手記》，榨成濃淡相宜的汁液，贏得廣泛的受眾胃口，加上他參與度很高的策畫、組織、評審、編輯工作[2]，特別是為人謙鬱、隱忍、沖和的品行，奠定了他詩壇的「儒者」地位。

一、貼近日常主義

　　向明無數次表白：「如果不去認真生活、體驗生活，要想獲得同時代人的欣賞和肯定，無異於緣木求魚。所以我主張以生活入

---

[1] 尹玲：〈家鄉／異地之內／外糾葛——剖析向明〈樓外樓〉〉，《儒家美學的躬行者——向明詩作學術研討會論文集》（臺北：萬卷樓圖書股份有限公司，2007年）。

[2] 向明著有《雨天書》、《狼煙》、《青春的臉》、《水的回想》、《隨身的糾纏》、《陽光顆粒》、《地水火風》等十餘本詩集，詩話集有《客子光陰詩卷裡》、《新詩百問》、《走在詩國邊緣》、《窺詩手記》、《詩來詩往》、《和你輕鬆談詩》、《我為詩狂》、《詩中天地寬》等十餘種。此外，參與臺灣詩壇重大的詩選、評獎、研討、活動多達百項。

詩，讓詩源源不絕實實在在地從我們生活中流出來。」[3]「世間萬物都可以入詩，⋯⋯想寫什麼就寫什麼，最好先寫你身邊熟悉的事物。」[4]「詩貴真誠，以生活入詩，才算是真我的表現。其次我認為從生活中可以找到俯拾即是的詩材，永遠不慮詩源的枯竭。」[5]正是基於這樣素樸的觀念，「生活本身即是一首最真切壯烈的詩」[6]，向明義無反顧投身生活，但如果不具備敏銳的眼力、批判性視野，仍然會與生活擦身而過，無法「觸到痛處、抓到癢處」，從而做到「穩準狠」。他貼近日常主義，熱愛凡間塵世，擅於從平凡的小事發見詩意，且從中提煉深刻的憬悟和獨到的審美。舉凡失眠、咳嗽、洗臉、讀報、翻書、鳥叫、出恭、下午茶、餵魚、熄燈、蓋章、廚餘、麻辣、求籤⋯⋯，皆拈葉成花。

一直自身邊的瑣事入手：「走進大賣場／吞鯨的欲望／便有如日中天的響亮／堆高機疊高的都是我／我的卡洛厘／我的唯他命／我的維骨力／我的精力湯／／走進大賣場／所有的價值／都被自己的卑微推翻／計算器裡無相關存檔／我的一個字編不出一片條形碼／我的一首詩換不來一個披薩／我的幾本書只能在書房藏身／我這個詩人標不出價在賣場／／走進大賣場／唏唏又嚷嚷／蘿蔔白菜苦瓜香蕉都有行市／衛生棉濕紙巾洗髮精多代言／智能型手機太智慧而我不智／高畫質大電視擠不進我蝸居／只想嘗一杯白蘭地又不零賣／再怎麼便宜薄紙帋出手都難」[7]。大賣場賣的東西可說包羅萬象，一進場眼花撩亂，無所適從。一般民眾，一方面在物質的洪流中盡情享受，另一方面心靈的原初與純潔又被反覆鏽蝕。此時的詩人，保留著高度的清醒：堅定人與物各有其值。一方面他自嘲自己編不出一片條形碼、換不來一個披薩，但另一方面，又高挺著精

<hr>

[3]　向明：《新詩50問》（臺北：爾雅出版社，1997年），第37頁。
[4]　向明：〈妙悟與善學〉，《新詩後50問》（臺北：爾雅出版社，1998年），第138頁。
[5]　同上引書，第43頁。
[6]　落蒂：〈悲傷的旅人──評《水的回想》〉，臺北：《中華日報》1990年2月9日。
[7]　向明：〈走進大賣場〉。

神的無價——那是用計算器無法衡量的價位。家庭的瑣事是最具生活本相的。「妻說：豬肉又漲了／從三十四漲到三十八／還帶好大的一塊皮／妻說：老二的鞋子又穿洞了／買一雙吧／要一百好幾哩／／妻說：又要繳房租了／我們的薪水袋／恐怕湊不齊／／我說：我能說什麼呢／在我的詩裡／一樣也沒有這些東西」（《青春的臉‧妻說》），表面上是妻子與丈夫間的對話紀錄，用那些個不能再熟悉的豬肉、鞋子、房租入詩，實則是大眾的經濟壓力與現實困苦的和盤托出，具有普遍的現象學鏡像效果，而結尾一句類比，活脫脫寫出一個詩人的「赤貧」。繼續對內助進行挖掘，挖到〈妻的手〉：「竟是一把／欲斷的枯枝／／是什麼時候／那些凝若寒玉的柔嫩／被攫走了的呢？／是什麼人／會那麼貪婪地／吮吸空那些紅潤的血肉／／我看著／健壯的我自己／還有與我一樣高的孩子們／這一群／她心愛的／罪魁禍首」。從愛妻之手再到愛妻所承受的保姆之重是〈五張嘴〉：「五張嘴，五張嘴的吼聲／是五千噸的壓力／我是那五隻鐵錘下／火星四濺的鐵砧／震得目瞪口呆[……]五張嘴／是五千隻蝗蟲的口器／整天在囓咬著／直至一根稻稈般／什麼也不剩」。〈五張嘴〉被詩性的思維渲染誇飾為鐵錘與鐵砧的關係以及蝗蟲的口器，它的形象性，把一個家庭的隱私提升為一個沉重的普遍性社會問題以小見大，是詩人手中嫻熟的利器。

　　說完家庭、老婆再說自己，譬如〈洗臉〉：「晨起洗臉／必先沖洗假牙／必先清除喉舌間／糾纏不清的／黏痰／必先蓄水一大口／咕嚕兩三聲／奮力把宿夜的滿嘴苦澀／吐了出去／梳洗既畢／層層剝開／被扭折成／重重心事的報紙」，連篇累牘的細節、不厭其煩的過程，都是為著鋪墊結尾被扭曲的心事，就像重重折疊的報紙，糾纏不清。處於現代都市夾層的蝸居，人們不勝各種煩惱、摩擦、齟齬。生存的困頓、就業的壓力，散見於教育、撫養、醫療、房屋等等，而又都都集中、濃縮在上班族的「打卡」裡：「如何把自己／縮水成一張薄薄的卡紙／好讓早班公交車的隙縫／插擠得進

去／如何把勇氣／從傴僂的皮囊裡再釋放出來／與滿車中國未來的主人翁／爭一個位置／然後──趕幾程廢氣的氤氳／穿幾十分貝噪音的佈陣／然後──再把薄薄的自己抽出來／塞進打卡機／讓機器咔擦的說一聲／你很準時」（〈第一課〉），薄薄的卡紙，隱含著薄薄的自己，傴僂的皮囊，行屍走肉，鎮日裡奔忙都是為著得到機器的嘉獎。都市裡的靈長類，上班第一課已然蛻變為異形人，那麼未來該怎樣度過漫漫餘生？雖然詩人對異化的鞭屍不像中生代林耀德、陳克樺們那樣激烈，轉用一種溫柔的反話抵達相同目的，可謂異曲同工。

　　從上班族再引申為都市裡的所有階層與族群，除了打卡之外，都無例外地進行都市的統一「體操」──上樓、下樓：「上樓看老闆的慍色，或老妻的菜色／下樓看多變的天色，或行人的急色／／上樓聽女同事的哭聲，或孩子的鬧聲／下樓聽電視的哭聲，加機車的吼聲／／上樓，目窮非千里，是對樓的睡衣或穢衣／下樓，落腳非吾土，地樓尚有阿花的生意／／上樓，樓高四層，十層，二十層／高聳入雲，卻一點也不與天堂比鄰／／下樓急急的下樓無非是忙著上樓／無非是，遠處那一大片地，尚非吾有」[8]。詩人通過上樓、下樓這一經典的市井掠影，匆忙的腳步夾雜追逐的辛酸，多變的市聲透露焦灼的感嘆。速度、節奏、效率，在上樓下樓的衝浪中，在短暫而迅捷的時空擠兌下，思索著人生意義的究竟，也引發出遼遠的鄉愁阻隔。

　　牢騷歸牢騷，批判歸批判，作者在灰色邊緣地帶發言，雖不免帶著基本事實的陰影，卻沒有一味沉湎於消極，他仍不時清潔自身、整理自身，以向明而非向暝的正能量，挺拔著。詩人對〈蔦蘿〉的嘉許，豈止是一般的掌聲？「你是被風被雨被貧瘠揉得細細的一株蔦蘿／隔鄰的電吉他一響／就令人耽心的一種纖瘦／而你居

---

[8]　向明：〈上樓・下樓〉。

然不慣使用耳朵／卻伸出眾多／攀援的掌／以破瓦缽為家／以防盜窗當天梯／以紅色的小喇叭花吹出向上／向上」。託細碎的五星花自況，不甘貧弱萎頓、拮据窘迫，屢屢尋求破繭，攀援向上，砥礪奮進。掙脫生活拘限，改變處境的勇氣，頗具鼓舞人心。而結尾：「你居然不知道／上面是四樓／即使是月落／也亮麗在老遠」，筆鋒陡然一轉，給予光明向上的勢態當頭棒喝，雖未免幾絲蒼涼，但更具現實骨感，反而帶來一股悲劇性力道。

這就是敦厚透明的向明，一向以生活為礦源，在半明半昧的巷道裡埋頭作業。一路走來，安穩練達，手中的鑽機，始終突突地轉動著踏實的人生旋律。

二、社會現實關懷

真正的知識分子，具備當擔的使命，超然於任何利益集團，維護與發揚普世價值。詩人是知識群中的精英，戴著荊冠，意味著有太多的事要關懷：民族苦難，社會雜亂，價值式微，人心荒漠。荊冠底下，那顆誠實而痛苦的心，總是時時處於煎熬狀態。真正的詩人，不啻是歌詠美好的感恩者，還要為弱勢族群仗義執言，故而向明堅稱「只有搖頭的詩人，沒有點頭的詩人」，旨在強調作為時代良知，當以回歸《詩經》時代的諷諭為務，勇於針對時政提出諍言，助力世道人心培育優質心靈。

洛夫認為，近十年來，臺灣社會寫實之風盛起，詩人社會意識重於文學意識。詩的內涵日漸契入現實，向明詩中多含血絲，這正是他感時憂世的真情反射。詩的思考性取代了浪漫而無節制的感性，詩的語言也更接近日常用語。向明是其中最能把持定力，保持清醒，不願隨波逐流的一位[9]。向明的筆觸探入社會的方方面面，

9　洛夫：〈試論向明的詩〉，《詩的邊緣》（臺北：漢光文化事業公司，1986年），第126-127頁。

且以鮮明的愛憎出入其間。在征逐權力的選舉活動中，他一眼洞穿拙劣的把戲，便讓輝煌的〈排行榜〉跌落成一顆最瘦的名字；觀〈看一條魚被吃〉的過程，詩人早早意識到人際關係的惡化，人性陰暗的虛偽狡詐，便讓溫柔敦厚多帶點雷火；在廚房裡，透過變質的〈餿桶〉，從燦麗到腐朽、從異香到酸臭的過程，作者揭示官員的質變一針見血；在族群日益撕裂的境遇下，詩人鼓吹〈水和土的對話〉，竭力呼籲和睦共處；面對雞翅木製成的〈太師椅〉，詩人自覺進入歷史化的威權主義反思；而經過十字街口的〈安全島〉，受到左右皆不安全的威脅，則重新提出嚴峻的環保議題。

　　向明的現實關懷，自然不是驚木拍案的那種，多是儒家溫潤的微諷，友情的忠告。但〈傳真機文化〉倒是一首具備相當現代感的力作。詩人由兩性關係的單向表述，寫出人我疏離隔閡，看似輕鬆，實則沉重：「親愛的／我的心跳／隔著遙遠的昨日／永遠祇能給你／一個無聲的Copy／／率皆如此／／即使我／更親愛的前妻／在沒有回房前／也只能收到我／傳不出心跳的一紙／Copy／／你要相信呵／我仍活在距離以外／有時不得不與學舌的鸚鵡／結成連理」。從這一見慣不怪的現象關懷中，人們應該會醒悟到，現代人際關係漸次降至冰點，趨於公式化、規格化，乃至最真切的心意都可能異化為鸚鵡學舌。「傳真機文化」告訴你，你只要不斷地Copy不斷傳送就是OK了，即使不是你真想說的也無關緊要，因為這世上沒什麼真話可言。作者鞭辟入裡，提供了一份「喻世明言」。而對於資本主宰一切的負面，詩人看在眼裡，急在筆下，卻沒有粗口暴力，而是繪出一幅暖色的「紓困」圖景，你瞧：「信義路那端的落日／緩緩墜下如一大枚金幣／眼看摔碎在世貿中心那些稜角上時／四野車聲譁然／而那附近空地上的孩子們／卻只管扯著飛天的紙鳶／像是在無心的引旛參加／一場絢麗的　黃昏慶典」[10]。一切向

---

[10]　向明：〈黃昏八行〉。

錢看的結果，已殃及全社會倫理，導致手足鬩牆、親情相戕，整個社會付出了包括下一代的慘重陪葬代價，我們不能不感佩作者及時拉響警報。另一首詩作〈雪天〉亦可作如是觀的腳注：「一陣彌天蓋地的／粉飾之後／這世界終於打理得纖塵不染／便以為／這就是／最適合人居住的地方了／一句廣告詞如是說／／怕只怕／無私的太陽／一旦露臉／怕只怕／清白的包裝／溫潤地拆穿」。沒有大聲的呵斥，沒有過激的譴責，通過雪天粉飾與包裝的失落，提醒人心下滑的真相。

〈天國近了〉，同樣在探討資本影響力的議題，向明發揮他獨有的機智，挑戰社會唯利是圖的主流價值：「是的，天國近了／我們的鞋底越墊越高／我們的債臺越築越高／我們的大樓越蓋越高／我們的生活指標高與天齊／我們的頭顱快接近天國的褲腰／真的，天國近了／為了改信天國／我們把地上的神祇全部廢掉／為了改姓天國／我們把祖先的恩寵全要忘掉／為了住進天國更富有／我們把地上的財產全裝進荷包／為了要躍升成天國子民／我們把墊腳的石頭／全都踢掉／／啊，天國真的近了／看那一條煙火飛升／美日護衛的／金光大道」。類疊複杳的手法，共組批判性疊句交響，誰都難以自外其間。連續四次重複，造成節奏上急切推進，且因強調人們「追高」動向，即利用物質手段獵取成功，進而產生象徵幻象──天國近了，卻隱含著一條自食惡果的末路。向明的洞若觀火，為我們提供了《警世通言》。

蕭蕭說：控訴、批判、抗議的出發點，應該是關懷，關懷人的生活質量、人權待遇，批判不法、抗議不公、不平。表現於詩中，有兩種不同面貌：一種溫如春風，一種厲若秋氣[11]，多數時候向明是溫如春風，少數時候厲若秋氣。〈雛舞娘〉呢？一半是凝重的筆觸，一半是蒼涼的色調：「世界那邊卻涎起笑臉／脫呀！脫呀！／

---

[11] 蕭蕭：《現代詩學》（臺北：東大圖書有限公司，2006年），第44頁。

她這才想起／不過是老爸地裡／沒賣掉的一顆洋蔥」。向明用洋蔥「越剝／越白／越白／越嫩」的擬物化來展現雛舞娘為生活所迫的辛酸無助。通過赤裸裸的舉動與視覺，洞穿文明社會的假面，將人性的蒼白與卑劣暴露無遺。少女是這般，那麼老年人呢？向明用〈菜屑〉的去頭、掐尾、砍手、斷臂、斬下來的根、鬚，順手丟進角落的形象化處理，從總體上涉及老年化的嚴重社會問題，且呼籲：「這是那一門子的／趕盡殺絕呵／／盡挑青綠的幼齒／卻把生命之源的老弱／拋棄在外」。在託物寓意中，即便有時直呼告白幾句，但因為緊緊貼靠於形象，並不存在直露與脫節的瑕疵。

〈午夜聽蛙〉，正值臺灣解嚴伊始，街頭運動興起，示威遊行甚囂塵上，詩人時居臺北近郊，前有菜圃每夜蛙聲不斷，由此引發聯想。全詩由三十六個「非」字帶頭，撐起否定性骨架，做密鑼緊鼓的追殺。或迂迴周旋，或旁敲側擊，或一語中的，三十六個「非」字，既可以說是控訴噪音污染，也無妨講由聯排的噴射器，發射不合時宜的心聲：「非吳牛／非蜀犬／非悶雷／非撞針與子彈交媾之響亮／非酒後怦然心動之震驚／非荊聲／非楚語／非秦腔／非火花短命的無聲嘆唏／非瀑布冗長的串串不服／非梵唱／非琴音／非魔歌／非過客馬蹄之達達／非舞者音步之恰恰／非嬰啼、亦／非鶯啼／非呢喃、亦／非喃喃／非捏碎手中一束憤懣的過癮／非搗毀心中一尊偶像的清醒／非燕語／非宣言／非擊壤／非街頭示威者口中泡沫的灰飛煙滅／非番茄加雞蛋加窗玻璃的嚴重失血／非鬼哭／非神號／非花叫／非鳳鳴／非……／非非……／非非非……／非惟夜之如此燠熱／非得有如此的／不知所云」。在整個「非」主流的眾聲喧嘩中，似乎也隱隱流露出詩人另一層面的杞人憂天：自解嚴後，社會各種意識形態、思想潮流洶湧澎湃，紛亂不已。仔細推敲，那些仍未獲得真正理性的、公信的聲音，它的濫觴、氾濫乃至後遺症，很可能會帶來諸多無法預測的負面，不得不令人沉思，詩人由午夜聽蛙所引發的聯想，在在見出了他的拳拳之心。

三、構思立意佈局

　　詩歌因其篇幅短小，特別講究，構思精巧，立意深刻。構思看好角度、思路、切入點，可以達到「橫看成嶺側成峰，遠近高低各不同」的以一馭萬的效果。立意是在構思展開過程中，對其內容物熔鑄提煉，使其意思、意味、意義昇華。兩者相對獨立又相互映襯。構思立意均佳者有之，構思不錯、立意不高者有之，構思一般、立意不差者也有之。總體上說，向明在謀篇佈局上下了不少功夫，有自己的獨到之處。

　　代表作〈瘤〉與〈巍峨〉是短製構思的典範。瘤作為標題，與全詩正文形成對話關係，更是先入為主地為全詩抹上一層悲戚的情調。年久無法治癒的絕症，這一決絕的宣判書，暗示人們進入悲劇性體驗，然而不對呀，愈往後走，病情並非愈來愈嚴重，反而是從旁殺開一條血路：「脫蛻時的痙攣／你也痙攣」；「一枚繭／剝去一層／另一層／又已懷孕」；「我吸取天地之精華／你吸取我／我口含閃電／你發出雷鳴／我胸中藏火／你燃之成燈」。受眾開始心生疑竇：蟬蛻的意象不就是化蝶的靈感嗎？「懷孕」的構想不是另有所指嗎？所謂的「天地之精華」不也暗含著立意的提升嗎？而閃電與雷鳴、藏火與燈明，似也指向整個思維過程的反覆醞釀、撲朔迷離？我之瘦，瘦成一張薄薄的紙，莫不是「春蠶到死絲方盡」的癡迷與挖空心思，也可能是「為伊消得人憔悴」的苦吟境界？由於構思過程提供多種岔道，最後眾人才在七拐八彎的「點破」中含淚驚呼，原來這顆飽受折磨的瘤，不亞於孕育多年的絕命詩！〈巍峨〉大致也是。不同的是，它直接用一個形容詞做標題，彷彿一個特寫鏡頭，一開始就拉大那個高大上的對象，還有點蒙太奇的味道。不過它剛剛鋪開三句，立刻按捺不住急切的心情，自報家門：哦，原來是一臺大腹便便的攪拌機。「我吞砂石／我嚼水泥／我大

桶大桶的喝水／我是那巨口大腹的／攪拌機」。要是它像上頭那顆腫瘤那樣，隱藏的時段長一些，深一些，曲折一些，或許更吊胃口。在它澈底暴露身份後，繼續在攪拌機的屬性上大做文章：「吃一切硬的／粗糙的／未曾消毒的／在不停的忙碌中／在不停的歌唱中／你們看見麼？」然後，器宇軒昂、頂天立地地宣示：「我嘔心瀝血的／就是那一大片蒼茫空白處／拔地而起／堂皇硬朗的一種／占領」。「占領」兩字，是很有侵略性的姿態，富於挑戰性的樣態。最後，甩出個斷崖式的結句：「它的名字叫做／巍峨」。頂天立地，氣象磅礴。一臺攪拌機，通過渲染、拔高和無限誇大，引出龐然大物——巍峨的現代化推進。真真是小題大做，謳歌了偉大的工業化進程和城市化進程。兩首代表作典型地展示了向明構思上的巧智。

還有〈四十年〉：海峽兩岸從來就是一塊心病，面對暌違多年的親情鄉愁，如何不落入雷同窠臼，乃是對詩人才藝的試金石。看「錦緞般鋪展的海峽／被裁開成／寬寬深深的裂縫／／四十年來／炮彈的抛物線／來來　往往／織織　縫縫／／像最最急切的縫工／補綴不成用亂針／在已殘破的傷口上／徒然再添些惹眼的針孔」。向明採用了一個多達八十字的長喻，先以錦緞為依託，被裁成深深淺淺的裂縫，再施以抛物線般的綴補，密集的針腳，不幸繼續製造殘破的傷口。此刻詩人猶似同一陣營（《藍星》）的羅門，擅長超常想像，在感性與理性、具象與抽象、虛與實、濃與淡、密與稀之間構建寄寓性的形象橋墩，完成一次優美的跨海長堤。

還有〈春〉：「誰知道那人／是怎樣瀟灑而過／那些麥田的呢／拈花，顏彩便說出繽紛／涉水，溫柔就畫出腳印／誰知道那些步履／是怎樣傳遍／那層層寒冷的呢／金鈴子響應過一陣節奏之後／便是啼血的杜鵑，便是／語多驚詫的的蛙鳴／凡不堪聞問於冰雪的／都醞釀著一次蛻化的騷動／不知道那人／是不是／就是所謂／春」。該詩構思之妙，在於明明春天來了卻不直說，而是將它依託

於「那人」，而那人又是如此神出鬼沒，然而又是這般行蹤鑿鑿：一拈花，花就五彩繽紛；一涉水，水就畫出印跡；那人的足音更是帶出金鈴子、鳥鳴、蛙聲……一路過來，讀者都被誤以為是自然界的魔術師，直到結尾揭曉，才恍然大悟。而〈可憐一棵樹〉是以樹來構思歷史的：「先是／風以十七級的蠻力強暴／繼之／電剪咬牙切齒的／凌遲」，待到展開之後，圈圈的年輪，就可以「從癡肥的民國／一直窺視到／乾瘦的／光緒」。詩人把癡肥的樹比作民國，把乾瘦的光緒看成最後的枯枝，如此奇想，技驚四座。

向明的構思要則，可稱關鍵詞構思或同語性構思，即在排比的大陣列中，經常採用關鍵詞的規律性推衍或同語性的變化連綴，即在同一節段中採用相同字詞作為引語，或者在不同節段中插入相同的重心詞。如〈想起您那雙手——悼魏端兄〉之「常常想起您／想起您那雙手」的迂緩抒情；〈新五官論〉之身體通道的「反常哪　反常」的快板說唱；〈愛情捷運〉之呼應題目的「如何最快最快到達你那裡」的連結；〈鹿回頭〉之直接對號入座的「麋鹿呀！」的聯想呼叫；〈反斗城〉中之「等於不等於」的四次追問；〈pretending〉（假裝）之「假裝自己是」某某偉人的冒名頂替與裝聾作啞，等等，屢見不鮮。

構思過程離不開立意，某種意義上，立意是對構思的「提綱挈領」或採精集萃。向明十分響應古人：「大凡作詩，先須立意。意者，一身之主也。」（明・黃子肅《詩法》）「主腦非他，即作者立言之本意也。」（清・李漁《閒情偶寄》卷一）「意猶帥也，無帥之兵，謂之烏合。」（清・王夫之《薑齋詩話》）還有：「意先而就辭易，辭先而就意者難。」（元・王惲《文辭先後》）「必有輕視外物之意，故能以奴僕命風月，又必有重視外物之意，故能與花鳥共憂樂。」（清・王國維《人間詞話》）向明深諳立意之妙，加之個人特別偏好，所到之處，皆經營有方，下面再舉數端。

比德性立意。中國傳統詩教有把某些事物（山水、植物、動

物）與某些德行進行比擬配對，從而獲致更形象動人的審美魅力，比如君子比德，就普遍流行「與梅同疏」、「與蘭同芳」、「與竹同謙」、「與菊同野」的說詞。詩歌演變到現代階段，許多生活中的物象開始取代自然意象，形成新的比德現象。像彈簧比附人之韌勁、熱水瓶比附內熱外冷等，見諸不少文本。向明在〈釘〉中寫道：「無非是錘擊／無非是作用力加反作用力／無非是我鐵質的尖銳／對抗木石之粉／無非是奮不顧身地挺進，挺進／作為一種鋼鐵的生命／唯深入始可生根」。名詞釘子與動詞釘的聯合作戰，彰顯出詩人有意突出人格中那種堅定、執著，一往無前的挺進精神，這種精神亦是人的立足之本。

轉換性立意。「麞鹿呀／如果你曾是一隻麞鹿／切記不要回頭／後面跟來了射手」（〈鹿回頭〉），原來在海南，流傳鹿回頭的傳說是，一黎族青年上山狩獵，追至珊瑚岩上，前面是大海，已無去路，獵手正欲搭箭射殺，花鹿回頭變成美少女走來，於是結為伉儷。向明從黎族的神話故事，變現為對鹿的忠告，對世人的忠告，可見一百八十度見風使舵之機敏。

影射性立意。「書又有什麼好啃的呢／然而我這四壁／除了美味的書／便是發黴的牆／悄無聲息地／啃完一部精裝的錦繡中華」（〈白色螞蟻〉）。白蟻亦稱蟲尉，是高效降解木質纖維素的昆蟲，繁殖力極強，是人類住宅的天敵。詩人藉白蟻啃齧家中藏書（而且是精裝）的事故，不言而喻，其含沙矛頭正是對準那個坐吃山空的寡頭政治。

分析性立意。對於「倚老賣老」的普遍人倫現象，詩人深有感觸體會，在〈賣老〉的正面強攻中，他改換庖丁手法，七上八下，便把那些個深藏在筋絡下的腠理剖解得一清二楚：「常常因乾瘦而簇擁在一堆癡肥的前面／常常因位重而抬舉在鴻毛泰山的前面／常常因我執而透明在貪瞋癡怨的前面／常常因耳背而無助在讚歌頌詩的前面／常常因呆滯而厭棄在蒼蠅老鼠的前面／常常因蹣跚而追趕

在噓聲咒罵的前面／常常因未嘗盡世間一切甜蜜／而猶張著大嘴／等在死神的前面」。一氣呵成的八個原因，定會把蘇秦、張儀們堵得弱弱無言。

問題性立意。〈問題〉一詩通過四種不同類型的角色出場：啄木鳥、鹽務大臣、老奶奶、匠人（詩人）關於瞎忙、解渴、疼痛、打造的行為，仍然無法提供解決詩壇亂象的問題，儘管如此，〈問題〉本身的提出，實際上就是對當下焦慮、失語、不得要領的一系列江湖弊病的針砭。

畫外音立意。〈困居〉中描寫觀看電視：螢光幕上，雷根和戈巴契夫又握手了，雖然另一隻手，都在緊握著槍枝。而後鏡頭拉到了廚房：卻只見／油鍋裡正火辣辣的演出／東港青蚵／爆炒湖南豆豉。詩到此地，未知葫蘆賣什麼膏藥，忽然筆鋒一轉，來了個突兀性「打鬥」場面，畫中人「猛然摘下一隻拖鞋／朝空擲去」。拖鞋，帶著朝空擲去的聲音，實際上相等於畫外音，告訴人們，主人翁按捺不住內心對政客虛偽的憤怒，無處傾吐，便借助拋物的衝動，發洩無可奈何的抗議。

以醜立意。日常排泄的邋遢事，本見不得檯面。作者慧點一動，將科舉時代文雅的廁所文化〈出恭〉拿來棒喝，於是艾科卡的書籍充當食物，生吞活剝、不求甚解，這樣進食下去，自然消化不良，自然排泄之物也不會是什麼好東東。然而演變結果，竟是詩之顆粒，令人莞爾：「腹內一陣痙攣／挾泥沙以俱下的／竟有一首／澈夜都消化未了的／現／代／詩」。至此，化醜為美的思路，挽救了出恭的難堪。

倒置性立意。「本來是不大好惹的／只是內部被你們的欲望／掏空以後／便身不由己了／稍一欠身　唉！／便被你們喊成／怎麼又是地震」。關於〈地〉的主題，顯然指向臺灣環保意識喪失，導致大地被肆意掏空，造成災害，類似這樣的事故，本為人為責任，卻被故意歪曲扭曲、推咎為自然地震造成，因果倒置的立論，反而

加劇了人們的哂笑與警惕。

謎面性立意。〈捉迷藏〉一詩，故意攤開四個讓你看不見的層面，頗具猜謎味道：「我要讓你看不見／連影子也不許露出尾巴／連呼吸也要小心被剪／／我要讓你看不見／把所有的名字都塗成漆黑／讓詩句都悶成青煙／／我要讓你看不見／絕不再伸頭探問天色／縮手拒向花月賒欠／／我要讓你看不見／用蟬噪支開你的窺視／以禪七混淆所有的容顏／／我要讓你看不見／像是鳥被卸下翅膀／有如麥子俯首秋天／／終究，這世界還是太小／一轉身就被你看見了／你將我俘虜／用盡所有傳媒的眼線」。在半推理半推測的把捉中，作者的立意可能指向戒嚴時期的文字獄和政治高壓，也可能指向主觀隱退與客觀掣肘中的困頓，當然也不便排斥存在的巨大羅網，讓個體的沉浮無所遁逃。此立意的高明，在於早早逸出童稚遊戲，上升到人生與命運的嚴峻高度。

一個甲子年的辛勤勞作，向明一直秉持著「外形凝練，內涵深詠」[12]的美學基準，贏得詩品、人品的深厚立足。「平白易懂，深入淺出，詩味瀰漫」（張默）；「真摯自然、溫雅秀朗、繩墨嚴謹、老勁衡發」（蕭蕭）；「雲淡風輕的圓融智慧」（丁旭輝）；「儒家不惑、不懼、不悔的自許」（余光中）。諸多點讚，倒是把筆者引向另一種聯想：倘若把詩壇比作一池水，他豈不是投向池中的那一大塊明礬，分離渾濁，化解混沌，剔除雜質，沉澱出一片親和透明的天地。

---

[12] 向明：《外面的風很冷：向明世紀詩選》（北京：中央編譯出版社，2015年），第171頁。

第七章　商禽
逃離牢籠的「飛禽」

　　上世紀五〇年代，超現實主義的颶風在臺灣登陸，不止於九級風力，整個《創世紀》詩社都被捲入波峰浪谷中，商禽即便算不上颶風眼，至少也是最生猛的排頭浪。他的「左半腦」充滿超現實的強大幻化，「右半腦」洶湧著「閃回」式的意識流。他在威爾尼克區（Wernicke）和布洛卡區（Broca）彰顯出獨特的詩性思維和語言功夫，把超現實主義的把手安裝在「創世紀」的出入口，自己也成了其中最突出的另類。

一、幻化：超現實的強大變異

　　西方現代詩對臺灣影響主要來自三大主義：意象、象徵、超現實。關於後者，始作俑者布勒東已在三次宣言中將其精髓悉數囊括。筆者理解的超現實主義原則，似可用幾個字概括，那就是幻化加半自動書寫。幻化，是主體心理對現實產生一種巨大的變異機制——泰半來源於潛意識與夢境的產物。人們長期生活在一個等級森嚴、被規訓、難以溝通、封閉的蝸居裡。而現代藝術恰恰需要一種超常的變異能力，澈底打碎庸常的人、事、物關係，瓦解固有規範，重新喚醒日益僵硬麻痺的經驗，激發心靈的活力，以異乎尋常的幻覺、幻想以及夢幻對世界進行重組。作為現代藝術家、詩人一種重要的心理圖式，與之密切關聯的知覺變異、想像變異、潛意識變異，以前所未有的能耐，結合魔幻、荒誕、怪誕手段，共同顛覆

著固有的經驗界、現象界，既有對原生心理的真實歸依，又充滿著對彼岸、天國的變形憧憬。幻化的機制與圖式，通常分為幻覺、幻想、夢幻三種。幻覺是感覺系統中的特殊「分支」，一般是在沒有刺激的情況下，感官所產生的不正常的虛假知覺（如幻視、幻聽、幻嗅、幻味、幻觸）。幻想則屬想像系統的高級「聯想」，比聯想更高一個檔次，是想像發揮到極致的表現。而夢幻則是中樞神經系統在休眠或半休眠狀態中，被喚醒的若干願景（夢是願望的達成）。

儘管商禽本人不願承認，但許多人始終認可他是臺灣超現實主義的鼻祖，名至實歸。其詭祕的情思、恣意牽動自由聯想，大幅度跨界變形，讓人們在驚世駭俗中領教莫名的「乖戾」。細讀《夢或者黎明》、《用腳思想》兩個集子，判然是兩種風格。前者多以散文詩形式，密集觀照心靈困鬱、人生荒誕，冷峭且峻切；而後者不少轉向清朗篤實的具象，堅卓且疏淡。印象特深的是前者中，那些由幻覺產生的詭異意象，似醒非醒的夢幻景觀，快速跳躍、翻轉如飛，都一致標指早期的商禽，擁有一套相當突出的幻化心理圖式，下面依次小析。

幻覺。

[⋯⋯]惟慢在熄燈之後下垂，窗外僅餘一個生硬的夜。／屋裡的人失去頭髮後，相繼不見了唇和舌，接著，手臂在彼此的背部與肩與胸與腰陸續亡失，腿和足踝沒有去得比較晚一點，之後，便輪到所謂「存在」。

這是〈無質的黑水晶〉的中段，詩人在熄燈之後，於空洞而生硬的黑暗背景下，產生一種幻視。是外在的黑，也是內心的黑，漸次吞噬人的肌體，先是唇舌消逝，接著是肩手背，最後是腿足踝。人處於孤立無援的存在境地，不管肉體與精神都很難存活下去，不

但被外在的壓迫（黑暗）所融解，也被內裡的掙扎（黑暗）所消弭，且參與了那個製造「純化」黑暗的黑暗，成為黑暗的組成部分。作者大概就在特殊境遇（暗視）的掩護下，利用幻視，推銷了他的「詩想」。

容格（又譯榮格，Carl Gustav Jung）在〈心理學與文學〉中曾說過：「幻覺本身心理上的真實，並不亞於物質的真實。」[1]歌德（Johann Wolfgang von Goethe）也說過：「每一種藝術的最高任務，即在於通過幻覺，達到產生一種更高真實的假象。」[2]商禽正是通過這種虛假性的知覺來披露自己對存在的真切體驗。大多數藝術家、詩人都有較強的幻覺能力。耳聾的貝多芬有傑出的幻聽，福樓拜（Gustave Flaubert）寫《包法利夫人》有吃毒藥的幻味，喬治‧桑（Georges Sand）時有幻視，鄧肯（Isadora Duncan）對舞蹈語言特有的幻能、幻動，自白派詩人希薇亞‧普拉斯（Sylvia Plath）在極度敏感中出現種種幻象、幻境，都表明突出的幻覺能力是藝術家詩人一筆可貴的財富。從商禽一些作品我們可以覺察到他往往通過膨脹的幻覺「觸摸」對象，進而變異對象，使幻覺成為實施超現實的一種重要手段。

幻想。

《門或者天空》著實是一齣寓意深遠的獨幕幻想劇。時間在爭辯著（抽象性幻想）；地點是沒有出路的天空（在地性幻想）。人物是一個沒有監守的被囚禁者（悖論性幻想），就此而展開虛擬的幻象性情節：

> 他步到圍牆的中央。／他以手伐下裡面的幾棵樹。／／他用他的牙齒以及他的雙手／以他用手與齒伐下的樹和藤／做成一扇門；／一扇只有門框的僅僅是的門。／（將它綁在一株

---

1 容格：〈心理學與文學〉，上海：《文藝理論研究》1982年第1期。
2 伍蠡甫主編：《西方文論選》（上）（北京：人民文學出版社，1964年），第46頁。

大樹上。）／／他將它好好的端視了一陣；／／他對它深深地思索了一頓。／他推門；／他出去。……／／他出去，走了幾步又回頭，／再推門，／他出去。／出來。／出去。

顯然，這是以幻想為主導牽引出來的「閃話劇」。如果從現實層面上分析，那就是被禁閉於孤島上的個人，千方百計（用手用齒）製造道口，企圖出走，爭取身心自由；如果從人類存在層面上分析，那就是被生存圍困的「美」，為擺脫窘境，製造假想的門，試圖通過假想通道，逃逸出存在的「城堡」，在無數次循環性的進出中，表達超越的願望。

我們知道，幻想在詩人想像系統中，是屬高級階段，是想像的極致揮發。幻想力高超的詩人能輕而易舉變形扭曲事物，能隨心所欲創造遠離現實的天國或地獄，能輕鬆自如導演一幕幕荒誕不經的人生悲喜劇。筆者在〈顧城的幻型世界〉中曾指出：顧城的奇特在於，特別發達的幻覺和特別飛揚的幻想雙向遞增耦合達到頂峰時，被他凝睇的每一個事物都會發生大大的扭曲、變形，超出一般想像之外，並迅速分化，化合成一個自足的幻象世界[3]。對比之下，假若說顧城的幻覺與幻想還帶著童真式的純真、熱誠、誇耀和充滿對大自然濕潤的感性，那麼商禽的幻覺幻想更多是夾著對人生一種智性思考，一種對存在冷凝的敵意。但不管其特色如何，他亢進的幻覺和發達的幻想是顯而易見的，兩者一經攜手聯盟，很容易使他隨時隨地做起「白日夢」來，即經常進入被稱為超現實的核心——夢幻境界。難怪商禽的詩集名稱與夢有關，難怪許多詩題和內容都籠罩著厚厚的夢帷。

夢幻。

---

[3] 陳仲義：〈論顧城的幻型世界〉，瀋陽：《當代作家評論》1988年第3期。

他們在我的臉上塗石灰

他們在我的全身澆柏油

他們在我的臉上身上抹廢棄的剎車油

他們在我的兩眼裝上發血光的紅燈

他們把齒輪塞入我的口中

他們用集光燈照射著我

他們躲在暗處

他們用老鼠的眼睛監視著我

他們記錄我輾轉的身軀

——〈醒〉

　　看來，這是一個處於醒與非醒邊緣上的「白日夢」。照理，夢幻是一種非常繁複、詭譎、變幻莫測的潛意識流動。商禽處理這個夢幻有兩個非常突出特點：其一，此舉不是根據正宗超現實原則照本實錄，而是經過一定知性梳理，用了九個排比，從而去除不必要的枝節雜蕪，使九個意象顯得十分堅實簡潔；其二，此舉不像正宗超現實主義那樣放任自由意識漫溢，而是有意將夢幻規範為有一定指向的意識活動，即「他們」的出場，都以相似手段對我施加暴虐，從而使夢幻焦距、焦點異常清晰集中，比較容易破譯。如此看來，商禽對西方超現實主義的接受並非完全照搬，他還是有自己的主見與選擇的。而另一首典型的〈阿米巴弟弟〉則把單純型夢幻推向相對複雜：

　　拉著我草綠色衣角的小孩，哭打著從樓梯上退下來的阿米巴弟弟，對他的邀請我支吾地拒絕了。這簡直是一隻噪月的獸，他的頸子說：為什麼不到樓上我的家裡？那時你看見梯子，又細又長，你在城裡有一個窩和些星子嗎？

我奇怪人有一個這樣的弟弟「是既乾淨又髒的？」像一隻
手，浣熊的，我想其掌心一定像穿山甲的前爪。一個人有個
阿米巴弟弟既像浣熊又像穿山甲，而我在夜半的街頭有數十
個影子。

　　沒有前後鋪墊，題目亦缺乏暗示，這種夢幻是突發性的，初看
簡直不知所云。原來阿米巴是一種原生單細胞，低等生物，但進入詩
人亢奮夢幻中，則變異成穿草綠色衣服的小孩，且哭著邀我上樓，同
時又變異為嗥月的野獸，且頸子扭動著會說話。夢幻中的我奇怪自己
有這樣的弟弟。有一隻浣熊的手，掌心還像穿山甲的前爪（清醒者
看來不倫不類）。這種夢幻中的變異最終亦使我，在夜半的街頭幻
化成「數十個影子」，準確說，這應該是一個夢的寓言。在這個寓
言般的夢幻裡，究竟是阿米巴從單細胞突然進化為會說話的人，還
是我從人降格為低等生物，或者阿米巴轉化為自我的化身。其實這
些並不大重要，重要的是我們已經領悟到：不管是低等生物和高級
動物都有著分裂的原性，特別是「高等的人」，其自我仍擁有「數
十個影子」，且具有幻象般不可捉摸性。也許人的可悲還在於，有
時人還得離開人的本原位置，轉換為「他物」或「影子」，這是現
代人──「人的神話」與悲劇嗎？一面固為心理上的恐怖絕望，一
面又從情境語詞的暗示中，覺察生命隱祕而無情的蛻變，人總感受
自己存在所禁閉的牽引，這是非人性所能忍受的自貶感受[4]。
　　商禽強大的幻化能力，使他在現實與超現實的世界，自如
穿梭。月光可以用來「洗碟子」，也可以用來「淹死人」（〈月
光〉）；行走者行走，可以用頭髮，也可以用腦袋（〈事件〉）；
在〈沙漠〉上，腳可以用來思想，也可以生長仙人掌；張開的手
掌可以變異為飛翔的〈鴿子〉；離去的靈魂可以附身為一隻〈穿牆

---

[4]　李英豪：〈變調的鳥──論商禽的詩〉，《夢或者黎明及其他》（臺北：書林出版
　　有限公司，2000年），第170頁。

貓〉；而〈外公〉也可以在地獄與判官進行爭辯，諸如此類，胡思怪想，皆源於幻化的結果。幻化，有如詩人心中一面哈哈鏡，許多意象在哈哈鏡中變形、扭曲肢解。不倫不類的組合，神祕的剝離，夢魘般倒掛，荒唐、迷離、虛幻，充滿對超現實世界的嚮往，而對超現實的全面實施，有時還需要配備一種自動或半自動書寫（即信筆直書），藉此走向自在的世界。

二、意識流：「閃回」式自由聯想

　　二十世紀初，美國心理學家威廉・詹姆斯首次提出意識流概念，其核心是人的思維是種斬不斷的「流」——由思想流、意識活動、主觀生活之流三者匯總。後來加入佛洛伊德無意識理論，包括前意識、潛意識等，意識流變得更為複雜豐富，大大增加了文學藝術表現資源的廣度與自由度。小說界有弗吉尼亞・伍爾夫（又譯維吉尼亞・吳爾芙，Virginia Woolf）《牆上的斑點》，無故事，無情節，甚至無人物告白，卻可對著天花板的「蝸牛」，做一番「天花亂墜」；詹姆士・喬伊斯（James Augustine Aloysius Joyce）《尤利西斯》中的莫莉，迷糊中想起修女的早禱、隔壁的鬧鐘、糊牆紙、裙子、收拾屋子、穿衣等不乏邏輯性的「排列」，以及馬塞爾・普魯斯特（Marcel Proust）「貢布雷花園鈴聲」、「小瑪德萊娜點心」等經典案例。詩歌界則有始作俑者安德烈・布勒東，不惜拿老婆獻醜：腰身是老虎牙，肩膀是香檳酒，手臂是小麥和磨坊的混合體，大腿是紡錘，運動是鐘錶，眼睛是斧頭砍不完的木材（〈自由結合〉），一出手就叫人瞠目。如果說布勒東的意識流充滿非邏輯跳躍，那麼中國大陸中晚期的顧城（像〈鬼進城〉），就充滿非邏輯的神出鬼沒。虛幻、詭異，迷離，如神經病患者思維，帶著遊魂般的幻象與囈語。日前剛讀到一位論者文章，說「紀泰斗」紀弦六首詩作（〈過程〉、〈預感〉、〈火葬〉等），早早就具有鮮明的意

識流色彩。然則在筆者看來，紀氏的詩作在很大程度與範圍內，依然沒有脫逸出主知的軌道，其滑行的知性線路十分清晰，也比較規矩，充其量還處於意識流的外圍上徘徊。與商禽相比，並不在同一條跑道。

伍爾夫倒有一句話能為此做出注腳：讓我們描述每一事每一景給意識印上的（不管表面看來多麼互不關係、全不連貫的）痕跡吧[5]。這句話其實是意識流的核心——對自由聯想的經驗之談。學理地說，自由聯想是將內心獨白、夢幻囈語、時空顛倒、間斷插入、語序錯亂、雙關語、外來語，乃至無標點，有機地或無機地串通起來，形成液體流動狀。表面上看，混沌無序，其實都擁擠在那條河道上，騰起的浪花、迸濺的水滴、暗湧的洄流，以及擱淺在道旁的殘枝敗葉，統統都成為推送意識的流水。

意識的流水包括諸多思維元素與成分：潛意識、意念、臆想、白日夢、幻想、擬想，其中重要者是自由聯想。因此，把握了自由聯想，實際上相當程度上也就把握了意識流。它們是多股流水的分岔與交匯。例如現實碎片與夢幻的連綴；瞬間印象與積久經驗的突接；即時體驗與原型的混合；悠遠記憶與此在意念的重疊；潛意識與處於臨界顯意識的交叉，以及由情緒、幻想激發起來的各種心理能量，都可以匯成難以駕馭的自由聯想之流。

自由聯想之所以能成立，主要基於：

第一，**觸發體與聯想物本身存在或相似或相近或相反或因果關聯**，它們構成聯想得以溝通的前提；

第二，人腦所具有的暫時性神經聯繫性質，使觸發體與聯想物（即內在意象）可以從這一個意象跳到那一個意象去，完成各種串聯、並聯的縮結運作。

而人類的思維學其實已總結出聯想五大定律：即相似律、相

---

[5]　[英]弗吉尼亞・伍爾夫：〈現代小說〉，上海：《外國文藝》1981年5期，第211頁。

近律、相反律、對比律和因果律[6]。藉這些定律,以商禽兩首散文詩為中心,就自由聯想的諸種聯想關係分解其意識流向。

> 直到曉得以前,<u>魚</u>正要死去。停在一塊距我二十公尺的公路<u>標誌牌</u>前,一個人無奈何地學著它交叉的<u>手臂</u>;那看不清的<u>面孔</u>,我想:這種無目的底凝視會是哪一種<u>語言</u>?若是家裡,後院的<u>梨樹</u>上怕已經結滿通紅的<u>鼻子</u>了,通紅的<u>小手</u>,而且發亮,若是那種語言,<u>風會說</u>,<u>樹會說</u>,即連<u>爐火的聲音發藍</u>我也會聽;沒有人會懷疑:會像我和這<u>路標</u>彼此猜忌,且停在偌大的一隻垂死的<u>魚腹</u>下用眼睛互問著:你是冬天嗎?
>
> ——〈路標〉

乍看,〈路標〉的各種意象似無關聯,令人費解。但仔細推敲,尚可發現其自由聯想有六個層次:起句突兀一個魚的意象,讓人丈二金剛摸不著頭腦,緊接著是路標和手臂,三者分屬動物、物體、人物,雖然性質相距甚遠,但其性狀形態較為靠近,構成第一層次的相似關係。接著由於臂自然引出面孔,由面孔引出眼睛(凝視),再引出語言。第二層次就是由人自身屬性各方面的同一關係(手臂、面孔、眼睛)構成接近聯想。第三個層次則是因果關係,由凝視的語言(眼睛)通過假設(若是)引出後院梨樹的虛擬性情景,是一種潛在因果鏈。第四個層次是相似關係,由梨樹引出果實——通紅的鼻子與小手,再接下去,是回到前面的假設(若是),由凝視的眼睛——無聲的語言引出風,引出樹說話、爐火發聲,構成第五個層次在聲音屬性上的相近關係。最後一個層次返回開頭

---

[6] 亞里斯多德最早提出聯想三大定律,後人發展為五條,十九世紀英國托馬斯·布朗甚至提出九條聯想副律。「相似」指外在形態屬性或內蘊相對比較一致,「相近」指時空位置或關係上的接近。

人、路標、魚的意象，形成一個封閉的意識流片斷。但最後一個問句「你是冬天嗎」，又明顯打破這個封閉，顯出半開放狀態。下面將四種聯想六個層次進行簡化：

（1）相似聯想：魚→標誌牌→手臂
（2）接近聯想：面孔→眼睛→語言
（3）因果聯想：（潛在）哪一種語言→梨樹
（4）相似聯想：「果實」→鼻子→小手
（5）接近聯想：語言→風說→樹說→爐火聲音
（6）相似聯想：人→路標→魚

接下來，為更清楚瞭解〈木星〉的邏輯進程，擬用線條做出各種聯想連接。

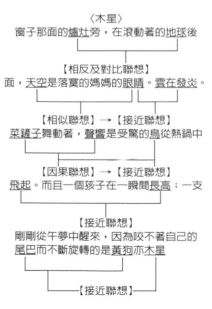

〈木星〉的邏輯進程

第一個聯想，是靜止的小小爐灶，連結大大的滾動的地球，屬對比加相反聯想邏輯，接著由圓闊的天空連結媽媽落寞的眼睛，屬對比加相反聯想的軌跡；此間還冒出雲作為「眼睛」的聯想物，呈現「發炎」症狀，與眼睛剛好「合拍」。第三聯想是鏟子舞動引發響聲，而響聲恰似鳥從鍋中飛起，所以前半句是因（舞）果（聲）聯想，後半句則是相似聯想（此句還妙在響聲轉化為一種連續動態的視覺過程）。第五聯想由「飛起」的動態聯想孩子「長高」的動態，屬接近聯想。最後一個聯想，由黃狗尾巴的擺動，「直接」木星。木星赤道有不規則的雲霧「纏繞」，又有十四顆衛星環繞，加起來彷彿裹上條大「圍巾」。黃狗─尾巴─木星─圍巾，這種超大幅度的接近、相似聯想，叫人瞠目結舌[7]。

　　詩的意識流聯想由於篇幅有限，務必擰乾大量水分，壓縮密度，加上缺乏前後情景氛圍鋪墊，它的跳躍、間斷頻率極高，更由於現代詩的特質──生命體驗的瞬間屬性，其聯想無疑顯出更多隨意、偶然、突發、閃回的性質。

　　詩的意識流聯想的發生一般是藉潛意識與情緒的潛在發酵。當外在觸發物與內心某一情思觸點遇合，或者內心某一意象因受外來刺激開始鮮活，進而引起連鎖式反應，這時，知解因素如思辨、知性、智性、注意、意志，大為削弱，相對多一些的感性因素，如印象、體驗、回憶，大大被活化，連同前意識、半意識及情緒，泛湧成一股股「粉塵般」的集合物，自「靈感」的噴口脫穎而出。

　　如若說現代詩是以生命體驗的瞬時完成為其主要特徵，那麼意識流實際上是現代詩一種極端的生成方式，而自由聯想則是導致這種極端的主要途徑，為了不使極端走火入魔，應當特別注意掌握好自由聯想的「度」：

　　其一，控制好自由聯想的隨意與偶發的頻率，不能任其無節制

---

[7]　陳仲義：〈鑿壁偷光：現代詩語生成機制探幽〉，徐州：《徐州師範大學學報》2012年第5期。

漫溢，否則過於快速隨機的意識流將造成通篇囈語。

其二，注意掌握自由聯想的中斷與銜接，在「結合」部應該保留繼續生長的線索，否則也會造成欣賞解讀的巨大隔膜。

三、逃離存在的牢籠

胡亮說，偉大的《野草》執教了兩位詩人，一位是中國大陸的昌耀，一位是臺灣的商禽[8]。這隻本名叫羅燕的川籍精魂鳥，其詩風詩格與其人生竟是如此高度吻合。整整二十三年軍旅，商禽只混出個上等士官，何其潦倒、桀驁不馴，難以置信；說封筆也就封筆，斷然蒸發得一乾二淨，何其散淡又決絕堅毅。草莽中的履歷是碼頭工、倉庫看守、單幫、花匠、牛肉館老闆、編輯、愛荷華大學進修，一路鑄成他「鬼才」。各路評家也都給出各自評說，白靈說他的形式與精神意涵突現「約束」與「湧現」雙原則，同時繪出六分夏卡爾、三分米羅、一分魯迅的組合畫像[9]；奚密說他有逆反或扭轉、反制或顛覆的「變調」，也有拋開世俗名分、超越人為界線的「全視」覆蓋[10]；史言用漂泊、逃亡、尋找、分裂的四重相位偵查他的寫作「迷宮」[11]。丁旭輝則以囚禁與逃脫闡發詩人的本尊與分身的共構現象[12]。

怪譎也罷，臆幻也好，其實不過是一種表徵。在我判斷中，商禽與瘂弦同屬臺灣現代主義詩歌最尖端的「工兵連」，專門打前

---

[8] 胡亮：《窺豹錄》（南京：江蘇鳳凰文藝出版社，2018年），第36頁。

[9] 白靈：〈「約束」與「湧現」──商禽詩的形式與精神意涵〉，臺北：《臺灣詩學學刊》2000年總第16號。

[10] 奚密：〈「變調」與「全視」──商禽的世界〉，《商禽世紀詩選》（臺北：爾雅出版社，2000年）序言，第11頁。

[11] 史言：〈用腳思想迷途的斜度：迷宮論與商禽詩空間意象的拓樸研究〉，臺北：《臺灣詩學學刊》2000年總第16號。

[12] 丁旭輝：〈囚禁與逃脫：商禽詩中本尊與分身的共構現象〉，臺北：《臺灣詩學學刊》2000年總第16號。

開路。手握便攜式探雷器，通過電磁場渦流，直取深度埋藏的金屬體。不同的是，瘂弦屬第一代「變種」，原因是其金屬探頭還保留著不少溫潤的抒情風味，回望的情懷與眷戀畢竟多了些。而商禽卻更像是同代的「正宗」，在超現實的裂解與重組中，更具冷鬱與峻切。

竊以為，人類存在的困境是無法破解的斯克芬斯之謎，充滿黑洞般悖論。每個高水準藝術家、詩人，總是如薛西弗斯那樣，永不疲倦地「推石」，無功而返卻樂此不疲。出入煉獄如履平地，沉浮滄海似飲薄醪。商禽，也拿出了他獨有的人生配方，卓然展示。從複雜的文本中，我們或許可以抽取出幾個關鍵詞（囚禁、逃離等），略加詮釋。

「囚禁」，總是和逼仄、受縛的空間相關：廢園、屋脊、公寓、老屋，連同附屬的牆、門、窗戶、辦公桌，及至煙囪、棺材，都成了暗示他者與地獄的囚禁代名。耳熟能詳的〈長頸鹿〉：答非所問，似是而非的典獄長與屬下意味深長的對話，從一個側面烘染出囚犯們「伸長脖子」的煎熬，直指「宰豬場式的政治」與自由的想往；〈門或者天空〉展現沒有圍牆、僅留一扇門的蝸居，等同於沒有鐵欄的牢籠；更有一首貌似十分平淡、日常家居的〈溫水烏龍〉，意涵深深：邀請失散多年的老戰友到家中話舊，「老妻用溫水泡茶／話題也不太熱絡／從解嚴到戒嚴／烏龍還浮在水面／／[……]／／直到把客人送走咔嗒關上鐵門／最後一片茶葉才終於沉到杯底」。老友相聚，本該歡天喜地，殊不知託詞之下，掩蓋著大牆裡面依然潛伏著「戒嚴」與「軟囚」的循環，也隱隱約約散發著「逃離」的焦慮。

而「逃離」，不免要扣緊方方面面的通道：山路、樵路、溪旁路、海中路、臨河路、街巷、陌巷、小徑……，均是逃離的必經之道。商禽的詩作，到處佈滿「路的盡頭，就是垃圾坑」（〈玩具旅行〉）；「海流中看不見你鹹鹹的路」（〈逢單日的夜歌〉三）；「一直把這條臨河的，還不怎麼成其為街的路看到黃昏」

（〈狗〉）；……也都成了他如影隨形的出逃「工具」。

最曲折坎坷的逃離當推〈逃亡的天空〉，幾乎用頂真的格式將作者一生的顛沛流離和盤托出：「死者的臉是無人一見的沼澤／荒原中的沼澤是部分天空的逃亡／遁走的天空是滿溢的玫瑰／溢出的玫瑰是不曾降落的雪／未降的雪是脈管中的眼淚／升起來的淚是被撥弄的琴弦／撥弄中的琴弦是燃燒著的心／焚化了的心是沼澤的荒原」。

死者的臉是戰爭殘酷的縮影，三次複沓的沼澤是人生困境的寫照，兩次荒原的呼應是時代廢墟的寫意。天空的逃亡屬無邊無際的苦難，何時才能熬出頭？脈管中的眼淚儲滿濃濃的鄉愁，被撥弄的琴弦觸動人心最柔軟的部位，滿溢的玫瑰或許代表美麗的家園，但似屬反諷性的調劑，而焚化的心才是最為刺痛骨髓的了。一如詩人所說，我從一個名字，逃亡到另一個名字，然而，我怎麼也逃不出自己，淋漓地傾訴時代棄兒的心理意向及其悲劇性。另一首被劃歸為生態詩的〈飛行垃圾〉，與中國大陸于堅的〈塑料袋〉幾乎是孿生兄弟，屬新興的逃離：先是一張舊報紙，昨天的新聞、今天的歷史，被吹翻，送往馬路對面再度被踐踏，而後才是一隻塑料袋，騰空而起，擦著電臺大樓而上……，與其說是垃圾們興風作浪，毋寧視為「賤民們」的在逃之旅。在世界與社會的撕裂動盪中，我們時時刻刻感受人的規避、躲讓與潰退，在強大的資本、黑科技與生態面前。詩人的沉痛、悲戚、無奈和無奈中的虛無，都感應著此在的命定，最基本的規範與秩序都保不住，連自身最親密的器官也遭到拋屍，只好繼續在逃再逃。

此外，離散與裂解，乃是現代性對人的負面的同步酷刑，人們在無奈中總是不斷地尋找選擇。好不容易用骨骼拼出叫喚太陽的他者〈雞〉，卻找不到啼叫的聲帶；回到自身「我們的右腳／找不到／我們的左腳／／我們的左手／找不到／我們的右手」[13]，在手腳

13　商禽：〈手腳茫茫〉。

雙雙脫節裡，隱藏著深刻的存在悖論，只好：「找不到腳，用頭行動；找不到頭，用腳思想。」[14]這還不夠，他硬要從「冰箱」裡，重新「發現一隻冷藏的火把」[15]；用整個夜晚的耐心與生趣，同周遭的蚊蚋廝殺（〈蚊子〉）；他恐怖地咀嚼「白骷顱張著大嘴」的〈暗夜〉，然後寧靜地吟唱；他要讓飛離的魂魄回來擁抱這個臭皮囊（〈醒〉）；他還要在〈樹中之樹〉點燃那一片依稀清朗的願景：

> 在手中有霧在臂彎裡／在髮中有風在頸項間／有雨在臉上／有露在鼻端／有溪在谷中／有路在溪旁／有樹在林中／有心在樹上／在樹中在樹中／在樹中，有樹甚哀傷／／樹在樹之中，／樹在樹之間，／那樹中之樹呵

　　設若我們不局限於眼前的樹，而推及萬事萬物，我們能從廢墟般洞穴、灰燼般深淵，隱隱窺伺到瑩瑩的光亮。如此，我們至少讀出了「一分的魯迅」？
　　看穿死亡、超越苦難，有擔待的詩人勢必再度提振生命、提振最後的希冀：

> 把一切的淚都晉升為星，黎明前
> 所有的雨降級為露
> 升草地為眠床
> 降槍刺為果樹
> 在風中，在深深的思念裡，
> 我將園中的樹

---

[14] 商禽〈用腳思想〉一詩原句為：「找不到腳　在地上／在天上　找不到頭／我們用頭行走　我們用腳思想」。
[15] 商禽：〈冷藏的火把〉。

升為火把

——〈逢單日的夜歌〉

　　商禽之後，超現實主義在前行代那裡，大概只剩下最堅定的碧果了，他不像洛夫在中國化的過程中偏向於溫煦的禪意，也不似管管在半現實的玩轉中加重諧謔，而是在達達式的滋養中繼續鍛造「筋骨與肉軀」。直到中生代唐捐崛起，把「思想的腳」全面演繹為「身體裡的魔怪」，在寬泛的意義上，日漸式微的超現實主義方覓得轉機，以一種新的維度蜿蜒著薪火餘脈。九泉之下的商禽，可以瞑目了。

第八章　張默
朗健走方寸　真淳溢袖珍

　　張默以詩為主業，兼擅詩評，有詩集十多種，詩評集七種，同時作為詩歌編輯家活動家，編選各種詩選三十多種，數量驚人。尤以掌舵《創世紀》時間最久，開拓現代詩路名世。設想臺灣詩壇要是少了張默，不知要清冷多少？他被譽為臺灣現代詩揮汗最多的詩人之一，是當之無愧的，又被暱稱為臺灣現代詩的「管家」，也算是個恰切的「封號」。

　　關於張默的詩評論已經有一百多篇了，涉及到方方面面。本文選取較少人關注的張默短小詩，試做一探。

　　從《無調之歌》（1975）開始，張默的小詩漸多，最短的可見〈鴕鳥〉四行；到了第四本詩集《陋室賦》（1980）中的〈五官初繪〉，也有三行到五行的，並首度出現四首〈四行小集〉。張默在八十年代中期編有《小詩選讀》，三十年薈萃，皆語近情遙，堪稱精品[1]。叫人感奮的是選本附驥張默六十八篇賞析，偏愛中大力扶植。二〇〇七年再續《小詩・床頭詩》選本，既寫又編，雙管齊下，可謂停辛貯苦，花簇錦攢。早在《上升的風景》（1970）時期，他就撩開另一路景緻，經營「戲贈」類作品，當它們「初出茅廬」時，由於對象十分熟悉，本可以揮灑一番無所顧忌，但卻出奇的短製，看來是張默有意為之，自覺控制著的。而到了「旅遊季節」（九〇年代中後），則是他小詩產出的高峰期，或許因為日期、旅途條件限制，張

---

[1]　李瑞騰：《張默・世紀詩選》（臺北：爾雅出版社，2000年）序，第4頁。

默一般只在旅行的浮光掠影中，尋找瞬間「綻放」，那種小令式的即興噴湧，當屬家常便飯，及至二〇〇六年推出「亞俳句」、長達八十六帖的《時間水沫小札》，更是信手拈來，隨意自如了。

一首小詩，是一個玲瓏剔透的宇宙、一片茂林修竹的風景，也是一幅氣韻生動的素描與一抹隱隱約約的水聲。──這是張默用詩句為自己的小詩所繪製的理想「構圖」，他在一九九八自行編輯的手抄體《遠近高低》（集中十行詩）後記中說：小詩是「捕捉某些日常器物的浮光掠影」，「力求弦外之音的突兀表現」[2]。在〈晶瑩透剔話小詩〉中說：「小詩的語言，盡樣講求密度與純度，務期於最凝練的文字，一起達成表現的鵠的。」[3]在《小詩‧床頭書》的編序中，進一步說：「如果把它詮釋得更確切一些，它應該是情與趣、意與聲、形與象、疏與密、露與隱、拙與巧……的自然融會，從而臻至一種豁達、素靜、生動、和諧、一舉中的、瞬間爆發料峭之美的綜藝體。」[4]這些言論，展示了張默對小詩這一品種的獨到理解。總之，在小詩的寫作要領上，張默認為由於它的體積短小，是故在語言上，應力求精省，講求密度與純度。在意象上，應力求突兀、轉折及千變萬化。在感覺上，應力求舒愉暢達、縱橫自如。在節奏上，應力求抑揚頓錯，甚至譜出天籟之音，才能散發出一首小詩特別精緻的光環[5]。

一、追問生命的寫意

粗算起來，張默小詩以三行和十行為主，貢獻了二百首。多涉及詠物、戲贈、寫生、感懷、觀光。優游自然，親近鄉土，觀察時

---

[2]　張默：《遠近高低》（自行編輯手抄體印刷，1998年）後記，第184、182頁。
[3]　張默：〈晶瑩透剔話小詩〉，《小詩選讀‧導言》（臺北：爾雅出版社，1987年），第3頁。
[4]　張默編：《小詩‧床頭書》（臺北：爾雅出版社，2007年）序，第1頁。
[5]　2006年，張默在臺灣高雄圖書館所做的第十四場文學講座：《張默精雕細選話小詩》。

世，懷抱人生，在藝術表現上多姿多彩。張默主張小詩以十行為適宜（林煥章力推六行定型；羅青推薦十六行為限；洛夫認為十二行較妥；白靈提議一百字劃線）。那麼下面，讓我們來看看在十行的方寸間，張默是如何帶著鐐銬做生命起舞的。

「對生命的掙扎、擁抱與企盼」是張默的現實生命觀，與此相關聯的是他的時間觀，沈奇認為張默的時間觀是追憶的、張揚的，和超越的。因為追憶，張默自始至終貫穿著遊子情結、鄉愁思緒；卻又不甘於戚戚然過於沉湎，開朗的情性，不乏青春的、熱情的活力飛揚，也超脫於一般性詩想，特別顯出瀟灑與曠達。這樣的生命激情、生命陶醉，一直律動在張默的小詩中。已經多次被提到的〈無調之歌〉，還得再提一次：

> 月在樹梢漏下點點煙火
> 點點煙火漏下細草的兩岸
> 細草的兩岸漏下浮雕的雲層
> 浮雕的雲層漏下未被甦醒的大地
> 未被甦醒的大地漏下一幅未完成的潑墨
> 一幅未完成的潑墨漏下
> 急速地漏下
> 空虛而沒有腳的地平線
> 我是千萬遍千萬唱不盡的陽關

有論者說，張默總是將個體生命置放在宇宙這個寬闊的時空中去展現其存在、追求以及價值。這樣，生命的宇宙化，就是不僅要使生命在時空擴展中獲得宇宙的永恆性的物質特性，而且也使生命在與世界的融合中獲得宇宙的自在性的精神特性[6]。在恢宏的生

6　趙小琪：〈張默詩歌的生命宇宙化傾向〉，汕頭：《華文文學》2003年2期，第60-63頁。

命時空中，張默以頂針縮連的手法，驅動由小而大的自然景物，從點點煙火到地平線，環環相扣，自然物象催動情感，層遞演變至高潮，全詩籠罩在曼妙起伏的旋律中，有一股迴腸衝蕩之氣。這是生命在輻射擴展中，與音樂的一次完婚。半個世紀之前，張默就為我們譜寫了這樣動聽的歌聲。

張默的宇宙生命意識，一直以來就頑強流貫在他小詩裡。所謂宇宙生命意識，是個體的生命意識與大千世界串通在一起，不管是天人感應或天人同一，它們是契合的、交流的。但我發現，由於張默性格上的主動、勃發，他對於世界，經常以強大的主觀意志進行干預。

> 我看見
> 世界
> 輕輕，搖曳在一片桑葉裡
>
> 我看見
> 人類
> 靜靜，吶喊在一隻破缸裡
>
> 我看見
> 歷史
> 慽慽，閃爍在一座古剎裡
>
> 我看見
> 未來
> 霍霍，蹲居在一具棺槨裡
>
> ——〈未來四式〉

顯然，〈未來四式〉是採取主體強加的「出擊」方式，張默把自己提升到上帝的全能視角上，縱觀來去，俯仰四海，對世界做主觀評判，張默充當了神的代言，還真缺不了那寫意的大氣派、大魄力、大手筆。由於長期思維慣性，張默好用排比、複沓、類疊，該詩在四個層面上分別窺視著宇宙奧祕，再次上演了典型的張默語法和句型。但是，更多時候，張默還是回歸個體生命的具體真實，在大宇宙的懷抱裡，個人的小宇宙是——

> 海是一簇簇站立的花朵嗎
> 風是一縷縷彈跳的瀑布嗎
>
> 我的眼眸泳於其中
> 而忘卻天地之寬之渺之遠之藍之無私
>
> 　　　　　　　　　　　　——〈澎湖風櫃〉

　　這才是個體生命的機密。開始兩句，是一種聯想：由浪花到花朵，由風捲浪花繼而瀑布，疑問之間，眼睛於洶湧中梭巡，引發出人、人之生命，在浩淼的宇宙中是何其的渺小，「忘卻天地之寬之渺之遠之藍之無私」，把人與宇宙、人與大千世界的複雜糾葛，做了一次令人信服的概括，這是多年歷練滄桑的結晶，也是人生超脫的境界。讀下來，頗有幾分「念天地之悠悠」的蒼涼？

　　性格上的耿直，連小詩也沾滿陽剛之氣。登山，涉水，闖嘉峪，過巫峽，爬古芝地道，拜埃及金字塔，夢吻帕德嫩，驚見吳哥窟……，所到之處，不管是仰望、諦聽，還是俯首、凝神，都帶著張默特有的氣息、手勢，那是與生俱來的生命基因，在順或逆的境遇中，熠熠發光。就連傾盆大雨，也要上黃山：

連天咆哮的　　　　大雨
淚流滿面的　　　　枝椏
伸手不見掌心的　　霧氣
一條窄窄下山的　　坡道

光滑滑的岩石　　　在下
灰褐褐的天幕　　　在上
嘩啦啦的瀑布　　　在左
濕漉漉的峽谷　　　在右
咱們一路忘我地唱著，今天不回家

——〈傾盆大雨上黃山〉

　　表面上，只是一次登山活動，何嘗不能看作張默的人生態度、
生命軸心。豪情滿懷、勇往直前的樂天精神，在對仗、對稱因素作
用下，充滿歌唱性的樂感。這是張默一貫的作風氣派。同樣，當他
登上閱江樓，唱和明初大學士宋濂〈閱江樓記〉，連續用六個「推
升」，張揚著那健碩難改的硬朗本性：「一段嶙峋，把咱們的視覺
無端的推升／推升與獅子山一樣高聳／烈烈的傲骨，推升／每一棵
不寐／好個逍遙遊的松柏／每一片斑剝／被壓得透不過氣來的磚瓦
／推升／無所謂薄如蟬翼的千丈燈火，以及／浩瀚如夢的蒼穹，推
升／推升，從六朝喋喋不休／驚叫到現在的／寒鴉」[7]。

　　在所有嘯傲山水的旅遊詩中，那些石、崖、松、徑，統統成為
他人格、性格外化：「天，會不會砸下來／我以烈烈飛升的頭顱，
頂著／恍惚，群山，就倒掛在我的帽檐下」（〈長海放舟〉），一
副不以為然的壯士胸襟。〈黃山四詠‧排雲亭小立〉先寫蒼鬱、幽
深的景緻，最後是：

---

[7]　張默：〈登金陵閱江樓〉。

啊！那望不盡的，折不斷的，攬不完的
統統扔給青空
啥也不留

　　同樣是一副歷經萬難、看破紅塵、豁出去的神態。

　　當然，張默的宇宙生命意識不是一味高揚，高揚裡還有低鬱，自我在浩淼的宇宙時空中，難免要落入無法估測的空茫，這才是真實人生的另一面：「斜斜靠在／時間裡／／一株，不能自已的／我」（〈碑〉）。在時間長河中，捫心自問，個人的渺小，命運的無法控制，一切的一切都是那樣的不能自已。對著〈鏡子〉：「請問／雨尾紋的隔鄰／是誰」，簡約的十個字，佯裝，憨傻，故意不知老之將之，在童心雀躍的背後，猶藏有深深的哀傷。而〈手杖〉是用來「打野狗，撥雜草／偶爾也指指點點／飛躍二十世紀的星空」。一方面是日常生活，現實的形而下，另一方面是爛漫的指點，高蹈的精神烏托邦，帶幾分作者自個兒的寫照。

　　其實，最樸素最真實的生命常態，是〈內湖之晨〉：

一片青翠蜿蜒在我的呼吸裡
今早的山路顯得特別短
伴著拾來的松枝
指點著眷舍盡處偶爾傳來的幾聲雞啼
噢！天是真正的亮了

　　天濛濛，山色蜿蜒、拾來的松枝、幾聲雞啼，和平時的日子作息，其實沒有什麼兩樣，但是，在那一瞬間，大自然的或一聲天籟或一抹嵐光，或一點游絲或一片靜寂，都能使心態完全鬆弛，雖然

還沒有達到超離現實的時空制約,進入到生命周而復始的永恆中,但那一句驚嘆「噢!天是真正的亮了」,一種巨大的天真的發現,表明作者澄明、超越的心境,生命的自然與價值,在剎那間獲得了承認。

張默借助小詩,追問生命意義及歸宿之旅。其生命的宇宙化,是由一種曠遠之思喚起的靈魂騷動的表徵。生命的宇宙化,是他突出的主體意識,自我意識對於現實生存困境的曲折駕馭,也是他生命進程中積極奮進的精神之歌[8]。

二、「小透」中的抓拍

洛夫認為:小詩的本質是透明的,但又絕非日常說話的明朗。哪怕只有三五行,便可構造一個晶瑩純淨的小宇宙[9]。晶瑩純淨的小宇宙,其特徵一是小,卻能以小見大,納須彌於芥子,咫尺之間,藏有千里風波。二是通透,文字特別儉省,卻能「沉澱淨盡,天光雲影,清瑩澄澈」[10]。張默為生命的追問與承諾,恰恰在小與透這麼貌似難以用武之處,努力創造電光石火的效果。他動用了許多藝術手段,如象徵、隱喻、意境、理趣、反諷……,也在煉字、煉句、煉意上下了不少功夫。

丁旭輝認為早期張默語言「每有根鬚太多,不夠潔淨之病」[11]或許張默意識到這一點,刻意選擇一、三行超短詩進行演練。如〈一行詩六題〉中的〈秋〉:「在暗處,一個少女羞答答地打了一

---

8   趙小琪:〈張默詩歌的生命宇宙化傾向〉,汕頭:《華文文學》2003年2期,第60-63頁。

9   洛夫:〈小詩之辨〉,《洛夫小詩選》(臺北:小報文化公司,1990年)序言,第3頁。

10   鄭慧如:〈小而冷,小而省?——三部小詩選讀後〉,臺北:《臺灣詩學季刊》1997年秋季號,第90-100頁。

11   丁旭輝:〈澄明真摯論張默——以〈許久,未會〉為例〉,《淺出深入話新詩》(臺北:爾雅出版社,2006年)。

個哈欠。」〈茶〉：「軟軟地，讓它在靈魂的舌尖悄悄小立。」雖然這樣的單句還不能成氣候，只處於造句練習階段，那麼稍後的俳句小集〈五官初繪〉，則生動多了：「肉色平原上聳立一座小小的墓穴」（鼻）、「二葉扁舟，從人工湖的那端划過來」（眼）、「吉普賽人在彈梵啞鈴」（嘴），感覺與想像，正式以簡潔的方加盟小詩。

而〈眉〉則增加主觀評判成分，自然，且又多了調侃、諧趣成分：

> 密密麻麻的擠在一起
> 喜歡說長道短，沒完沒了
>
> 最怕女人的畫筆輕輕一點
> 嘻嘻，好痛，我的乖乖

藝術性較高的，當然是屬那些熟悉的老朋友——系列人物短詩，張默緊緊抓住特點，大有畫龍點睛之妙。寫羊令野，是「揪」住他的白髮：「鬢沿不時有一隻隻稚嫩的蝶蛹　遁出」。寫洛夫，是看準他的字跡：「如血脈賁張的怒屑，又肥又粗又壯」；寫大荒，是「紋身的漢瓦」；寫瘂弦，「聯合報主編，擱在第八版上，揉啊推啊」……，寥寥幾筆，人物的音容笑貌便栩栩如生。其中最生動有趣的，當推〈致管管〉：

> 他的吐沫會使大地起了幾個疙瘩
> 在隆冬的夜裡
> 他也常常光著屁股
> 去和寒山拾得對飲
> 且喃喃念著：

吾那一冊冊匕首
　　現在竟是一頁頁荷花了

　　一反常態，逕往人物粗俗裡寫，調侃中，反倒把放浪不羈的做派美化了，活脫脫一個老頑童。還有〈致向明〉：

　　一首詩是一個瘤
　　不幸的是我天天都寫詩
　　於是我全身的細胞都是瘤
　　大的小的
　　胖的瘦的
　　最後終於膨脹成巍峨

　　抓住向明的名詩〈瘤〉，自嘲性做出反觀，將詩比擬為瘤，復而將其昇華為精神上的「巍峨」，由不幸而幸，給自己的藝術生產一個貼切形象的定位。
　　張默小詩的藝術手法除上面例舉的「阿睹」之法，可謂多種多樣，還特別表現在抓拍上：焦點集中，取景角度位置甚佳，如早期小詩名作〈鴕鳥〉，講究「詩眼」，也是全詩亮點：

　　遠遠的
　　靜悄悄的
　　閒置在地平線最陰暗的一角
　　一把張開的黑雨傘

　　該詩排除一切雜念，屏息聚焦，推出極單純的畫面，將動物與器物做了隱喻並置，充滿令人遐想的空白天地。在近年來的風景寫生中，張默繼續做大量「拍攝性」速寫、素描。超時空旅行的

紀錄，以地志詩的形態呈現在世人眼前，也開拓了旅遊詩的新風貌[12]。旅遊詩〈魚梁瀑布〉，專門寫瀑布，「嘩嘩從天外飛來／把我迫不急待的靈魂活蹦亂跳的舉著」，實中帶虛，虛中寫實，虛實相襯。寫〈天橋〉的煙嵐，是一隊隊迅速撤退——

> 霎時天地間，只剩下
> 一堆無所事事的石頭
> 坐對，滔滔不絕的，孤獨

在風景寫生中，張默常不忘融入世事、人情、心境，使小詩打上人生、生命的烙印即人格化。如葉維廉所評介的「經常訴諸萬物有生的自然以及人與自然的融通，作為他藝術的下碇」，與傳統山水詩形成某種程度的迴響[13]。〈明池小詠〉，則突破單純寫生與抓拍的純粹，營造相對複雜的意境，通過品味曲水流觴，將池水與心境接通，映照鄉愁，寄託浮生：

> 我，蹲在一隻楊柳依依
> 　仿古的漆耳杯上
> 靜靜繞行曲水流觴好幾圈
> 終於，一排滔滔不絕的
> 千年大夢
> 被我似有若無挺拔的鄉音
> 攆走了

---

[12] 須文蔚：〈從憂國懷鄉到超時空漫遊：評介張默大陸詩帖〉，《獨釣空濛》（臺北：九歌出版社，2007年），第233頁。
[13] 葉維廉：〈五官來一次緊急集合〉，臺北：《創世紀》總152期（2007年第3期），第181-192頁。

〈下棋亭〉是寫趙匡胤與陳博的對弈傳說，將固定、靜態的景物情趣化，歷史、人物、山巒、童心，通過幻覺，混合在一起，洋溢著趣味盎然的娛樂氣息：

> 嗯！好險，隱形列隊在兩旁觀戰的山神們
> 一直不吭一聲
> 而我卻按捺不住
> 想去大膽攪局
> 突然驚見白髮蕭蕭的趙老頭
> 開懷大笑，把將士相摔落一地

　　調皮、率真、搗蛋。人格化景物是出演主體性的舞臺，再次顯示了張默「童稚式的對萬物的驚認」[14]。

　　有趣的還有〈橫〉：

> 世界、天空、曠野
> 統統都是這麼小
> 我能到何處去取經呢？
>
> 野渡無人舟自橫

　　在大而空的抽象事物中，忽然嵌入一句古詩，感性的、多義的，對比的落差，使前面的生硬的「取經」，獲得生動瀟灑的形象支撐，而且意味無窮。

　　〈夜讀〉也有異曲同工之妙：

---

[14]　同上注。

案頭上橫躺著一具大字足本線裝的莊子
眯著惺忪的雙眼
向四壁頻頻追問

你要　逍
還是　遙

　　有意用一超長的句子拖沓，與結句的短促，構成情緒對比，結
尾處故意把「逍遙」拆分為上下兩行，具有選擇性的逍與遙，使得
那種綿長的、悠閒的情調躍然紙上，十分符合作者意圖。
　　〈服飾店〉則轉而一改古典情懷，採用嘲諷手法、取笑，挖苦
當下流行風尚，不失批判的感性：

扭呀扭的
那些半截衣袖的斷臂殘肢

一會兒大翻領
一會兒小褶裙
俺的哲學最好是
統統拖得一絲不掛
讓一面牆摟著另一面牆
閃閃地起舞

　　譏刺中，張默又露了一手後現代急煎爆炒的烹調法。
　　畫龍點睛、取境抓拍、景物人格化，不時在對稱性因素（常體
現為排比）的「張羅」下，張默完成了一次又一次瞬間的生命體驗
與憬悟。

三、自由揮灑中的掣肘

張默小詩創作，自始至終體現著蓬勃的生命力，同時也是他人品、詩品的另一微塑，三者高度統一，映襯出詩人通透朗健的人生歷練與文本質量。方寸之間，他融通古今，顧盼山水；尺幅之內，他笑談人生，收放友情；輕、薄形式，擋不住生命的奔騰快意，含吐轉逆，充溢汩汩的經驗情愫。當然，嚴剔之下，會發現張默某些章法字句尚留拖沓之嫌，倘能再錘煉一些，洗練一些，那麼這種特別講究言簡意賅的微雕藝術，會更加光彩。

由於小詩篇幅短，字數少，容易被「馴化」，現代詩的自由天性容易被收斂為有模有樣的文體，使小詩擁有不斷向定型、準定型格式靠攏的趨勢，至少是潛在趨勢。這就構成了文體潛在規約與主體寫作者衝突的可能。表現在張默創作實踐裡，一方面是張默的熱情、豪爽、奔突，常不自覺衝出文體邊沿，做盡興的自由體操，另一方面，小詩體固有的內在約束，總是要收攬散文化的張揚。當某些題材、主題、構想，更為合適小詩「先在」的規約，詩人注意分寸，便寫出了一系列佳作。當肆意奔放縱容了張默，哪怕再整飾的排比，也難控制不羈的「彎頭」。尤其是超出三五行，接近十行的小詩，會寫得與二十行、三十行「長」詩沒什麼區別。這樣，小詩本應有的「規範」不見了，小詩固有的特色被二十、三十行的框架「淹沒」了，小詩不幸遭遇到「放水」。像〈巧遇Kappeli咖啡屋——赫爾辛基采風〉：

> 在艾斯布蘭那地公園入口處
> 一棟歐氏建築，那是Kappeli咖啡屋
> 不少人群集門前，攝取當下的街景
> 其實它是梵谷名作《五月的赫爾辛基》

運筆著色打草稿的地方

於是，我匆匆入內，點了一杯芬蘭咖啡
並四處搜尋這幅畫作的蹤影
當時卻有另一異象浮現
驚見每位旅者的杯盞裡
都植入了一朵朵開口大笑金黃的向日葵

　　筆者認為這首小詩的關節點，是處理咖啡向日葵的轉換。但第一節，占全詩一半篇幅的五行，卻拉開了二十行詩的架勢，全部用於場景介紹，一開始不留神，就自滅了小詩的本色。前五行雖有鋪排作用，但於小詩的「屬性」來講，是完全的浪費。是不是可用一兩句話來完成呢？比如：在梵谷運筆著色的地方，我點了一杯芬蘭咖啡，到此為止就好，然後再集中筆力，製造咖啡向向日葵的轉換機關；這樣做，則更符合小詩的脾性，因為愈短的詩，愈要講究爆發與懸宕之美。這使我想起寧夏詩人楊森君同樣寫梵谷的一首短詩（〈主觀唯心主義的一次突破性實驗〉）：「凡高／舉著一隻血淋淋的耳朵／說：／瞧！我幹掉了／世界上的聲音」，該詩因為違反邏輯，取得出其不意的效果。明明是自己自絕於世界，卻嫁禍於人，把聲音先預設為假想敵，幹掉了反而異常興奮。顛倒黑白，叫人驚悸，這就是小詩別出心裁的地方。由此看出小詩是非常講究「規矩」的。比如結尾的漸變、突變、逆挽，有始料未及、猝不及防的效果。總之，小詩一個基本規約，是盡可能要求做到「一以當十」。這個「一」亦是蘇紹連所鼓吹的小詩「引力奇點」（gravitational singularity），它蘊含具有膨脹性的能量，可把小詩的重量和厚度引爆出來[15]。

---

[15]　蘇紹連：〈小詩大爆炸〉，臺北：《文訊》月刊2014年第7期，第111-113頁。

這說明什麼呢？並不是張默不懂技藝。表面上是瞬間感受未加很好提煉，深層原因，還是骨子裡「輕慢」了文體的特殊規定。為什麼張默有時候會表現出這樣的「掉以輕心」呢？客觀地說，張默的本性、氣質，並不是一位易受詩體圍籬的人，他的個性、豪放氣度，驅使他一向無拘無束。雖然晚近相對約束的寫作實踐，有可能促成他往小詩嚴謹的詩體建設靠攏———一如他精瘦的體型。然而，詩人的氣質是決定一切的，特別是衝動型的詩人，是不甘自我「畫地為牢」的。有趣的是，《張默詩選》收錄六十年間（1956-2006）代表他成就的一百零八首（組）詩，沒有一首是嚴格意義上的「新格律」，證明張默並不怎麼在意詩體的有目的的開發。二〇〇六年二月寫的〈時間水沫小札〉附記中，張默同樣痛快地承認八十多帖三句詩，「它們並非俳句，而是作者隨意很自由的揮灑」，再次表明他對詩體經營的淡漠。所以，我不便讚美，張默有非常自覺的文體意識；由此反觀整個小詩寫作，可能只是他自由詩大部隊中的一個連隊。

　　既然張默一開始，並沒有狠下一條心，不到長城非好漢地創建自己的「小詩體」（比如最有希望的三行、十行體），他的信步所至，他的率性而為，終歸要對他本來就沒有太大的願景做出某種掣肘，即繼續挽留他在自由的原野上跑馬，而無意於赴湯蹈火般地去開闢小詩規範的天地。說句過頭的話，張默的小詩，除部分在詩體規範意義上，達到成功，還有一些，形式上不免是穿了「馬褂」的自由「洋胎」。整體書寫上的那種狂放、鬆弛，所代表的自由精神、自由意志和自由形式趨向，一般來說，還是占主導地位的，而這些都或多或少有悖於小詩的某些規範和定型的。這就是張默的「矛盾」與「困境」。其實，我倒以為，沒有必要因了一百多首小詩的「資本」積累，就一定要求張默去建立張氏的小詩銀行，專司目前他比較熟稔出色的「三行體」、「十行體」，這在根本上有違張默的天性。也因此，本文末尾「不顧情面」，言重了詩人文體意

識與形式規範的耦合與分離、詩人稟性與詩寫的衝突矛盾，這樣做，會不會比一味讚美更具深層的詩學意義？

行之所當行，止之所當止。張默，還是任由行走吧。

語近情遙，真醇朗健。騎士風度的詩人，自稱自己是「朝朝暮暮的撞鐘人」，委婉地表達把詩當成朝夕相處的「宗教」。撞鐘雖然主要指叩響文本的創造性，但也不能切斷與之密切關聯的編輯、出版、交流、傳播、普及、推廣等諸多連帶作業。某種意義上，這些都是構成張默「風骨」的一部分[16]。歌德曾經說過，人格就是一切。設想有個綜合評價平臺，張默在人品排行榜上，當屬前列。看看在創世紀撐持幾十年，幾乎由他獨當一面，而極少計較，臻之於完人。這是一種非常難得的品格：不僅看重詩，還看重詩之內與詩之外——的人之品質——不管作為詩人的名聲、名氣還是詩人的形象。絕不借助詩而沽名釣譽，更痛恨經營詩而蠅營狗苟。我們看多了，有些詩人膚泛不切，在日常生活，自詡矜張，毫不檢點；有些詩人對於功名利祿，錙銖必較，太多私心。而張默任勞任怨、顧全大局，捨棄前隙、懷抱公器，有目共睹。他宅心和厚、獨釣空濛、豁達淡泊，肝膽仗義，把為人、為詩、為文的結合，注塑到一個高度，讓兩岸同好不敢平視。

---

[16] 沈奇：〈在遊歷中超越——再論張默兼評其旅行詩集《獨釣空濛》〉，汕頭：《華文文學》2015年第1期。

第九章　管管
諧謔嬉戲的「詩濟公」

一、物候的「管家」，頑童的奇思

　　見過管管兩三次面，每次都聽他神聊幾句。直到近年，才得知他演過《六朝怪談》、《超級市民》、《策馬入林》、《最想念的季節》等影視，竟有十幾部之多（二〇〇一三年，八十四歲高齡還主演《暑假作業》），授之詩歌界「影帝」名下不虛。可是不對呀，他明明說過：我不是演戲，是演詩。他的「詩戲」演的是姓管的孫悟空、名叫管運龍的「怪味豆」。最好再加上老頑童、惡作劇和醉拳術的名號，就更全面了。是的，他用大大咧咧、童言無忌完成「嘻嘻哈哈的超現實」；也用獨來獨往、我行我素，塗鴉人生荒誕。辛鬱說他是一隻野鹿、一片煙雲與一陣驟雨的組合。他則自況是野馬，無韁無彎，亂蹄狂突。我呢，更樂意看到當代詩壇「濟公」，那一身非詩的裝束──破帽、破扇、破鞋、垢衲衣，嬉笑怒罵皆成文章。

　　不拘小節的猾介、落拓不羈的脾性，被壓扁、壓歪的鬼臉，帶著「荒蕪」在寥廓中眨眼。可惜在最新出版的《臺灣現代詩史》裡，他不幸被排除在名單之外，沒留下一點墨蹟。我為此有點耿耿於懷，故而在此補上幾筆。

　　我想說的第一句話：管管是詩歌界的物候「管家」。何以見得？物候是指生物的生長、發育、活動與節候的反應關係。植物的

發芽、展葉、開花、結果，動物的遷徙、初鳴、哺育、冬眠，都受制於光照、降水、溫度等週期性變化。物候還包含水文與氣象兩大內容（結冰、初霜、電閃、雷鳴；流量、汛期、解凍、含沙量等）。

古典主義與浪漫主義詩人坐擁自然，勢必將反映自然的豐富「表情」一一收攬在懷。生性活潑好動的管管一拍即合，自然在物候現象上一番打扮。管管的特大行囊，永遠塞滿春夏秋冬。初春的瞳仁，張望著蓓蕾、粉蝶、野棠樹的白花，還有清明與寒食，招呼著「聽水的人」、「過客」和「刺青族」們，把梨花詞寫滿春天的鼻子與耳朵，同時醉死在楊柳的秋千、燕子的風箏、初荷的提燈裡；盛夏的濃陰，時時撥弄著悶雷、蛙鳴、噴火的蟬，一邊搧動闊邊的草帽，一邊頂著鳳凰木的花傘與晚雲，間或傳出〈繾綣經〉的木魚聲，還夾幾聲「烽火連三月，家書抵萬金」；仲秋時節，〈住在大兵隔壁的菊花〉，連同〈把名字掛在草葉上的傢伙〉，垂涎著梢頭上的紅柿子、黃酒、落葉、紅蓼，及至陶淵明與林黛玉，偶爾伴隨臉紅、咳嗽與痰塊；隆冬的布袋，藏不住那麼多爆竹、火盆，遠山上那株紅楓，還有割去青絲的水田、耳根發癢的更鼓，以及鬢白如霜的踏雪尋梅。

時序與物候之間，管管用力最勤當屬春天。《管管詩選》有關物候內容就占了六成，其中春天的意象、語象又占了一半。但如果僅僅停留在物候的描繪、尋覓與捕捉上，管管充其量不過是位風景畫家。作為有深度的詩人，他借助對自然把捉的機會，其關注點還是鍥入到社會、人生、存有的層面。雖然不是每一種物候都有所指，應該說多數，已然成為他的「繩套」與「罟網」。有青年學子從那些花瓣、芽鞘的綻放與果核的爆裂，挖掘出深層次的東西，說它們指向時間、生機、戰爭、死亡、家庭與性等多種意涵[1]。

---

[1] 　廖堅均：〈管管詩之「春天」意象探析〉，臺北：《臺灣詩學學刊》2016年總28期。

但給我最深觸動的，莫過於管管通過（各種）「花」與（各種）「臉」的比擬、並置、錯位、扭曲去傳遞心中的「變意」。那些直接性標題夠嚇人的：〈臉〉、〈馬臉〉、〈鬼臉〉、〈滿臉梨花詞〉、〈果子臉譜〉、〈母親的臉〉、〈荒蕪之臉〉，埋伏在題目之外的，更有〈梨樹〉之臉、〈荷花〉之臉、〈車站〉之臉、〈太陽族〉之臉，〈碑文〉之臉、〈水薑花〉之臉、〈四季水文〉之臉，及至「早晨這個孩子的臉是月的」，及至〈弟弟之國〉的臉：「（那張貼滿青苔的臉，雕滿甲骨的臉，結滿繩索的臉）／陀螺的臉被一鞭一鞭的抽著[……]（您的臉貼滿一份份的新聞紙。貼滿一張張的告示。爬滿一隻隻急躁的螞蟻）[……]可扇走我滿臉的枯葉否」，皆是通過人體表情最豐富的器官來表現人間的滄桑，眾生的百相。各種物候、器皿與各種臉構成疊加、互文的鏡像奇趣，讓人在多角度的折射中窺見自己、反審自己。

　　不知道是臉的圓形表情影響了月亮，還是月亮的投影發生作用，管管與月亮的情愫也如漆似膠，十分火熱〔「給月亮深深釘上一枚釘子，／再繫上一把線，牽著他玩玩」（〈四方的月〉）；「她就敢把她的頭伸出窗外，／用月光洗她的頭髮」（〈月光洗頭〉）；「把吃剩的一半月亮曬在露臺上」（〈月色〉）〕。不過作為情侶與摯友的月亮並不過癮，有些單薄，管管還不忘動員諸多「負面」朋友：老鼠表弟、蚊子來客、司晨的斑鳩、咬黃昏的狗子、貓頭鷹、烏鴉、蒼蠅、螞蟻、蛆蟲、蝨子……，參與他的怪誕腳本演出。本節側重關注他在物候管理中的奇想怪思，是如何一騎絕塵，無所羈握。

　　黃粱在《管管・世紀詩選》的序言中，分析他的古怪來自「八卸」[2]，「卸」的本義為「去掉」、「拿下」，「卸」的衍義為「解除」。黃粱用「大卸管管四十年」做標題，其中謂語結構的

---

[2]　黃粱：〈大膽潑辣奇怪——大卸管管四十年〉，《管管・世紀詩選》（臺北：爾雅出版社，2010年），參見序言，第4-18頁。

「卸」字應轉義為「分解」才能成立。所以八大卸即八大分解，分別指向：卸超現實、卸意象、卸形象思維、卸語法、卸節奏、卸章法、卸主體關注、卸自己。卸的結果，管管成為離亂語法、搗毀節奏、輕慢佈局、鬆綁主旨、放任自己、我行我素、目空無人的大頑童。他完全摘除人生的假面與文本的一本正經，在眾多漫不經心的即興彈奏中，反倒因思維的信馬由韁或胡作非為，時發奇思異想，隨便一個標題便叫人信服：

〈燙一首詩送嘴，而且趁熱〉

隨便一行：

亂跑的蜜蜂是春天的鼻子

如神來之筆，叫人驚嘆有多少這樣的金句。再看〈去夏〉首行：

吾在多瑙河。拾到一根患腸胃病的稻草繩子

信手拈來，貼切得體，且具形象隱喻。稍弱點的銀句、銅句也不少：

你的腳答應一定陪鞋子回家才不會失眠

——〈俺不說〉

如果吾在你身上刻上高山仰止你會不會痛

——〈黃山〉

管管就是以他特殊光譜的管式手電筒，取代常規對象，從事

詩歌通道的「打洞」作業，一如他在詩中所說：「沒有月亮的時候／我會拿著手電筒不停地給黑暗打洞」（〈手電筒〉）。在思維日益被庸常化的生活面前，只有童心未泯的少數詩人，才能力排流行色，或高雅或通俗地操持著。即便像中國苦難史這樣的大題材，他也能放手一搏，讓一首十行小詩來承載，沒有超級膽識與四兩撥千斤的聰敏，是斷斷行不通的：

> 到光緒那年那首詩還剩下了九行／崇禎在煤山上吊時把那首詩勒死了最後一行／努爾哈赤又開始從頭另寫那首詩／光緒年間才寫了九行！／義和拳作亂一拳打去了一行！／鴉片戰爭毒死了一行！／慈喜大薨又駕崩了一行！／李蓮英閹去了一大行！／宣統元年又被廢去了一行！／一九一一年在武昌革命革出了三行／袁世凱兵變去了一行！／張作霖給炸去了一行！／吳佩孚戰去了一行！／張宗昌斃去了一行！／馮玉祥詐去了一行！／×××又搶去了一行／×××又刀去了一行／又殺去了一行／再剁去了一行／又燒去了一行／再炮去了一行／這首詩已經被殺／的詩不成其為他媽的／詩了！／屌！中國這首詩呀！

> ——〈一首那麼難寫的詩〉

通過十九個動詞：勒死、另寫、打去、毒死、駕崩、閹去、廢去、革出、兵變去、炸去、戰去、斃去、詐去、刀去、殺去、剁去、燒去、炮去、被殺，把近現代史的暴亂、宮政、割據、內戰做了「一對一」的極為簡明扼要的概括，在在是言簡意賅，意味無窮。而〈陽明山冬雨即事〉，則返回本然的童真思維，帶有幾許頑童的惡俗調侃，頓生奇趣：

> 說這兒雨是一種冷酒

樹，並不反對，
所以，有幾棵樹就喝紅臉了
有些越喝臉越青
不管臉青臉紅
卻都愛面壁小解是一件事
因此，造出條條溪流

或者小小的瀑布
卻斷非面壁解經參禪之事
說它是雨嘛，卻有酒味
說它是酒嘛，卻有尿味
說它是瀑布，卻又是站著的河了

越喝越冷，此乃為之酒性
竟喝的每根骨頭都站到皮膚上來
冷的不剩一點肉的溫柔了
他娘的
在化石與未化石之間
在成枝與將成枝之間
那絕非衣冠可以解說的
喝了就尿，尿了就喝
就是這麼一回事
樹如此
鳥如此
獅子如此
魚如此
新娘如此
是如此

人哪，也不過如此

　　因為莊周如此

　　　　蝴蝶也他娘的如此

　　在管管不少作品中，你會發現揶揄與譏諷、正經與伴裝，犬牙般交錯在一起，既關涉人間疾苦、生存艱辛，也溢出對生活的濃濃情趣。當他的詩想與思路完全翻開，他的生性（包括缺乏正規「教養」——比較同儕，多出了幾打粗話），帶著天資稟賦：裝瘋與賣傻、搞笑與偷樂、天真與頑劣，一俟瘋長為高度的野生性，便發酵、加劇為難得的奇思奇趣。

二、荒誕的饕餮，「吃」的殘酷

　　奇思奇趣發生在管管的動詞詞彙表裡，頻次最高的是一個「吃」字。是飢餓時期留下來的嚴重後遺症？是欲望時代帶來摁不住的饕餮？是大快朵頤的美食家胃口？抑或這個經典的口部運動，隱含太多的表現樣式（喝、呷、吸、啃、咬、嚼、嚥、嗑、嘗、噉、啖、品、呷、吞、噬），容易展開大規模的飲食文化，繼而去叩問人生萬象？

　　先看〈蟬聲這道菜〉：

　　妻卻把蟬聲放進洗菜盆裡洗洗

　　用塑膠袋裝起來放進冰窖了

　　妻說等山上下雪時

　　再拿出來炒著吃

　　如果能剩下

　　在分一點給愛斯基摩人

權且把蟬聲當作炒菜，平添了生活的一種樂趣，委實沒有什麼微言大義，但作為生活日常第一需求，人之常情，就分外詩意盎然。〈雞鳴〉也是，把白天和夜晚的黑白轉換，當作相吞互吃的饕餮，基本是在文本範圍內做做遊戲罷：「那隻雄雞把一匹一匹夜捉來很饕餮的吃著／因之白晝才從吾太太的夜裡逃出來！！／因之就飽得打起噎來，哈！好天氣！」而〈星期日的早晨〉則針對宗教儀式，摻入反諷式戲弄：

> 全鎮上唯有禮拜堂在吃早點
> 在收容滿街上看起來很美的垃圾
> 主啊，假如你昨夜趕到

　　〈井〉，儼然加入形象化的綱常倫理成分，把對象誇大到極致（吾成灰）的程度卻合情合理：

> 不然就把吾燒成灰
> 撒到你家門前的井裡
> 讓你天天喝著井水裡的吾
> 喝著吾的灰

　　而〈讀燈的人〉，則開始揭示惡劣的人際關係（吞食與謀殺）：

> 遠遠望見你燈下緩緩的步履
> 你可知道燈在吞食著第二個你
> 一些牆，一些牆在謀殺你的眼睛
> 還是到我這裡來吧

到〈大英博物館告訴吾〉，就大不相同了，轉移為詩人對西方
美學的正餐、晚點或下午茶的評頭品足：

> 巴黎鐵塔這根
> 他說那是一根吊在天空的大便
> 只有對甜美已經吃膩了的法國人
> 才會去吃這種醜陋之美

同時也不忘對東方文明、浩大的文化工程進行質疑：

> 七萬九千三十六塊版，不知殺了幾千棵無疤無節的梨樹？
> [……]
> 版重四百噸，四百噸梨子要吃多少人。
> ——〈說一部「秋冬收脂後無疤無節
> 上等梨木乾隆版木刻大藏經」的閒話〉

驟然加重分量是〈老鼠表弟〉，完全是在文明偽裝的幌子下，
對戰爭、殘忍、人道喪失的控訴：

> 在廣告牌下
> 靶場上子彈們正在用著早餐。（反芻著吃大菜的好年月）
> 且罵著菜單。且議論著價錢
> 戰車在嚼嚼草。嚼嚼野薔薇
> 炮在啜飲星。啜飲蝙蝠
> 刺刀在割麥子。收割野菊

〈饕餮王子〉有過之而無不及，在超現實主義的指引下：

吾們切著吃冰彩虹　把它貼在胃壁上　請蛔蟲看畫展　把吃
剩的放在胭脂盒裡　粉刷那些臉　再斬一塊太陽剮一塊夜
吃黑太陽　讓他在肚子裡防空　私婚　生一群小小黑太陽
生一群小豬　再把月和海剁一剁　吃鹹月亮　請蛔蟲們墊著
鹹月光做愛　吹口哨　看肉之洗禮　把野獸和人削下來　咀
嚼咀嚼　妻說　應該送一塊給聖人嘗嘗[……]於是　吾們把
憤怒憂鬱微笑連結起來　吃　吾們就雙雙睡去[……]

　　精神與物質處於大飢餓大貧困線下，人們什麼都吃，不是一
般地吃，而是貪婪地吃，暴殄天物地吃，吃得痛快，破壞得痛快，
揮霍得痛快，發洩得痛快，甚至把所有的憤怒、歡樂、憂傷全部吃
光，這是一種以反彈式的荒誕食譜，抵抗存在的壓迫，宣洩對存在
不滿的挑戰[3]。連最親密的月亮也參與演示欲壑難填、無盡循環的
過程：「月亮是一隻自己吃著自己的無鼻無眼無嘴雌雄獸／吃光了
又吐出來，吐出來又吃進去／雌吃著雄，吃瘦了又吐出來／雄吃著
雌，吐出來又吃進去」（〈月亮吃月亮〉）。詩人代替月亮，張羅
他者筵席，其實是藉機指向人肉飲宴，依託〈蚊子〉，很快達到
高潮：

吾把蚊子的櫻桃小口，給擦上口紅／讓伊先去親妻子幾口，
妻的肉溫柔／再讓伊去親女兒幾口，女兒的肉嫩如春韭／再
讓伊去親兒子幾口，兒子像小牛肉／給每個人留下幾朵紅紅
的吻痕／當作一點兒心心相印！／至於吾的肉，是老肉，隨
便吃吧／這樣蚊子的肚子裡就有了吾們家四個人的肉／這比
管夫人調合的泥娃娃更親熱／於是，吾把這隻蚊子請進冰箱
避暑／當青蛙把月亮吵到天中央那天晚上／吾們就把那隻蚊

3　陳仲義：〈乖謬怪異的活話劇〉，《從投射到拼貼——臺灣詩歌藝術60種》（桂林：
　　灕江文藝出版社，1997年），第92頁。

子從冰箱裡端出來／加上一點醋或者醬油什麼的／一家人吃著蚊子喝酒／你們該知道吧，那時候／吾吃著妻的肉，妻吃著兒子的肉，兒子吃著姊姊的肉，姊姊吃著老爸的肉／吾們一家人互相吃著／每一個人的溫柔／每一個人的溫柔／真是他媽的溫柔！

　　管管在荒誕吃法上大做文章，從「吃他」晉升為「互吃」，「先是吾們吃它們，然後是它們吃吾們，最後是吾們一家人互相吃著」。此詩明白曉暢，通俗易懂，像個卡通片。在這樣荒誕邏輯的進展裡，已然流露出詩人一個並不荒誕的理性：即使在如此美妙富於溫情的家庭中，實際上存在著某種互吃的殘酷關係，血緣最密切的家庭尚且如此，遑論社會、階層、集團與種族乎[4]。

　　至此，人們很容易聯想魯迅的吃人之說。魯迅第一個短篇小說，通過被害者「狂人」的自述，揭示封建禮教「吃人」本質。第四節的最後三句寫道：

　　吃人的是我哥哥！
　　我是吃人的人的兄弟！
　　我自己被人吃了，可仍然是吃人的人的兄弟！

　　結尾是：「沒有吃過人的孩子，或者還有？／救救孩子……」。魯迅通過「人血饅頭」、「人肉的筵席」，痛砭「人吃人」的畸形社會。

　　順延魯迅的衣鉢，管管「吃人」的重頭戲，是集結自己所有的兵馬，從政治、文化、歷史、社會到日常，演繹一場場制度、等級的壓榨活報劇。另外，他也通過吃的口福，引申對中國傳統文化的

---

[4]　同上引書，第93頁。

頂禮膜拜，最具體生動的表現，是他浸淫於水墨畫忘乎所以（為此專門出版《茶禪詩畫》），下面的〈墨荷〉，極盡自己吃淨傳統文化食糧的可掬之態：

　　夜拿著一支毛筆，從黃昏開始，就在畫一張潑墨荷花
　　當這張墨荷畫好時
　　吾便坐在一張大墨荷葉上
　　與夜對酌
　　吃著獵戶給打來的
　　巨蟹雙魚金牛白羊
　　還有
　　一碟一碟的蟲聲
　　一碗一碗的蛙鳴
　　一直喝到吾坐的那幅墨荷
　　落滿了露珠
　　吾便伸手折下那一朵
　　萎落在西天的
　　褪了色的
　　只剩下一個瓣的荷
　　一口吞下
　　怪的妻說吾的嘴
　　近墨則黑

　　誰像管管這樣大吃大喝？一方面指摘外部社會貪婪無度，無所不用其極，一方面浸淫吮吸玉液甘露般的國粹，甚或連最後的一個荷瓣都不放過，好一個轉世的美食大咖──「太和公」。

三、諧謔的嬉戲

這一切，都離不開老頑童一個「玩」字，玩就是遊戲。白靈說管管「逗樂萬事萬物」是一種玩的幽默，它是「通過世人看得見的笑和他們看不見也不明白的淚來直觀生活」（別林斯基），是交融滑稽的喜悅和深刻的悲哀於一起的，是意有所指地揭露不合理的事物和現象，是自嘲地將自身的缺點率真而風趣地「示眾」，然後愉悅輕鬆地「與之訣別」的方式[5]。

竊再細察一下，管管的幽默是諧謔與嬉戲的混合體。諧謔是詼諧逗趣，調侃中帶有戲弄的意味。諧謔元素在詩中不可多得，屬稀有金屬，方顯珍貴。紀弦是臺灣現代司庫中，第一個試裝叮噹作響的諧謔銀元，出手大方，管管繼承大把遺產，還青出於藍而勝於藍。如果單純停留在打趣、玩笑，插科打諢，詩作容易流於平面庸俗，像熱騰騰的湯麵，下點調料，改善改善口味而已。可諧謔不是普通的醬醋、香油、花生醬，而是嗆人的芥末、割喉的米椒。

輕型諧謔，不能不提到〈邋遢自述〉，二十二行履歷表，委實邋遢。開頭是：「小班一年中班一年大班一年／國中三年高中三年大學四年碩士二年博士二年。」按部就班，平淡如水，但因學歷完整，叫人好生羨情。不料輕輕一個轉折：「還好，俺統統都沒念完」。在輕慢、蔑視的口氣中，完成對現行教育體制的不屑。接下來，用七種變化的數字彈奏自己的生活史：「五次戀愛，二個情人，一個妻子，三個兒女，／幾個仇人，二三知己，數家親戚。」四字詞一頓的詼諧曲，一副無所謂的面孔，附加一副無賴派頭。再接下來，繼續採用先抑後揚的手法：「當兵幾年，吃糧幾年，就是沒有作戰。」最後在上半闋，把自己的脾性定格下來：「不打牌，

---

[5]　白靈：〈永遠的管管〉，臺北：《自由時報》2006年6月26日。

不下棋，幾本破書躺在枕頭邊裝糊塗／幾場虛驚，幾場變故，小病數場捱過去。／坐在夕陽裡抱著膝蓋費思量」。下半闋進入自我調侃與解嘲：「這是六十年的歲月麼／就換來這一本爛帳。［……］掛在牆上那一把劍也被晚風吹的晃蕩／這就像吾手裡這杯沖過五六次以上的茶一樣」。願景、抱負、理想、嚮往，在歲月的磨蝕下，倒像多遍褪味的茶水：「不過，如果可以，俺倒想再沏一杯嘗嘗。管他荒唐不荒唐。甚至輝煌。」喝斷聲中，有幾分無奈的豁達，在自我訕笑又自我肯定的自畫像中完成管管，真是文如其人。

〈俺就是俺〉與〈邋遢自述〉簡直就是姊妹篇，半是自戀半是癲狂中不乏粗野，集中袒露率直、本真的一面：「管你個屁事／俺喜歡鄭板橋、金聖嘆、蘇軾／還有他娘的超現實／［……］俺喜歡鬼／俺喜歡怪／俺喜歡那些稀奇古怪的東西／俺就是這個鬼樣子／管你個屁事／能愛就愛總不是壞事／俺愛罵人／經常說他媽的／當然你也可以罵他奶奶的／俺就是俺／俺就是這個熊樣子／管你個屁事」。撒野粗話，甚至把它充當詩的要件顯耀。這種臭樣子的童言無忌，是否可以回歸為某種藝術的原始本性，或溯源到最初本真？馬斯洛曾分析過：幾乎任何一個孩童都能在沒有事先計畫的情況下，即興創作一支歌、一首詩、一個舞蹈、一幅畫或一個劇本、一個遊戲[6]。他列舉的無師自通的自發性，正是創造性的萌芽，而無師自通的自發性，最能在無功利的遊戲中得到滿足。管管曾說：我對寫作看成一種遊戲，是兒童們認真的、自願的、沒有另外目的的那種遊戲。這是純然天真爛漫對世界充好奇、一切都跟自己一樣充滿生命力、把什麼都要放在嘴巴裡嘗的嬰孩的觀點，是自己與世界萬物無分別生活與遊戲也無分別、自己即一切的那種「萬物即心」的最純粹的、初生之犢似的眼光[7]。

---

[6] ［美］弗蘭克・戈布爾：《第三思潮：馬斯洛心理學》，呂明、陳紅雯譯（上海：上海譯文出版社，2006年），第23頁。

[7] 白靈：〈不際之際──管管詩中的生命熱力和時空意涵〉，蕭蕭、方明主編《現代

按照阿多諾的觀點，遊戲不是動物性的倒退，而是還童的現象，遊戲不僅表現對工具理性的擯棄，而且代表一種隱而不露的回歸。遊戲的主要功能是使人卸下道德面具，放逐所謂終極意義，在民主公平原則下，抵達無功利的怡悅境界。管管童心未泯，元氣滿盈，淘氣、搗蛋、壞笑、惡作劇、賭氣、撒野、捉弄、抓狂。這些質素一旦被悟性觸發，朝向良性方向發展，往往沉澱為藝術的潛質。童心與遊戲交織在一起，現實就在任性的世界裡聽命、變樣：

〈黛芬坡小鎮記〉寫道：

> 出店來，紅日西斜，江山如畫圖
> 玉米田依舊是玉米田
> 阿美利堅是否依舊是阿美利堅？
> 還是撒泡尿，上路去吧！

〈絕句4〉，也像「橫木塞進灶」那樣蠻不講理，卻又是那樣通情達理：

> 蹲在馬桶上
> 痛快的拉出來那就是真理
> 如果便祕
> 那就是理論讀的太多了
> 這像某些立法同志以及某些教授

〈抽水馬桶〉，在突發的「好動症」中，盡情盡性地手舞足蹈，無視任何人臉色：

詩壇孫行者——管管作品學術研討會論文集》（臺北：萬卷樓圖書股份有限公司，2009年），第211頁。

抽水馬桶是消渴症患者張著大嘴
一次就會喝很多水
它是一隻沙漠中的駱駝
你相不相信
它是張著大嘴要咬你的鱷魚

　　而像〈下放的海〉，筆者一眼就認定，它是管管短詩的最傑作，構思、想像、感覺超乎一流完美，充分證明管管收放自如的高明功底：

他用剪刀剪下一塊藍色的海
想把它放在戈壁
敦煌說：
「不可以！駱駝會生氣」

　　及至〈搬家〉：「把眼睛拆下來裝進罐子裡把頭髮編起來做繩子／把牙齒掀下來一本本疊好／把肋骨腸子便壺等等／都統統裝箱或者壓扁／再用繩子五花大綁起來／好！準備上車，押赴刑場」。
　　作者經年漂泊，四海為家，一生大搬家有三次，每次搬家都苦不堪言，故嬉戲式地虛擬出：把眼睛、頭髮、牙齒、肋骨、腸子卸下來裝箱，等於五花大綁，押赴刑場，一副壯懷激烈的視死如歸。搬家走到了處以極刑的怪胎，不能不是遊戲心理使然。
　　最叫絕是〈太陽〉：「一睜眼太陽那小子把個皮球朝著我們家窗臺就踢過來。[……]我娘子急忙去拉後窗簾，總算把足球給四四方方的擠扁在牆上。我娘子用她那隻小手拚命往牆上壓就像貼年畫。」「真氣死老娘，快捉快捉，連個球尾巴都沒有捉到。」「我可親眼看到我娘子提著球尾巴凌窗去了。（落花猶似墜樓人嗎）是自殺他殺反正不是情殺。青天大老爺這件案子太陽是幫凶。不干卿

事」。奇峰接踵，結尾直干雲霄，叫人忍俊不止：「我娘子竟懷了孕，竟臨了盆」。詩人在假定性世界，睡眼惺忪，無視倫理規範，放縱自己的娘子參與了自己製作的遊戲，且進行褻瀆式的嬉弄：懷孕、分娩──不惜拿家人開刀，滿足自己一時書寫之絕爽。

　　這就是典型的管管的諧謔嬉戲，完全出自兒童的心理與視角，融入創傷性經驗後，有時還喜歡動用禪思的棒喝：

「你是一匹野馬嗎？」
「不，吾是一匹踏雪尋梅的驢？」

──〈野馬〉

吾把春夏秋都收拾在火盆裡燒了。燒一張。吾哭一聲。哭一聲。吾燒一張。這病。爆竹會對你說話的。吾要騎著驢去挨家挨戶報喪了。
「暗香浮動月黃昏」

──〈過客〉

春天像秦瓊宋江成吉思汗楚霸王
秦瓊宋江林黛玉秦始皇像
「花非花
霧非霧」

──〈春天像你你像煙煙像吾吾像春天〉

更多時候還是搬出隱喻、諧謔式的隱喻：

有人去叫缸看看什麼也不說／有人說缸裡裝滿東西／有人說什麼也沒裝進缸／有人說裝了一整缸的月亮／／一天有個像

伙走來／打破了這口缸／也是一個屁也不放／／不過／這口
破缸／卻開始了／歌唱。

——〈缸〉

　　把個不起眼的缸當作歷史的承載物，裝滿浩瀚的唐宋元明清，
因而也成為繁華與敗落的歷史包袱。有人說缸裡有太多糟粕，有人
說缸裡裝滿了月亮。終於來了個造反傢伙將缸打破，龜裂或缺口的
破缸，反而在變更中煥發生機，改寫歷史，重新歌唱。

　　當然，在嬉皮笑臉的遊戲中，嚴肅的面孔委實不可或缺，它往
往促成寓言式的思想高度。像〈鳥籠〉：「撿到一隻鳥籠／把鳥籠
放進客廳／吾把鳥籠打開／看清籠裡沒有鳥／／吾再把鳥籠關緊／
我看到吾關進了鳥籠／／那麼吾應該是隻鳥了／／不必驚慌　地球
也是一隻鳥住在鳥籠／誰不是一隻鳥呢／／陶潛不是一隻鳥籠」。
比較非馬的同題詩〈鳥籠〉系列（〈鳥籠〉、〈再看鳥籠〉、〈鳥
籠和天空〉），管管一改醉態，嚴謹進入三段論：第一段逆向，第
二段順向，第三段合題，達成大入大出的境界。同是虛幻情景，管
管採用的是：「無（鳥）—有（我）—有（籠）」的「晉升」路
線，主旨全然對準異化，始終鎖定自由。

　　管管在超現實的嬉戲中，玩出眾多突接、逆襲、後設、急轉
彎，斷崖式鑲嵌，甚或文不對題，顧左右而言他，都指示了詩歌中
別樣的稀貴元素，與傳統的雅正、清音、言志載道，格格不入。其
實諧謔的嬉戲並不是什麼壞東西。諧謔是幽默的一種，嬉戲是遊戲
的一種，它們聯合進駐詩歌，大大提升自由、想像、出格的機率。
管管就像騎著哈利波特的掃帚，搧動幻象的斗篷，在超現實的漫空
場域，丈量人性的寬度與深度。

　　曾琮琇在《臺灣當代遊戲詩論》的結語中寫道：遊戲的入場
卷，擅長把意義扮裝成一個謎，用隱蔽的語言迂迴的文辭進行遮
蔽。這樣的尋寶遊戲，讀者只負責尋找躲藏於謎中之底，其樂趣就

醞釀於「尋找」、「躲藏」的過程之中；由扮裝進而變裝，展現自我遊戲的本能，在詩的鬆散離題、漂浮的意指、意義與意義間的隙縫產生愉悅的對象；透過互文性、戲仿、拼貼改造的遊戲，會激發出更多意想不到的火花。在嬉遊的年代，任何意義都會限制遊戲的自由，可以被看見、被聽到、被讀之的事事物物都可以是遊戲。作為遊戲的血親，皆遺傳著遊戲與生俱來的自由、無目的的合目的性的血緣。儘管現代詩中的遊戲性與正經八百的道德勸說或抒發悲情的詩語言相對，但不意味著遊戲中沒有嚴肅的意義。相反地，他們的形象或內容是可笑的，卻不是那種僅供娛樂的肥皂劇，因為在笑的背後，往往隱藏著理不能承受之重[8]。管管六十年的寫作，為當代遊戲詩論與實踐，提供了一份全面的腳注。

四、散文美的「底線」

管管的多數作品，行走在散文詩與詩的結合部上，一旦散文詩與詩巧妙合軌，很難不擦出驚豔的火花。但因其天性放浪，不羈粗鄙，在散文詩的步幅中，不時也會摻入散文化的壞腳法。故而，沈奇批評道：管管的詩歌語感元氣足、流量大，沛然而發、生氣勃勃以致橫溢漫流，屬一種激流飛瀑式的流體語勢，本就易於散漫游離。對此，管管少有警惕而大都率性而為，缺乏必要的克制，亦即二度創作與加深，致使散文化傾向較嚴重。其實就管管的悟性而言，只要稍有用心稍加注意，便見奇效[9]。

筆者認同沈奇的意見，管管作品總會出現一些瑕瑜互掩的現象，多數詩評人出於對老前輩的尊敬而避諱或輕描淡寫。像前面大

---

[8] 曾琮琇：《臺灣當代遊戲詩論》（臺北：爾雅出版社，2009年），第232-234頁。

[9] 沈奇：〈管管之風或老頑童與自在者說：管管詩歌藝術散論〉，蕭蕭、方明主編《現代詩壇的孫行者：管管作品學術研討會論文集》（臺北：萬卷樓圖書公司，2009年），第40頁。

家推崇的代表作〈一首那麼難寫的詩〉，結尾四句，感覺還是過於直露，完全可以宕開一筆，效果會更好。再像〈青蛙案件物語〉，案件本身提出一個很妙的問題：為何高高的五樓，會冒出個青蛙？可惜作者沒有採用福爾摩斯的偵探路線，而是順隨常人慣常思維，白白糟蹋了十二行：

> 到底這隻青蛙
> 是怎樣
> 爬上來的呢？
>
> 難道青鞋會飛？
> 這麼說人也該
> 會飛了？
>
> 是誰送來的一隻青蛙？
> 不會
> 是
> 人吧？
>
> 也許吾們家是真的
> 還躲著
> 青蛙？

　　這樣的結尾實在不敢恭維，散文化的拖沓囉嗦，代替問題的解答。想想，只要拐個彎，不是可以柳暗花明嗎？幹麼老揪住青蛙？
　　再像〈寒山寺之鐘聲〉

蘇州有個寒山寺，唐朝詩人寫了一首楓橋夜泊的詩他寫道：
「姑蘇城外寒山寺。夜半鐘聲到客船。」
我不明白，這個鐘聲哪裡都不好到，偏偏夜半鐘聲到客
船是什麼意思？寺裡的出家人也說不出是什麼意思，很
多人也不知道是什麼意思。昨夜我終於夢到那個鐘聲
我終於知道那個鐘聲是什麼意思！
我不告訴你那個鐘聲是什麼意思！

　　通篇依然迷失了整整七行，詩的意涵等於放空，等於什麼都沒
有說。明顯的敗筆，早早就該剔除。
　　固然我們的詩壇「濟公」，擅長生命的直觀、直感所迸現的靈
光，寫下生命與世界真誠的神思偶遇，真乃性情中人，真氣不散，
童心未泯[10]。可由於大大咧咧、不拘小節，有時失之內斂，多少留
下了提煉（立意、語言）不夠的缺憾。

---

[10]　廖堅均：〈管管詩之「春天」意象探析〉，臺北：《臺灣詩學學刊》2016年總第28期。

第十章　鄭愁予
美麗而騷動的「豪雨」

　　大詩人的桂冠是來自集大成的加冕，重要詩人的確立是對貢獻突出者的嘉許，而任何傑出詩人的立足，都少不了自己一手絕招。多年來，鄭愁予總是與「美麗的錯誤」捆綁在一起，流傳遐邇。他是我面見的第一位臺灣詩人，故印象尤為鮮明。時值九十年代初期，他和攝影家柯錫杰開著一輛「大篷車」，居然在漳州平原縱橫多日。返回廈門當晚的便宴上，顧不得一路風塵僕僕的水手打扮、南洋花格襯衫的過客裝束；記不得金門高粱摻和的醉話有多少，但聞一曲曲〈如霧起時〉、〈想望〉與〈刺繡的歌謠〉，總覺得有電吉他的和聲、曼陀鈴的挑逗，還混合著琵琶和鈴鐺。鄭愁予給我的最初印象以及後來在福州召開的研討，我一直都把他的音樂性作為他詩作的一個重要特質。瀟灑、旖旎的抒情韻味，典雅、雋永的意境，佛意禪趣帶來的些許迷離，和色彩一樣變幻的節拍（加上名家譜曲，明星演唱），讓原本高度和諧的內外節奏，錦上添花，進而颳起陣陣「愁予風」，深入人心。也因此，在臺灣多次文學經典作品評選中，他屢屢搶得音樂先機，占據了詩類的「前茅」。

一、音樂性：兩種節奏

　　朱光潛先生指出：「節奏是宇宙中自然現象的一個基本原則。自然現象彼此不能全同，亦不能全異。全同全異不能有節奏，節

奏生於同異相承續，相錯綜，相呼應。」[1]自然萬物，舉凡斗轉星移、寒來暑往、花開花謝、潮漲潮落、脈搏心跳，無不遵循著某種有規矩的運動節律。當節奏運用於音樂上，是指節拍的強弱或長短交替，合乎一定秩序的音響運動。而用到現代詩歌上，因語言音響的特殊性，又劃分出內、外之說。

詩歌的外在節奏主要是由音步（又稱音尺、音節、頓）、腳韻和對稱性因素組成。音步的重要功能是在規律性的變化中產生「旋律」感，形成如抑揚頓挫、勻稱和諧的音樂美。押韻的作用具有黏合縮接、增強記憶、突出音調輪廓的功能。對稱性因素，包括在節行之間的排列，具有一定的視覺效果；在修辭上的對偶、對仗、駢儷，也有助於節奏的穩定性和美感。三十年代朱湘的〈採蓮曲〉，幾乎達到了當時詩歌音樂性的「巔峰」：清雅綺麗的情調和流暢舒朗的歌唱性，一直為人們津津樂道，它的嚴密工整形式也成為格律化少有的出色實踐。

〈採蓮曲〉的外在節奏，保持字數高度統一的頓數「步伐」，同時在每節前四句統一用襯字「呀」，共建嚴密整飭的紀律。每節用韻的格式也相當一致：十行中有三個韻腳變化，五節中的最後韻腳又歸於同一韻（eng），這樣在錯落變化中，又平添一種勻稱和諧。該詩可推為新月派在音樂上的翹楚。準確說，該詩雖內外節奏兼具，但其外在節奏還是遠遠超出內在節奏。

內在節奏（或稱內在旋律），主要是指貫注在內容方面起伏變化的詩情流動美。它不像外在節奏充滿物質性，可感可觸。它基於一種神祕的飄忽的情緒流，來自詩人心靈的樂感，所以要多說幾句。德國美學家韓特曾指出：「每一感情，每一心情狀態本身就有著自己的特殊音調和節奏。」[2]多數人支持他在《音樂美學》裡肯

---

[1]　朱光潛：〈詩與樂──節奏〉，《詩論》（桂林：廣西師範大學出版社，2003年）第六章，第124頁。

[2]　[德]韓特：《音樂美學》第一卷第24節；參見[奧]愛德華·漢斯立克：《論音樂的

定情感情緒本身具有天然的特殊的節奏屬性。這種自身存在的天然屬性正是內在節奏存在的基礎。郭沫若在〈論節奏〉中特別推崇，他說：「我相信有裸體的詩，便是不借重於音樂的韻語，而是直抒情緒中的觀念推移。」[3]與「內在的韻律便是情緒的自然消漲」（〈論詩三札〉）是同一個意思。戴望舒的看法則更為激烈，即使寫過充滿樂感〈雨巷〉的他，也一再斬釘截鐵地說：「詩不能借重音樂，它應該去了音樂的成分。」、「韻和整齊的字句會妨礙詩情，或使詩成為畸形的。倘把詩的情緒去適應呆滯的、表面的舊規律，就和把自己的足去穿別人的鞋子一樣。」、「詩的韻律不在字的抑揚頓挫上，而是在詩的情緒的抑揚頓挫上，即詩情的程度上。」、「新詩最重要的是詩情上的nuance（變異）而不是字句上的nuance（變異）。」[4]自然消漲也好，抑揚頓挫、變異也好，都一針見血地道出詩的內在節奏的存在、形成的必然和合理。

顯而易見，內在節奏關乎詩人的情緒、情感、情思的起伏變化，瞬間波動，在相當程度上帶有不確定、流動和分化的特徵。每一次詩歌的發生，都埋伏著或隱或顯的心靈旋律。心靈旋律的多變、神祕、隨機，必然與相對固定的外在節奏產生齟齬。而試圖以某種外在穩定的形式去駕馭它，常常會出現無功而返的尷尬，這時高明的詩人就要擅於在內、外節奏的運動中，做出高明的調節。

二、外在節奏的韻律

鄭愁予，這位「最善於把握浪子題材的歌者」，把音樂性構成他獨特風格的重要部分。如果說愁予風，是溫柔敦厚的抒情韻致，

美》，楊業治譯（北京：人民音樂出版社，1980年），第25頁。
[3] 《郭沫若全集》（北京：人民文學出版社，1990年）第十五卷，第360頁。
[4] 戴望舒：〈詩論零札〉，《戴望舒詩集》（成都：四川文藝出版社，1981年）。

離愁傷懷的含蓄蘊藉，帶著溫式（庭筠）曲折婉轉、欲語還羞的調調，兼夾蘇式（東坡）的仁俠豪爽，那麼串聯在其間的血脈，當是音律節奏了。鄭愁予多次談及：「中國字、詞，本身有一種音樂感，寫新詩不應該把它忽略掉。唐詩宋詞的形式直到今天我們還喜歡欣賞它，因為它把中國字、字的音樂感組成了一種至美的形式，沒有辦法將其置換。那種音樂感和我們的情感本身有一些很微妙的關係，是值得我們現代詩人借鑑的。」[5]在《鄭愁予詩集II》他說得更具體：「每個字對我來說都有意匠意義，一個以上的意義，它是圖畫，是雕塑，而最重要的是音符──音符的速度（一拍的、二分之一拍的、八分之一拍的）以及調性（高階與低階的反覆與休止的等等）[……]起初選字的潛意識音感便隨之流動，細潤地滑入內容與文字互動的機制中，這樣乃造成詩的節奏。」[6]

以下是常用的外在節奏手段，像排比和複沓。來讀〈小河──邊塞組曲之五〉：「收留過敗陣的將軍底淚的／收留過迷途的商旅底淚的／收留過遠謫的貶官底淚的／收留過脫逃的戍卒底淚的／小河啊，我今來了／而我，無淚地躺在你底身側」。連續重複的聲響，在排比的推進中，帶來迴腸盪氣的勢能。來讀「對位」：

> 啊──
> 不必為人生詠唱，以你悲愴之曲
> 不必為自然臨摹，以你文彩之筆
> 不必謳歌，不必渲染，不必誇耀吧！
> [……]
> 不必猜測，你耳得之聲
> 不必揣摩，你目遇之色

---

5   沈奇：〈擺渡：傳統與現代──鄭愁予訪談錄〉，南京：《世界華文學論壇》1997年第6期。
6   鄭愁予：《鄭愁予詩集II》（臺北：洪範書店，2004年），第5頁。

不必一詠三嘆，啊，為你薄薄的存在

——〈崖上〉

還有鄭氏略帶憂傷的詠嘆調：

你航期誤了，貝勒維爾！
太耽於春深的港灣了，貝勒維爾！
整個的春天你都停泊著
說要載的花蜜太多，喂，貝勒維爾呀：
貿易的風向已轉了……
大隊的商船已遠了……
[……]
貝勒維爾呀，哎，貝勒維爾：
帆上的補綴已破了……
舵上的青苔已厚了……

——〈貝勒維爾〉

在對音樂手段借力的同時，鄭愁予特別推舉歌謠，認為它們是無樂器伴唱的「徒歌」、機智的即興表演、出土的「印刷的演唱會」。他將有文辭的「歌」和野生的「謠」結合，成為書齋的一種創作形式：「我們有的是材料；清水的白話，陶土的方言，林木的古文，以及金屬的外來語[……]由情緒釀製節奏，由時間剪裁行節，由人物析解懸宕[……]一行一節，四行一節，多行一節[……]然則必須由知性劃下每首詩藝術形式的臨界點，就如古人為字音、字義的美善嚴格制定格律一樣，同時我們也有可借納的形式，只要不是古人賴以代步的載具，比如說，歌謠的形式。」[7]像〈牧羊

7　　鄭愁予：〈剌綉的歌謠〉，臺北：《聯合文學》總219期（1994年第1期）。

女〉中「哪有姑娘不戴花／哪有少年不馳馬／姑娘戴花等出嫁／少年馳馬訪親家／哎……／哪有花兒不殘凋／哪有馬兒不過橋／殘凋的花兒呀隨地葬／過橋的馬兒啊不回頭[……]」簡直就是民間采風的直錄。

〈刺繡的歌謠〉在這方面是最為成功的，那是少年在湘南求學的耳聞目染，經過歲月多年積累沉澱，終獲「摘酒」，下面是其中四節：

　　（一）絹子方方繡兩面／少壯出門女守園／
　　　　　一篙一撐渡江水／一針一刺度日難
　　（二）扇子團團兩面繡／湘水灣灣繡不出／
　　　　　難繡白帆依山轉／只繡山邊茶花紅
　　（七）孤燈孤影繡花枕／卻繡鴛鴦眠交頸／
　　　　　別怕夜夜枕上淚／淚為鴛鴦添春水
　　（八）繡龍便繡龍在天／繡郎當繡錦衣還／
　　　　　龍上青雲郎得意／錦衣好繡繡心難

其外在音樂性不言而喻：整齊、對稱、複沓、交錯押韻，婉轉纏綿，屬精緻的文人民謠。在「刺繡」了四十三年之後，作者訪問湖南，從湘江到沅水走了一大圈，聽到土家族的歌聲，雖身入桃源，動情不已，但那種「原生原味」因稀釋，只剩下單純的願景了，多少丟失了愁予風，未免有點遺憾：「聽著歌　恨不得做個土家族啊／到了這山裡　人人想做土家族啊／向山認親向水認親啊／就做一個土家族吧／而且唱喲　唱喲／／把陌生的人兒唱成情人喲／把滿谷的繁花唱成蝴蝶喲／蝴蝶被歌聲托得滿天飄哪／翅膀拍呀拍呀打著拍呀／水流伴奏拉著長長的弦呀／拉呀拉呀拉長弦呀／就做一個土家族吧」（〈土家族山歌──湘西行之二〉）。

鄭愁予自幼喜歡唱歌，曾自學小提琴、拜師學作曲，音樂養分

一開始就比一般人多；家在臨海的縣份，來臺後創作較豐階段又恰在基隆港工作，海洋生活帶給他潛在的「波濤旋律」，這些無疑都積累成他的音樂資源。多數是舒緩的慢板，但不像葉維廉繁複鋪張的〈賦格〉，也不同於余光中相對整飾的「黃河長江」。少數是短促的節奏，如敘事長詩《草生原》，用快板開首：「春　春　數落快板的春　春　猶是歌的知更鳥」，符合主人翁原本單純活潑，後來用「在頭更[……]在次更[……]在三更[……]在三更之末[……]」以類似排比的形式來展現她淒慘境遇，節奏變快變緊，另類出另一種風格。而「人生，逆旅。／百代，過客。／所以，處處非家。／處處非家，所以處處家。」是將李白名言拆散成為四組兩字的單詞，如重錘敲擊，短促而力量集中爆裂，造成繁忙中的單純。在〈火煉〉中，借用楚歌：「焚九歌用以煉情／燃內篇據以煉性／煉性情之為劍者兩刃／而煉劍之後又如何？就／煉煉火的自己吧」，雖沒有押韻，但完全可感知語調語氣上以特有的「騷體」進行「鍛鍊」，簡潔而犀利。這讓我們得以重溫老黑格爾的古老教誨：「音節和韻是詩的原始的惟一的愉悅感官的芬芳氣息，甚至比所謂富於意象的富麗詞藻還重要。」[8]音樂、外在節奏、辭藻，在浪子的憂傷和俠腸的熱情中，演奏成總譜的「愁予風」，許多作品因了外在節奏感強的優勢，如〈錯誤〉、〈賦別〉、〈牧羊女〉、〈雨絲〉、〈野店〉、〈情婦〉被譜曲傳唱，風行一時。應該感謝鄭愁予，他在詩與歌愈演愈烈的間離中，為現代詩挽回了不少顏面。

三、內在節奏的律動

　　內在節奏，如前所述其最主要表現，是因情感的波動而引發語音語調的長短疾徐、強弱輕重而形成的有序變動。從話語角度上去

---

8 黑格爾：《美學》（北京：商務印書館，1996年）第三卷下冊，第68頁。

理解，可稱之為語言的情感節奏。除此之外，還有一種語義節奏，即在理解詩語意義後所引發的停頓、語音的輕重——它主要體現在字、詞的斷、連關係的控制與把握上。雖然語義節奏音樂性很微弱，但也不便將它無端排除。所以情感節奏與語義節奏共同構成了內在節奏。

有一個突出現象值得研究，按道理，追求音樂性的鄭愁予本該大量使用腳韻，因為押韻對於音響效果如虎添翼，但結果統計表明，其押韻竟少得可憐。按鄭愁予的說法，韻語聲調，「往往是隱伏在旋律的內部，而不一定是句腳上」。除這一原因外，可能與其人生的無常觀大有關係。小小韻腳，理應是維繫整個詩篇統一、完整、和諧與呼應的「軸承」，而鄭愁予的下意識排斥，使得他的詩歌雖強烈追求音樂性，卻因押韻的欠缺，只好提升內在音節的和諧與清雋，以求取那更內質性的詩情來撥動讀者的心弦：「這次我離開你，是風，是雨，是夜晚／你笑了笑，我擺一擺手／一條寂寞的路便展向兩頭了」（〈賦別〉）；「我想以這輕歌試探你／我聽過你的鈴聲，你的樂聲／你悄悄地自言自語……／一路上我拾著貝殼／像採集著花束向你走近／呀，你使我如此地驚喜／原來竟是這麼個黑裙的小精靈」（〈我以這輕歌試探你〉）；「你住的小小的島我正思念／那兒屬於熱帶，屬於青青的國度／淺沙上，老是棲息著五色的魚群／小鳥跳響在枝上，如琴鍵的起落」（〈小小的島〉）；……節奏自由地張弛舒展，變成更多的依賴情緒的起落，與語義的契合無間，使得內在旋律的流蕩，完全有能力主動放棄押韻的加盟。這在後期〈大風中登頂白山主峰華盛頓〉，表現得尤為鮮明：

散髮／敞懷／把左鞋踢入風中／再把右鞋踢入／解除了命中的禁役任／君自由翻身去吧／／第一杯自飲／第二杯酬天地／第三杯仍是：自飲[……]骨節嘎嘎如久置的風車／驟然間

掣動／四肢如磨／臟腑如齏／歪風穿越軀體／翻囊洗穴／終
於我透明起來了／我知道我選擇的時辰／到了　水分氧化了
／神經電化了／在空無的大化中　只留一片人形的花痕／印
在山石上[⋯⋯]

　　詩人的肉體投身到宇宙自然中，幾經醉後「分解」，達成與
天地同感交流，其性靈在大化中獲得昇華。披髮、敞懷、踢鞋、散
架、如磨、如齏、氧化、通透⋯⋯，伴隨著身體生理的急劇變化，
狂任放蕩的激情和意念，也隨之激烈起伏，在一片密鑼緊鼓、層層
圍逼的短促節奏中，出落成自在空靈的生命形態。在這裡，生命形
態與詩歌節奏，已突破任何清戒規律，完滿地結合在一起了。
　　設若再換一個角度，通過「色彩學」來窺視鄭氏的內在節奏，
繽紛的色彩，便轉身成了鄭愁予詩中鮮明的音樂調性。羅任玲曾統
計鄭愁予七本詩集裡色彩的運用頻率[9]分別為：

白	紅	黑	藍	青	綠	金	灰	紫	黃
（冷）	（暖）	（冷）	（冷）	（冷）	（冷）	（暖）	（冷）	（冷）	（暖）
73	52	47	42	34	27	23	14	11	10

色彩運用頻率

　　按鄭愁予自己的說法：白是生命的道場，青是距離和出路，藍
屬瑞氣，紅則是心的象喻。這種帶濃厚主觀心覺的色學觀，無形中
釀成鄭愁予詩歌的調性，也成就了某種內在節奏[10]：

　　　一圈綠衣的／實習醫生／手垂著／（這人在床）／／青熒燈

9　羅任玲：《臺灣現代詩自然美學——以楊牧鄭愁予周夢蝶為中心》（臺北：爾雅出
　　版社，2005年），第147頁。
10　鄭愁予：〈猜想黎明的顏色——鄭愁予談自己的詩〉，臺北：《聯合文學》2002年
　　8-12期。

下／要比／輸氧筒顫動的指針／紅一些／／窗前／一柄解腕刀／獨攔到下午／新雪在窗下／雪上一列／新的鞋痕／／那人窺望 彤眉含煙／那人轉身 皂衣小帽／／那人去了／白色比別的多／死亡的白 是／介於護士白與雪白之間的

　　　　　　　　　　　　　　　　　——〈手術室初冬〉

　　被白色統攝的死亡之感，暗藏該詩的主腦，儘管先後發散為綠、青、紅、彤、皂幾種顏色，但終為白色凝凍成冰，隱匿中的淒淒慘慘，不必借助押韻，只借助神祕、借助內心的恐怖，速成生命冷肅而哀惜的挽歌。

　　〈青空〉也是。青眉（娥）、青髮（鬢）、青血、青音、青草、青脈，經由青色意緒的連續推衍，最後指向阻隔中「一點點方言的距離」就因此而有些「鄉愁」了，這一「青」顏色鄉愁，不是做慣常的標誌性的物象複沓，而是利用色的演繹，淋漓心靈的衷曲，其音質、音色猶如低抑的薩克斯。

　　這樣的內在詩情詩思，更多地主宰了鄭愁予後來的詩歌，這似乎也合乎自現代以來，詩與歌的分離「規律」。它再次讓我們想起熱衷追求音樂性的徐志摩，其實他對內在節奏有著清醒的認識，一九二六年〈詩刊放假〉中他就說：「一首詩的祕密也就是它的內含的音節的勻整與流動。……明白了詩的生命是他的內在的音節（Internal rhythm）的道理，我們才能領會到詩的真的趣味。」[11]葉芝（又譯葉慈，William Butler Yeats）更早在〈詩中的象徵主義〉一文中指出：「一切聲音，一切顏色，一切形式，或是因為它們固有的力量，抑或是由於漫長的聯想，皆喚起一些難以解釋而又十分確切的情緒。」[12]由於現代詩對情緒、對生命體驗的強調，造成大半

---

[11] 徐志摩：〈詩刊放假〉，北京：《晨報副刊》1926年6月10日。
[12] 葉芝：〈詩中的象徵主義〉，王家新翻譯，《葉芝文集》（北京：東方出版社，1996年）第三部。

個世紀以來，現代詩內在節奏遠遠強於外在節奏的總趨勢，並取代為現代詩音樂性的主要標誌，而且愈演愈烈。在此消彼長的鐘擺運動中，我們希望不要過於偏頗，那麼，誰能把握好內外節奏的最佳平衡點呢？

四、內外節奏的和諧統一

辯證一點地說，詩的內在節奏與外在節奏應是互為表裡、互為對應的。它們的不同點在於外在節奏的兩大要素音節和韻是屬形式範疇，它產生的前後對比關係的影響作用於人的聽覺，多數時候沒有直接表現內容或者表現甚微。內在節奏之所以是詩的更根本屬性，完全是由情感情緒所派生的，詩的整個內容始終是情感情緒的運動。它直接表現內容，與之水乳交融，不可分割。作為詩情詩思的產物內在節奏，不僅對內容起作用，它還影響著外在節奏，影響著形式；而體現聲響效果的外在節奏有時也可以由外而內，由表及裡，「照應」詩情的流瀉、詩思的變化。理想的「方案」最好是能做到內、外節奏的平衡，相互滲透，相互映襯，相得益彰，達到情味、意味、韻味的高度統一。

鄭愁予巧妙而自然地擺弄語調的指揮棒，揚抑之間、起伏之間、收放之間，使情感節奏、語義節奏統一於聲音節奏。前期的〈醉溪流域〉就預示了內外節奏——擁有合理的「搭檔」：

吹風笛的男子在數說童年
吹風笛的男子
擁有整座弄風的竹城
雖然　他們從小就愛唱同一支歌
而咽喉是憂傷的
歲月期期艾艾地流過

那失耕的兩岸　正等待春泛而冬著
一溪碎了的音符濺起
多石筍的上游　有藍鐘花的鼻息
而總比蕭蕭的下游多　總比
沿江飲馬的啼聲好
想起從小就愛唱的那支歌
憂傷的咽喉　歲月期期艾艾地流過
流過未耕的兩岸
而兩岸啊　猶為約定的獻身而童貞著

　　結構上的「複沓」，強化了情感在流動中的傾訴；適度的對稱和對稱中的變化，不至於過分單一；非固定的音節，錯開並帶動調節著流暢的抒情詩語；而帶喉音的押韻，平添了憂鬱和遲緩的調性。這是一首被人忽略的，但在內外節奏上均屬上佳的作品。同一期的〈一〇四病室〉也是，重複與頂針頑強地固守最後一塊據點，但總體上還是遵循內在的律令：

妹子　總要分住
便分住長江頭尾
那時酒約仍在　在舟上
重量像仙那麼輕少

這樣的「歌吟」傳統，一直延續到詩人的後期：

微醺是枕著山仰臥，全身成為瀑布
微醺是左手二指拈花，右手八指操琴
微醺　抬頭滿天的燈
　　　低頭滿座的美人

微醺就是微醺

環顧左右　想要一個個地吻過去

——〈最美的形式給予酒器〉

　　由單純的酒擴張，涉及人物、自然、顏色、情操、回憶，但僅僅拽住其主旋律「微醺」，反覆環繞「微醺」的主部，展開詩人綿長不息的情思，分離、聯繫、呼應，絲絲入扣，一如深幽的「小夜曲」，甘願讓她鑽入無法設防的心扉。當然，後期的外在節奏有所削弱。

　　值得一提的還有〈我是第五弦被你最後拍醒〉，經由洛水支流與心中五弦對位，詩人完成了黃河的大合唱。該詩篇在時間、空間、琴弦、河情、自我、情態方面，產生幾組對接與對應：

一千歲	——	兩千歲	——	三千歲	——	四千歲	——	五千歲
黑流逐魚	——	紅火焚天	——	落葉河畔	——	月光長白	——	跌入黃河
羽弦	——	徵弦	——	角弦	——	商弦	——	宮弦
睡著	——	拍醒	——	睡著	——	拍醒	——	拍醒

　　臺灣年輕詩評家張梅芳從想像、聯想的角度，洞察到該詩在四個層面上極為精密的佈局造設[13]，而筆者更樂意從音樂效果出發，考量詩人如何以「睡著」—「拍醒」（注意昂揚的聲母）作為「主唱」，在兩者反覆的衝撞中，完成起伏磅礴的東去。情感與外部流水組合心靈旋律，是如此融洽無間，一如上例用「微醺」（注意聲母的婉約），引領著酒之美觸。我們注意到，詩歌最好的音樂性，不是單靠一味的外在節奏，它可能因顧及外形式而失掉另外的東西，也不是只憑內在節奏，放任心靈的隨意遊走。所謂詩的心靈的曲線，是情思意緒的波動變化，內化於意象的延伸跳躍，又不脫離天然的節奏韻律，形成一種自然的漣漪擴散。如果此時再配合適度

---

[13]　張梅芳：《鄭愁予詩的想像世界》（臺北：萬卷樓圖書有限公司，2001年），第248頁。

的樂音音響，就臻於完美了。

　　以上，我們討論鄭愁予詩歌的音樂性，並非奢望重拾「純詩」之夢想。愁予風絕對不是純粹的音樂美學，它緊緊維繫著多年異域的洗禮。歲月的霜打，使乖離兩地的創痛、哀傷、顛沛和失根，在情感和符號上，獨鑄鄭氏烙印的「水手」、「過客」、「怨婦」和「離人」，加重了自許與借用。流連、徘徊、無法排遣的鄉愁，低抑而帶著暖色，流麗而溢出苦楚。縱然在充滿藍色美學的山水風光中，也難逃「依賴」心理之煎熬，但表層的色彩音響多為絢麗通達。這是因為他「常常飽蘸著一種經滄桑提煉後的純潔，一切外在的東西都被詩人排遣在詩外，我們在他的大部分詩歌中看不到現代浮躁的填充物，看不到強烈物欲的東西，有的是真實的體驗：能把人生的傷口化為一個不起眼的黑點，而我們讀者卻能從中感知巨大的傷口」[14]。看來，倘若不是鄭愁予由於天性樂觀豁達，無意把傷口裝扮成音樂鐘，就是有意讓生命越過傷口，變成流轉的知更鳥。

　　真心本性，家國憂思，浪跡萍蹤。情思脈脈的種種留痕，內化於意象、語象的凝塑，又外化於情調上的慢板式徐緩，總體形成詩人穠麗典雅，飽滿綻放的風格。鄭愁予多以陰性柔情寫陽剛，音響繁複，聲籟流麗，他可能是現代詩人中保留漢風唐采、宋詞元曲之遺響最多的一個。他對節奏的安排、擬聲的運用、語調語勢的變化，句型排列，色彩變奏，有別於余光中又肩比余光中。正如瘂弦所說：鄭愁予的名字是寫在雲上的。他那飄逸而又矜持的韻致，夢幻而又明麗的詩想，溫柔的旋律，纏綿的節奏，與富貴族的、東方風的、淡淡的哀愁的調子，這一切造成一種魅力，一種雲一般的魅力；這一切造成一種影響，一種巨大的不可抗拒的影響；這一切造成我們這個詩壇的「美麗的騷動」[15]。

---

[14]　方環海、沈玲：〈依賴心理與鄭愁予詩歌的孤獨感研究〉，臺北：《臺灣詩學學刊》2006年總第7號。

[15]　參見張默、瘂弦主編：《六十年代詩選》（高雄：大業書店，1961年）。

第十一章　楊牧
敘事與抒情的深度交匯

一、深度抒情的轉型

　　楊牧與余光中一樣，同屬「五項全能」高手，詩、散文、翻譯、評論，樣樣了得，還兼擅編輯出版，作為文壇典律化中堅和兩次榮登臺灣十大詩人榜單，名至實歸。《中國當代十大詩人選集》的編者基本採用葉維廉的評語：「楊牧是位『無上的美』的服膺者，他的詩耽於『美』的溢出——古典的驚悸、自然的律動，以及常使我們興起對古代寧靜純樸生活的眷戀。」[1]他的產量也與余光中同樣驚人，半個世紀單是詩歌已逾千首，散文集近二十部，營造穠麗婉轉的詩風。

　　值得注意，一九七二年發表〈年輪〉，葉珊改筆名為楊牧，意味著他的「轉型」。在熱切擁抱西洋浪漫詩歌（濟慈、葉芝為主）、深受前輩徐志摩、覃子豪的「洗禮」，以及初吻了邊緣的現代主義之後，執著地表明要走一條屬自己的道路（雖然早於十六歲就決定委身於詩）。他的文思、情采、修辭、美典，是在中西詩學浸淫了一大通之後的愈加堅定，自覺規避彼時「偏西」移植的風頭，而審慎做出某種縱的「回歸」。七十年代初期，詩壇掀起一股敘事風潮，楊牧「搶得先機」，將原本的深度抒情與單線敘述交匯

---

[1]　引自1977年臺灣源成版《中國當代十大詩人選集》編者話，張默等編選。

一體，變奏出一種「獨白戲劇體」，不僅成為他個人範式的一個重要亮點，也為百年新詩積澱一份財富。

固然，半個世紀前，長篇敘事的興起與《中國時報》連續四年重金獎掖與發行數百萬份大有關係，但不能忽略的內在原因是，濃厚的抒情模式似乎已經到「到頭」，應該有所革新而不宜一條道道走到底；個人化的抒發也不應該完全占據一己悲歡，而應更多讓渡予「反映現實，記錄時事」。客觀說，楊牧的抒情充滿純正、濃郁的品質，一九六四年的系列作品〈給憂鬱〉、〈給智慧〉、〈給命運〉、〈給死亡〉，已然給出了臻至成熟的標誌。情愫於整飾的結構裡圓滿，哲思在穩健的推進中叩問。〈給時間〉以提問與回應（回答）作為結構線索──「告訴我，什麼叫遺忘」，通過組織有序的意象流程，經過「深情」引導，在衰老、隕落、迷失、埋葬的氛圍裡迴旋，配合連綿的韻律、緩急有致的節奏，完成了難度很大、對於抽象的「遺忘」與「記憶」的描摹，而進入引入入勝的具象詩境。楊牧的深度抒情模式被鄭慧如具體化為「形容詞+的+抽象名詞」的適度陌生化。本來，楊牧可以不變應萬變的策略，繼續綻放他的「花季」與「燈船」，但他深悟藝術的守成與求變的辯證，自六十年代末轉向敘事嘗試。這便有了第四本詩集《傳說》，推出〈續韓愈七言詩〉、〈延陵季子掛劍〉、〈武宿夜組曲〉等篇什，為現代詩的敘事模式增加許多難得的元素。

韓愈的原詩只有二十句，寫路途接待、食宿艱辛，楊牧不是做平行的仰慕追摹，而是有意加入自己在伯克萊的師生關係及問學態度：「我的學業是沼澤的腐臭和／宮廷的怔忪」──如果一味浸淫於一堆死文獻執迷不悟，自是迂闊不堪。但楊牧不，他對仕途作為人生目標的反躬自問，特別警策。從而把古今、中外、時空聯繫在一起，對當事人的心境、風度與口氣進行擴衍，叫人眼睛為之一亮。

〈延陵季子掛劍〉，是在引用典故基礎上擅自添一枝節，雖有人質疑季子該人與史實不符，但是為特定的戲劇性張力，達成「他

者」與本尊的高度結合，由失友掛劍的孤寂心境引發：「呵呵儒者，儒者斷腕於漸深的／墓林」，「寶劍的青光輝煌你我於／寂寞的秋夜」，堅定地虛擬與塑造出一個「新」角色，代替自我出場也未嘗不可。

〈鄭玄寤夢〉取自東漢時期經學家，作者不顧人事偏僻、受眾隔膜而大膽啟用。鄭玄的清純節氣與淡泊名利，深深觸動作者，引起有感而發。抓住鄭玄夢醒一刻，趁虛而入，同臺獻演，直接鍥入「我」的直觀感受——「這豈是我……」、「我羞於做……」、「扶風之於我……」、「即令我……」、「中國在我的經也中輾轉反則……」，連環句式，在在是塑造出布衣雄世的自我期許。

〈武宿夜組曲〉完全是閱讀的產物，現在已經很少人會鑽進《尚書》之類的典籍徜徉。楊牧優游其間，當然也借鑑《詩經》裡間接的戰爭經驗，他一把抓住士兵們的受傷細節加以發揮，借古諷今，「當春天看到領兵者在宗廟裡祝祭／宣言一朝代在血泊裡／顫巍巍地不好意思地立起」，實在是為「反戰」的大合唱增加一響鈸鑼。

〈流熒〉是在三十二行的小小篇幅，裝載一個杜撰的悲劇，來自生活也來自想像。不同以往的刺激，恐怖情節貫穿始末而別出心裁。它是用三個節段來佈置刺殺全過程的，第一段寫刺客潛行偽裝，第二段寫誤殺，第三段寫懊悔之情。值得留意的是，按傳統敘事本來應立足「殺」之高潮，以收穫驚悚效果。結果第二段落完全省略最精彩部分，僅僅用一句「誤殺」就敷衍了事，讓最高的臨界點懸在半空中，也彷彿是繃緊的弓弦繼續繃緊。天大的殺妻十惡不赦，結句卻不做任何交代，有意讓沒有結尾的故事繼續「流浪」。

〈妙玉坐禪〉則改寫了《紅樓夢》第八十七回「感深秋撫琴悲往事，坐禪寂走火入邪魔」的故事。十二金釵排列第六的妙玉，清高孤傲、超凡脫俗，作者以第一人稱仿真這位奇女子的語氣、心境，通過魚目、紅梅、月葬、斷弦、劫數等五個環節揭示其欲望與

宗教的撕扯心理，甚至為其行動串聯前因後果。加上對照、並置、轉換，雙聲手法運用，人物的性情風貌較之小說文字迥然有別，自成一格。

〈十二星象練習曲〉則脫胎於散文集《年輪》（第一部：伯克萊‧天干第支），但以跳脫的方式抹去散文的胎記。一些專家認為該詩融入越戰背景或成分，更多專家傾向於性愛紀事與春夢寄託的混合。〈十二星象練習曲〉有兩個異常鮮明的特點。首先是時間上的二十四小時結構，十二節詩，有意以吾國特有地支（子、丑、寅、卯、辰、巳、午、未、申、酉、戌、亥）冠以時辰的節點，也作為十二個連續性小標題統攝之；且在各個節內，或有或無地躍動著十二生肖（鼠、牛、虎、兔、龍、蛇、馬、羊、猴、雞、狗、豬），又閃現著十二星象（白羊、金牛、雙子、巨蟹、獅子、室女、天秤、天蠍、人馬、摩羯、寶瓶、雙魚），兩相呼應，各得其趣。如此嚴密切中的有機結構，在百年新詩史上無出其右。在這個精巧而密閉的「火柴盒」裡，彷彿被魔法設計過，既沿著規定的軌道發展劇情（從等待子夜到翻仰二更），又天然、隨機地讓情欲漫溢、岔開（童年的鐘聲、剪破晨霧的直升機、血液的游魚）。準確地說，是「地支」的推進器，率領到位的六種生肖，協同十一種星象，構築文本形式的背景與舞臺，「話語便在獨白和傾訴之間擺盪，我和露意莎可謂一體的兩面，敘述主體分成兩個扞格的自我，在情欲和社會的規範中雌雄同體，交纏廝殺，思索僵局接通自我與他人，既保有敘事詩想當然爾的敘事意味，又策動聲色意象，以凝練的詩語互相救濟」[2]。第二個特點是聲音。在總體敘述框架中，作者安排各種聲音，以連續十二次呼喚「露意莎」為主「聲線」，綰結起鐘聲、夜哨、蟲鳴、爆裂、機槍、嘔吐、哭泣、呻吟、搖曳、吸吮、洶湧、翻仰、驚呼——這些帶著聲響的動詞、名詞、形

---

[2]　鄭慧如：〈論楊牧〈十二星練習曲〉，兼及現代性〉，北京：《新詩評論》2017年總第21輯。

容詞，雖然沒有象聲詞強烈，但足以構成一闋完整的情愛練習曲。尤其是「意象的濃淡疏密是此詩表現聲音的主要方式。演繹出來的獨特聲音姿勢，是意象從紛繁到單語句從斷裂到平穩、情思從忐忑跳沓到定靜沉澱、『音色』從浮躁懸疑到從容清明、聲音從繚繞流轉趨於偃旗息鼓」[3]。〈十二星象練習曲〉，完全奏出了楊氏敘事體的圓滿。

在這裡，有必要插入一事，即楊牧受徐復觀、陳世驤的影響甚大，出入典籍如入廚房，上述幾首詩作，已見典籍的互文改寫，如魚得水，而在一首詩中（〈仰望──木瓜山一九九五〉）同時植入三個文化典故，且密度如此之高，不能不嘆為藝高人大膽。根據黃粱考證：「『縱使我躊躇不能前往／你何嘗，寧不肯來』語出《詩經‧鄭風‧子衿》：『青青子衿，悠悠我心。縱我不往，子寧不嗣音？』『美目清揚回望我』語出《詩經‧齊風‧猗嗟》：『猗嗟昌兮，頎而長兮！抑若揚兮！美目揚兮！巧趨蹌兮！射則臧兮！』『蒲柳之姿』語出南朝劉義慶《世說新語‧言語》：『顧悅與簡文同年，而髮蚤白。簡文曰：「卿何以先白？」對曰：「蒲柳之姿，望秋而落；松柏之質，經霜彌茂。」』第一個典故傳遞山勢崇高（你）與少年氣象（我）足以匹配之義；第二個典故以『回望』之舉稱讚壯盛美善之儀容彼此相當；第三個典故是自我標舉，以蒲柳之姿反襯松柏之質，但見古典精神的嶙峋之姿赫然在目。」[4]筆者曾經對典故下過一個比喻，稱之文本的「暗堡」。暗堡埋伏太淺或太深，火力容易暗啞，只有若即若離、半明半昧的位置才能獲致最大施展。楊牧在現代詩文本與文言典故之間的巧妙擺渡，充分表明他對漢文化根性的透澈，也為現代詩寫作清除「恐暗症」樹立樣板。

---

[3]　同上注。

[4]　黃粱：《百年新詩1917-2017》（臺北：青銅社出版社，2020年）第三卷，第164頁。

二、尺水興波的戲劇元素

楊氏敘事體更為顯著特徵，是擁有眾多鮮明的戲劇元素。敘事與戲劇有諸多相通之處，兩者存在相互借力的動能。戲劇性依靠敘事的故事基礎，以一種更為緊緻巧妙的結構，在規定的途徑與時空中，收斂、調劑發散的能量，集中尺水興波的魅力。

廣為交口點讚的〈林沖夜奔〉，是楊氏戲劇詩體的典範，通過山神、小鬼、風雪等角色，襯托主人翁的環境遭遇，突出性格，把戲劇元素發揮到淋漓盡致的境地。由人物與聲音的「對話」，成就了帶有楊氏印記的「戲劇體獨白」。楊牧這一做法，是對四十年代以降、袁可嘉戲劇化的真正推進，是對百年新詩的一大貢獻。四折戲的聲響（風聲、雪聲、山神聲、小鬼混聲、林沖聲），構成草料場的衝突舞臺——生死劫的因果情節鏈。特將該詩戲劇元素具體分解為：

場景　氛圍——

　　撲打馬草堆，撲撲打打
　　重重地壓到黃土牆上去
　　你是今夜滄州最關心的雪

細節——

　　這樣小小的銅火盆
　　燃燒著多舌的山茱萸
　　訴說挽留

旁白・畫外音——

怪那多舌的山茱萸，黃楊木
兀自不停地燃燒著
挽留一條向火的血性漢子
判官在左，小鬼在右
林沖命不該絕
林沖命不該絕

人物造型——

　　頭戴毯笠雪中行
　　花槍挑著酒葫蘆
　　蕭瑟孤單的影子
　　花槍挑著酒葫蘆
　　一身新雪，

抒情性心理動作——

　　雪啊你下吧，我彷彿
　　奔進你的愛裡，風啊
　　你刮吧，把我吹離
　　這漩渦。

獨白‧自白——

　　我林沖，不知投奔何處
　　且飲些酒，疏林深處
　　避過官司，醉了
　　不如倒地先死

啞場靜場

> 風靜了，我是
> 默默的雪。他在
> 渡船上扶刀張望
> 山是憂戚的樣子

　　鮮明的場景、心理、動作、旁白、細節，以及特定情境符合特定人物的微妙意緒，顯得戲劇性十足，特別是幾種戲劇元素的高度有機交融，遙遙領先於同輩。而〈淒涼三犯〉則顯示了另一種敘事風味，注意，那是採用冷筆與閒筆的風味。冷筆可以理解為布萊希特的「間離」，閒筆則是散落中有意思的「點綴」。且看第二章：

> 那一天你來道別／坐在窗前憂鬱／天就黑下來了。我想說／
> 幾句信誓的話／像櫻樹花期／／芭蕉濃密的／那種細語──
> 你可能愛聽／我不及開口，你撩攏著頭髮／天就黑下來了。
> 「走了，」你說／「橫豎是徒然。」沉默裡／聽見隔鄰的婦
> 人在呼狗／男人堅忍地打著一根鋼針／他們在生活。「我在
> 生活」／我說：「雖然不知道為了什麼」

　　白描式的勾勒，客觀、冷靜、內斂，不假修飾，表面上是兩個形同路人的對話，但平緩的語調內藏著深沉的情感海洋，反襯感傷淒涼的情調──這是間離的最好效果。結局的「喚狗」，似乎也可以換成其他景色，但這一「無聊」之筆，也是整個場景必須「填充」的部分──起碼的氛圍不能捨去。
　　最為高明戲劇性當推〈屏風〉，在超倍壓縮中，不露痕跡地把戲劇性因子播撒在文本間際，讓你不下一番功夫很難覺察：

先是有些牆的情緒

在絲絹和紙張的經緯後

成熟著，像某種作物之期待深秋

掌故伸過屏風上的繪畫

藉一茶壺之傳遞

一微笑之感染

把山水和蝴蝶之屬推翻在

車輛的迅速和

旅店的投宿。黯然

罪惡，整裝，熟悉的調子

不知道日落以後露水重時心情又怎樣

我描著雙眉

你去了酒坊

　　把一塊壓縮餅乾膨脹開來，才發現是一盤豐盛的糕點，考驗的是廚師的匠心與手藝。作者實際上是把數千字劇情洗練後再熔鑄成十三行長短句。姑且還原一下：題目屏風，作為故事背景及屏風之後的「三面牆」舞臺，一開始就在絲絹和紙張的經緯合成下，提供一個幽會的場景，是烙上深秋的成熟與曖昧的色彩，也帶點事發時的情緒（然而情緒隱而不發）。隨之而來，是屏風之繪畫、茶點之傳遞、微笑之感染的「前戲」（然而這樣的概括性表演省略掉水袖與纖指），三種緊湊而抽象的表演，彷彿是在為演出節約時間，也縮短事主在謦笑間的多餘「轉場」（然而繼續捂住衝突的火苗），這就為即將到來的劇情「推翻」埋下伏筆（然而說變就變），被有意撲滅的導火線，說點就著了。如此迅疾讓你無暇思索，為本來就一頭霧水的受眾再籠罩一道煙幔：兩個人的戰爭終於爆發了，山水蝴蝶成為犧牲品，也成為唯一的祕密見證人。沒有緣由、沒有過程、沒有高潮，最精彩的劇情一下子脫光外套，跌落為光禿禿的結

局，這或許是劇作家的一種高明。就是這個結局，撐開了偌大的想像空間。幸好還有結局中間雜的「旁白」──「黯然、罪惡」的提示，指向道德判斷，也指向萍水（露水）相逢的心境。最後，抖出雙人「包袱」的急轉彎，分道揚鑣「我描著雙眉，你去了酒坊」，留下長長懸念，也算是補償高潮的尾聲。該詩的戲劇性是在高度緊湊、容不得一點喘息的急行軍中完成的。省縮、拆解、斷裂、跨跳，一以十當。五四以來，似乎還沒見著這樣密鑼緊鼓的戲劇體，它完全可以打敗幾個閃小說或微短篇的總和。密度與質量之高，嘆為觀止。

楊氏敘事體的成色，不再依傍傳統式感發，其融解事件過程，或可有兩點小結：（1）取材多源於典籍、文獻、典故、詩詞、話本、神話、寓言，而較少面向現實、在地、當下即時的素材，帶有一股濃厚的文人雅士的書齋寫作氣息，但因了敏感、細膩的生命體驗，在社會性的「介入」方面雖有所削弱，形式美學的經營倒顯出一種篤信滿滿的沉潛和洞若觀火的沉靜。（2）厚植的學養，深得中西經典詩教，尤其是古風神韻，故堅定不移拒斥現世的散文化、口水化、粗鄙化，秉承純正詩風。情愫哀婉憂傷，纏綿悱惻，文采豐贍斐然，不僅前承余光中、鄭愁予，還後啟一連串「楊派」詩人（楊澤、羅智成、陳義芝、陳育紅等），為後學樹立一杆耀眼的路標。

回顧中國大陸上世紀九十年代，也掀起一股敘述性風潮：發端之際，是盛行於八十年代校園的「宣敘調」，一種青春期的詠嘆，其後加入以事件、過程做客觀呈現的「事態詩」元素，再後於倡導個人與歷史、個人與現實、當下的密切關聯中，強化成「及物詩」。三者演化、綜合的敘述性，給中國大陸詩風帶來巨大影響。一是對抒情性進行了一番反撥、矯正，使之從最早的技術手段、修辭策略，上升為詩歌的一種思維方式與認知方式。隨之而來的詩歌評判、鑑賞、審美傾向、趣味都發生較大變動。二是敘事性提高了

詩人處理複雜事物的能力。原來面對萬千瑣屑的事物，依靠抒情難免捉襟見肘，現在平添了挖掘、擦拭、呈現功能，從大量乏味、匱缺詩意的地方，重檢詩的光彩與新意[5]。

楊氏敘事體顯然有別於中國大陸的敘述性，純正的抒情性為制導，有效地避開散文化；美作為穩健的導航儀，保持一以貫之的精緻。沒有放任訊息化的「泥石流」，朝事象化的粗陋道路滑去，而是把抒情與敘事的深度融合，提升到「雞蛋清狀態」。長期的書齋生活，較少牽扯到外界風雲，出入漢學圈，多靠書籍、文獻、知識譜系，調動生命體驗，在現實飽滿度方面可能有所欠缺，卻在美學的戰場上連連告誡。這實在是一個兩難的悖論。一如洛夫，若果沒有「出走」臺灣，旅居異域長達十年之久，那裝載敘事成分的《漂木》，還裝得下他的天涯美學嗎？

三、散文對敘事體的「反襯」

楊氏敘事體的圓滿成形，有一個不可忽視的內在原因，即大量的敘事散文寫作，產生相激相蕩的結果。迄今為止，他出版散文集近二十部：《年輪》（1976）、《柏克萊精神》（1977）、《搜索者》（1982）、《交流道》（1985）、《山風海雨》（1987）、《一首詩的完成》（1989）、《方向歸零》（1991）、《疑神》（1993）、《星圖》（1995）、《亭午之鷹》（1996）、《下一次假如你去舊金山》（1996）、《昔我往矣》（1997）、《人文蹤跡》（2005）、《掠影急流》（2005），等等，平均兩三年一部。最讓人期待，是歷經二十餘載的文學自傳《奇萊書》（分前後書）。他再三強調要完成的，不是回憶錄，而是「藉此對自己的分析，到底在人生過程中有哪些關鍵之點以及自身的感觸，生命的印

---

5   陳仲義：〈有限度的情境授權——論現代詩的敘事性〉，重慶：《西南大學學報》2008年第1期。

記等等」，即心靈的自剖和成長，而非生命歷程的回顧[6]。綜觀整個散文書寫過程，其實是為楊氏體式奠定深厚的基礎：詩與散文的轉化，或散文與詩的「互文」。

具體說，《奇萊前書》旨在描述一個在政治高壓的肅殺年代，一顆詩的心靈如何因為「愛美與反抗」而萌芽、激蕩、躍升，並且試圖以「詩」的方式，建立一個心靈上的祕密樂土，以展現浪漫主義「向權威挑戰，反抗苛政和暴力的精神」，而《奇萊後書》，則更像是一則「詩的完成」，集中西詩學、美學感悟之大成[7]。再次為戰後嬰兒潮的中堅們提供可觀的諮詢與啟發。

多數詩人、作家的自傳體散文，淨是回憶紀事，為受眾提供可供窺視主體的路徑，少數作家詩人不滿足於一般性「實錄」，努力要奉獻一個獨特的精神世界。那麼，楊牧《奇萊書》與一般自傳體有何區別？與其詩性世界有何內在關聯？對於理解其詩文本要素——抒情與敘事有何啟發？

散文中的人、事、物，一般都作為對象性進行如實描述，在詳寫的時候絕不潦草，在簡要的時候抵制囉嗦。楊牧堅持不依照生活原本的刻板邏輯，而是全然聽憑詩性心靈的裁決。一些不該重筆的地方被大量推到前臺，成為不斷推進或連續拍攝的特寫鏡頭。一些該詳細交代的段落，卻寥寥數語甚至壓而不發。這種大膽處理，是有意將某些人、物、事作為觀照主體，進入情感與智性兩條交叉邏輯，進行有效的分析、詮釋，避開一般化的「就事論事」，深刻的指數自然就多起來了。所到之處，不是感覺的具象化，就是「思」之感性化。情感一路急奔，智性隨即尾隨，理念與意念也隨時隨地附和。在詩性心靈的引領下，緊緊揪住情感與精神的記憶「節點」，展開散文的另路——散文與詩的交匯。這，其實也就是抒情

---

[6]　郝譽翔：〈因為破缺，所以完美——訪問楊牧〉，臺北：《聯合文學》2009年第1期。
[7]　郝譽翔：〈詩的完成——論楊牧《奇萊後書》〉，新北市：《新地文學》冬季號2009年，第323頁。

性與敘事性的交匯。

　　似乎也不顧忌傳統主題的框定，偏愛逮到什麼寫什麼的「散點透視」。行當所當行，止當所當止，像〈愛荷華〉一章，連夜行的火車、殘餘的夢境、解凍的細流等數千字，皆巨細無遺湧向筆端：「然後遠天就有些暮意，甚至快馳的火車也好像沾上了黃昏的顏色，越發迅速地撕裂著山谷裡持續延長的間隙，一步一步衝刺[……]我珍惜的思維能力先是像大海翻亂了，乾涸如一口破裂的魚缸。[……]側著臉想像殘餘的夢正在將明的天光裡褪色，一小片一大片淡下去，終於在完全不見痕跡之前就聽到水聲，哦是那久違的河水解凍，忽然就潺潺恢復它明暗反射的走向，羞澀地打到潛伏的石子，發出春天的訊息[……]。」[8]完全分不清詩與散文的界線，記憶、想像、過濾、隨形賦義、緣情撫物、敘事中的感受提升，抒情裡的暗示夾帶，充分傳達出「詩文互表」的用心、「詩文同體」的結合。從散文的思路轉為分行的文字，或從哥特式尖頂改為巴洛克建築，兩者的交匯，可以精確傳遞到「感覺」的神經末梢。在〈他們的世界〉，少年詩人遇到阿美族部落一個黧黑的婦人，馬上就用不分行的文字記錄那精妙的體味：

　　　　這是什麼氣味呢？莫非就是檳榔樹長高的歡悅，是芭蕉葉尖隔宵沉積的露水，是新筍抽動破土的辛苦，是牛犢低喚母親的聲音。那是一種樂天的、勇敢而缺少謀慮的氣味，那麼純樸、耿直、簡單、開放、縱情的狂笑和痛哭，有時卻為不知所由的原因，於一般的氛圍裡，透出羞澀、恐懼、疲倦、慵懶，那樣無助地尋覓著虛無黑暗裡單調的光芒，那樣依靠著傳說和圖騰的教誨，為難以言說的禁忌而憂慮。那氣味裡帶著一份亙古的信仰、絕對的勇氣、近乎狂暴的憤怒、無窮的

8　楊牧：《奇萊後書》（桂林：廣西師範大學出版社，2017年），第243、244、259頁。

溫柔、愛、同情，帶著一份宿命的色彩，又如音樂，如嬰兒初生之啼，如浪子的歌聲，如新嫁娘的讚美詩，如武士帶傷垂亡的呻吟。那氣味是宿命的，悲涼，堅毅，沒有反顧的餘地，飄浮在村落空中，頃刻間沾上我的衣服、我的身體和精神，而且隨著我這樣成長，通過漫漫的歲月，一直到今天。[9]

　　簡直就是一首詩的「胚胎」，從隱藏在服飾後的氣孔、汗腺出發，經過空氣的中介振盪，轉倏在詩性心靈裡發生一場微妙的化學反應，只要稍一調整排列位置，夠得上一首沛然、斐然的詩作。這，全然取決於敏感的天性，有這樣的感受力天賦，成為繆斯的寵兒只不過是時間問題。

　　傑出的感受力體現在方方面面。既可在精神、魂魄、意識、理念等抽象物上做知性分析的「逍遙遊」，也容易在活靈活現的人物身上寫意或工筆：「我和楚戈共有的思緒，存在於感官擷捕的四周，看得見也聽得見，更存在於靈視的網罟裡。他要將那些聚攏，使之成為語句。『抑志而弭節兮，神高馳之邈邈』，在獨自、孤高的行進過程，使之成為勝利。」（〈誰謂爾無羊〉）還可隨便借用一段文字，進入如飲薄醪的境地。對於一般人聽而不聞的聲音，也會如約進入詩人的「法耳」，像沈從文的細微之音，兩次從〈鴨窠圍的夜〉裡逃逸出來：「大約到午夜十二點，水面上卻起了另外一種聲音。彷彿鼓聲，也彷彿汽油船馬達轉動聲，聲音慢慢的近了，可是慢慢的又遠了。像是一個有魔力的歌唱，單純到不可比方，也便是那種固執的單調，以及單調的延長，使一個身臨其境的人，想用一組文字字去捕捉那點聲音，以及捕捉在那長潭深夜一個人為那聲音所迷惑時節的心情，實近於一種徒勞無功的努力。」[10]哪裡會

---

[9]　同上引書，第50頁。
[10]　同上引書，第375頁。

想到，這樣的聲音，二十多年後，竟成為戒嚴時期祕密感應的「無線電波」。從周作人、沈從文到楊牧，那種無端聲音的「心有靈犀」，恰恰有力地證明他們的身體器官、感覺靈敏度、詩性思維、情緒、氣質類型，及至文字偏好，一脈相承。尤其在楊牧身上，抒情與敘事的自如轉換，體現為文與詩的唇齒相依、水與乳相融的「互補」，且有〈秋探〉詩做出反證：

> 我聽到焦急的剪刀在窗外碰撞／銳利那聲音快意在風中交擊／晨光灑滿草木高和低。我／抬頭外望，從茶杯裡分心／尋覓，牆上是掩映的日影顏色似凍頂／是剪刀輕率通過短籬或者小樹的聲音／持續地，一種慈和的殺戮追蹤在進行／持續地進行。我探身去看，聽到／那聲音遽爾加強，充滿了四鄰／卻又看不見園丁的影／山毛櫸結滿血紅的樹子／老青楓飄然有了落葉的姿勢／蒼苔小徑後是成熟的葡萄架／兩捆枯枝堆放著，在松下／大半菊花已經含了苞／我走進院子尋覓，牆裡牆外不見園丁的／影，只有晨風閃亮吹過如掠去了一杯茶／那碰撞的剪刀原是他手上的器械，是他／他是季節的神在試探我以一樣的鋒芒和耐性

作者以聽覺帶動視覺感知主體以外的空間，聽覺對秋聲的敏銳、敏感，體現於焦急、銳利、快意的捕捉質地，連續性的動詞推進：碰撞、交擊、灑滿、尋覓、殺戮、追蹤、閃亮的快鏡頭，有意引導了一場戲劇性「誤聽」。原來「季節之神」，是在試探作者特有的詩性思維術，一旦把它轉換為「鋒芒與耐性」，同樣是散文遵守的思路。

抒情與敘事的交匯，還體現在如何處理自然的寵物——大量的草木蟲魚鳥獸。楊牧為它們預留很大的空間和篇幅，利用背景和前景置換，加大詩的象徵功能與情緒召喚，從而躲開散文可能「言盡

義盡」的短板。最具經典的取證是：有一年秋天，在天涯海角的旅店，作者目睹了一隻鼬鼠，黑白相間的鼬鼠，對視間，竟成為象徵「詩意的覺醒」。好傢伙是天意？還是主觀強加？是無端巧遇，抑或「無心」耦合？無須追問靈感的源頭，同樣也無須追問抒情與敘事的表現程度、發生頻度，以及分配的比例或權重。當抒情與敘事進入本體的要件，並為主體的生命體驗所「驅策」，任何想阻止詩的生發都是不可能的了。

從大的方面著眼，《奇萊書》帶著詩人穿越人生軌跡，經由體驗、感悟、經驗、沉思的護送，進入到詩之生發、詩之真實、詩之真理、詩之演化、詩之成形的廣義詩論。楊牧是「以自己的散文箋注自己的詩」，只不過他使用了自傳的散文外殼，完成自己的「詩論美學」[11]。在小的方面，他為自己的抒情與敘事的深度交融範式進行了加注，或提供「倒影」。像〈中途〉剖析：「我一心準確投射的大結構，包括早期對抽象觀念的探索，或毋寧就是驚悸叩問對憂鬱、寂奧，或死亡一類神靈網羅於胸臆，提升層次，賦各別以形狀，為我所用以及我持續數十年掌握的一種文類，在戲劇獨白裡發掘人心際遇，依次戴上假面，放在舞臺上，靜觀轉移、變化，與其他角色互動，產生詩的精神層面。」[12]類似這樣的寫作觀，已然把詩與散文的護牆澈底洞開，且讓各種縫隙間變得如此天地開闊，再也沒有什麼力量能夠阻礙鷹擊長空、魚翔淺底。

從上述吉光片羽中，我們多少領悟到楊牧，大批量的散文書寫，為詩的熔鑄提供優質的選礦；不斷精進地詩寫，給產量可觀的散文注入強有力的內核；抒情成分的古雅穠烈，沾滿散文的朝露夕嵐；分行跨行中的醇厚溫情，飽含敘事元素的銜華佩實。而兩者高度結合，桴鼓相應，皆源於精敏銳細的感受，再化解於智性的綜

---

[11] 鍾怡雯：〈文學自傳與闡釋主體——論楊牧《奇萊前書》與《奇萊後書》〉，南京：《世界華文文學論壇》2011年第4期。
[12] 楊牧：《奇萊後書》（桂林：廣西師範大學出版社，2017年），第382頁。

合。他的戲劇獨白體卓然於百家之林，他的散文又是諸多詩叢裡薄天婉喉的雲雀。他嚮往陰霾過濾後的美學與美感，誠如他在〈學院之樹〉所寫，不管什麼文體，也不管採用抒情或敘述，一心一意，皆抵達那心儀的境界：

> 只有甦醒的靈魂
> 在書頁裡擁抱，緊靠著文字並且
> 活在我們所追求的同情和智慧裡

第十二章　簡政珍
「當鬧鐘與夢約會」

　　簡政珍是臺灣中生代重要詩人，頗有前行代葉維廉的風範，右手詩歌（已出八部詩集），左手詩論（已出三部詩論、五部文論），等量齊觀，互為印證，成為難得的、具有承前啟後的雙棲「橋樑」。

　　意象是簡政珍寫作實踐與詩學的核心，解開意象之結，差不多就叩響簡氏的門環。那麼在眾多詩歌洋面上，簡氏盛開的意象之花，尤其在隱喻與轉喻的流變中，究竟有什麼獨到之處呢？簡氏的詩歌理論，同時優質地貫穿在他的寫作環節中，相輔相成，不像有些人言大於行而空轉，或行大於言而脫節。簡政珍始終將感悟與學養、感性與知性「調節」在良好的平衡中，使得詩說與詩寫互為辯證，密切交匯，那麼，他又為我們提供什麼經驗呢？

一、「沉默」、「空隙」說

　　意象一直是古代和現代詩學的重要範疇，如何在現代詩意象建構上出新，人們做了許多努力探索。我讀過的，內地研究現代詩意象專著就有三部，分別是吳曉《意象符號與情感空間》（中國社科院，1990）、《詩美與傳達》（灕江社，1993）、鄒建軍《現代詩的意象結構》（上下，國際文化出版公司，1997）。他們主要從結構主義角度，闡述意象的功能結構、美感效應、運動形式、思維模式、類型、方法，十分詳備全面。碩士、博士學位論文不下數十

篇，其他單篇論文更是汗牛充棟了。

　　筆者也曾在一篇文章中，從符號學角度指認：意象是一種充滿旺盛活力的局部語言圖景（語象）；意象是一種富於張力的對應性結構「網結」；意象是詩歌生成運動系列中繁殖能力分最強的「細胞核」；意象既具備單個獨立效應，也具備高出整體「總和」的綜合效應。現代詩歌的寫作，就是詩人捕捉意象，然後加以有序化組合的過程。作為詩歌的基礎部件和生發「酵母」，意象在很大程度決定了詩歌的走向。一首詩的成功，幾乎就是意象生長、繁衍、變幻的成功[1]。

　　意象本身的豐厚內涵和不斷延伸的外延（這有點類似意境），使得意象的形形色色解釋，永遠處於增殖狀態。簡政珍從多年中西文論研討中，尤其是從自身寫作經驗體認中，提煉出許多生動見解，如：「詩以意象抵制文字的僵化，因此也是語言的憑恃。語言籍意象展延生命，橫亙詩的歷史。」[2]「形象經由意識轉化成意象，詩是詩人意識對於客體世界的投射。」「意象即是詩人透過語言對客體的詮釋。」「意象既是思維的轉型，又是詩人觀察、聯想、哲思的濃縮。」「意象從既有的邏輯中跳脫，是解開既定思維模式的羈絆，從而進行自由聯想，但非因此墜入語言的遊戲空間。」[3]

　　而與眾不同的，是他獨到的「沉默」說：

　　——「意象基本上是以視覺的無聲帶語言的有聲，本質上是沉默的。詩以沉默道盡世事的眾聲喧嘩。」[4]

　　——「詩是意象思維，而意象本質上是沉默的。因此任何詩人

---

[1]　陳仲義：〈現代詩掌握世界的基本方式——「意象徵」詩學〉，廣州：《學術研究》2002年第9期。

[2]　簡政珍：〈由這一代的詩論詩的本體〉，《臺灣新世代詩人大系》（臺北：書林出版有限公司，1990年）序，第3頁。

[3]　簡政珍：〈意象思維〉，見《詩的瞬間狂喜》（臺北：時報文化出版有限公司，1991年），第100頁。

[4]　同上引書，〈沉默和眾聲喧嘩〉，第116頁。

對人生的感悟都不宜用文字『說』出來，語音在詩中過濾、沉澱而成為視覺的意象。意象是意識投射的結果，形象轉化為意象正是思維後的產物。以視覺取代聽覺不言而喻其沉默的本質。」[5]

——「意象不明言，它靜默無語，卻留下重重無聲的迴響。」[6]

——「詩的意象就是抓住主客交互凝視的瞬間。意象的姿勢無言，但舉手投足似乎千言萬語。」[7]

——「它的靜謐滲透讀者的心靈。」[8]

眾所周知，傳統文學理論中對作品意義的權威爭奪，常出現在作者和讀者之間。文本的闡釋，或者填補作者預先埋伏下的未定點；或者聽從某種召喚結構；或是所謂讀者經驗的產物。而「沉默」作為文字和語音的「附屬物」，在文本意義的控制權爭奪戰中處於被壓抑、被忽略的地位。但簡政珍的獨到眼光，恰恰回歸文本本身，抓住了「沉默」這一實存的意義生成功能。

他借助現象學的龐大資源，打破書寫沉默的二元對立結構，重新發現被貶抑的增補物「沉默」。他借助桑塔格觀點，認為語言被沉默包圍，一段言語的前後都是沉默，「在前和在後的沉默」都是語言。由是觀之，文本中的「沉默」，貌似不存在，其實是存在；貌似缺席，其實是在場。他引用法國現象學家梅洛·龐蒂的觀點，認為：「沉默不是阻礙語言，而是展開語言的潛力。」沉默詩說不光停留於現象學視野下的本體論，它甚至輻射到了讀者閱讀理論：閱讀先是沉默再試圖打破沉默。「讀者這時必須『懸置』自我，以作品中的意識為意識」，享受作品；然後多日以後，讀者重新回味作品，保持適度距離，進行闡釋和解讀，開始打破沉默。

「沉默詩說」結合意象理論，將對文本提供新穎的思路。把沉

---

[5] 簡政珍：〈詩的哲學內涵〉，見《當代詩與後現代的雙重視野》（北京：作家出版社，2007年），第95頁。

[6] 同上引書，〈詩是最危險的持有物〉，第42頁。

[7] 同上引書，〈意象的姿勢〉，第106頁。

[8] 同上引書，〈意象的姿勢〉，第107頁。

默詩說、隱喻和換喻與意象理論對接起來，可能不光跨越了中國傳統文論和西方現象學之間的理論鴻溝，做出大膽越界；而且使簡政珍個人作為闡釋者與書寫者，在面對中外詩歌時，能夠進行遊刃有餘的分析與有效的創作。

與沉默詩說「配套」的，是「空隙」說，在一定意義上，沉默與空隙兩者是可以互換的：「詩本體上是存在於空隙與沉默。詩的存在是因為散文有些狀況難以表達，而散文難以表達的正是繁複語言和經驗中的沉默。」「語言中，任何有形或無形或無形的空隙都是沉默。想像存在於空隙，空隙就是沉默。」[9]

但是，「空隙」與「沉默」，還是有差別的。主要是在書寫操作層面上，「空隙」顯然包容了許多技藝：標點、跨行、留白、隱喻，都相當出色置喻都是能產生空隙。任何想像活動所遭受的阻礙，都留有空隙。空隙不斷向我們發出訊息[10]。

可以理解，簡氏一方面高度肯定意象是一種巨大的「訊息源」，在主體寫作、文本互動、讀者接受的多維中，產生無窮的美學效應，另一方面也視「空隙」為重要的技藝手段，讓留白巧妙地儲備爆炸的能量。

在沉默與空隙的支配下，簡氏從語言哲學角度探討了人的存有，從歷史社會與人生結合部追問本源，反省存在，反諷現實缺憾，創設了一系列意象，精悍練達，冷雋機警。突出的有「放逐」系列、「浮生」系列、「歷史的騷味」系列等。「騷味」以它似有似無的影像、幻象，蹲伏在那裡，沉默在那裡：夜晚皇帝尿床、黑狗的疥瘡、吸盡月光的鼠輩、疽蟲開闢傷口、五官殘缺、中魔的囈語、噩夢留在口中的異臭和齒垢、濃妝的海報，以及學術會議的鼾聲……諸如此類的現象、映象、實像、虛像，匯成一股股歷史怪

---

[9]　簡政珍：〈沉默與語言〉，《語言與文學空間》（臺北：漢光文化有限事業公司，1991年），第53頁。
[10]　同上引書，第54頁。

味、騷味，只可意會，難以言傳。不僅成為嗅覺意象，同時誘發了視覺、聽覺、觸覺、運動覺和聯覺。騷味本是肉體的不潔分泌物，延伸為社會腫瘤、毒瘡、潰瘍、流膿的古怪體徵。當騷味被詩人精準瞄中，立即顯示巨大力量，它迅速從生理症候散逸開來，瀰漫為無限與無形，指示那個吃人的「歷史怪圈」及其全部的後遺症。人們受到的感染，不只是歷史殘餘、形而下現實，還有超越時空的聯想。騷味，實際上也混合了（政治的、道德的、戰爭的、人心的）有形的東西，超出感官範疇，成為一個不小的空框。是臺灣各種腐臭聚集的垃圾桶，同時也是人類社會各種形色的容器。

「歷史的騷味」，靜靜地沉澱在那裡，反射著一切，檢驗著人心。一種成功的意象，就是一種出色的靜默，一種揮之不去的「定格」，一種經常更新的意蘊。簡政珍強調意象「沉默」，實際上就是強調不落言詮的弦外之音、言外之意。而這言外之「意」，並非一般生活的小感受、小思緒，而是深邃廣袤的社會人生的感悟和哲思，才須有「沉默」這「語言的屋宇」來加以盛容和涵納[11]。誠然，冗長曲折的言說敘述，還真不如一個沉靜的意象，張開無底的空框，以沉默的少少許獲致「一以當十」的效果。

如果說，意象的沉默姿勢屬宏觀效應，那麼，「空隙」的一部分能量可坐實為技術指數，舉凡標點、跨行、留白、隱喻、並置、斷裂、跳脫、蒙太奇、戲劇性結構，乃至縫隙中的禪機、實際語意的填充，過程中的韻致……，都是充滿詩意的空白，亦即每個虛實相間的地方，都會留有「懸疑的蹤跡」，產生多向性歧異，引導讀者追問與嘴嚼。「午夜，當人的脈搏／隨著霓虹燈起動／一把火寂寞得想／一覽人世風景／／一樓，甫剛睡醒的國四學生／揉眼皮，找眼鏡／不知道怎麼一回事，直到／所有的升學參考書／在火中變成升騰的舞者／還不知道／怎麼安排心情／／二樓，誤以為火焰敲

11　朱雙一：〈簡政珍的詩學理論和批評〉，《戰後臺灣新世代文學論》（新北市：揚智出版社，2002年），第506頁。

門是／警察臨檢，一對男女／慌亂中以衣服／包裹相互褻瀆的語音／然後爭相／赤裸奪取燃燒中的窄門／／三樓，一個年輕的母親／抱著嬰兒，背對／進逼的火影，茫然／看著閉鎖的鐵窗／和街上撿拾生活的／小貓／／四樓沒有人跡／眼見日曆一張張成灰／牆上的掛鐘停下來默哀／／火焰興致地躍上／五樓時，單身的老人／正翻個身，夢著／戰火和晚霞／一個小偷及時／剪斷通往頂樓的鐵柵／從容投入／清冷的夜色」（〈火〉）。簡政珍採用五個層樓的並置意象，分別道出六種人生世相：國四生處於升學競爭的噩夢、掙扎，遠勝於火燒火燎；倉皇出逃的偷情男女，隱含著色情氾濫如火蔓延；單親家庭的母嬰、被遺棄的茫然，等同於葬身火海；全然失去生命跡象的四樓，提前舉行哀悼；五樓空巢老人的孤寂和小偷趁火打劫後的從容撤退。這六個獨立單元的意象，其內部自身的空隙和並列之間的空隙，透過火光和濃煙，讓我們讀出了一份社會問題的白皮書。五個樓層六個留白，似乎是互相隔絕、互相疏離，但加起來，是整個社會的縮影。並置的意象、繁複的寓意，取得很好的空白效果。

還有〈往事〉：在颱風的夜晚，聽母親沉重的敘述語調，彷彿搧動起忽明忽暗的燭火，回憶祖母臉上的黑斑、年輕時的流言、突兀的筆劃。濕氣和墨漬沿襲著家族血緣，強旺的陰氣使兩個男人提早埋進黑暗。敘述到最後，作者突然筆鋒一轉：

　　颱風過後
　　供桌上爬滿了
　　列隊瞻仰的
　　螞蟻

簡政珍在〈詩的蒙太奇〉中說，詩節間的空白猶如鏡頭的交替，是詩的沉默語言。的確該詩的結尾，所採取的「截斷」法，留

下巨大的想像和填充空白：往事如煙，往事如蟻。人、物交換，物、人同宗。天人感應，人天合一。人如蟻，蟻如人。蟻爬滿桌子，也爬滿人的心坎。設若把帶著強烈主觀意願的「瞻仰」兩字去除，就變成客觀意象了。那麼客觀意象是否比主觀意象還存在著更大空隙呢？

二、「經驗／超驗　感悟／哲思」的意象圖式

洛夫認為簡詩大概朝兩個方向發展，一是對荒謬的存在本質做形而上反思，一是對現實人生做尖銳而無情的揭露與批判。又說：思考存有的悲劇性是現代詩人最關緊要的一課，詩人如不能認知存在的本質，體驗生命中的大寂寞、大悲痛，他詩中所謂的哲思，無非只是平常生活中的一些小感嘆而已[12]。簡政珍自己也多次表白：「詩人能感受生死之必然，並在詩中道出人類的共同命運，人經由沉思生死而變成智能。」「它體現為一種生命感：焦慮、恐懼、痛苦和死是存在的基本現象，人總是在這樣『不得不』的狀態下延續。詩人能感受生命『不得不』的緊張感，詩將飽藏淚光血影的稠密度。」[13]

簡政珍的生命感是他營造意象的內在支撐，由此開展「經驗／超驗　感悟／哲思」的意象圖式。所謂的經驗是處世的長期積累與提煉，而超驗是對經驗抽象的騰飛，多為形上冥想與玄思。但是，不包含經驗的超驗有時會失之無根、虛飄。簡政珍的生命感是將經驗與超驗做了較好兼容，尤其在意象展開中，有著觀察、體驗的經驗積澱：如「火車進站／颱風眼裡／我是月臺上／翻飛的一張紙」（〈黑夜〉）；「你是一枚銅幣／在手指間輾轉發亮／因此，你漸漸／喪盡顏面」（〈政客〉）；……詩人通過簡約的現實場景和現

---

[12]　洛夫：〈簡政珍詩學小探〉，《深圳詩歌》網2005年10月29日。
[13]　簡政珍：〈詩的生命感〉，臺北：《創世紀》1992年總89期。

實經驗，通過變形的意象編碼，進而透視社會異化與淪喪症候。這是經驗的結果，但有時經驗的深度、廣度不夠，還要向超驗靠攏。

超驗性命題，像時間、因緣、命定、終極、輪迴，諸如此類的形而上，是比較難處理的，簡政珍硬是扒住骨頭不放。在他筆下，堅硬、抽象、虛無的對象，多化為可感可知、有血有肉。比如「時間」，一次充分的顯身：「從傳說抓到風的把柄／從瓶口看到風的舞姿／從滿地的松針／看到雲的飛揚／／岩石棄絕青苔／變成粉末／山崖別離紅塵／化成一縷清泉／想像的河流／洶湧成黃浪／拍打墨色的海洋」（〈時間〉）。雖然利用自然變化寫時間，比較常見，難度不是太大，但是，採用其他方式呢？該詩到最後，竟以意料不到的物象給予顯形，有如奇峰凸起：

> 一條不能補綴的網
> 一個指尖彈唱的關節
> 一切人事的骨架──
> 一個餐桌上的
> 蝦殼

從魚網無法補綴、人體器官鏽蝕、人際關係瓦解，到結句突然聚焦於餐桌上的「蝦殼」，奇妙地指涉了時間：時間讓一切都感受到「空」的意味，時間在超驗的詮釋裡得到了形象的待遇。

簡政珍在〈詩的哲學內涵〉說：詩人所感悟的哲理絕對是來自於人生。詩深沉的感悟首要的條件，在於詩的生命感，不為生活撼動的詩絕對缺少哲學的厚度[14]。〈抽煙〉一詩引發對生命困境的省思：「我們以煙點燃世界／卻在煙霧中忘了自己／我們在煙蒂的末梢／看到／今日替昨日總結」。這是時間的餘燼和殘骸，以一位病

---

[14] 簡政珍：〈詩的哲學內涵〉，見《當代詩與後現代的雙重視野》（北京：作家出版社，2007年），第97頁。

者抽一根煙的短暫動作和時間，指示了生命在生死間的擺盪，以及具象經驗與超驗之間交錯的「咬痕」。

在年復一年〈日子的流程〉裡：詩人起身探問鞋子──總有一邊左傾的思想，夾帶向右偏斜的情感。以這樣形象的情景，追問怎樣改變分裂的人格和命運。這是現代詩對人生經驗的書寫和開發，它的深入與新鮮，取決於詩人的感悟，和由感悟昇華為哲思的智慧。「當意象滲入思想，思想就有了芬芳。當思想滲入詩行，詩就有了哲學的厚度。哲學接納意象可使理念佈滿詩質，使哲理富於生趣和人味。哲學可以理直氣壯地展示意象的烙記，但哲理只能隱約含蘊於詩行。詩學可以明白道出詩的意象，詩卻不能直接講出哲學思想，它必須經由意象中介。」[15]有時候，為強化概括，詩人對意象做了簡化。如〈市場〉一詩，隱去具體場景和感性意象，用「走動的」、「與軀體有關的」作為對象編碼，「灌注」了若干層思想。全詩就在「三段式」的思辨中，完成一次肉體與靈魂的人生領悟。

簡政珍長期以來體認生命感，熱衷追索哲理內涵，使詩在更高層次意義上透過意象進入「思」的境界。存有的幽深地帶，生命追問的無底洞，人生的萬種風情，包括負面、宿命、背謬、劫數，都呈現探詢的道口。生命感悟的貫注、哲思智慧的湧動，不是理念的預先設計，也不是意象的刻意跟隨，而是自然形成某種無聲的凝聚和「跡化」，即感性與智性的高度融解，這種「思」之意象，本身已內蘊了精神的維度。

簡政珍的「思」意象，於經驗與超驗／感悟與哲理的交匯裡，叫內斂的精神因子，化入冷峻而苦澀的生命感中，期間最擅長的方式，還是通過隱喻與轉喻的各種明、暗道，出入生命的門檻。

---

[15] 同上引書，第94頁。

三、隱喻／轉喻的迂迴路徑

　　隱喻源於希臘語「跨越」與「運送」的意思，它以想像的方式將某物等同於他物，充滿轉化與生成功能。語言是隱喻性的，隱喻為語言提供更新和再生動力，隱喻是語言的起點與歸宿。有論者認為：隱喻形態的歷時變化，來自語言與思維中的美（情感─修辭）、真（邏輯─認知）的二維轉換生成，因而本質上是一種意義函數關係[16]。

　　回溯雅各布森曾把詩歌分為兩大類：隱喻和轉喻。目前公認的隱喻，是利用兩個符號之間的相似性，以一個類比另一個，多依靠同質的相似性比喻，如船犁過大海，通過行為動作「犁」而不是「渡」，就可以把大海隱喻為土地。而轉喻則依靠相近性關係，多採用鄰接性比喻。如用「深淵」（大海的一種相近屬性）代替「大海」，就創造了一個轉喻，它基於代替者與被代替者之間在空間上（或時間上）相鄰和接近關係[17]。

　　轉喻有時候會以借代形式出現，如用「龍骨」（船的一部分）代替「船」，所以轉喻也可叫做換喻，是以密切相關的事物在推理過程中從本來事物轉換到另一種事物的。在轉喻問題上，簡政珍更欣賞並推崇轉喻的並置功能。他借用某些後結構主義的語言觀念，寧願把轉喻看成置喻「隱喻是基於語意的相似或相異，置喻是基於語言的比鄰或並置」。他之所以強調置喻而不翻譯為轉喻，是因為他強調「語意不是由個別意象決定，而是由鄰近意象烘托的結果。兩個相毗鄰的意象彼此投射，而造成比喻關係」[18]。

---

[16]　張沛：〈隱喻〉，《西方文論論關鍵詞》（北京：外語教學與出版社，2006年），第780頁。

[17]　陳本益：〈雅各布森對結構主義文論的兩個貢獻〉，《文化研究》，http://www.culstudies.com　2004.12.21。

[18]　簡政珍：〈語言與真實世界〉，《語言與文學空間》（臺北：漢光文化有限事業公

下面，擬從修辭學的層面上，看看隱喻和轉喻（置喻），如何成就簡政珍的拿手好戲和重要特色。「紅蘿蔔加白蘿蔔／就是你的腿」；「可是我想告訴你／紅蘿蔔炒白蘿蔔／是我最喜歡的一道菜」。前面是屬詩人簡單明白不過的相似比喻，後面則是對比喻的突然消解，前後構成一種輕鬆的諧趣，帶有調侃的味道。〈送別〉之後，主人翁忽然發覺：「冰箱聲音大作／原來你走後／食物已空」──食物已空，可能是虛擬的也可能是現實的，但隱含著人走物空的意思，對應式地宣示情感的失落、失卻與空茫。這都是帶有簡氏烙印的喻指，苦澀而微笑著的喻指，微笑而苦澀的幽默。

　　稍微複雜一些的隱喻有多次出現的「爆竹」。其中爆竹翻臉──「彈片」碎裂，並置隱喻了人生的覆沒。〈紙上風雲〉，是用蚊子的獻身，隱喻寫作生涯的祭血壯烈。〈街角〉邊，瘦削的黑貓和掉毛的狗，在翻攪腐臭的食物，隱喻政治的發餿和政客的「乞討」。〈傷痕〉中地殼的大變動，隱喻了即將來臨的「風暴」──政治、經濟、社會的大「龜裂」、大地震、大震盪。而〈試裝〉：

　　　赫然發現你臉上的皺紋
　　　竟以為
　　　鏡子有了裂痕

反諷了微妙的兩性關係。〈三寸金蓮〉的意象細節：

　　　伸出一對赤裸的三寸金蓮
　　　拇指如筍尖
　　　其餘四指折疊連綿
　　　如通往山巔的迴腸小道

司，1991年），第27頁。

暗示了中國女性苦難的性別歷史：特有的、折疊式的坎坷與歧視。

> 一隻對著暮色狂吠的狗
> 突然蜷縮成一輪落日

用暮雲的倉皇與落日的委頓，通過時空關係的變形和動態化，生動地影射了〈國喪日〉的衰敗。還有：

> 之前，你打翻了墨水
> 在這塊地圖上
> 塗鴉一個海市蜃樓
>
> 之後，我們每個月
> 定期聆聽一個穿戴紙尿布的政客
> 在記者會上宣讀小學生作文
>
> ——〈之後——給李遠哲先生〉

那種穿紙尿褲、唸作文的誇張漫畫，則隱喻了立場喪失、低智商的老學究，是何其的鮮明生動又鞭笞如刺。

除了上述隱喻的幹練，簡政珍還擅長隱喻的鋪展，通常是在較短語言途徑中做意象的多次穿梭，抽樣〈流水的歷史是雲的責任〉一段：「當浮雲失足跌落沒有回音的深谷／當高山震盪之後遺忘了自己的面目／我們將相聚成一叢花樹／共同守望即來的飄雪」。浮雲、回音、深谷、高山、花樹、飄雪——四個句子中就占有了六個意象，充分證明簡政珍完全是以意象來結構句子，並且高度重視它們相互間滲透的寓意。

不過上述六個還是屬普遍性意象，或者叫「睡眠意象」，用得

多了經常會產生磨損，失掉新意。如果意象加入細節性「事態」、「事象」，會不會更精彩一些呢？比如〈放逐〉三：

> 午夜醒來，似曾相似的涼意／在腦海裡搜尋記憶的鹽味／手指在黑暗中捕捉失眠的理由／不再流汗，但黏濕的手心／在字母混雜注音符號的鍵盤上／失落、滑落／不停的鍵入和塗消

　　這種細節性事象，細緻地把主人翁的內心矛盾、失落、衝突（有關時差、空間阻隔、故國母語、中西差異）表現得淋漓盡致，使「放逐」──簡政珍詩歌寫作另一個重要主題，也是主要意象，不至於成為空乏的觀念標籤，而有著厚實的形象支撐。
　　更為精微的是，簡政珍能將虛無縹緲的寫作情狀，通過較長的途徑，定格為可觸可摸的映象，那是：眼睛在黑夜搭建舞臺／審視體內管弦合作／仰望的主題／燈光下等待／細雨緩緩成形／任何引擎的聲都能／發動胸中的起伏。詩人把創作狀態象喻為內在心靈的交響，需要耐心的仰望、期待和完形，委實體驗到創作的堂奧。簡政珍在〈詩化的現實──八〇年代以來詩的現實美學〉一文中，引用了美國詩人麥克理希（Archibald MacLeish）所言：「真正讓隱喻展現力道的是意象的牽連，在牽連中構築隱喻。」[19]重要的是，他在頻頻為隱喻牽橋搭線的活動中，不論是簡化處、抽象處、細節處，還是曲徑處，都恰切地實施了他的企圖。
　　下面看轉喻。
　　相對簡單明白的轉喻是〈過年〉，詩人從想像親人年夜飯的味道：「桌上沒有魚肉，可能有一些粉絲和豆乾加菜」，以及五穀米的猜測，轉喻為「電話菜」：「最渴望的一道菜／是餐桌旁邊的電

---

[19]　簡政珍：《臺灣現代詩美學》（新北市：揚智出版社，2004年），第117頁。

話／喂，你的聲音有特別的風味／我的喉嚨被你嗆住了」。這樣，親情就在「電話──菜──」和「嗆」的流轉間，濃濃地流溢出來。再看〈秋千〉的擺盪，長大後是──

秋千在斷牆碎瓦中
整頓心事
積水中有一隻螃蟹
想爬上支架
嘗試橫行的滋味

「莫名其妙」地橫出一隻螃蟹，怪異的關係有何用意呢？是作者先通過秋千擺盪變化，巧妙埋伏著人生不同階段，而後將螃蟹楔入期間，既是人生老境的自況寫照（隱喻），又有與秋千發生並置關係，帶著換喻的意圖。

〈選前〉則是將風雲變幻的選舉形勢，通過四種轉喻（換喻）體現出來：八月大鳥銜來一朵浮雲、聳動的閃電、一再延誤的雷鳴；十二月是水槽旁邊的螞蟻，豎起觸角警戒；三月是撿拾廢棄的旗幟，風中翻滾著紙張；最後是五月聽到一聲聲風鈴的尾韻。詩人採用時間順序，從天氣、物候、上街觀看和寫詩──觀聞聽感諸方面涉及臺島政治選情。在並列式象喻書寫中，利用風景「替代」法。從這裡，我們看見詩歌的轉喻，一般以鄰近的關係作為結構，以水平對應物的連續運動為發展方式，即從一種實在的感知到另一種同一層面的實在的感知運動[20]。

簡政珍在承接傳帶的意象運動中，擁有上好的潤滑劑。隱喻與轉喻的變換、組合、跳脫，不管是以實喻虛、以虛喻實、以小喻大、以大喻小、虛實相輔、實虛互生，都頗具成色。〈浮生記事〉

---

[20] 沈天鴻：〈隱喻〉，《現代詩學形式與技巧30講》（北京：崑崙出版社，2005年），第25頁。

中，是把水作為原點，縱橫四面八方，同時換喻為口水、河水、洪水、髒水……。在〈中國〉詩章中，「當我們還在文字裡散步／水泥已經遮蓋了那一條河流的身世」，則是另一種類型：主要是以一種局部或一種因子來代表整體。這樣，局部的水泥便成了整個城市化進程的替身，個別的河流也就成了所有田園模式的代碼。前後兩項的「隱姓埋名」與「偷樑換柱」，源於久遠的「約定」關係。而在〈國喪日〉裡，作者是將上面那種近鄰變成未完成的「遠親」的陌生關係：

　　國喪日
　　防波堤上的風箏飛得特別高

　　詩的第一句與第二句明顯有一個截然的「斷開」，有意使國喪日懸在「半空中」，與風箏拉開距離，以便讓多種可能的意思構建出來：「國喪」是下跪的、沉重的、飲泣低調的，風箏是懸浮的、漂泊的、高亢飛揚的。並列性對照構成隱約的反諷，孤立的國喪日與獨立的「風箏景象」猝然遇合，使並置中的意象空隙，隱含臺灣島的許多聯想發現，包括地理上的和心態上的〔如果「國喪日」不走換喻路線，則可能是朝向「教堂鐘聲」（消逝）、半旗意象（頹落）的方向發展，那麼就會變成另外一種類型的隱喻了〕。
　　這種靈動的轉換，在〈癢〉中是最為成功的，「搔」得自然而又到位：

　　蚊子扎一針／氣鑽機叫了一聲／皮膚一陣痛癢／水泥土多了幾條生命紋／記憶終於有感覺了／一個出土的古董／對著缺角沉思／塗一點藥水／平息皮膚的騷動／灌一點泥漿／填平可能的怨言／這季節性的陣痛／總有其建設性的一面／一棟摩天大樓／慢慢升起

開頭四句相當絕，一種極其自然的連鎖反應——由蚊子的「扎」，而氣鑽的「叫」，而皮膚的「癢」，而水泥的「裂」，超高速完成建築工地的物象交響，與住宅區內人物感受產生交流、銜接與替換。真分不清誰先誰後，也分不清「肇事」的因果關係。物我一體，人事共通。皮膚的搔癢與高樓的陣痛，構成了既非法又合理的戲劇性，而這一戲劇效果，是在靈巧的多重換喻中瞬間完成的。筆者特別激賞轉喻這一經典之作，堪稱峰迴路轉，曲盡其妙。

　　簡政珍認為：「一方面，轉喻經由意象或是語言牽引隱喻；另一方面，以比喻的傳統與運作來說，轉喻是反其道而行，是一種逸軌的行經，因而有解構的姿容。」[21]在某種意義上可以說，轉喻是對隱喻的某種背叛、拂逆，也是對其「血緣」的接種、延伸，顯得伯仲難分，區別模糊。它教整個現代詩的象喻寫作變得複雜和豐富多彩。但在實際書寫中，詩人已經無暇顧及轉喻與隱喻的細小差別，實際上也沒有分野的必要。作為理論探討，掌握它們的各自獨立與差異，以及相互間的轉換關係還是必要的。

　　綜上，在詩寫與詩說的雙棲互動中，簡政珍於現代詩的汪洋大海，選中「沉默與空隙」的起錨與登陸點，顯出航海家的獨到眼光。「沉默空隙說」為其意象海圖確立了一路護航的座標；經由經驗與超驗／感悟與哲思的水道，他穩妥羅盤，迂迴於形形色色的隱喻／轉喻路徑，直取富有生命感的港口，成為臺灣極具代表性的智性詩人。換個說法，簡政珍豐富的意象藝術，因了「沉默空隙說」的後臺支援，貯備了出演大堂的底氣，而隱喻與轉喻的操作——「唱白念打」樣樣應手，則平添了他意象藝術的成功機率。

　　簡政珍的意象圖式，是詩人主觀情思對客觀物象的「凝視」，是通過直覺的瞬間「定格」完形的。探究個中奧祕，也是智性長期的照耀。筆者早先有一篇文章曾談到智性：「它是詩人感情、知解

---

[21]　簡政珍：《臺灣現代詩美學》（新北市：揚智出版社，2004年），第253頁。

力、智慧的集合，是感性的智力領悟和理性的形象化統一，是感性尚未澈底抽象，理性尚未完全板結的『半液化半固化』的產物，是既帶有潛在邏輯印痕，又非完全概念推理判斷的高度能動性理智，它具備智慧的根底又潛藏著哲思的意向。既有智力、理智等理性化沉澱『秩序』，又有直覺、智慧、領悟等感性的穿透機動。」[22]

職此之由，簡政珍的意象思維，帶有濃厚的「思」之色彩，它是區別於其他詩人的重要標示。「思」即智性，它隱含著「感覺的智慧」或「智慧的狂喜」，同時兼具「看見」和「看穿」的雙重視力。發達的「思」之智性，圍繞生命的感悟，生命的感悟，滲透智性之「思」，使得簡政珍的意象思維，面對諸多內外世界，處理得遊刃有餘，充滿感性魅力又不失智性光彩。除少數落入「睡眠意象」外（如「岩石棄絕青苔／山崖別離紅塵」），大多數擁有優良盤轉的活性。簡政珍「思」之智性，和「思」意象藝術，值得高度重視與借鑑。

---

[22] 陳仲義：〈智力的結構與智慧的詩想〉，《扇形的展開──中國現代詩學諭論》（杭州：浙江文藝出版社，2000年），第66頁。

第十三章　蘇紹連
物象裡的「驚悚」

一、幽閉而放開的頑童心理

　　一直以來對散文詩缺乏關注，主要原因是對其曖昧身份，抱有「成見」：要麼歸隊散文，要麼「招安」於詩歌，長期在兩樓間搖來蕩去，可不是個「辦法」。所以蘇紹連的第一本散文詩一直放在書櫥裡，紋絲未動。最早領教的還是「歧路花園」裡的「聲光影動」，直到二〇一二年他嗆聲「無象詩」，才恍然悟出臺灣詩壇的「怪角獸」，原來是靜悄悄躲在一隅的「異數」（多次到臺，也一直未能謀面）[1]。後來，在孔夫子舊書網購得他幾本詩集，一路讀下來，很快冒出三點印象：

　　其一，含羞草的性格狂熱地「追著詩跑」。蘇紹連出生於臺中沙鹿鎮，穿梭於坡地花生溝與甘蔗叢，也安頓在鎮上零售米。他像即插即活、隨遇而安的番薯藤，「生了根就不想走」，其半徑不出十里家鄉，執業選擇也圈在小教範圍內。在〈草木有情〉中，他

---

[1]　蘇紹連，1949年12月出生於臺中沙鹿鎮，臺中師專畢業，任教國小三十多年。1965年開始寫詩，創立與參與四個詩社：《後浪》詩社、《詩人季刊》社、《龍族》詩社、《臺灣詩學季刊》社。創建三個網站：《現代詩的島嶼》、《Flash超文學》、《吹鼓吹詩論壇》。出版詩集十一部：《茫茫集》、《臺灣鄉鎮小孩》、《童話遊行》、《河悲》、《我牽著一匹白馬》、《草木有情》、《大霧》、《私立小詩院》、《時間的影像》、《時間的背景》、《時間的零件》；散文詩集四部：《驚心散文詩》、《隱形或者變形》、《散文詩自白書》、《學生小丑的吶喊》；兒童詩集二部：《行過老樹林》、《雙胞胎月亮》。曾獲多個獎項。

回憶童年：「我的童年，我試著伸手去觸摸，可是，童年卻一再地畏縮，脆弱得萎謝了，葉片閉合下垂，枝梗軟傾，童年倒在地上哭了。我驚懼，縮回我的手，拭著自己眼角的淚。」含羞草一樣的童年，佈滿本能的防禦。封閉對人會產生雙重作用：天生愚鈍，加上退縮、內斂，往往導致大部分人，作繭自縛，自暴自棄；只有少數人如蚌含玉，渴求掙脫，才可能在絕地中奮起突圍，鍥而不捨。自我壓抑的含羞草是消極的，幸好碰上蘇紹連這樣天生敏感的詩心：「詩在哪裡，我就追到哪裡。」十幾歲開始寫詩，一發不可收拾。這就不難理解，生性木訥、不好言詞的他，可以先後創立與參與四個詩社，保持持久的赤誠與耐力。二〇一一年以後，更以每年一書的速度，與詩展開賽跑（包括攝影集《鏡頭回眸》，用一百五十五則隨感錄配以五十五幀黑白、彩照，展開詩意的捕捉與發現）。

其二，孤寂的內心埋伏著驚悚的「焰火」。固然封閉導致自囚，但「自我實現」的動力一旦找到優質燃料，早晚會沖決一切，脫穎而出。在撕裂與糾結中，二十歲就寫下：「我原想長成月亮或者太陽，但我種下的卻是一粒不會發芽的星，在心中慢慢成屍，化為磷火。」（〈茫顧〉）磷火般的生命基調，懂得沉潛蟄伏，忍受煎熬，懂得「藏鋒不露，含光不吐」的積累，終於熬煉出幽閉專致的人格、冷鬱疏雋的詩風。處女集《驚心散文詩》，被視為六十種驚心事件，六十個驚奇劇場，對於人之本質的深刻穿刺，成為不可下載的生命溫熱效應[2]。加上後來《隱形或者變形》、《孿生小丑的吶喊》、《超友誼筆記》系列等，已然攀越玉山，成就一道不同凡響的風景，一如中國大陸周慶榮作品，開始改變我對散文詩的偏見：飛旋的玻璃紙，繞過屋角，叫出蝙蝠，叫出白蟻，叫出雙腳，繞過床前，竟跌成一地的霜，那是哭著要回去的月光，與李太白展開「回不去」的主題對話（〈地上霜〉）；從黑板裡鑽出

---

[2]　蕭蕭：〈超現實主義的轉位美學〉，《臺灣新詩美學》（臺北：爾雅出版社，2004年），第443頁。

來的教師，變成四隻腳的脊椎動物，讓全班的同學都嚇哭了，以我寓〈獸〉的寓言，不是嚇哭全班的同學，而是控訴整個教育體制；門口的〈鞋子〉，套上去變成一隻蜈蚣，還要再花一生的時間，才能套上全部的鞋子，影射了存在的悲劇感；基於阻隔，思鄉的遊子只能剪下自己的鼻子、眼睛、手指、嘴巴，裝入信封，才得以踏上〈歸鄉〉的旅途，誇大的幻象裝滿濃濃的還願；〈削梨〉中，右手握著一把雪亮的小刀，誤把憤怒的左手當作水梨，水汪汪的白肉，香氣四溢，層層斜刮，其矛頭無疑指向族群相煎的慘劇，對比洛夫和美的〈午夜削梨〉，在在是冰雪兩重天。

其三，本該安分的天命轉為熱烈的弄潮衝浪。誰也沒想到天命之年，我們的國小名師，居然不眠不休地學會Flash等軟體（與之相仿的吾輩，一直對高科技懷揣恐電症），一九八八年以米羅・卡索名義架設網站「現代詩的島嶼」，遍植超文本、純文本、詩祕錄、詩綜藝等特區，超前得讓人嫉妒。總數九十六首「聲、光、畫、像、動漫」的多媒體詩歌，焰火般璀璨。幾年之後，筆者才夢遊般被全新的雜交品種驚出一身熱汗。他的多媒體詩多達二十種亮點：有文字圖像化的〈鐘擺〉、文字象徵化的〈水龍頭〉、文本拼合的〈鞋子〉、文本破碎的〈戰爭〉、隨機拼組的〈某種形式〉、搜索探尋的〈小丑〉、不同路徑的〈曲徑〉、多重選擇的〈椅子〉、雙重結果的〈蜘蛛〉、效果變化的〈生命浮沉〉、互動操作的〈對話〉、填充操作的〈填充〉、動態變化的〈孩子〉，等等，實乃臺灣數字詩首席小提琴手。二〇〇四年他還創立影響甚廣的「吹鼓吹詩論壇」，主編《臺灣詩學論壇》，又在部落格開設「意象轟趴密室」。試想以高齡新手，弄潮衝浪，需要多少抗壓的勇毅，因為「島嶼上只有詩，沒有生活／而詩愈來愈多，像不斷湧來的黑色／幾乎要把我掩蓋了／我也快不見了。」（〈現代詩的島嶼〉）困頓、經費、停刊、技術瓶頸，在溺斃的絕望中永懷希冀，又在癡迷的念想中咀嚼失落，最終走到了今天。今天他依然佇立在全島最大

的舞臺，組織吹奏各種詩專場：惡童詩、混搭詩、半人半獸詩、廢言詩、氣味詩、新聞刺青詩、同志詩、懺情詩、無象詩……。每當我定時收到來自彼岸的專刊，總是猜想：那個從老成持重的少年到古稀頑童，靡不有初，鮮克有終，是一種怎樣匪夷所思的模樣呢？

　　含羞的幽閉、孤寂的焰火、頑童的嬉戲，全集中於自我的把持與詩心的開放：「我在明天的時間裡，化身為一首詩，站在街道上，任人們穿過，從我的詩行穿過」；「我凍結得如一塊堅硬的冰，只要人們讀我，我就甘願溶化，以我的生命」（〈我的明天〉）；「噴出來的一件件心事岩漿／足夠讓我／鑄成千百首詩」（〈卷心烏毛蕨〉）；「語言是漣漪，文字是蝴蝶，還有，我的身體是詩集」（《草木部落》跋）。即便以身試詩，化身為詩，兩者合二為一，儼然一副殉道的面貌，他仍悄悄保持一種外人難以窺伺，冷暖自知的心態：「我不敢把寫詩當作一種使命或責任，而寧願看作是一種沒有規則限制、也沒有輸贏賞罰的遊戲。參與遊戲者永遠只有三人，一個是過去的我，一個是現在的我，一個是未來的我，但其實三個都是我自己，這樣的寫詩可以說是孤寂的遊戲。」[3] 無功利的目的，自我對弈的心境，這一切，都明顯傳遞一個訊息：詩心，唯有宏富浩大、悠然淡遠的詩心，才可能在易於迷失的江湖，冷眼風潮而不為任何誘惑所動；捨棄功名，安於內斂凝視，把木訥拙言化為文思飛揚、思載千里，最終完成以詩凍結生命而綻放生命的絢爛。

二、意象裡的「物象」擠壓

　　雖然生命的焰火主要取自傳統的意象燃料，但蘇紹連的意象思維有自己鮮明的辨識度，他通常是在並置排比的段式上推進上，且

---

[3]　蘇紹連：《孤寂的遊戲》，意象轟趴密室：http://blog.sina.com.tw/poem/。

大幅度變形換位。總體上看，其意象留有物象的遺跡，或物象夾雜著意象的影子。洛夫說他詩思中有冷酷的負面經驗、常人忽略的知性經驗；林耀德說他有陰冷的觀物態度；蕭蕭說他釀造物的質變，追求「格物致知」、「即物窮理」；蔡桂月說他「仰觀天道，俯察物情」。簡約說，意象是動用主觀情思的「意」（意思、意味、意義）與客觀事物的「象」，做有機結合，即主觀情思寓托於客觀具象。物象則是不依賴於人的主觀情思而存在於客觀具象。但實際上詩歌中，是無法做到百分百的純物象，因為任何的選擇與排列，都多少帶上主觀色澤，何況誰都很難抗拒無所不在的修辭誘惑。

一個有趣的現象是，蘇紹連的視野彷彿有意疏漏人，而只盯住物。這，難道是源自他羞於、怯於與人溝通，毋寧與鴕鳥為伍的內在性嗎？他多次夫子自道：「我自小的夢想是『將自己隱形』，讓周遭的人看不見我，除了消失自己的形體外，我或許隱藏在某一個物品裡面，或許隱藏在某一個生命體裡面，那種感覺就像上帝觀察著世界，而世人卻看不見上帝。另一個夢想是『將自己變形』，變成動物的形體，模擬動物的動作及習性，體驗動物的生存環境，或者變成物品的形體，讓自己感受到一個無生命的物品，如何在人類的使用下，盡其剩餘價值。」[4]如此觀之，就自然化解疑寶了。其寫作軌跡幾近清一色的物的寫照：「坐著這位置是在鐘面上。每天，我的眼光黏黏的投過去，只為攫那一端，讓我沿著眼光抵達十二點鐘，吞食自己，讓我死後被吐成美麗的結構，一張網」（〈蜘蛛〉）；「我的臉像一隻孤獨的比目魚，躺在砂粒上，雙眼只能注視四周搖擺的植物，嘴巴沒有語言的能力。這樣的一張臉，深藏在海底，無人所知」（〈比目魚〉）；「給我把鹽吧！醃漬我／裝我在一個陶甕裡／封閉我，不見外界／靜靜接受火烤／默默風乾」（〈紅珊瑚油桐〉）。或與草木為伴，或同器物同眠，或躲進自己

4　蘇紹連：〈三個夢想〉，《隱形或者變形》（臺北：九歌出版社，1997年）後記，第226頁。

的身子，或變身為「他者」。在物的合圍下，蘇紹連多疏離自然與人，無形中，傳統的意象思維也漸次被物象思維所「熨平」。

以二〇〇九年《私立小詩院》（詩集）為例，他絕大部分時間都徜徉在物的範圍。物的標題俯拾即是，凡一百六十九首，其中涉及玩物十六首（鉛筆、火柴、魚缸、瓶子）、用品二十首（枕頭、領帶、絲襪、皮鞋）、空間三十五首（鐵窗、煙囪、走道、樓梯）、寵物十五首（貓鼠魚雀）、食物十四首（麵包、果醬、酥餅、醬菜）、現象二十一首（網路、信號、頻率、寒流）、領域十六首（海域、沙丘、湖泊、草地）。涉及身體二十三首，其實都指向器官（指頭、毛髮、雀斑、汗液）、涉及生活的二十二首。真正牽扯到人際關係的似乎寥寥無幾。其實這話也不對，在表面清白的「物詩」裡，難道沒有呼吸著絲絲縷縷的人氣嗎？

在物的寫作中，長期養成的慣性絕對脫不了意象思維的關係，那條暗藏著物象臍帶一直是剪不掉地通往意象的子宮。壓卷的〈吉他〉，全然是標準的意象之作：

> 好深的喉嚨
> 聲帶是一架長長的梯子
>
> 井中的水蛭
> 一隻隻在梯子上
> 攀爬
> 滑　　　　落

還有〈鋼琴〉：「墓園裡／一群穿黑色禮服的人／正在舉行葬禮／手中捧著白花／／雨的手指／打濕了黑色禮服／也敲落了白花」。不必過多解釋，水蛭上下攀爬的滑落，象喻吉他的獨特音色；雨大師的手指敲擊，象喻黑白色挽歌，百分百是意象思維的嫻

熟運作。

　　不過，《私立小詩院》更多體現了非意象化操作，如〈人啊〉：「有幾根線拉著人的身體／一根是情／一根是名／一根是利／一根是[……]／／唉，人啊／我應該休息在兩字之間／一字是醒／一字是醉」；接著〈詩人〉：「人偏離生活，才想抓住詩／／直立或歪斜的樹／其影子總是和土地平行／／現實或非現實的人／其詩總是和思想不一致／／人偏離了思想，詩才是最精彩的」，前者在理性的告誡中，理性地自我反審；後者在鼓吹非理性的思維中，說出什麼才是詩的獨特灼見。顯然，在那裡淡化了意象的思路軌道，甚至意象痕跡被清除了，取而代之是物象的初始登臺。

　　或許蓄謀已久，等不及了，蘇紹連在《私立小詩院》熱身後不久，乾脆就踢開過渡性策略，公開鼓吹「無意象詩」。二〇一一年六月，他以「吹鼓吹論壇」專號形式（第13號），隆重推出無意象詩一百四十三首，掀起一個小高潮（與中國大陸非意象化的「事實詩意」幾乎是同聲期）。隔年，趁熱打鐵，又在「舞詩團」（第16號）後續發酵。

　　蘇紹連精心寫出二萬字嚴謹論文，分別做出界定、辨析，並提出三點追求：

1.追求一種不需要「意象」加持，卻能充滿難以言喻的詩意。
2.追求能夠深入咀嚼、且能不斷回味的語言。
3.追求能在作品上表現意義的闡發、意念的鋪設、情意的迂迴[5]。

重要的是，他對無意象做出明確定義：

---

[5]　蘇紹連：〈無意象詩・論〉，臺北：《吹鼓吹詩論壇》第13號，2011年6月，第7-27頁。

1.只有現象而無形體的敘述，是屬無意象。

2.只有語象而無形體的敘述，是屬無意象。

3.只有語言而無現象或無語象也無形體的敘述，是屬無意象[6]。

　　蘇紹連本人也嚴格遵照其理論，推出一批無意象詩，二○一七年正式出爐《無意象之城》，組成東西南北門的嚴謹方陣，在開篇裡就吹出「你看見意象被誰運走了」、「你將看見意象——逃亡」[7]的小號，大有一番推倒此前的輕車熟路，另起爐灶。

　　無意象思維（imageless thinking）是上世紀初，德國烏茲堡大學奧斯瓦爾德・屈爾佩提出來的，他運用「系統實驗內省法」，發現思維是一個無法分析的模糊狀態；思維的內容存在不少非感覺、非意象的因素，進而肯定無意象的功能，其理論與其師萊比錫構造派學者馮特等人相左，由此展開多年爭論。隨著屈爾佩一九○九年轉教，烏茲堡學派解體了。但眾多心理學家沒有放棄討論，焦點集中於意識活動能否不用意象思維，雙方繼續各執一詞。表面結果是誰也說服不了誰，最終「無疾而終」，但實際上，意象與無意象共同參與思維活動的觀點，影響了佛洛伊德體系與格式塔派，也逐漸為後人所接受。

三、「無象」的可能與不可能

　　不清楚無意象思維理論對蘇紹連有多少影響，但必須承認，蘇紹連對「無象說」的界定是非常嚴厲的，即「三無一有」：無形體有現象、無形體有語象、無形體有語言，符合其中一條即可成立無象詩。三條原則中，顯然他最反對的是有形體的意象。他提出判斷

---

[6]　同上注。

[7]　蘇紹連：序詩〈城門訣——致意象〉，《無意象之城》（臺北：秀威資訊科技有限股份公司，2017年），第16-17頁。

意象有無的「金標準」，在於對象是否有「形體」。形體是指「有形狀的物質實體」，這樣一來，形體的有無成為關鍵仲裁。不幸的是，規定的狹隘性使得理論與實踐出現了扞格。筆者除了大部分認同外，不能不提出進一步商榷。

其一，嚴厲的形體標準，容易落入「孤家寡人」的圈地。世間萬物萬事，至少三分之一是有形體的，如眼臉鼻耳、桌子房屋、道路車輛、魚鳥雲雨……，形體作為意象的前提條件，也成全意象文庫的主力軍，一旦這部分形體被完全擠兌掉，難道不是成了一場詩歌的自殘自廢？還有一部分，固然缺乏標準的形體性，如春天、夜晚、寒冷、溫暖、深淵、天堂……，但因其帶有形體與非形體的「兩棲」性，完全有能力同時承擔意象與非意象的兩種功能。這，同樣是對非此即彼決策的一種動搖。再有一部分，大量充塞著「現象」性與「狀態」性，如哭泣、微笑、苦澀、甜蜜、蒼白、陰暗……，對它們加以主觀修辭或客觀卸妝，也都有可能同時勝任意象與無象的職能。簡之，後兩部分，本該是準意象的住戶，因苛刻規約被取消戶籍，無疑是詩歌資源的重大損失。試看，苦澀、甜蜜，雖不具物質實體，但其屬性、形態、性狀，依然有「形體」的先天基因；同樣，沒有實體的現象，如陰冷、炎熱，雖不具物質性，但留給人們的視覺像素、觸覺感知，難道不能看作是意象的隱性形態嗎？據此看來，以物質形體作為意象與無象的絕對標準，是執法過嚴，有失公允，暗淡了詩歌的前景。

其二，關鍵還在於對「象」的取捨。在筆者看來，重新對無象的釐清，應該是：缺乏具象或缺乏具象感的，適宜歸入無意象詩範疇；擁有具象或擁有具象感的，理應入戶意象的領域。用是否擁有具象或具象質感的來做界定，應該是比「三無一有」的標準較為寬泛與合理。因為堅持以無形體的偏窄作為唯一理由，勢必擠兌大量意象，造成意象的流失與凋敝，有損詩的生態平衡。詩歌寫作實踐上，大量經由聽覺、動覺、意覺、嗅覺、味覺、觸覺等獲致的「質

感」──本質上也是一種象，哪怕是幻象，雖然無形體，但擁有隱性、虛在、潛在的象，仍是形成意象不可或缺的基礎，實在沒有理由將它們澈底放逐。而所謂無象詩，事實上仍塗抹不少意象的擦痕或遺跡。在具象、形象質感上，一些時候，委實很難將意象與無象做完全切割，尤其在整體語境下，對一個句行的觀察，常會看到象的基因或影像的閃爍。連蘇紹連自己也深諳，無象的祕笈是將「形體隱藏在作者的內心，不出現在詩的文本上，讓所有的詩意均有現象構成」[8]。好得很，寫作者的內心只要有任何的象（印象、映象、影像、現象、事象、語象），無形中，所謂的無象就很難不接受意象的誘惑、拉攏、滲透、腐蝕。故理論上嚴守無象的大閘門，實際操作上，則會有意無意放鬆象的眾多流水，這就帶來理論與實踐的裂罅。為進一步嚴密，至少有五種情形是需要加以分別對待，不能一刀都切成「無象」。

1. 標準無象詩，如〈樣子〉：

> 從前有一個性別難辨的樣子，他常把自己扭曲
> 樣子很妖異，誰瞥見了誰就會複製相同的樣子
>
> 樣子發現自己越來越多，隨時就會遮蔽和重疊
> 以致像抗拒或殺戮，不得不把自己拉直或硬化
>
> 這個樣子變了樣子。它被社會塑造，它被時代
> 催化，它被邊緣創傷。這個樣子死在樣子裡面

之所以認定該作為標準的無象詩，是根據蘇紹連的嚴格定義。

---

[8] 蘇紹連：〈無意象詩‧論〉，臺北：《吹鼓吹詩論壇》第13號，2011年6月，第7-27頁。

詩中的主人翁叫「樣子」，可謂抽象至極，他被敘述、說明、分析、自我判斷，及至最後定位，全部是在無形體、無形象的範圍內展開的（樣子、妖異、複製、遮蔽、重疊、社會、塑造、時代、催化、邊緣、創傷、死），除扭曲一詞外。這樣純正的無雜質的無象詩，在該詩集裡確實占多數，可以立足。但還有下面幾種類型顯得不純，全盤歸入無象，有點粗疏。

2. 標題實象與內文「空象」的交互，如〈蠶〉：

> 牠以咀嚼開始／咀嚼我的沉默／／咀嚼是一種吻／要吻我幾個時辰？／／牠有一個靈感／要折斷多少文字／才會說出牠的／可能的遺言／／我沒有層面的脈絡／全在內裡不止／為自己纏繞／／而牠失去我／以禁閉結束

標題作為本文的一個重要組成部分，與本文起著相得益彰、相激相蕩、相剋相生的作用。〈蠶〉的題目無疑具有強大的感召力與鮮明的形象感。蠶一開始就被蘇氏認定為主體主課件（主題），所有背景（本文部件）都是為其服務的。這麼一來，蠶的實體性實象，就難以被輕易抹殺，它實際上起著調劑、支配本文的抽象與「空象」（沉默、時辰、靈感、文字、遺言、層面、內裡、禁閉、結束）的幻影般影響，作用委實不小。類似這樣的形象標題+無象詩行，說明要全然做到純而又純的無象，何其之難，它經常要受掣於具象的轡頭。

3. 無象中的隱約有象，如〈有些想像的成分〉：

> 有些散亂，像放逐於外界的／感覺，回不到刺痛的焦點／／有些秩序，成為一種催眠／卻很沒味道，很難尋找／／和這

些現象擠在一起／總沒有好好磨出情感／／我已不是我，而
你仍是／仍是令人費解的一些想像／／重疊，互相掩飾，偽
裝／還有一些羞恥的觸摸／／有些狀態，發生於周邊／像嗜
睡的顏色，麻醉著我／／有些扮演，似乎沒有必要／但是，
上當者之所以上當

　　該詩基本上屬無現象、無形象、無語象之作，一大堆抽象的語
詞：外界、感覺、味道、情感、你我、想像、掩飾、偽裝、狀態、
周邊、扮演、顏色、上當，構成無意象的「寂寞生活」，這是沒有
異議的。不過從理論到實踐的轉換，並非「無縫接軌」，兩者間的
縫隙常常是問題暴露的地方。比如挑剔一下，其中三個語象──
「散亂」、「焦點」、「嗜睡」，都帶有一點模糊的影像，尤其是
「嗜睡」，那種昏昏然、點頭、哈欠、歪斜的體態恍若眼前。這樣
夾雜一二形象詞的詩作，在詩集中占比不少，如〈踱步的影子〉，
全詩皆無象，但不小心殘留了半句「整齊的隊伍」，對於這一有實
體的現象形態，該做如何處置呢？看來，在無象的市場上，管制得
再嚴厲，還是清除不了有象的攤位。

　　4. 無象中大量有象，導致重返意象，如〈薺菜〉：

　　　長成一大片一大片你的細碎話語
　　　只是簡單的姿勢，簡單的精神

　　　我為你重複樣子，變成許許多多的你
　　　我是你的一部分，形成一個部落
　　　一起微微搖動但又緊緊貼著
　　　像是一種很軟很弱很小的建築，而你
　　　和我這樣才居住

我為你<u>沐浴</u>，冒出許許多多的你
裸在一滴一滴的時光裡
圓潤而透明
「嗨」
我聽見你帶著部落
悄悄舞蹈

那麼必須傳下話語
只要一小片一小片的細細和碎碎
搖晃。蕩漾。

　　作為壓卷之作，〈薺菜〉本該獨占無意象的範本，但恰恰相反，它竟成為意象與無意象巧妙「混搭」的領頭羊。第一節，順隨題目的形態展開，「長成一大片一大片你的細碎話語」，形態上的「細碎」一旦加以倒裝，一種主觀思維的強勢介入便躍然紙上，「細碎」至少帶給人們細密散碎的密佈印象或影像。第二節，微微搖動、很軟很弱的「建築」，建築本身也給人們一種形體上的影像或印象。第三節，出示了薺菜圓潤而透明的沐浴舞蹈，本節簡直就是一個完整鮮明的標準意象。第四節，一小片細細碎碎的搖晃、蕩漾，用形象化的形體動作，呼應第一節相對模糊的影像，就此完成了薺菜的擬人化自況。在此，與其宣稱是無象詩，毋寧老實地承認是意象在做靈動的牽引。

　　此外，還有一些想不到的例外，如〈嘆息〉：「許多類似的時刻／過去被現在複製／嘆息傳下去，唉、唉、唉……／／面對歷史／嘆息有好幾磅重／要從心中吐出是多麼困難啊」。作者用連續三個語氣詞「唉」，感嘆歷史過程的沉重與困頓。語氣詞在音響滑動過程，本身就存在製造聲音形象的可能。與語氣詞接近的象聲

詞,諸如:窸窸窣窣、咕咚咕咚、乒乒乓乓、劈哩啪啦、嘰哩咕嚕……,則會更快喚起形象感,故聲音的組合或組合的聲音,也是形象的一種,恐怕都不宜劃歸給抽象管轄。類似的還有〈沒有多久我就習慣了其中的黑暗〉:

　　黑暗在流動,潛伏

　　黑暗在流動,窺伺

　　黑暗在流動,侵襲

　　黑暗在流動,吞噬

　　黑暗在流動,蹂躪

　　黑暗在流動,殺戮

　　六個並列的黑暗本相,連綴成抽象概括的整體大象,在同一個平面疊加黑暗的濃度、厚度,配置六個銳利的動詞,指示黑暗之多種狀況、境況、形態,乃至隱約的神態,實則成了黑暗之宏觀總體的意象,頗具動態的質感。由是得之,在特殊的語境裡,甚至抽象中的無象情景,也可能由於不斷重複強化而使得無象變成有象。包括〈梵谷印象〉:「我有半邊聽不到/飛過的陰暗/我有半邊聽得到/飛過的明亮//我有半邊聽不到/蠕動的黑色/我有半邊聽得到/燃燒的彩色」。誠然,「半邊聽不到」與「半邊聽得到」,都是絕對的無象之語,但通過複沓式的四個來回疊加,可能造成某種虛擬性實體形象,未嘗不能說不是意象的制導吧。

　　所以說,只要進入複雜的文本分析,就會發現存在許多特例與反例。若果沒有完全取得證偽,再嚴密的界定也得重新推敲。簡政珍也曾兩次發表文章,不完全贊同蘇紹連「詩作沒有意象更有詩意」的偏頗觀點,他認為「形象也可能是意象」、「意象的根源不一定是形體」,堅持「真正能讓無意象詩有韻味、有詩味的詩,大概有兩種。一種是介於意象與無意象之間的詩行,這些詩行投射意

象的幻影，而開展讀者的想像空間。另一種是以哲思深化詩的內涵」[9]。這些意見都有助於釐清無象與意象之間的微妙關係。

　　筆者從詩歌文本總體構成出發，更樂意推銷「三分法」，即一首詩一般由三部分構成：意象部分、無意象部分，處於「中間地帶」的非意象部分，三者之間有著微妙的分立、磨合、抗衡與糾結關係。

詩語構成三分法

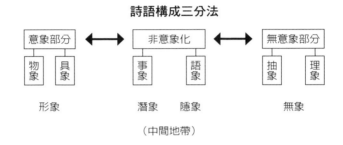

　　意象部分：以象為主導的包括物象、具象在內所組構的、有較強主體情志參與的形象運轉。意象部分主要為名詞、動詞、形容詞所加持。

　　無象部分：以理式理念為主導的邏輯牽連，做無具象感的語意運轉。主要為抽象性名詞（概念術語）所出示的理象，與無質感的虛詞（介詞、副詞、連詞）等短語建立關聯。

　　非意象化：處於意象與無意象的中間地帶，「呈現」客觀化的樣相，貌似缺乏主體情志參與的事象、語象，實際上是做隱象或潛象的運行。非意象化也常常成了事象詩、事態詩的「代名」[10]。

9　簡政珍：《無意象詩的缺口》，臺北：《吹鼓吹詩論壇》第15號，2012年6月。
10　陳仲義：〈現代詩語新論：意象、非意象、無象之糾結〉，海口：《海南師範大學學報》2012年第10期。

藉此，對有象與無象做出自己的結論：無意象詩是作為對意象詩反動的一種分支，可以成立。其規定應該是無具象或不含具象質感的。同時，應該重視它們之間的細微區分：無意象如若帶上少量具象或具象感成分的，應該歸入非意象化行列；無意象如若帶上較多具象或具象感成分的，理應劃歸意象範疇。不錯，無意象詩通過潛在的邏輯思辨，再次打通「主知」路徑，為審智開闢市場。但須清醒，無象詩的關節骨骼，天生僵硬，缺乏滑潤，易趨於生澀枯瘦，詩歌畢竟是以強大、豐滿的感性作為後盾的，特別要耐受經久不衰的審美消費。故詩歌宜以意象為主，以非意象化和無象為輔，或者三者的有機混融，方是康莊大道。一味推崇無象化，可能導致詩的跛腿。

統之，閱讀蘇紹連，委實有一種追索的好奇與期盼，最為筆者感佩的「異數」，至少有二：「小」道詩心，自我對弈，無功無利，淬為嚴冷韌毅的淡然；雖幽閉孤寂，然不甘守成，孑身探往，且一變再變，自對稱整飭的方陣，不斷走出咽風危石的花步。

第十四章　白靈
科學主義披風閃亮佩劍

一、科學與詩學的「紅娘」

　　白靈是臺灣詩界的奇才，理工出身卻「不務正業」，多方「染指」人文。早年，他挺立於《草根》社的枝頭，有稜有角，後跨界客串「詩的聲光演出」。他曾以《一首詩的誕生》、《一首詩的誘惑》、《一首詩的玩法》──「三個一」的「連軸轉」，兼任熱心「教頭」，且服務「耕莘青年寫作會」長達四十年，影響遐邇。世紀之交，他在網際網路開足《白靈的文學船》，勢如破竹，轉身又致力於「小詩運動」推廣，舊瀾新波。在筆者心目中，白靈才是詩學領域的科學主義者，他在這方面的價值，遠被他的詩作與詩運遮蔽，未被世人所認領。理化背景（史蒂文斯理工學院碩士），沒有造就他成為化工專家（類似威斯康辛核工博士非馬），反而終身攜詩為侶，以詩名世。尤在詩與科學的天塹，架設一條匪夷所思、互望項背的橋樑。

　　他用前沿的科學理論研究詩的內外部關係，改變圈內從文本到文本的研究老路，他大膽徵用科學定理，做出人人相覷、不敢貿然發動的「強制闡釋」。如用奈米效應、分形現象、協同理論闡發詩壇思潮、社團、主義、流變等大是大非問題。〈從科學觀點看臺灣新詩經典化的幾個現象〉，是這方面最具代表性文論。他指出，臺灣彼時處於耗散結構所言的外在為開放、非平衡，內在為漲落、非

線性流動特點，且因新詩創作非線性過程高於其他文類，故規避當局政治監督的可能性也最大，加上詩人詩社的主張不盡相同而產生互動，幸能趨向「突現」、「躍升」的一端，從而避免落入混亂無序的方向。據此他非常清晰畫出混沌狀態與創新實踐的關係圖示，頗具說服力。

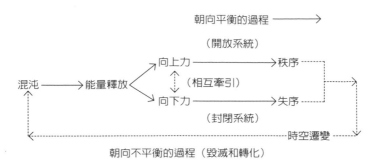

他罔顧受眾難懂深奧，長驅直入，這種敢吃螃蟹的探索勇氣，實乃中國詩壇身跨雙棲的奇觀。尤其是，他別出心裁採用科學範式楔入詩歌本體，自主創設互動詩學，這才是最具價值的貢獻，在世界詩壇乃屬罕見。他居然看清愛因斯坦相對主義與詩世界的聯繫，即質能方程與詩的聯繫：

$$E=m \times c^2$$
（能量＝質量×光速平方）

該公式是二十世紀影響最深遠、最簡潔的科學方程式，在白靈慧眼裡，竟可轉化為神奇的「詩」——小小公式隱含著詩的全部核心祕密：「詩」之一字，即是方程式中那個E與m，亦是在轉換中試圖加以同時把握，或使之互等、互通、互動的東西。詩既不可能完全呈現E，也不可能完全呈現m，必須呈現E與m的互動與關係。進一步說，語言文字（質／m）愈少，能量（能／E）就愈大，靠

近極大值就愈近。詩人的本領即是尋找個人的c（非每秒三十萬公里的光速），但不可能達到理想的c值，因此c人人不會相同，有的離光速甚遠，將尋常事物（m）通過轉換而得能量不同的詩作。詩人即站在此等號（＝）的通道之中，同時召喚著等號兩方，當有／無同握、色／空同持、有限／無限接合、差異／同一趨近、多／一同出，詩就在那裡，存有就在那裡，道、哲學、科學都在那裡；只是表現的形式不同，說法不同而已。因此，當此能量E愈貼近m（質量）×c²（光速平方）時，則其釋放的生命能量就愈大，與宇宙的本然的詩就愈接近，被時間拋棄或其他詩作跨越的可能性就愈低[1]。具體參見下表。

詩			
象		意	
實		虛	
物質（物）		精神（心）	
外（表）		內（裡）	
看得見的		看不見的	
事	物	理	情
形象思維		理性思維	感情
具形象（意象化的）		抽象的（概念的）	
客觀的觀照對象		邏輯條理秩序	主觀的感觸
有		無	
色		空	
有限		無限	
差異（多重）		同一	
多		一	
質		能	
顯現		不顯現	
混沌		秩序	
魔性		神性	
m		E	
$mc^2＝E$ 詩人即站在此等號（＝）的通道之中尋求各自不同於光速c的其他值（小於光速）			

---

[1] 白靈：〈質能與多一──混沌詩學初論〉，《新詩跨領域現象》（臺北：秀威科技股份有限公司，2017年），第27-29頁。

在近年訪談中，白靈做了通俗表達：愛因斯坦質能方程式 $E=mc^2$，很多人都把它當一個化學方程式，或者一個物理質能方程式，對我來講，它不是，它講的是一首詩，它講的是物質的能量與質量，講兩者不斷互動的過程。把詩看成一個E跟m的互動形式，把詩當成等號來看，詩是那個等號，意思是說它同時站在兩邊，E是看不見的，m是看得見的；E就是空，m就是色；E就是無，m就是有；E就是虛的，m就是實的。E和m同時聯在一起，它就是詩[2]。此段話再次證明白靈的整個詩學基礎是建立在「互動」關係上，舉凡有互動便可成詩：內宇宙與外宇宙互動、有限與無限互動、時間與空間互動、永恆與瞬間互動、實在與虛無互、大與小互動、遠與近互動……，它們都是詩的形構，這與筆者近年提倡的張力說，庶幾相似？

互動詩學與互動詩的另一種表述是：詩處在諸多科學（偏重左腦）與眾類藝術（偏重右腦）之間一個奇妙的位置，它是兩個領域之間一個飄忽不定的形式，雖然採用的是語言，卻又只能意會、難再以其他媒介精確傳達。它是萬物與人心靈虛實互動、靈感與語言隨機運作後的產物，它的奧妙往往在意與象、情與景、精神與物質、抽象與具體、隱與顯、有與無，乃至奇與常、正與反、吸力與斥力等等的相生相剋之間。簡而言之，詩具有曖昧的特質，其以形象思維所形成的語言會有模糊性、曖昧性、不確定性乃是必然，而這正是詩的既可傳又不可傳、可譯又不可譯、可說又不可說的原因，而「站在左腦與右腦之間」也是詩的奧妙所在。此種特質的掌握和瞭解，應是一切問題認識的根本[3]。

---

[2] 王覓、王珂：〈新詩需要科技和詩藝的完美結合——白靈教授訪談錄〉，太原：《晉陽學刊》2016年第2期。

[3] 參見白靈：《一首詩的誕生》中〈意象的虛實〉等篇（臺北：九歌出版社，1991年）。在更近一次的訪談中，白靈繼續強化這一非同尋常的原理：詩人必須站在通道中，向「有、無」「色、空」「差異、同一」、「多、一」兩頭張望，當它們同時出現時，詩就出現了。見白靈：〈談詩的象徵與隱喻〉，臺北：《生活潮》2020年第3期。

基於科學與詩學聯姻的可能，質能互動公式幾乎可運用於任何詩人的文本，比如用於瘂弦的神性與魔性的詮釋，白靈繼續做如下展開：

E（一般詩人的詩）=m（題材）×幾十或幾千分之一c^2（意象或修辭）

E（瘂弦的詩）=m（題材／與多重差異的他者和新生事物互動）×貼近c^2（神／魔二極；無／有雙翅；蝶／鋼二力）

E（瘂弦的詩）=m（精神肉體的上下尋索）×貼近c^2（印度／深淵；一／多兩方）[4]

以「深淵」為軸心所做的互動是激流與深淵糾纏、性與女人糾纏、我們與他者糾纏、抄襲昨天的雲與厚著臉糾纏、沉淪與嚮往糾纏、魔與神糾纏、畏與自在自如糾纏……；以「印度」為兩條主線是春夏秋冬的遞嬗與生長病死的輪迴的糾纏，及三條旁線是自然／宗教／甘地的交相纏繞，終至主客不可區分，遂相生互動，包括一與多的印度子民，有限向無限眺望，也是自有向無、自色向空、自顯現的m向不顯現的E眺望。

除了互動詩學，白靈用具體的科學定理、定式解讀詩人文本，儼然庖丁。科學與詩學本質上是冰火兩重天，但他藉慧根靈視，硬是從勢不兩立的壁壘打開通道，在水火不容的邊沿，冒犯天條戒律，徵用場外，化解隔膜，打通異域，研幾析理，另闢蹊徑。《新詩十家論》（2016）繼《桂冠與荊棘》（2010），更是清一色採用科學裝備，對臺灣十位詩人進行科學主義詮釋。

周夢蝶論：採用「物質三相與身心靈三態」的交互對應圖式，解析周氏人生「驚」與「惑」兩大主軸怎樣連鎖滾動，索解詩禪

---

[4]　白靈：〈宇宙大腦的一點磷火──瘂弦詩中的神性與魔性〉，黎活仁主編《瘂弦詩中的神性與魔性》（臺北：大安出版社，2007年），第41頁。

「情與欲」的糾結——在驚嘆與問號（總計七百多次）書寫中，何以成為最靠近生命底質也寫得最透底的詩人；商禽論：借用宇宙生成四元循環關係（無序—互動—有序—組織）與現象界「約束」與「湧現」兩原則（「囚」與「逃」），從而凸顯這位「長頸鹿」詩人特有的詩歌意涵：隱身意識、漂流心境、齊物思維、逆反精神；管管論：將熱力學原理轉換換為詩學的「語言亂度三相圖」（亂度最低、亂度其次、亂度最高），勾連出與管管的詩作關係，在「固著—流動—跳躍」三重遞增中，體現超現實的角力，最終形成管管任意撥弄的「不正經」的詩歌奇觀；瘂弦論：用物質系統無所不在的「動態平衡」定律（Dynamical equilibrium），解釋瘂弦於「狂放」、「謙沖」中葆有「真人」與「無為」，即在虛靜美學的理想境界「超脫」與「協調」，及至達成「美、力、思」三質素說的均衡；愁予論：藉假借「酶的催化反應」與「活化能」（即能量障礙activation energy）的引申，考察鄭氏詩歌生成中高能量阻礙、中能量阻礙、低能量阻礙與「不可逆—或可逆—可逆」三者之間的關係，在左、右腦化的「象徵域」、「想像域」、「實在域」中切入鄭氏藍紅白為主調的「顏色詞變」，供出充滿鄭氏標籤的顏色華彩演出；隱地論：體悟德勒茲從哲學高度上抽象出自然界鋪天蓋地的「褶皺」現象，形成萬物生發的動力，舉凡折疊、彎曲、疊加、累積、重複都可歸入此範疇。隱地作為行走在陸地的航海家，在動盪、不安、多變的海流中，不斷承載、仰載、流動、旅行，終於成就一種開放的「船舶美學」，展示出詩與文學的各種獨木舟、帆船、船艦及至飛船；林煥彰論：繼續用德勒茲的「褶子」理論，再一次解釋林煥彰向外「解褶」——向內「打褶」的書寫軌跡，兩者相互交織產生「半半哲學」與「童貓雙眼」（熱眼、冷眼），使得一生的創作充盈著「逃逸—移挪—跨界—返回」的多樣性過程；渡也論：拉來拉康的精神分析和德勒茲的「解轄域」說，雖蜻蜓點水，還是重點考察渡也「身份認同」的矛盾掙扎（身份是榮格意義

上的「面具」，內外世界的分界點），繼而推延出渡也情與俠的兩極性，如何施展雅俗之變的可能緣由與方向；蕭蕭論：通過物質三態（固態、液態、氣態），因溫度轉換的「潛熱」曲線，追究蕭蕭小詩的「空白」美學，其意涵是：以中斷的空白模擬生命的懸疑性、以意味的空白超越語言的局限性、以跳脫的空白追索心靈的超越性、以痙攣的空白展現性力的能動性；羅智成論：運用電解質的離度，結合拉康欲望理論以及「宇宙潛意識」的「質」與「能」轉換關係，研討羅氏在後現代（後文明）語境中，有關《地球之島》的「末日」書[5]。這在百年新詩歷史上，可謂第一個真正採用科學主義詩觀探析詩人，開創之舉，曾無與二。下面，以管管論為例，白靈將物資三相圖移植為語言亂度三相圖：

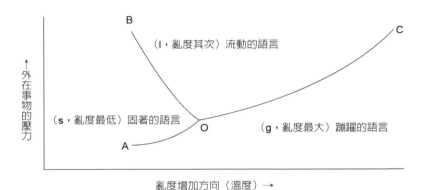

語言亂度三相圖

　　白靈將亂度語言分為三個區：亂度偏低的為固著語言區、亂度中等的為流動語言區、亂度最高的為蹦躍區。當降壓升溫法發生作用（天真搞笑、裝瘋賣傻、自我嘲諷、笑淚俱出），管管的語言亂度便開始「蝶飛式」爬升：〈春天像你你像煙煙像吾吾像春天〉

---

[5]　白靈：《新詩十家論》（臺北：秀威科技資訊有限公司，2016年）。

——數十個頂真格在高密度的、來不及喘息的盤旋中，讓你失去扶手而「抓狂」。〈鬼臉〉像一幅流動的立體主義畫像：「突然一個夏闖進來／把一車廂的臉，熬成了糯米稀飯」。好傢伙，濃厚的超現實把語言的亂度躥至沸點。語言的亂度經由滄桑到遊戲的衍變，也把詩人塑造成孫悟空的管管、嬰孩的管管，以及濟公的管管[6]。

中國大陸學者張江教授對於這類學科的「場外徵用」一直持批判態度，稱之為「強制闡釋」——以文學之外的理論闡釋文學本身，從而誤導了文學。關鍵是，不是場外理論不能徵用，而是你用得好不好。白靈的「挪用」、「轉用」、「借用」是百年新詩研究中劍走偏鋒，是現代詩學方法論的一種突圍。圖表，概念、術語，輪番轟炸，你可以因不懂、不適、不解，反感他硬性嵌入、機械置換，但你不得不感佩其科學主義闡釋模式，幾乎每一次出手都熱氣騰騰，生機勃勃，令人刮目相看。針對不同闡釋對象，他能夠有理有據，批隙導窾，自圓其說，使得那些一成不變的公理、定式、條律變得富有彈性和靈活。私下裡，我一直都把他看成當今中國版的巴什拉[7]。

沒有多少人能夠領悟白靈的苦心孤詣，因而他的科學主義詩學被大大打了折扣。雖然學科鴻溝、文類屬性和受眾隔膜，組成蒙德西諾斯深洞，但這位科學主義的唐吉訶德，依然身披盔甲，一手長矛，一手短劍，如入無人之境。

二、短小詩的「領潮」

在科學主義的披風下，白靈腰間別的卻是一把短短佩劍。早期寫作長詩告一段落後，旋即轉入小詩。作為短詩能手，他一直獨

---

[6]　同上引書，第97-102頁。
[7]　[法]加斯東・巴什拉（1884-1962），法國哲學家科學家、詩人，他用〈夢想的詩學〉，以及火、水、土、氣四元素論詮釋詩歌，對臺港影響特別大。

鍾五行體及五行「輪變」，其「小快靈」的表述是：「詩應與精緻兩字相當，像閃電短而有力，像螢火蟲小而晶瑩。」「其能引人注目，即在於一瞬，因一瞬乃不易把持、易具變化和新鮮之感，因閃爍不定故可引世人之好奇、注目。此即小詩有機會成為新詩大宗之利基。」[8]短詩身處極其短暫的語言路徑，如若不迅速翻轉，就難以在緊縮壓扁的時空中應付裕如；且要多彩多變，所有登場角色，或獨立，或聯袂，或半掩，或全裸，無不帶著瞬間閃亮的色澤。

瞬間體察、剎那頓悟、一時感念、掠影風物，皆源自「短」與「小」的有限容器。「短」與「小」既是長處也是短板，故如何揚長避短就成為其關節。堪比田徑場上六十米決賽，毫釐不得閃失：瞬間爆發，最大初始，全程繃緊，臨線衝刺。也堪比高度「烈性酒」（關涉濃度、醇度、密度）。有關短小詩的審美特徵研究是一大熱門，專著也有多本。各家說法，爭妍鬥豔。竊以為，白靈短詩的閃元素，初步歸納為五個字：縮、奇、趣、巧、點。

縮。即高度濃縮、縮龍成寸，以少勝多，以一馭萬。是一種屬「斫直、刪密、鋤正」（龔自珍〈病梅館記〉）的藝術。縮必然得精，精是對縮的補充，精指精煉、精緻、精準，多一字嫌長，少一字嫌短。「著不得一毫浮煙浪墨」（王楷蘇〈騷壇八略〉）。因為是帶著戴著特製鐐銬跳舞，負重走鋼絲，務必篩取最精煉的材料，借助最精當的意象，運用最精煉的語言。

> 海枯之際，石爛之時
> 連海也會吐出沙漠
> 風起時，聽：沙與沙的互擊
>
> 應該有一粒砂，叫做三毛

---

[8] 白靈：〈閃電和螢火蟲──淺論小詩〉，臺北：《臺灣詩學季刊》總第28期，1997年3月。

在其間滾動、呼、嚎……

——〈撒哈拉〉

　　三毛一生的傳奇，可書寫的東西實在太多，白靈故意視而不見，抽取出具有象徵意涵又具對稱意味的沙漠作為點擊對象。但是撒哈拉還是太大太雜，容易流失，乾脆壓縮、直取其中之一滴，並賦予鮮明動態：滾、呼、嚎。三字精選的動詞高度濃縮又凸顯女作家坎坷的一生，大有四兩撥千斤之力。

　　奇。奇指奇異、奇特、奇警。在司空見慣中出奇，也在平淡平庸中見奇。奇就是不同尋常，奇就是獨具一格。

常常想起用指尖勾住一朵雲
來洗手的日子
如今是一株被放倒的神木
鼻尖猶在，只是上面站著一隻
雙腳正輪流抓癢的鴿子

——〈躺下來的雕像〉

　　作者敏銳捕捉到廣場上一個細節，偉人的雕像鼻尖，站立著和平鴿子，雙腳輪流做著抓癢的動作，強烈的對比反差，一聲聲敲響反諷性警鐘。

　　還有〈風箏〉：

扶搖直上，小小的希望能懸得多高呢
長長一生莫非這樣一場遊戲吧
細細一線，卻想與整座天空拔河
上去，再上去，都快看不見了
沿著河堤，我開始拉著天空奔跑

全詩除了充滿青春、希冀、朝氣、向上的「正能量」外，奇就奇在經由「拉線」的特有「移情」所產生的錯幻覺，製造了一場虛擬性的、與天空的「賽跑」。

　　趣。袁宏道在〈西京稿序〉說：「詩以趣為主。」高啟也在《獨庵集・序》說：「意以達其情，趣以臻其妙。」趣含意趣、諧趣、理趣、妙趣、情趣。

> 扇我，扇我，百花們香汗淋漓地喊著
> 誤闖的蝴蝶楞了楞，當起小扇子來
> 扇扇東，扇扇西，扇扇南，扇扇北
> 扇得好累，細枝上歇著，抖抖扇面的香氣
> 趁花朵們不注意，翻出籬牆去
>
> ──〈蝴蝶〉

　　擬人的動作心理，孩童的叫聲，一幅天真無邪的遊戲，短促的句式溢滿童真。此為童趣是也。再像〈口紅〉：「泡茶時　霧剛散／整片風景的上方／停著一顆／打哈欠的太陽」，在煙霧繚繞中，把口紅留在杯沿上的唇印比作打哈欠的太陽，此為諧趣是也。

　　巧。巧為機巧、靈巧、取巧。「以巧取勝」乃詩家專利，有比喻之巧、想像之巧、感覺之巧、構思之巧、語言之巧。

> 可以碰觸可以握、之溫柔
> 舌尖下，聳入你底靈魂
> 光都滑倒的兩捧軟玉
> 荒涼夜裡
> 顫動著的金字塔啊
>
> ──〈乳〉

〈乳〉是雙喻之巧，軟玉與金字塔，剛柔相濟，硬軟互對。而名篇〈及時雨〉則是長喻：作者的想像故意把喻體（水、馬）與本體（宋江）的距離拉得很長，直到結尾處才抖出「包袱」（水—大暴雨—及時雨—宋江），亦可歸入構思之巧。

> 水呀水呀／而昨天還在住在山上的／青潭直潭翡翠谷／今天都坐在報紙上飛進屋來／一道金鞭猛地抽了我眼睛一下／窗外千里之遠的山上馬蹄雷動／瞬間便殺到我浴室的窗前／為首的一匹，定睛看去／哎呀！好個宋江

點。按微型批評家寒山石的說法叫做「抓拍亮點、突破盲點、選準切點、猛擊一點」[9]，而用符號學的術語叫「刺點」。點的捕捉與製造，類似於詩眼，但比詩眼更醒目。

> 從牛鼻蛇入的小溪水
> 牛體內不可思議的四公里
> 闖至牛尾端方讚嘆鑽出
> 汗出岩石的每根汗毛都　茶
>
> ──〈武夷岩茶〉

筆者為閩籍，長年慣喝武夷岩茶，壓根兒都沒想到其遠祖，經白靈兄這麼一路娓娓道來：從牛鼻到牛尾，多麼不易的跋涉，最後輕輕一點：原來武夷的每根汗毛──都會長出武夷岩茶，神哉妙哉，如醍醐灌頂。短詩小詩的結尾，許多時候取決於最後一擊，畫龍點睛般的點穴功底。〈爭執〉也有類似的異曲同工之妙，不過不是建立在立意而是建立在排列的形式上：

---

[9] 寒山石：〈微型詩論探（42）〉，豆丁文庫，https://www.docin.com/p-302850245.html。

整齣黃昏都是白晝與黑夜浪漫的爭執
雲彩把滿天顏料用力調勻
天空再也抱不住的那
落日——掉在大海的波浪上
彈　了兩下

　　句子按照下行梯度依次縮短，有一種緩慢的滑行節奏。最後一句倏然來個截斷，突出動詞「彈」字，緊接空格做了「留詞法」，無形中拉長「彈」的聲調，且因空白的停頓，加上助詞「了」的奇特「領先」，愈加在動感中收穫蕩漾的「美聲」。

　　對應「小快靈」的制式，白靈一般都掌控在四五行格式，且遵循起承轉合的古訓。起承轉合符合事物發展規律，但也容易流入「按部就班」的窠臼。有時為了逃避體式固化，白靈在行數調整、節奏變化做出某種改革，如與眾不同的長城寫法。

伸手幾乎抓得到嶺外的一隻老鷹
若在夜晚，流星會滑落，從險坡滑入北京
氣候的一條橫隔膜曾纏住戰爭，曾上下呼吸
青草啃光了誰的白骨，風聲撕爛了旗的紛爭
而今是幾隻黑鷹以投影，在旅客身上巡邏
　　　　　　　　　　　　　　——〈登八達嶺〉

　　按常規，「絕句」宜「語短意長而聲不促方為佳」（清・施補華《峴傭說詩》），白靈居然通過長句型的孤鷹滑行，不做戛然而止的短促敲打，而是特意在綴連中大量渲染場景，也隱去常見佈局手法，幾行之間便把戰爭的殘酷和歷史滄桑傳達出來，這是小詩少見的濃墨重彩，似乎應該避諱，但白靈迎刃而上，足智多謀。有時候，也會經過一番「輪動複植」，把一首小詩繁衍出形相俱佳的長

體，如〈登高山遇雨〉：

> 小雨數十行／下歪了　織成數千行／下在山裡／掛起來　像
> 私藏的那幅古畫／／下在遠處　模模糊糊／起伏的山猶似隔
> 簾看／乍看是一個／曲線優美的臀／／下久了　才看到／白
> 蛇似的小溪逐雨聲／一路嬌喘爬來／碰到撐黑傘的松／躲進
> 傘影不見了／／下到最下頭／戴大紅帽的飛亭／沒商量就蓋
> 了章／落款人是亭旁路過的樵夫／／下了山／連同雨聲捲起
> 來／插進背後的行囊

　　該詩五段，其實只是第一段小詩的「變奏」：雨下歪了——雨
下遠了——雨下久了——雨下低了——雨下了山。詩篇被拉長了四
倍，其核心還是那個堅硬的「下」字「核」，自然而然地延伸，足
見老謀深算的伸拉功夫。
　　當然，吹毛求疵，也可找出一些瑕疵，比如某些句子還可以進
一步提煉，即使像讚譽有加的〈老婦〉：

> 沙灘上浪花來回印刷了半世紀
> 那條船再不曾踩上來
> 斷槳一般成了大海的野餐
> 老婦人坐在門前，眼裡有一張帆
> 日日糾纏著遠方

　　標題是內容的重要組成部分，故第四句的老婦人應刪掉，與標
題的老婦避開，以其他物象代替，調整為——

> 沙灘上浪花來回印刷了半世紀
> 那條船再不曾踩上來

斷槳一般成了大海的野餐
門前的錨地還架著拖網
日夜在回收遠方

這樣是不是效果會好一些？而個別篇什給人以敗筆的感覺，如綠島篇的第二首：

每一位將軍的
長劍尖上都滴著一滴
泣婦的　淚

——〈將軍岩——原名泣婦岩〉

不言而喻，總共才三行的詩作犯了同義反覆的錯誤——僅僅是對標題與副標題做了低級解說而已。猶豫很久，最後還是公開說出本人意見。也許作者另藏深意，或本人誤判？權讓方家讀者評說吧。

三、截句風的「推手」

二〇一五年底，中國大陸小說家蔣一談倡導四行以下無標題截句詩，二〇一六年六月主編《截句詩叢》十九本，一時蔚成風氣。遠在千里之外的白靈，心有靈犀，他於二〇一七年初在《臺灣詩學》季刊設立之《facebook詩論壇》開始徵集截句詩作，復與《聯合報》舉辦兩次「截句限時徵稿」，參與者眾。二〇一七年底主編出版十三冊截句詩集，先後又選編出版《臺灣詩學截句選300首》、《魚跳：2018臉書截句300首》。「跟風」之快，猶似後浪緊追前浪，不遑多讓。蔣一談的冠名，來源於李小龍截拳道的功夫美學，追求簡潔、直擊的啟發。而觸動白靈的，則來自日本一位多

產女作家山下英子，已出版系列書三十幾種的「斷捨離」精神。它提倡遵從極簡主義，捨棄多餘，脫離執著，簡潔人生。深受打動的白靈，趁機把「斷捨離」改造成詩學的減法概念，具體為：

> 斷是絕，是切斷，但似絕卻不絕
> 捨是少，是捨棄，但雖少即是多
> 離是遠，是離開，但推遠即是近

換個說法，就是要「以少勝多，知繁守簡，以閃電式的穿透，來呈現無邊際的暗涵──如何以最少的語詞和最簡約的形式，說出最不可說的生命底蘊與靈魂密語」[10]。於是，截句體一開始就在謹慎有序的規約下出籠了，多數為有標題的四行詩。

> 一塊沒被砌上牆的磚頭
> 蹲在地上，是自由的
> 或該是悲哀的
> 做著被狂風吹上牆頭的夢？
>
> ──〈孤磚〉

〈孤磚〉可以泛指人、事、物，或寄託被冷落、被遺棄、被阻隔的悲催心態。孤磚期盼哪年哪月，經由風的狂吹──突發轉折而產生扭轉命運的奇蹟，而根據此詩處境，似乎完全不可能，人們只能對這樣的夢境、願景產生憐憫與同情。當然做點「對號入座」的聯想，可觸及個我與群體、島嶼與國族，也未嘗不可，因為四行之外還有相當容量。

---

[10] 白靈：〈從斷捨離看小詩與截句──由東南亞到兩岸詩的跨域與互動〉，2017年，東吳大學《現代截句詩學術研討會》論文。

那一瞬時間站起身
立了一秒鐘的碑
即被逝者如斯夫抓走
戴上氣泡帽拍照　啵

——〈當掌聲響起〉

　　當掌聲響起，也就是當肯定、讚許、褒揚、嘉獎落到頭頂的那一刻，巨大的光圈容易製造出一個令人敬仰的幻影——「一秒鐘的碑」（獎盃、獎牌、獎證的代名）。然而，面對悠悠歷史和森森時空，渺小個體就會被永不回頭的「逝水」（時間）即刻帶走，如同氣泡。即便於瞬間能做一下或幾下「傻冒」（冒泡）的表演，充其量也就是「啵」的那聲！該詩大有人生之警策、警醒與警戒。

整條河伸出手都抓不到的
奮力之一閃，躍離了水面
才一秒，就有一光年那麼遠

落回時，響聲濕了誰的眼眸？

——〈魚跳〉

　　〈魚跳〉的藝術性是抽樣三首中最高的。詩與詩意，何嘗不是遵從瞬間的「起跳」原則，如同魚躍（魚跳）一樣？在你伸手抓不到的時刻，在你全力以赴的時候，或一瞬間被「滑溜」、或一剎那被固定，都是可遇不可求的。僅僅一秒的機遇，可能要等待漫長時間的煎熬，即使現身顯影，那個神祕的尤物，誰，最能意會又最難以意會呢？
　　按照上述普遍「行情」的寫法，仔細推敲起來，其實推廣中的截句體，與短小詩沒什麼區別，也與白靈一直以來青睞的五句體，

沒太大差異，只不過前者比後者少了一句，在少一句的壓縮空間裡，其實折騰不出太多新花樣。進而推論，四行體截句與短小詩、微型詩、閃詩，在根本目標與美學特徵上並沒有拉開共同的比鄰性。如果是這樣，還不如從自己舊作或他人文本去截取，這樣截句的「斷捨離」特徵反而更加鮮明。下面是白靈用自己的針筒抽自己的血：

有時是字與字的拍手
有時是心　滴在　心上

——〈詩的原因〉

舌頭一天都懶於起身
咖啡了黎明茶了黃昏

——〈躺在里約海灘的舌〉

誰敢說哪個字不是詩的野種
鬚根很長，花可開得極小極小

——〈野生〉

胸襟是抽不盡的捲尺
從一座城抽出另一座城

——〈捲尺〉

在雙腳止步的邊界
正是夢開始廣闊的地方

——〈冬夜觀星〉

由於太熟悉自己作品的重心與詩眼之所在，自我截取一般都

較為成功。它的決斷、跳脫、突然而至，或許更符合「這一個」的
規定性，用白靈自己的話表述：「是實與幻相擊之物，黑與白交合
出的黎明或黃昏，是當下與永恆斜眼的對峙，是夢向現實低吼的咒
語。它當然可能精神分裂似的無所節制或停歇，但最可能的表現是
『一擊』、『一吼』、或交錯瞬間的『明』或『昏』，它是動態
的、隨機的、偶然的、乍現的、隕落或上升的、輻射或收斂的、爆
裂的，因此也註定將幻現而熄滅。」[11]循此類似做法，後世的誕生
因了斷然、決然、迅疾、留白，反而比前身的「臃腫」更具精省與
意味。故而筆者不揣冒失，也替白靈截它兩句。

> 養鴿子三千，不如擁老鷹一隻
> 被吻，不如被啄
>
> ——〈不如歌〉

> 對沒有槳的船來說
> 巷子即是海峽
> 海峽是可以夾死鄉愁的
>
> ——〈巷子〉

　　筆者的意思是：這一擊、一叫、一閃、一爆、一拍一跳、一
驚一乍，才是截句的真精髓。然而，偶然截一截還挺新鮮，不能老
是從舊作中坐享其成地輪番炮製——容易養成慵懶習性，最好另起
爐灶，自鑄新詞。所以最後冒昧向白靈兄進言：把你與你們的截句
弟兄們區隔開來，更與短小詩、微型詩、閃詩等劃分界限，亦即更
澈底地投靠到「斷、捨、離」的精神、屬性、特徵上來。偶發、隨
興、頓悟。在直接、斷連、跳轉、空白上不遺餘力，在追求綻放、

---

[11] 白靈：〈從斷捨離看小詩與截句——由東南亞到兩岸詩的跨域與互動〉，2017年，東
　　吳大學《現代截句詩學術研討會》論文。

爆裂、炸開的效果上一鳴驚人[12]。

　　不知白靈兄以為然否？

---

[12]　陳仲義：〈現代詩：外形式的表徵與體式——兼論「手槍體」與「截句體」〉，鄭州：《河南社會科學》2019年第5期。

第十五章　詹澈
從西瓜寮到腐殖層

一、西瓜寮「守夜」

　　《詹澈詩選》是作者二十五年間（1979-2004）的集萃，共收入一百多首詩歌，分為六輯。臺灣的鄉土寫作，多雲集於《笠》詩社，除此之外，擁有大中華情結的土地詩寫，且數十年如一日者，所剩不多，詹澈是其中的一位，尤顯可貴。有意思的是，比他大十歲的學長吳晟（同出屏東農專），扛鼎鄉土大纛的詩風清實朗健，一路走來；兩者創作軌跡頗多相似，我們在詹澈的身上，看到了血脈承續的發揚光大。

　　詹澈起步於七十年代末，嚴格說在九十年代之前，基本還是屬熱身階段。不做晚成的探究，其打動人之處，是潮起潮落，東風西風，「我自歸然不動」，依然執著地「走在鄉間的小道上」。他無意過多皈依現代意象思維，樂於起用樸實平白的語象：斗笠、簑衣、稻草人的呼告，成全了他得心應手的「書信體」；防風林、山地娘、地瓜秧的絮叨，做成了施展敘事性的「家常飯」。

　　在壓抑的歲月，作為土地與海岸的子民、鳳梨與木瓜的代言，他義不容辭地書寫村民的逼仄、苦難，用農家的底色，血性的仗義，裹滿激憤與憂慮，籲求民主、平等。一步一個腳印，沉著、扎實，從不打滑，甚或有點笨拙。風雨中堅持不懈的山地長跑，朝著既定目標。剛寫出《手的歷史》（1986）、旋即點亮《海岸燈

火》（1995），立馬又率領《海浪與河流的隊伍》（2003），浩浩蕩蕩，一如指揮萬人漁農大遊行。苦難至《餘燼再生》（2008），平淡如《下棋與下田》（2012），為民請命的理想，化作一行行告白。一點六五米的瘦小身軀，經常噴射出如此熾烈的弧光：

> 土地，請站起來和樓房比比高低，
> 請站起來說話呀！
> 請向上天質問，
> 農民，是不是大地上，
> 最原始，最悲慘的人群？！

　　觸發基本的人權良知，引動深厚的家國情懷：「誰願意把傷口再分割成左右／用農民的血清做抗體」，一種相當堅定而清醒的體認。「海洋和陸地的民族　以海浪的靈魂　不要柵欄的生活　生命在陸地上搖動　生根」。穩定的根性表白，代表時代不可抗拒的潮流。即便在卑南溪出海口，那一點〈頑石〉，也「像一顆鈕扣／緊扣兩邊的衣領」，成為兩岸民眾的情感樞紐。

　　當理想的政治呼告告一段落，他開始潛入整個西瓜寮系列和東海岸系列的深處。西瓜情結，在蔓引株求的「光照」下，接連斬獲收成。這是因為多年的生存困頓、底層摸爬、命運沉思，在生死與共的對象化中，統統化為生命的豐滿與欠缺：「看見自己的影子縮成一塊石頭／看見剛受孕就凋萎了／毫無牽掛和執著的西瓜的雌花／飄揚著數以億計／肉眼看不見的塵埃和花粉」。進入西瓜寮，他儲滿生活的嘆息，嘆息像蠶一樣地吐絲，那是關於〈支票與神藥的討論〉、關於〈子彈與稻穗〉的擔憂；走出西瓜寮，他面向石頭和霧氣，吟詠〈星空的質疑〉。當然，也時有〈向月光坦白的傷痕〉以及〈影子在堤防邊閃了腰〉的情趣，這一切，都深深根植於那片遮風擋雨的土地。

東海岸，則是詹澈詩歌另一搖籃。如果說，西瓜寮給予最初「點」的深入，那麼漫漫海岸線則帶來「面」的開採。水的胎記、島的肚臍、海的鼻尖和黑痣，以及河流的隊伍、海岸峭壁出鞘的刀……，不啻簡單的速寫素描。同根同源的方塊字，溢出地緣文化的悠遠回聲，又滿載主體意志、精神品質的合一。在神話傳說中，〈八仙洞〉、〈鳥石鼻〉、〈三仙臺〉、〈琵琶湖〉，吞吐著偌大的歷史容量：「比赭紅還紅的血跡」，塗抹在〈臺東赤壁〉，流露出英雄氣概的憑弔；「海岸線像母親的妊娠紋」，把〈陸連島〉的母體餘韻，蕩漾到現實的深處；「一切的峰頂，從初生向死琢磨」，一再〈問鼎玉山〉，是為了表達某種人生高度的哲理；而「風要從夜海深出摩擦黃金」，是充滿想像的夙願還是寄寓多年的願景……。質而言之，東海岸系列，已經脫開了早中期西瓜寮系列──斗笠般的「形構」，而加入了「地方誌」的藝術充實。

　　新禧之後，在西瓜寮和東海岸的產床上，詩人再孵化出〈蘭嶼祝禱詞〉系列，那是番薯藤與珊瑚礁的混交，沙質土與銀飛魚的和聲。迷你豬、頭髮舞、鹽和糖、紅梗水芋、棋盤腳樹……，他把種族、生活、祈願，以「年輪」的擴張形式播撒。未死的珊瑚，是「人類凹陷下去的腳印」，壘起的海沙屋，是「後現代的牢房」；蘆葦的每一次死，都叫小島年輕一次；每一把火光下，都住有祖靈的根；與其說，帶波紋的小鳳蝶「拉著彎曲的海流／拉著逐漸上升的海拔」是激情四溢的歌吟，莫如說是對民族精神的張揚；而屏風一樣排列的飛魚乾──憤怒的裂齒和空眼，實則晾成了弱小族群的祭文。凡此，西瓜寮與東海岸，形成了地緣文化與族群文化相結合的特色。這樣，我們的詹澈就不再是單純的吳晟了，或帶著吳晟影子的詹澈。血肉於泥土的真情、淳樸人格，人格與詩品的統合，有別於兄長的「青出於藍」，在文化根性上的闊展與對現代生存感的切近，一個詩人開始成熟起來了。

二、敘情性成熟

　　成熟意味著較高的辨識度。從簡介知道[1]，詹澈的遭際足以用長篇小說來容納，故瀟瀟說他所面對的環境：彰化—臺東—臺北—臺東，有著重大的遷移事實。他所面對的時代：農業時代—工業時代—後工業時代，佃農—農權運動者—政府官員，有著巨大的變異史實。他所面對的種族：彰化地區的河洛人與客家人—臺東地區的新移民與原住民—蘭嶼的達悟族，有著極大的改易現實，由此獲取與眾不同的優勢資源與立足點[2]。意猶未盡，蕭蕭在後來的一篇序言裡，斗膽抬出墨子類比。墨子作為春秋戰國時期偉大的哲學思想家，創立墨派學說，其中不乏對農民出身的詹澈在理念實踐產生重大影響，詹澈也不乏在（平等、群體、救世、擇務、創造、力行）方面，效尤先賢[3]。評價詹澈「效尤先賢」，沒有錯，但以醒目的標題做出〈詹澈，現代墨翟〉的「比肩」，是不是有失分寸？

　　客觀而平實地說，詹澈雖多染指民運、黨運，但始終還是與農耕、農運、農改保持「三位一體」的本色，這才是他的根本面目，這也是詹澈區別於臺灣都市詩人、新古典詩人、超現實詩人、海洋詩人、浪子詩人、學院詩人、皮骨肉詩人、魔怪詩人、腹語術詩人、壯陽譜詩人、遊戲詩人、跨界詩人……的分界，這是獨特生活的饋贈與命運使然。

　　許多詩人不屑於寫實主義，認為過於簡單粗陋，其實是個大

1　詹澈，本名詹朝立，1954年生於彰化縣溪洲鄉西畔村。1959年因「八七」水災舉家移墾臺東。畢業於省立屏東農專農藝科。曾任臺灣農運發起人、農盟副主席、農漁民自救會辦公室主任。2002年任「與農共生」（十二萬人）大遊行總指揮，2006年任臺灣「百萬人民反貪腐運動」紅衫軍副總指揮等。後轉入農事與寫作，著有《發酵》詩集等八部，被稱為臺灣左翼詩人，多次獲獎。

2　蕭蕭：〈詹澈：用革命的態度對待現實〉，南京：《世界華文文學論壇》2005年第4期。

3　蕭蕭：〈詹澈，現代墨翟〉，《下棋與下田》（臺北：人間出版社，2012年）序言。

誤解。主義不重要，重要的是，你是否能拿出標籤下最有分量的乾貨。農耕、農運、農改全方位經歷帶出鄉土、草根的絕對成色，必然構成寫實的全面驅動與展開。這一源頭當可追溯到百年前劉半農〈相隔一層紙〉（1917）、劉大白〈賣布謠〉（1920），及至後來的臧克家、田間、艾青。國難當頭、群族爭鬥，這樣的寫實怎麼可能不與政治、社會、歷史、組織產生千絲萬縷的聯繫？躲進小樓成一統根本行不通。存在決定意識，不可否認，全身的基因、遺傳密碼、與稻稈一起倒下的骨骼，同韌帶一起重生的瓜藤，經由詩性心靈的耦合，形成引蔓求株的長勢且如魚得水。許多人不能寫的題材，他寫（〈貧農洪梅〉）；許多人不屑寫的事物，他寫（〈西瓜苗〉）；許多人不願碰及的心病，他寫（〈綠島〉）；許多人盲視的東西，他能看見（〈蚊影或牛筋草〉）。在現實主義「老舊」的槍管上，他安裝的不是消音器，而是加長了來復線，增大了彈道口。

「九二一」大地震，他藉災情，警示發昏的當局，〈當兩種夢正在成熟〉：「在無法預測的未來／純樸的大地和人民／需要片刻寧靜，思考長久的和平」；南韓北朝鮮領袖握手了，他藉歷史性破冰，映射兩岸的統一。「雙手互握的剎那／應該感覺熱流傳導至對方的心房／心中有烈火燃燒／只會增加金的純度」。這類作品，不可避免帶上意識形態色調，卻是符合歷史趨勢與人心向背。

這正是詹澈在臺灣詩界的「稀有」性：始終持有大中國詩觀及漢語家園意識，企求將此在的家與彼在的家整合為一，而摒棄狹隘的族群意識以及愈演愈烈的所謂本土化思潮，其超越時代局限的遠大胸懷，已成為其詩歌精神的標誌[4]。自然，與政治過分捆綁，經常會出現直截式吶喊，有時顧不上「掩飾」或做藝術「化解」。其實在處理意識形態、處理兩岸關係問題，還有千萬條通向羅馬的

---

[4]　朱立立、楊婷婷：〈臺灣左翼詩人詹澈創作論〉，汕頭：《華文學》2016年期。

道路。當詩人詹澈放棄急切、焦慮的表達衝動，淡化長久堅固的意識理念，轉而在人情隱祕的惻隱之處，覓得一絲縫隙，那種無技巧中的機巧，就汩汩流瀉出來，清新而得體，像〈坐在共認的版圖上——致沈奇〉：

> 坐在共認的，共震的版圖上／最靠近曙光和海浪的東海岸／我們，卻是山裡來的孩子／不想埋骨在深山／也不想在海上隨波逐流／坐在地球邊緣／在秋分和重陽之間／看見一朵雲散發異彩／形似飛天女神，從敦煌壁畫飛出／拉著一條細細的絲線／一條逐漸放大的絲路／經過你的故鄉西安／飛向太平洋／把泡沫和陽光留在口袋／把海沙和海浪裝入行李／回去種植，像肥料或鹽一樣撒下去／在會下雪的大地／記憶開始發芽／例如陽光生長著影子／詩生長著詩論

　　詹澈的淳樸、篤實，拒絕遊戲，平民語調，充滿真誠、坦蕩。不事拐彎抹角，不適深度意象，也不大做隱喻象徵。從一開始，不管捲入《春風》、《夏潮》抑或《鼓聲》、《草根》，其背後都彷彿躍動著《笠》詩社長長的「即物」之手，直取物象核心。下面是物象思維與物語表現的典型段落：

> 番薯又名地瓜，旋花科
> 生存力強，耐乾、耐旱
> 沙地、荒地可生長
> 在黑暗中長大
> 被逃難的腳踐踏
> 又去餵逃難人的肚子
>
> ——〈寫給祖父和曾祖父的詩〉

可以歸入「即物主義」的探求，也可以當作是一種「詩性現實」。即物首先是對對象採取近視直觀態度，一種「貼身緊逼」的直觀手法。它要求一下子抓住對象最突出的特徵屬性，和盤托出，保持原在面目。而後再以純然本真的語詞進行固化，去除修辭造作，防止主觀濫情，達成「格物致知」。的確，詹澈較少運行意象思維，也不刻意經營，通常是將直觀的物象做即物處理。直觀的物象、語象，不等於簡化線性，乃是一條通往雋永的高難之路。像「明月松間照，清泉石上流」就永遠代表著詩歌「清水芙蓉」的一面。不同的是，詹澈無意也無緣於隱逸，而是直面慘淡現實，以物象、物語告白人生，同時，擴大「敘情」成分或拉長「敘情」的基調。

所謂敘情是以敘述性為主、抒情為輔的綜合方式。敘述帶動場景、情節、事件、細節（完整的或碎片的），並夾雜抒情元素，相對減少抒情成分而有益增大詩作容量。上述地瓜物象在與父老前輩影像疊加中，就迅速移植為日常詩性。不難看出，物象、物語加上敘情基調，共同打造詹澈充滿泥土味、長短錯落的「歌行體」（適合較長編製），後來則演化為比短小詩鬆散，比中詩略微縮微的「格式」，即相對規整的「五五體」。

但也不是說，詹澈只會在現實的平面亦步亦趨，余光中就曾指出〈堡壘與夢土〉的詩意全在虛實之間迂迴前進，戰爭在童話的背後演習，「超現實」的驚駭效果可入達利惡魔的畫面。當然，這只是偶爾出格，改變不了整體切實、務實的處事；不事雕琢的作風，與他泥手泥腳考察福壽螺一脈相承。即便有時不免粗糙，不大講究技藝，但他的誠懇、真切，他的愛憎分明，藉敘事以抒情的「敘情」基調、左翼波普色彩，使得臺灣真正的鄉土寫作，不自囿於孤島意識，而有著開闊前景。在寫實精神愈來愈稀薄的區域，他的草根、在地、家國情懷，他的憂國憂民、底層經驗，曉暢抱樸的詩風，不諱、不忌、不憚典雅與艱澀的雙重哂笑，一路小跑著或徑直

走下來，自成一方景色。寫到這裡，忽然冒出一個扭轉念頭：前面
蕭蕭教授曾授予他「詹澈，現代墨翟」的封號，最好還是回歸到詩
人本位上，不妨改為：臺灣——臧克家的「傳人」，或許更為瓷實
一些？在臺灣現實主義的詩寫維度中，詹澈成了一塊重要地標。

三、腐殖層發酵

　　沈奇曾經指出，因強烈的意識形態情結和載道意識的促迫，
詹澈的詩歌創作，長期在思與言的矛盾衝突中擺盪，難以順暢抵達
藝術上的完善，導致詩質比較稀薄[5]。但隨著時間推移與他穩定前
行，人們就得摘下有色眼鏡了。假令說「西瓜寮」（一九九八年元
尊文化版）孵化出詹澈第一次突破，全面清除發聲期過於直白、鬆
散和累贅，把原汁原味的草根、原鄉、在地精神、元素，熔鑄成
有模有樣的鄉土知音。那麼，經過二十年腐殖層深化，到了〈發
酵〉（二〇一六年《光明日報》版）階段，則漸成獨此一家的「詹
記」，可謂水到渠成。

　　除了熟絡的三大對象——本省籍農民、原住民、外省老兵，一
以貫之的題材——歷史／現實、戰爭／和平、彼岸／此岸、城鎮／
鄉村、貧困／富裕、物質／文明、發展／生態等，還在不斷拓展，
詩人開始減弱對宏大事物的直接「敘情」，轉而在細小事物上「把
捉」，這是藝術突破的起點。

　　「他一面翻動一面嚼檳榔／久不聞其臭，彷彿聞著香氣，像
是吃臭豆腐／發酵，像食物在胃裡消化，各種微生物／像麵粉揉成
麵團蒸成饅頭，白米蒸成紅發粿」，把個〈發酵〉過程的陰暗面全
部顛覆過來，四種食品細節，簡直讓旯旮之角的腐殖土，變成色香
味俱全的盛宴，這在詹澈以往的作品真是難得一見。〈女裁縫的二

---

[5]　沈奇：〈赤子情懷與裸體的太陽——論詹澈〉，《詩探索》2009年第1輯。

胡〉，多麼美妙的二重奏：腳踩縫紉機，想起插秧機嚓嚓前進的聲音；秧苗插進泥土，她壓平針腳上下的布面。鄉村與城市的關係：「一臺是老式的腳踩機，一臺是新式的電動針織機」。透過貼切形象的比喻，感受詩人對時空轉化與駕馭的圓熟。〈調整果枝〉寫道：「這枝條，像弓弦，不能太鬆也不能太緊」，詩人將修剪枝條定調為人際關係中的「均衡」，用心處理，勿急勿緩；也像生態環境，求取和諧平衡，處處藉細微農事而做人生思考。〈思考蹲坑〉：從蹲式便池到坐式馬桶──一個日常細微動作的演變，引發詩人深入掂量：在現代文明席捲的世界、遍佈生活各個角落後，人們是否還要重溫「蹲」的意涵：保留尊嚴、平等與耐性？

還有，「當城市伸展四肢向鄉村擠壓／鄉村是變高了還是變瘦了，高速公路穿心而過」（〈另一對鄰居〉，憂慮現代性帶來不可避免的負面。還有，雞們狗們小黑們，牠們的驚叫，常常以詩的考題提示我「如何在飢餓中保持清醒」（〈追逐的叫聲〉），時時不忘自我磨礪與修為。其中，〈這也是一種節奏〉，同〈發酵〉一樣，是此階段繞不過去的力作：

> 父親要蹲下去挑西瓜時，我剛拋給他一個西瓜
> 他抬頭順手接住，影子壓在他的扁擔上
> 沒有重量的，像他背後山上的雲
> 他彷彿要挑起那兩堆烏雲
> 挑起烏雲下的兩個饅頭狀的山巒
>
> 他放下扁擔，看著我，想說什麼
> 西瓜園又在他四周擴散出一畦一畦瓜葉的漣漪
> 像他微笑的皺紋，今年，價格與產量還好
> 價格與產量，像扁擔挑著的兩個空竹籃
> 要怎麼在心理平衡，我們沒法支配

但我們知道，挑起西瓜時的平衡
右手在前緊握前繩，拇指向內，固定雙肩距離
左手向後緊抓後繩，掌心向外，調整方向
雙臂保持半垂的八字與S形
用八寸丁字步，固定步伐向前走

扁擔，用老成麻竹削成的最富彈性與韌性
一步一搖，一步一搖，扁擔有節奏的起伏
老麻竹的韌性，有時會發出細細的吱吱的聲音
像地底蟋蟀振翅或樹梢上的蟬鳴，或深夜的雨滴
或是自己身體深處骨骼關節摩擦的聲音

汗水與身垢在扁擔中間磨出一節黑油黑油的顏色
與麻竹的味道揉合著，有粽子煮熟的香味
它也是一種節奏，如季節那樣有聲有色；當我彈著
自學自唱的吉他，想起與父親去世前在西瓜寮
吃鐵盒便當時，筷子碰著鐵盒叮叮噹噹的聲音

　　第一段聚焦在一個「挑」字的動態上，經過「前準備」（蹲、拋、接、壓的熱身），構成挑的輕（雲）與重（山）的對比，給出一種生活既沉重又不乏輕鬆的「晃悠」節奏。第二段承接生活重擔下的心理：茫然困擾（價格與產量擺盪所致），外顯為瓜葉漣漪和嘴角皺紋交織的苦澀，有如挑著兩個空竹籃的不平衡，是相當出色的心理描繪。第三段，表面上大講挑的精準姿勢：手臂、指法、腰身、步態所合成的「節奏」，實質上暗指如何在歉收、虧損、落難中保持某種平衡（感覺原來比較古板的詹澈，現在變得聰明多了）。第四段，以老麻竹扁擔發出細細的吱吱聲，聯想四種聲音

（蟋蟀振翅、蟬鳴、深夜雨滴、關節摩擦），一起指向韌性的節奏，顯然詹澈採用了博喻與轉喻的方式。第五段，繼續進入扁擔的細節：黑油的色澤、熟粽子的味道，由此勾起彈唱吉他、與父親同吃盒飯、筷子碰觸便當叮噹作響的情景，一幅苦中作樂的畫面油然而生。

整首詩主旨鮮明，血肉豐滿，富有層次，意韻悠長。抓住日常農耕生活一個經典動作，連帶它的工具（扁擔）與效果（節奏），投射出對生活的理解。隱去從前直來直去的宣洩、強烈有餘含蓄不足，在浸透細節化的感性體驗中，豐沛的主體性把對生活、生存、親情的領悟，巧妙融化在文本經緯中，從容而淡定。尤其讓人感佩，五段展開式，輕鬆地把一個抽象的節奏寫得質感十足，且細化為五種形態——晃悠的自然節奏、壓力下的停滯節奏、保持心理平衡的節奏、品格堅韌的節奏，以及溫馨的生活節奏。節奏代表一種生活、一種人生。祝賀詹澈這一長足進步。

及至晚近，詹澈又上了一個臺階，〈歸鄉與鄉愁——焚祭余光中教授〉：

當時，你彷彿是從西子灣海岸徒步走來
拉縴著一條帶鹽味的詩線，來到我居住的東海岸
與黃昏一起坐在都蘭灣
從東海岸山脈向北，右邊
是菲律賓海底板塊南島語系

左邊，是歐亞大陸板塊中華文明河洛古音
我們在兩種意識形態之間比肩合照，喀嚓一聲
身後升高的海浪已濺出泛黃的相片
記憶與人影模糊如浮水印，其實你了然
其時我中年的額頭已印記中午透紅的思想

你已鶴頂白髮，似養尊學優的翰林仙翁
但我心中有一塊陰影沉堵，對你欲言又止
從都蘭山遙見綠島──這火燒島的夕陽不甘熄滅

不甘熄滅的火絲燃燒著他髮上離離的芒草
在歷史反面，他站在牢房外看著牢房中的自己

他比你先走一步了，彷佛比你先知後覺
應能寬恕諒解眾多人間的錯位與誤解
在冷戰的年代，我們都是歷史夾縫的溪流
訴說著兩種意識形態裡兩岸的悲歌
他的歸鄉你的鄉愁，已落下了一個時代的帷幕

我向他敬禮也合掌祈願你安息
蓮的聯想與鈴璫花，在山路與沙田
原鄉人的血液只有回到原鄉才會沸騰
曾經氾濫的鄉愁，在這個又圍起堤防的島上
會被醃在龜裂的甕罐裡發黴

還是會被釀成發酸的酒糟
自由的海浪繼續在不自由的海岸雀躍喧騰
自由的靈魂離開肉體的牢房也不一定自由
相信你們已看見人類的原鄉，我乃奔忙徒途
在夜行貨車裡貼近車窗窺視望鄉的牧神

　　全詩寫得情真意切，是詹澈詩中的上品。思緒中的左右、東西、你我、內外矛盾碰撞，比之過往的單純、線性發展，有了相濟

相生的糾葛，不能不讓人刮目相看。

四、「五五體」商榷

　　《發酵》詩集除了貢獻一份藝術長進成績單，詹澈還實驗他的「五五體」（5×5行）。五五體的初衷，是基於為自己常寫長詩尋找一個比較固定的「方框」：為新詩的靈魂尋找一個健康適當的身體，為其身體裁製一件適身的衣服，為創作旅途找一個安住的旅店[6]。甫一出手，詹澈立刻受到嘉獎。二〇一八年第一期《世界華文文學論壇》刊發兩篇文章。一篇是謝冕的支持：「這種詩體比十四行靈活，也能在從容有序中貯藏和蘊蓄更多的內涵，充分的鮮明的中國元素使它豐腴而蘊藉，它是文化中國的一次認真的詩歌實踐。而且，我認為極其重要的，是它維護了詩歌的節奏感。從這些的效果看，我肯定詹澈這一謹慎而認真的『試寫』」[7]從中我們可以讀到謝冕老師全力支持的立場與態度。另一篇是王珂，更是大加點讚：大致做到「節的勻稱」和「句的均齊」，像賦的「鋪陳揚厲」，可稱為「賦體新詩」。可以讓詩人很灑脫地狀物寫情，詩句的容量大大增加，詩情也隨著語言的鋪陳得到巨大的增殖。這種「匠心」的「獨具」性和「苦心」的「經營」性，在當今詩壇都是少有的。詹澈的「五五詩體」正是王爾德所言的「極力鋪陳的一種強烈形式」，也是一種頗為成功的「形式」。值得讚揚，也值得推廣[8]。

　　作為王珂二十年的朋友，本著負責態度，不諱情面，首先要對這篇論文的全面肯定潑點冷水。論文主旨既然是論詹澈五五詩體，

---

[6]　詹澈：《發酵》（北京：光明日報出版社，2017年）後記，第177頁。
[7]　謝冕：〈詹澈的詩體實驗〉，南京：《世界華文文學論壇》2018年第1期。
[8]　王珂：〈現代漢詩的現代詩體的成功實驗──論詹澈的「五五詩體」〉，南京：《世界華文文學論壇》2018年第1期。

我們有理由期待充分的論證：五五體何以能脫穎為成功形式，其叫人信服的理據何在？五五體的優勢與長處我們需要進一步瞭解；五五體在與其他詩體比較中，是否完全成熟或有待進一步改進？然洋洋一萬一千多字論文，有十分之五的篇幅（五多千字）是用來論述百年新詩體；有十分之三的篇幅（三千字）是用來論述臺灣詩體的。大概最後只剩下二千多字，才正式涉及五五體。如此頭重腳輕，豈不自證底氣有點欠佳？不管頭重腳輕還是避重就輕，或者不適當地誇大其詞，都會讓人們對五五體另有想法。下面，我們做下推敲。

> 「五五詩體」即每首詩五段，每段五行，不超過五百字，不押韻，五段中或五行中可各做起承轉合或變與易，在整首詩的第三段較好轉易，或第三段第三行可做詩眼軸轉，虛轉實、情轉境、境轉意、哀轉怒等，配合木火土金水、東西南北中、喜怒哀樂悔、貪嗔癡慢妒、春夏秋冬、七情六欲、五官六識等等。[9]

　　題為〈試寫「五五詩體」〉的後記，應該說詹澈自己還是比較謙虛的，多年實驗一直以「試寫」謹慎自稱。他心裡清楚，成功創造一種詩體，得走多少回蜀道。五五體的內涵明擺著：其一，以「金木水火土」作為立論基礎，這樣的立足何其雄厚：遠溯《尚書》的九疇（禹治天下的九類大法）之首便是「五行」，而九州華夏所通行的語用模式也多以五行當道，如此文化哲學根底可謂固若金湯也，於是「5行×5行」的體式便應運而生。但且慢，「金木水火土」的最大屬性，是它們之間相剋相生、相激相盪、互放互束、互沖互和的纏繞性結構。嚴格地說，「5行×5行」的詩體還很少體現

9　詹澈：《發酵》（北京：光明日報出版社，2017年）後記，第179頁。

「五行」的內在實質。這樣詩體，是不是讓人有些「空殼」、「外在」的感覺？為尋求外觀上的統一而勉為其難地外在於冠名呢？

詩人解釋說，「五五」分別對應了人的五蘊五欲、五常五官，以及宇宙自然的五種元素。世界上能夠產生對應的數字多著呢。從源遠流長的〈洪範・九疇〉抽取9，不是可以製作「9×2=18行」、「9×3=27行」……的格式嗎？從「三生萬物」的原則出發，可以繼續製作數倍於3的6行、3的12行、3的24行……的遠航；從八卦的8出發，整出完善的8×8=64行，同樣輕而易舉。故依據深厚的「語用模式」，抽取某種「數字」進行演繹，徒有簡單的表面形態，缺乏堅實的內在邏輯基礎，抬得再高的成功詩體，都可能陷入孤家寡人而最終流產。

其二，五五體最突出點，是規劃第三段以及第三段第三行作為「轉折」所用。事實上，這不能說上是什麼特點，因為轉折在任何詩作中可說無所不在，到處可見。所謂的轉折，打扮得再機智、再巧妙，也逃不過咱老祖宗那個「起承轉合」的如來手掌，談何特色？！進一步追問，除了「轉折」關係之外，難道就沒有建立起其他關係空間的可能性嗎？（諸如因果、條件、連鎖關係等）。這樣一來，過於寬泛的「無規定性」，怎麼可能一下子就造就出一種成熟詩體呢？

眾所周知，堅固不朽的詩體是建立在其內在必然性的，典型如四句體（起承轉合符合事物發展規律，無法撼動，所以「絕律」天長地久），其次是具備獨特規定性：文藝復興時期的「彼得拉克體」，是按「四、四、三、三」行排序的，每行固定十一個音節。莎士比亞改為「四、四、四、二」編排，押韻格式為「ABAB，CDCD，EFEF，GG」，自然也長久不衰；日本俳句起源於十五世紀，它嚴格遵守兩個規則：（1）由「五、七、五」三行十七個字母組成。（2）句中必有一個表示春、夏、秋、冬及新年的季節用語。再回看當下有人寫的「新絕句」，在雷打不動的四行裡，由

「一三、二二、三一、四〇」組成四種格式，且規定一行中由三個短語短句綴合。看起來也比五五體來得嚴格一些，但就是這種粗放的「新絕句」，要獲得公眾認可，還要走很長的路，不可能一蹴而就的。

同時叫人擔憂，在相對偏大的容器裡，本來該壓縮的部分行數，因體量不夠而容易釀成「泡水」，本來需要瘦身的，卻為「湊數」不自覺放棄減肥。而詩，本來就是減法的藝術！再說，既然金木水火土五行未能給出內在的關聯性，那麼與之相鄰的體式——比如五四體、四五體、五六體、六五體，有什麼理由不揭竿起義，紛紛出籠呢？可是，都出籠呢，豈不是漫天下，都變成「無詩不體」、「無體不詩」的氾濫？我想還是謹慎再謹慎一些為好。

起承轉合主要是一種線性結構，四種要素分別對應四行的體式，內形式與外形式高度和諧統一，雙方都容易安家落戶，相安無事，更是通行無阻；而金木水火土是一種非線性的關系結構，五種元素之間充滿複雜的糾纏性，內形式與外形式很難取得高度和諧統一。最終我們看到的可能是一種假象：每次外形式的五行外表，都穿戴得齊齊整整，或錯落有致，從未被捋下，但內形式的五種元素，多數時候只是兩種元素間的表演。

原諒區區過於苛刻與追逼。對於批評家來說，防止因應鼓勵大膽實驗而草率高抬，對於詩人來講，無數碰壁之後仍須重聚不憚打擊的勇氣與堅忍不拔的智慧。

詹澈，試寫五五體，任重而道遠。

第十六章 焦桐
獨出機杼的「私房菜」

一、「壯陽譜」的高亢突破

　　詩海浩淼，筏渡者眾。各路英雄豪傑，盡顯神通。有挺立潮頭，登高一呼，撥雲見日，開一代風氣者；有坐擁千波萬濤，廣收並蓄，煌煌然集大成者；也有開足馬力，拉遍拖網，數十年如一日忙碌，卻運氣不佳血本無歸者；更有在激流漩渦處，獨坐礁盤，釣出稀貴珍品如穀米螺或藍珊瑚什麼的……，應有盡有，林林總總。百年新詩座標，每個詩者大概都可以標出自己的相位：那些兩肋插刀、飛簷走壁、衝鋒陷陣的，一定屬先鋒敢死隊；那些身懷絕技，四處躍動、到處游擊，當歸特殊兵種；而平流依進、穩扎穩打、沒有太多特色，應該統統收編於大部隊的集團軍；至於少數拘泥陳規、亦步亦趨者，應納入拖後的收容所。

　　世紀之交，焦桐突然打出「壯陽食譜」番號，越過山地，闖入百年新詩陣列。前後左右環顧，掂一掂分量，不禁驚出一身冷汗，好個超級大廚：開創了一道集飲食、詩學、文化三合一的「詩（私）房菜」。雖然中國是美食大國，早在《詩經》開始就有美味入詩，不管是蘇東坡的〈豬肉頌〉、陸游的《菜羹》集（收飲食詩近二百首），還是清‧袁枚《隨園食單》（集五百年南北菜肴）、今人胡邦彥〈鎮江風味小吃〉（「玉帶鉤加眼鏡肴」，「過橋小碗是蝦腰」），雖極言盡繪，依然沒有跳出飲食的小圈圈。唯獨這一

次，焦桐冒險「越獄」，大獲成功。

　　判斷一個詩人的價值在於他創造了什麼，對新詩的生長貢獻了哪怕一點點維生素。最低門檻是看他有沒有什麼新意；高一層目標，是看他有沒有提供什麼發明發現。壯陽食譜之所以值得嘉許，是因為它突破傳統飲食行當的專業，也走出性文化的局限，巧妙地將兩者進行打通，從而呼應了臺灣的歷史與當下現實。在詩歌文類的邊界地，種植了一叢叢充滿仙人掌刺的「語圖詩」。

　　《壯陽譜》分A、B、C三個套餐，每餐八道菜。菜單不是大家耳熟能詳的「麻婆豆腐」、「無為熏鴨」、「臘味合蒸」、「東安子雞」之類的，而是由另含新意的四字成語和少量泛成語冠名。A套餐備有「日出東方」（龍舌蘭調酒）、「埋頭苦幹」（魚翅羹）、「毋忘在莒」（煎牛小排）、「莊敬自強」（三杯小管）、「強固基地」（麻油雞飯）、「我將再起」（魚湯）、「允執厥中」（烤培根、熱狗）、「還我河山」（西米露）。其中「強固基地」、「我將再起」，在成語詞典中不見蹤影，屬臺灣的特定政治話語，具國族意識與個人圖強的雙重色彩。B套餐備有「洞天福地」（芋圓）、「北海蛟龍」（檸檬蝦）、「南山猛虎」（醃梅飯）、「心靈改革」（清蒸螃蟹）、「戒急用忍」（白斬雞）、「三寸金蓮」（可樂蒜蹄）、「紅杏出牆」（佛跳牆）、「巫山雲雨」（烤蘋果）。除心靈改革外，基本上是古老文化引申出來的性隱語。C套餐則合盤托出「春情蕩漾」（玫瑰花茶）、「花前月下」（炸鹹蛋黃、花枝丸）、「偷香竊玉」（鵝肉）、「露水鴛鴦」（腐乳吳郭魚）、「傳宗接代」（四神湯）、「重振雄風」（啤酒鴨）、「尋花問柳」（韭炒花枝）、「一柱擎天」（炸香蕉）。

　　每個文本也不是傳統的分行排列，而是包含四個部分：材料、做法、說明、詩作（初版還特別給每道菜搭配女體彩畫；有的還增加「注意」部分）。食材的選用相對普通，食材經主人加工後，實

際上已經喪失飲食意義上的屬性，成為文字做成的「備料」，即亞原狀，從而為蛻變成政治、文化、情欲含義的視覺文本奠定基礎。所以陳衛評價說：「壯陽」行為，既可視為身體強健、享受日常快樂而延年益壽，滿足身體欲望並表現生殖崇拜的行為，也可看作因人（社會）的殘缺而努力的理想主義、信仰的完形[1]；陳偉捷認為《完全壯陽食譜》聚焦於過度的飲食饗宴和情色愛欲，暗喻政治的過度滿足不再符合需求原則[2]；張靄珠認為：「在燉煮之間，使用了食譜的語言、情色的曖昧及政治口號的陳腔濫調，形成所謂『陳腔後設美學』，反諷臺灣轉型期的文化效應。」[3]

　　焦桐自己則在〈食譜後記〉坦露他的寫作意圖：「以食物為隱喻系統，戲仿各種政治、文化話語，尤其聚焦於生殖崇拜和兩性關係。」[4]焦桐道出詩集的意圖與手法，是戲仿威權政治、文化話語、生殖崇拜和兩性關係；主要矛頭是對準政治陽痿的虛張聲勢。那麼，焦桐何以做出這麼大轉向呢？按理，焦桐奏出第一部青春練習曲〈蕨草〉，苦澀帶著甘美，人之常情。隨著踏入職場，發出〈咆哮都市〉，繼而縮唇哼出〈失眠曲〉，關注都市症候，亦屬正常。豈知六年之後，突然改變行跡：那一天在中國大陸參觀包拯園的古井，傳說可治病，可養顏，若貪官喝了必定腹絞至死。焦桐戲稱要帶回臺灣「為民除害」，不意包井早已乾涸，回後便寫下〈完全復仇食譜〉──三杯蟾蜍、春光鶴頂、紅脆皮蛔蟲，統統都入了詩。後覺露骨，便擱置了，直到再後來死灰復燃。導火線表面上看是隨機偶發，其實往深處想，這與他的「嘴貪」、味蕾發達、癡迷烹調、研發新意，「為民請命」，以及後現代的傳入皆大有關係。

[1]　陳衛：〈妙趣橫生的多味食譜──論焦桐的《完全壯陽食譜》〉，南京：《世界華文文學論壇》2011年第3期。
[2]　陳偉捷：《焦桐《失眠曲》之音韻風格研究》（彰化：國立彰化師範大學國文研究所，碩士論文，2013年）。
[3]　張靄珠：《食色國族寓言：論焦桐的《完全壯陽食譜》及其文化現象》（臺北：二魚文化事業有限公司，2012年），第173頁。
[4]　焦桐：《完全壯陽食譜》（臺北：時報出版公司，1999年），第160頁。

從此開疆闢地，將怨懟與失望釀成一個全新主題，走出了眾人老套路。下面，我們分別從政治與情色兩方面進行一些詮釋。

二、「再起」與「擎天」的別樣戲擬

簡政珍說：戲擬是對模擬的再書寫，帶有一種調侃的語調但前提必須以對象（客體）的真實度為依據。戲擬表象是化解既有的現實與意義。其存在是基於這些既有的意義，這正如解構必須攀附既有的結構[5]。筆者理解的戲仿，是通過對原文本的仿效，重構新文本，從而產生喜劇性效果。它與戲擬、擬仿、仿寫是相通的。戲擬的具體表現形式，是在「相仿」前提下，或對名篇經典「吃裡扒外」，或對權威話語「複製套用」，或對範式模塊公然「侵權」……[6]。戲擬的樣態可分三種，一種是對原材料的完全複製、照搬，即抄襲性示現；二種是對原材料進行局部「摻沙子」，產生某種混搭；三種是不顧原材料的框限，進行暴力性強制翻造。茲舉二例

第一例〈我將再起〉。

（第一部分）
材料
中國奉化縣溯溪而上的小魚，薑絲，岳陽龜蛇酒，加拿大阿塔帕斯卡爾冰河（the Athabasca Glacier）水，臺灣醬油膏。

---

[5] 簡政珍：《臺灣現代詩美學》（新北市：揚智文化出版有限公司，2004年），第222頁。
[6] 陳仲義：〈基於內外表裡之「佯裝」與「歪曲」：反諷──張力詩語探究之四〉，臺北：《中國文學研究》2012年第2期。

（第二部分）

做法

1. 煮魚湯可轉喻為從事救苦救難的革命事業，須準確掌握時空關係，適時崛起，趁機挺進，能忍人之所不能忍，亦決人之所不能決。

2. 虔信愨敬，將魚的血腥洗刷乾淨，誦讀《荒漠甘泉》。

3. 阿塔帕斯卡爾冰河水丟入薑絲，沸騰時，小魚光身泳進水中，如沐春暉德戢。

4. 魚煮熟時，撒入鹽，滴入幾滴岳陽龜蛇酒。

5. 撈起小魚，撥亂反正地，置於盤中，蘸臺灣醬油膏食用。

（第三部分）

說明

[略]

（第四部分）詩作後半節

[⋯⋯]／三百萬年前的期待／野心般暗中膨脹伸長了──／悄悄向你移動／表面上堅挺無比，／／在裡面在深處，／軟膠般，洶湧著渴望，／渴望撫觸你溫柔的草原，／進入你進入你呼叫的湖泊。

第一部分材料基本屬實：奉化縣小魚、薑絲、岳陽龜蛇酒、臺灣醬油膏。材料簡單，有據可查。唯獨要添加加拿大阿塔帕斯卡爾冰河水，有點可疑：該河位於萬里之遙的北美洲萬年冰原上，厚達三百公尺，號稱儲有全世界最純淨的水，路途那麼遙遠，原材質是否絕對真實，得打個問號。但為了下面主題的「純潔性」，主人不妨信手拈來理想的對應物，也未嘗不可。

第二部分工藝過程，除了2、3兩條具備客觀性外，其餘都不同程度加上強烈的主觀成分：一加入「救苦救難的革命事業」，「適

時崛起，趁機挺進」的政治宣示「材質」；二加入「血腥洗刷乾淨，以及誦讀《荒漠甘泉》。《荒漠甘泉》係考門夫人專為其丈夫寫就的誦經領悟集，精神上的「心靈雞湯」在此反成為物質上的食材，豈不逗人！還有三，加入耳熟能詳的「撥亂反正」，完全是一語雙關。一般來說，工藝流程皆應以客觀應用說明為指歸，我們的焦大廚卻斗膽違規，塞入私貨，強硬烙上別有用心的廚記。而進入第四部分詩作，則更加急不可耐地嗆聲。所以說這裡的戲擬，已經脫開作為菜譜的原文本，另起一行了。準確說，是對原文本的想像性翻造。

　　看前半節，急切的節奏，很有一番唧唧復唧唧的火候，猶似威猛，然則無力。莫不影射男性陽萎的焦慮，因綿軟邅逶而指涉了「反攻復國」的遙遙無期。長期孱弱造成的恐懼症，面對女體的故國山河，因「國力」不濟而狼狽敗陣，繼而喚起更強烈的反彈欲望，這樣的暗示底蘊，經前材質的巧妙包裝與後詩語的強烈跟進，也使得情色詩的重頭戲在可控的範圍內站住腳跟，咀嚼當局「強軍」與「壯陽」的兩廂交互，但最終難逃「軟膠般」的潰退，只剩擔憂害怕的臆想，其批判嘲訕的鋒芒不言而喻。

　　〈擎天一柱〉也由此繼續演繹，同樣由材料、製作、說明、詩作四部分組成。國府來臺之後，厲行生聚教訓，為復興統一制定諸多蠱惑的號召，諸如「毋忘在莒」、「莊敬自強」、「戒急用忍」，等等。何以戳破這些貌似強大的神話？詩人在普通的菜譜裡找到普通而特殊的材質，譬如此作把香蕉對象化，但是香蕉畢竟過於柔軟，承擔不起重任，詩人只好另出兩招。一招是對材質加強審查，務必去皮、堅挺、充分浸泡，且外形捨彎取直，力求中正，講究硬度彈性，避免垂頭喪氣，云云。二招是臨時要來魔術師，進行強行塑造。無奈魔術師軟硬兼施，使出渾身解數，幾道工序之後，看似頗見成效，其實充滿阿斗般的贏弱與虛脫感。陽痿一直是男人的集體恐懼症，一條小小的沾蜜香蕉，反襯了歷史失敗者的夢囈。

食色壯陽和國族神話之間的心理深層連結，明顯構成一個巨大的反諷。對比兩首詩作，相同的是，兩者都是對材質選取與製作過程，進行語用上的主觀仿作、戲擬，不惜借用話語暴力。不同的是，在詩作部分，前篇是採取自我意淫式的焦慮告白，產生真實情景的體驗或性幻想；而後者是在香蕉與擎天大柱的對比落差中，製造強大的反諷力度。

設若要上升為某種理論高度，我們只好請來特里•伊格爾頓，他在分析巴赫金與布萊希特後主張：透過肉體的騷亂，狂歡擾亂了一切超驗的能指，使它屈服於荒謬和相對主義，權力機構被幽默的激進主義的怪異荒誕的戲仿所分離，必要性被置於諷刺性的質疑之下，客體被轉換，或被否定而成為其反面。無休止的模仿和倒置（鼻子／陽物、臉蛋／屁股、神聖／褻瀆）橫衝直撞，貫穿社會生活的始終，解構意象、誤讀文體、崩解二元對立，將其分解成愈來愈深的模稜兩可的陷阱[7]。這段話提示我們，在荒謬、怪異話語的策畫下，往往動搖了經驗與倫理，從而產生了戲擬式的解構與否定力量。

客觀說，壯陽譜前三部分（材料、製作、說明）是依照應用文體的戲擬守則，多數時候做客觀羅列，必要時做些主觀添加，更必要時給予強制「扭曲」，而到了詩作部分，則在「前戲」基礎上，點燃「後性愛」燭火。因為前戲做充足，後續的發揮空間就增大多了。不過，也並非全是純感官與情色的聯合出演，如果止步於此，壯陽譜的意義就大打折扣了。詩人的有些指涉還是頗富深意的：如〈莊敬自強〉，臺灣自稱是「諾亞方舟」，其實不過是張雙人床：「腺體是亂世的方舟／只要那方舟再長一點再／大一點再硬一點點／面對大洪水就／是雙人床了」，本身自我鼓吹是救世方舟，實則是吹脹的大氣球，一捅就破；〈紅杏出牆〉，也不僅僅屬偷香竊玉

---

[7]　[英]特里•伊格爾頓：〈狂喜或喜劇：巴赫金和布萊希特〉，《沃爾特•本雅明或走向革命批評》，郭國良、陸漢臻譯（南京：譯林出版社，2005年），第192-193頁。

的事件，猶針對「大牆後面」的森嚴體制：「在堅固如文化的深鍋裡／在那口戒嚴如家居的甕內」，把深鍋與甕缸比作禁錮有加；〈允執厥中〉寫道：「如果味覺竟沉沉睡去／搖也搖不醒；如果舌頭／偏安––隅，請／重新塑造我的味蕾」，此中重點描繪的「偏安舌頭」，難道不是寓意時代變遷、人心渙散，隨遇而安的麻木境況？即便像〈尋花問柳〉，充滿騷動誘惑，我們也可從中讀出反思：「所有想像都在一隻／高溫而潤滑的炒鍋裡，所有的／材料，充滿暗示」；而〈洞天福地〉更不能簡單地看作男女結合，族群融洽方是高級別的境界：「我們的愛像芋圓，芋泥和地瓜粉必須消弭／個別差異，才能／我泥中有你，／你粉中有我，我們／在高溫中相親相愛」。

　　壯陽譜的書寫路徑與同時期同類型的詩集《阿媽的料理》（臺大教授江文瑜著）不謀而合。其中〈佛跳牆〉，係福州名菜，精選鮑魚、海參、魚唇等數十種高檔材質文火煨製，但女詩人無意於材質昂貴，而專注其題旨的符碼性，利用直排句子長短，砌成六道高低不一的牆面，藉此象徵女性翻越命運之牆的難度；面對〈髮菜狂想曲〉，女詩人也不想在諧音「發財」的民俗層面上做文章，而是將其黑而細的長髮，與女性睫毛聯繫起來，且在每個句子後面連續加上三個逗號（首尾十八句共五十四個逗號！），造成紛飛撒落感，藉此象徵時代變遷中的女性凋零。〈九層塔煎蛋〉則利用數字與符碼排列濃縮女人一生：九層塔係調味香料，有滋補元氣功用，作者不在香上做文章（聞香識女人），而是用九的數量層級包攝女人成長三階段（入一人一大），並排成層層向上的階梯狀，由此伸張女性主體性。江文瑜的另外半壁江山是用四行短製來進行「詠物」，涉及的醋、味精、綠豆沙、糖漿、肉鬆、甘蔗、橄欖油、細麥片、巧克力……，全與性別特徵、屬性有關。比較江文瑜、焦桐兩家私房菜，頗有意思：前者多以文字符碼仿擬對象，然後轉移到具象排列上，製造視覺衝擊形象，藉此突出女性性別的自主性，火

辣味十足；加上其他飲食小詩，則如餐前小點，表面小巧玲瓏，卻開闊有致，頗具力道。而後者多將客觀材質改造為主觀元素意圖，精心調料，且集中聚焦於壯陽這一點上去突破「禁臠」，用連綿不絕的欲火燒烤「政治」，乃不失詩味。

聯想中國大陸，福建同鄉浪行天下，也在網上張貼幾首飲食詩，兩岸詩風迥然有別。〈還有什麼不能吃？〉，直截了當開出一份菜單：「清燉胎盤　188元／老鼠三叫　88元／生食猴腦　2888元／煙熏蚱蜢　58元／人乳鮑魚　188元／位／油炸蝴蝶　288元／油燜青蟲　188元／醬燒蒼蠅卵　388元／沙烤紅蟻　288元」。菜單雖簡單，但通過後現代的拼盤羅列，直觀地揭示生態問題的嚴重性，點出飲食中暗藏的災區。

聯繫二〇二〇年新冠疫情，此作彷彿是提前了十年的一聲「吹哨」，可惜大家都裝著沒聽見，繼續饕餮。與此同時，他還仿效史蒂文斯名詩〈十三種看烏鶇的方法〉，端出〈鴿子的十三種吃法〉，簡潔得只剩下名稱連綴：「香辣乳鴿、油燜鴛鴦鴿／蜜汁澆鴿、清蒸乳鴿／砂鍋燉鴿、椒鹽乳鴿／脆皮乳鴿、紅燒乳鴿／泡椒乳鴿、清燉鴿湯／紅扒鴿、烤乳鴿、醉乳鴿」。他將觀察烏鶇的方式，轉嫁為五花八門的「鴿死法」，藉此影射人類對動物的荼毒，希冀喚醒生態平衡意識，有很強的現實針對性，包括近作〈加油海鮮坊時價〉：

為滿足疫情解除後，廣大人民的急切要求，擴大內需，特隆重推出一款特價套餐：

清蒸大蝦	時價
炒肉片	時價
[……]	
口味螃蟹	時價

豆腐煲	時價
[……]	
竹香鯽魚	時價
茄子煲	時價
[……]	
辣子鱔片	時價
炒青菜	時價
[……]	
白米飯	贈送

　　戲仿路邊店、大排檔的普通菜單，對物價上漲與「紅心」老闆發出微微反諷。什麼時候，我們能在兩岸，舉辦一場高級別的「詩房菜」擂臺賽呢？

三、其他創意性戲擬

　　壯陽譜的機心與妙手仿擬，促成了臺灣飲食行業一次小小的詩爆炸。意猶未盡，幾年之後，焦桐又在第四本詩集《青春標本》「如法炮製」。不過此次戲擬換上了最新型號的複印機。詩人有過三次聯考失敗，感性體驗刻苦銘心，但他十分清醒，不能把此優勢化作主觀抒情或敘事追問，而須另闢蹊徑，故而製作一套客觀化試題，想「透過在場和不在場的文字搬演，在一系列的詩作中流瀉幽默和諷刺，將時代混淆錯置的真實和虛假鋪展開來。」[8]

　　就這樣，我們的焦大廚又搖身變為黑七月的「主考官」了，怨懟與反思凝聚為神奇炮彈，一口氣連發六道，成為臺灣教育史上最大的一場「詩炮轟」，與十年前的廚藝互為支援、相映成趣。他戲

---

[8]　劉紀蕙：〈不在場的證明：焦桐的詩集《青春標本》〉，臺北：《文訊》第217期，2003年11月。

仿國文、三民主義、數學、英文、地理、歷史六種試卷，矛頭對準教育體制、威權主義，涉及政治、環保、倫理、族群等議題。它嚴格遵守公文格式，在是非題、解釋題、改錯題、選擇題、填充題、類推題、簡答題、作文題、計算題、申論題的外在形式上，老實巴交地遵守格式，卻在內容設定上，偷樑換柱，從而形成形式、格式上百分百規整、嚴肅，而內涵上充分顛覆。國文的改錯題是：「奸匪妄據大陸，催毀中華文化，逆天備理，最大餓極……。」通過對錯別字「最大餓極」的糾正，進而改寫了意識形態的反共叫囂，其戲擬原意，不是昭然若揭嗎？問答題是：「傳染病暴發時，官員應如何自保？」用正面的提問，影射當局逃避責任的庸政之風。

當然，這樣一對一的公文式戲擬，由於格式的硬扛規定，會流失相當詩性成分，可能在部分受眾那裡未能通過詩本身的「考試」。然而像林徽音〈你是人間四月天〉，作為填充題（每格2分，共12分），稍動了一點手腳，還是完全留在了詩苑內。

> 我說你是人間的四月天；
> 笑響點亮了四面（　）；輕靈
> 在春的光豔中交舞著（　）。
>
> 你是四月早天裡的雲煙，
> 黃昏吹著風的（　），星子在
> 無意中（　），細雨點灑在花前。
>
> 那（　），那娉婷你是，鮮妍
> 百花的冠冕你戴著，你是
> 天真，莊嚴；你是夜夜的（　）。

按標準答案，括弧裡的字詞應該是風、變、軟、閃、輕、圓六

種，可現在，答案變成無限可能，數十個名詞、動詞、形容詞在學子的大腦裡，洶湧澎湃，爭先恐後等待選擇。這樣的戲擬，既挑戰了原來千篇一律、僵化的考試，又大大拓寬了學人的詩性思維，不是一箭雙雕嗎？甚至對夏宇二十年前的〈連連看〉（小學國語題擬仿）的十六個詞組，焦考官也給出重複的第二次戲擬——即對「立法院　砰砰砰　國民大會　老處女　KTV　嘿嘿嘿　龍發堂　野臺戲」再次進行〈連連看〉的連結，費盡心思，在所不辭。在多個啼笑皆非的單詞連結中指向社會亂象。

戲擬後來延續到大心臟臺北地區，透過薄薄的一張黃頁，透視社會病灶，節錄〈大臺北地區電話簿——仿Harry Crosby（八劃：侏）〉：

　　侏羅紀人口販賣廣場廣場----------555.5385454（60線）
　　侏羅紀安非他命開發中心----------555.3769011（54線）
　　侏羅紀防彈服飾商場---------------213.8911207（代表號）
　　侏羅紀春藥研究室-----------------555.5386703（代表號）
　　侏羅紀氰酸鉀大廈-------------------718.3760000（代表號）
　　侏羅紀雷管專賣店----------------603.3085544（46線）
　　侏羅紀縱火者聯誼會-----------------555.2927474（代表號）
　　侏羅紀雛妓聯合供應中心----------555.5383029（78號）

　　顯然是採用拼貼手法，將臺灣的文化、政治、經濟諸多弊端集結一起，前推到侏羅紀時代，做一回荒謬的時空對接，涉及了暴力、戰爭、販毒、賄賂、人口買賣、性交易等（當然也可視為世界性問題）。應該承認，在形式上基本無詩意可言，是語象的平面化堆積，這種早期的林耀德技術，帶著強大的社會衝擊力，但在愈來愈折疊的後現代，會遭遇新「瓶頸」，不加改進就會落入簡單化陷阱，一如〈軍中樂園守則〉，僅僅做出九條規則的「平移」，未見

什麼高明之處。

　　但在《催眠曲》（第三本詩集）裡，詩人倒提供了一種「等因奉此」的新手法。「等因奉此」是公文常用的專有術語，用來比喻例行公事，官樣文章。最早有鄒韜奮在〈抗戰以來對保障人民權利的再呼籲〉的靈活造句：「否則豈不仍是等因奉此的一紙公文，在老爺們的桌上轉來轉去？」[9]一時傳為美談。現在，若欲對「等因奉此」做例行模仿，不外是「鑑於某某之事如何……等因，故擬定……」，或「奉此某某之人如何……故裁決……」之類，但焦桐不，他有意無意避開文字的同向抄襲，僅利用其符號外殼，另給出具體豐滿的形象內涵。尤其令人驚詫的，是擬人地將其做分身處理，一分為二。「等因先生」：相當滿意辦公室的養老空氣，不覬覦什麼權勢，只關心股票的升降，是「一具多脂肪的靈魂和十分飢餓的肉體」；「奉此小姐」：辦公桌永遠有看不完的報紙和雜誌，她每天打扮溫順的笑容，「辦完私事再抽空辦公事」。這樣，「等因奉此」的符碼，就大跨度、大跨界變成共名的一群小人物。他們敷衍塞責、得過且過、假公濟私，充塞在機關衙門各個角落，成了幾分國民性代名。「等因奉此」的典型之人，大可與羅門都市的「空心人」、林耀德的「零件人」、陳克樺的「隱形人」、林彧的「單身人」、唐捐的「暗中人」進行一番比較。孟樊曾小結戲擬手法有還原、倒寫、反寫、拼湊、串聯、組合、對調、添加、置換[10]。焦桐用抽象的徵符，內涵飽滿的意符，虛擬出一個新「套中人」，簡直有點前所未有。因辨不出是啥手法，那就歸屬為創意吧。也因此，在《催眠曲》裡，筆者無視他一系列大寫、正寫的〈苦旦〉、〈小丑〉、〈武生〉、〈優伶〉等人物詩，倒是牢牢記住了這個被戲謔與微諷圍觀的現代「別里科夫」。

9　鄒韜奮關於「等因奉此」的特殊造句，http://cy.babihu.com/cy/item/216rf2.html?fromproxy=1。

10　孟樊：《戲擬詩》（臺北：秀威科技股份有限公司，2011年），第27頁。

憑著出色的詩性思維（尤其戲擬），焦桐貢獻了文化上獨出機杼的創意。薄薄一本「私房菜」，在百年新詩史上留下了鮮明刻印。千禧之後，咱們的大廚繼續浸淫於飲食行業，樂不思蜀。刁鑽的舌蕾、嘖嘖嘴貪，加上爆炒手藝，似乎忘了詩道，全身轉戰到《爆食江湖》、《臺灣肚皮》、《臺灣舌頭》、《臺灣味道》系列，無愧文壇頭號美食家。

　　依照詩神的感召，筆者本想發一聲婉勸：誠然你的飲食散文、隨筆、小品，爐火純青，享譽兩岸，但你的「詩房菜」才是你的金字塔，安能言棄？不妨停一停你的右手刀勺，騰出左手繆斯，給壯陽譜來個續二、續三，如何？然則轉念一想，最好還是不要為難人家，遵遂天命，順其自然吧。不過期待之心還是久放不下，還要多久，我們才能品鮮到那久違了的「一清二白」、「三從四德」、「五臟六腑」和「七竅生煙」呢？

第十七章　唐捐
身體裡的「魔怪」

一、從自然意象到身體器官

　　自然意象是中國古典詩歌建制的基礎，它與農耕社會的節奏韻致十分匹配，舉凡日月星辰、山川草木、風雨雷電、一花一葉皆是詩意運行的活塞。一百年前的那場運動，打破了和諧、對稱、優雅、精緻的詩情畫意，伴隨自由、解放的大潮和都市化進程，與古典自然意象迥然有別的大量物象紛紛湧入詩歌：齒輪、煙囪、汽笛、火車、鐵軌、傳輸帶、時鐘、噸位、油箱、吃水線……，春風得意，上下蹦躂。詩歌出現了「改寫」勢頭。勢頭之一是，人體器官也積極響應詩歌的叛亂起義。五十年代，臺灣最具前衛的洛夫，最早走在前面。《石室之死亡》第五十七首就出現「手」—「散髮」—「脊骨」—「腳底」的連續性器官運動，如果再加上殘留物「灰燼」，則是高密度的身體出場了。〈黑色的循環・月曜日之歌〉更是推出身體的主動性：「我用鏟子挖開肉身。／埋下去／一盆紅炭的夏季／／我渴／我來回走動／我掉頭向一堆灰塵跑去／我把冷卻後的思想／全部從性器管中／排出」。尤其數篇反覆出現的「傷口」，已然成為洛夫身體器官的重要標記。但不管洛夫的風格、類型、手法怎樣變化，都預示著一個前瞻訊息：身體器官與身體意象不僅完全可以自成體系，參與現代詩的共建工程，並且能夠勝任任何重要的角色。

最簡單的道理與推理是，人體是個精密的小宇宙：單大腦就有一百億個神經細胞，全身有三億根肌肉纖維、大小血管一千多億條、舌頭一萬個味蕾、皮膚二萬八千個毛孔、鼻子能嗅四千種氣味、肝臟能進行五百種化學反應、一生的心跳三十億次、打出的噴嚏一百七十七公里／時，神經的傳遞二百八十八公里／時、肺的吸收面積達十三萬平方釐米……，人體的翅膀稍一翕張，現實、社會的各個角落，都可能聞到一股風吹草動；政治、經濟、文化的風暴乍一捲起，亦可在隱祕的海馬溝內落下深深的刮痕。如此豐富的身體資源早已成為顯礦，即便敦厚老實者如陳義芝之輩，也有聲有色地宣示〈身體是交通工具〉，身體的網絡通道何其美妙新鮮：「腳踏車　單戀／火車　性呼喚／摩托車　私奔／飆車　性高潮／公交車　結婚／塞車　性壓抑／出租車　偷情／砂石車　遇人不淑／老爺車　陽痿／肇事車　性暴力」。

其實，遠不止於車輛交通與身體的密切關係，整個世界都可看成從身體器官推及到萬物萬事的隱喻（從山口、山頭、山腰、山腳到瓶頸、針眼、鞋舌、燭淚），形成地久天長的同構性，這就不奇怪八十年代伊始，隨著身體意識「覺醒」，肋骨、子宮、胎盤、臍帶、陰道、經血、陽具、肺葉、指甲……，迅速配合都市化的「硬體」潮流，大規模組裝了現代與後現代文本，其中還夾帶不少負面的東西：墓穴、腐屍、血污、汗漬、白帶、陽痿、便祕……，身體寫作已然集結成一個方面軍。

女性「體液」是首當其衝的突擊隊，夏宇率先使體液成為身體／主體的延伸物，具有「說破」的首功，在保守的年代裡打開了一條任性的表現管道。顏艾琳接著大肆發揮生理性因素，一則開展了「情欲—經血」的新面向，一則強化了「情緒—經血」的舊關聯，誇大而且反思，使之趨於立體化。江文瑜又帶進「語言詩派」的視野與方法，刻意操作體液的反諷功能，使體液為挑戰體制或權力的利器。她們的共通處在於，全都走上了「得體」的反面，形成不

馴的體液與不羈的文字相互生產的結構[1]。而博士醫生出身的陳克華，更具解剖學的專業優勢。小小伽馬刀，對準隱祕的內心世界，將簡單的結締組織，接通人生關係之網。病床之外、器官之內——整個軀體就是社會、現實、人性的中介與縮影。瞧，他抽取的八塊肌肉：「肱二頭肌。你愛我嗎？[⋯⋯]／陰道收縮肌。用過請棄於字紙簍。[⋯⋯]／腹直肌。愛國、愛民、愛黨。／擴背肌。告訴你一個民族英雄的真實故事。[⋯⋯]／上額肌。讓我們永遠追隨神的腳步。[⋯⋯]／橈側伸腕肌。服從，服從，還是服從。／咀嚼肌。拳頭，枕頭，奶頭。／吻肌。你從未感到過虛無嗎？」（〈肌肉頌〉）假借對肌肉的提審，毋寧是對制度、意識、存在的質疑、拷問。在這裡，身體器官充當了解放戒律、突破禁區的風鑽。

截止到陳克華，臺灣的身體寫作很可以畫上一個圓滿句號，但，還是冒出了一匹黑馬、一個不大一樣的唐捐：從魯迅的背後走出來的他，帶幾分「故事新編」的神鬼力道；同時遠遠地告別洛夫的側影，告別那一抹古典溫情與眷念的挽留。他口銜〈意氣草〉（其實已是很成熟的曲調），轉戰〈暗中〉，以怪制怪，實施「無血的大戮」，而後在學人舞臺上，打出一套金臂鉤、銀掌手，讓人不敢小視。唐捐不同於江文瑜，直裸爆裂的情欲山摧海崩；不同於孫維民，在屎尿的樣本中留有宗教感光，也區別於陳克華，遼闊的肉欲感拖曳虛無的尾巴，他更多是在主體的變身中植入魔怪元素，成就魔幻詩寫範式。

三十年歷程，學府出身的唐捐，儼然是三甲醫院的全科大夫，熱心幫你掛號，親自操作X光射線，分析隱藏在纖維裡的陰影，取出化驗單，順手推你一劑靜脈注射；再檢查舌苔，在厚薄潤燥裡穿刺你的症候，借助胸腔鏡或腹腔鏡，從微創的血污裡刮出一堆潰爛或一粒結石⋯⋯。當然，來自鬼魅世界的思維與處方，有些超出方

---

[1] 劉正忠：《現代漢詩的魔怪書寫》（臺北：學生書局，2010年），第305頁。

塊字的艱澀，有些我們看的還不大明白。

二、身體及其「變身」

　　回顧身體書寫的背景，尼采可能是第一個將身體提到重要位置的哲人：「肉體乃是比陳舊的『靈魂』更令人驚異的思想！」[2] 此論斷何其發聵震聾，一掃身體的大小誤區。與尼采相反，身體在福柯（又譯傅柯，Michel Foucault）那裡，是被改造、被規訓、被權力、被話語、被奴役的「監獄」。百年之間，各種說法鋪天蓋地。「身體的地位，是一種文化事實。」（鮑德里亞）「我們的身體就是社會的肉身。」（約翰・奧尼爾）「世界的問題，可以從身體的問題開始。」（梅洛・龐蒂）顯然，身體的重要性早就不脛而走。而身體與詩歌的密切關係，同樣不言而喻。美國學者馬克・約翰遜堅持：「所有寫下的詩歌都是身體性意義的證言。」[3]約翰・奧尼爾則強調：「身體形象一直都是宗教、科學、法律和詩歌的母胎。」[4]

　　不容否認，身體書寫具有無限廣闊的前景，身體之於政治、權力、知識、話語、性別、自我、審美、審醜，乃至消費，已然敞開形形色色的通道。身體成為靈府、祭臺、尊嚴與自由的居所，也成為魔鬼的附身、邪惡的淵藪；身體在一晃之間成為堵槍眼的沙袋，也在一念之差成為花瓶、時尚與搖錢樹；身體是經驗、體驗不說謊的聖經，充當陰晴雷電的風向標，同時也是心思、花樣最多的魔術師；身體是靈感、冥想、創造的發動機，也是工具、驛站、容器與

2　[德]尼采：《權力意志：重估一切價值的嘗試》，張念東、凌素心譯（臺北：中央編譯出版社，2000年），第37頁。

3　王曉華：〈身體詩學：一個基於身體概念的理論圖式〉，北京：《中國文學批評》2019年第2期。

4　[美]約翰・奧尼爾：《身體形態──現代社會的五種身體》，張旭春譯（瀋陽：春風文藝出版社，1999年），第31頁。

黑箱。當人性與身體的正能量開採到一定程度時，一般都會發生適時的偏轉。偏偏是那個取筆名叫唐捐的教授，包括他意味深長的網上化名「唐損」，巧妙地、對稱性地結成兄弟同盟，輪番地飛蛾撲火。

　　為防止無謂的燒焦，唐捐很懂得變身。變身意味著人對現實拘囿的掙脫、破解。比起大千世界，個體實在太渺小，個體只有尋求自身的應變——主要在意識區域——對信仰、圖騰、集體無意識、原始意象、語用模式的應變，才可能獲取精神的慰藉與休憩，緩解生存苦痛。唐捐在詩歌中的變身主要有「五變」：人神變、人獸變，人與人、人與物、物與物變。人與神之變：是阿母與西王母的「互換」（〈遊仙〉）；聖母瑪麗安與小母親的「混同」（〈罪人之愛〉）。人與人之變：是在〈忘形篇〉的搭車裡，沙丁魚般的擠壓，變成瘦矮的「異己」；人與獸之變：標題〈我的弟弟是狼人〉，本身就一目了然，無須置喙；〈在天之靈〉的列祖列宗們，被供奉而蛻為蛀蟲，成為陽世間遊走陰魂；人與物之變：是父親的一連串咳嗽，變為樹上累累的鮮紅果實，化作一種終生的「庇蔭」（〈蔭〉）；在〈忘形〉的「飲酒」中，因醅興而產生人與器皿（酒瓶）之交換；而物與物之變：是詩人在那個夏天，執行了一項〈神聖的任務〉，讓「所有的西瓜，都長得像豬」，把矛頭指向當局防範不力的「口蹄疫」⋯⋯。唐捐的「變身」衝動，緣於現實的形體拘囿，衝破難以言說的不自由。形下的文明壓抑，促成汲汲營營的渴求，化為身體的頻頻反動，在各種視角與位階下，逼近被掩飾的隱祕部位。

　　在大量變身過程中，有一個明顯症候，那就是不時伴隨著自穢、自虐、自戕行為。什麼時候，人體排泄的穢物——汗液、精液、唾沫、鼻涕、淚屎、毛屑、狐臭、惡露⋯⋯，被充分動員起來，成為身體詩學的負面塗料：「頭髮聳立如狼毫　沾滿腦汁與精液」（〈降臨〉）；「精血涕淚　溶成熱騰騰的膏湯些」（〈逆招

魂：帶妳回地獄〉）；「陰道裡妖魔的孽淆」（〈破獄救母〉）。
最經典的案例，是那一個「痰塊」：「他用報紙接住口裡爆出的
雷電　一口痰便在我的詩裡　渲染　擴散」（〈我的詩和父親的痰
塊〉），且不說理論上對何謂詩意做出顛覆與重新定義，單是信手拈
來這一不潔分泌物的迅速啟用，足見詩人對審醜美學的傾力開掘。

　　除自穢外，自虐是另一種開發：

> 上面新製的風雷，下邊過期的藥物
> 我吃了一些，旋即拉肚子──
> 拉出脾胃、拉出肝膽、拉出心臟與腦髓
>
> 　　　　　　　　　　　　　──〈狐戀一九九九〉

> 有人將身軀種入坐墊
> 栽培靈感，卻長出疲憊
> 疲憊將頭顱灌成扁扁的木瓜
> 玄黃的肌膚包裝著虛無
> 裡頭只有淚的種子
>
> 　　　　　　　　　　　　　──〈心靈唱盤〉

自虐不夠，再加上自戕：

> 聽到髭鬚生長的聲音，拿出銳利的刮鬍刀。但是下巴光滑，胸口
> 卻有一條好看的疤痕。拉開疤痕，像拉開拉鍊……。
>
> 　　　　　　　　　　　　　──〈暗中〉

> 苦苦哀求一株仙人掌用力套弄牠
> 使牠亢奮、流血、死亡
>
> 　　　　　　　　　　　　　──〈錯過〉

我煮熟了自己
褪下一層厚厚的皮
製成皮鞋皮衣皮帶
沿街叫賣。

——〈明月〉

　　對於身體與身體器官的反抗與摧殘，實在是人在走投無路之際的「絕地反擊」。從心理學上講，自虐自殘者大都處於被迫害的處境，極端者可能反彈出報復或自殺行為，通常急需尋找宣洩或轉移的出口。我們應該充分理解，生活的極端融解詩性的極端，怎樣在虛擬與實在、假定與真實之間獲取更大的信服。

　　〈暗暝七發〉是身體詩的代表作，開始是自我解嘲、自我拆卸「請用笑聲／洗去我嘴邊的囈語／再拿起刮鬍刀，深入肺腑／求你將甜言灌入我的胃腸，讓我／順利拉出一團糾結多年的噩夢」。最後是：

汗水撥弄著皺紋，手指彈打著
肌肉。我在演奏自己的身體
感觸沿肋骨攀升，在頭蓋骨
附近與冷氣邂逅，纏綿
遂生出夜色……

　　擺脫「就事論事」的窠臼，入乎其內，超乎其外，進而把身體提升到可以「演奏」的境界，這是身體輸出的最大功率。比之中國大陸世紀之交的「下半身」那些肉慾的粗鄙，更具藝術耐力。

　　鄭慧如據此發揮道：「當詩人以身體為情景的訓練工具，以神氣與其他個體摩擦生熱、相互取暖時，就表現爆炸的、活化的形

色；當詩人把插曲式的技藝拿來作為語意及感覺系統的雙重編碼時，就表現潛在的、象徵的形色；當詩人以身體為刺激感覺的總受體，用神氣來偵測形色時，就表現直覺的、猛烈的身體感。四種形色的身體感，由此可以建立逼視自我的重寫個人生命史；建立對抗社會體制的荒野地帶；也建立起意念放射身體的主播空間。」[5]

不錯，建立身體的博物館、器官的博物館，從眼袋到膽囊、從腦幹到卵巢，每一處肉身都可通向思想與靈魂，通向無限廣闊的世界。人的身體主要由四種元素與九種微量元素構成，每一種都是絕佳的館藏。由於唐捐的努力，繼陳克華後，身體器官參與了對世界的想像與改造；更由於身體器官是通向精神的最佳「樹突」，人們在獲取與觀察靈魂的影像時，無疑大大增強了像素。唐捐善於在幻境、夢景、實景「三維」時空中遨遊，集資冥界鬼神狐仙、起用體內各種器官硬體、收集生理各式軟體，進行主客體間相互置換或肢解，演繹出殘酷美學，或許能成為身體書寫的另一種「發明」[6]？

三、體內的「魔怪」

早在《大規模的沉默·後記》唐捐就自剖道：「我在鬼神之際落筆，清楚地感知鬼神的干預，祂們或者扶著我的手，教我寫東或寫西，或者粉墨登場，在我的筆下遊走……，總之它們穿梭於眼耳鼻舌，請託我、鼓舞我、脅迫我四面張開廣闊的感應網，於一切事物，體認其鬼神的質素。」稍後在與楊佳嫻的一次對談中，他進一步細說道：我的詩即是在進行「變神聖妖孽的行動」，無論主題結構、語言莫不如此。所以必須先有一個聖體先於我的魔體而存在，

---

[5]　鄭慧如：《身體詩論（1970-1999·臺灣）》（臺北：五南圖書出版公司，2004年），第272-273頁。

[6]　陳仲義：〈兩岸後現代詩歌：反彈與提速〉，《中國前沿詩歌聚焦》（北京：中國社會科學出版社，2009年），第87頁。

我才能加以蹂躪、毀容、污染。聖體在這裡，既是被膜拜的，也是被戕害的、被攝食的對象，因此它也是犧牲品」[7]。故此不惜以其肉身，深入魔怪核心，創設出一個令人瞠目結舌的人間地獄或地獄人間。他用詩性的思維表達〈降臨〉的初衷，人們只有認領他的機心，才會接受他的古怪：

> 拜請拜請　拜請剔肉刮骨哪吒三太子降臨
> 降臨降臨　降臨我這衰朽疲憊污濁的肉身
> 讓神經系統接契著陰陽　風雷從心底發軔
> 讓手中的筆勃起如針筒　將神奇的字詞
> 製成疫苗種入病態的萬物　於是我寫
> 我這樣寫：巫者之詩　神靈之旨
>
> ——〈降臨〉

　　其實唐捐詩中大量出現的魔怪意象只是一種手段。反逆傳統的「背德」以及褻瀆身體的權力，才是他著墨的重頭戲。他操弄庖丁解牛的技藝，穿梭在釋家及民俗信仰的立場，獨力搬演一幕幕血淋淋妖魔化情境，把種種卑賤的形下物質與宗教的神祇與魔怪力量做了一個巧妙連結，達到召喚「卑賤」的神祕能量，以獲得某種「妖魔化」的快感與樂趣，達之「吾喪我」境地。通過「逆崇高」運行，對扭曲後的文明進行反控與反制，此類病癲式的「傾軋」，帶來的是幻滅的淒美[8]。
　　冠名魔怪，是魔幻模式（時空顛倒、人獸交匯，錯位變形，黑色幽默）率領荒誕與怪誕哼哈二將，聯袂上演的新「封神演義」。但它謝絕拉美神話的加入，反轉拓植華夏元素，更多則是取自活生

7　〈唐捐V.S.楊佳嫻——詩的脫骨與轉換〉，臺北：《誠品好讀》2003年5月號。
8　黃文鉅：〈魔化、變身、支離、痙攣美感：論唐捐詩中的身體思維〉，臺北：《臺灣詩學學刊》總第5期，2005年6月。

生的當下、在場，包括對當下、在場的妖魔化演繹。

　　先看人世間的魔幻現實，〈銬在一起〉揭示了生存的怪圈：
「手錶和手錶的影子把我和我的影子銬在一起，手錶的影子把錶針
凍結了，影子把我和一家餐館銬在一起。它似乎在宣講福柯關於被
規訓、被制服、被奴役的理論──人與物、人與人、人與自身，互
為監獄與牢房的關係，從而製造永無結局的循環。〈我和我的室
友〉把室友變成一隻整天吐絲的蜘蛛，同時擄走我的眉毛、眼睛、
鼻子、嘴巴、耳朵，在蛛網上重織，簡直就是卡夫卡的《變形記》
的翻版，不同的是，自我異化與「他化」同時進行，「來，來，跟
著做」，多麼誘惑的聲音──公然推行合法性才是最可怕的鎖鏈。
〈死城記事〉繼續異化的記錄，「人走入升降機再也出不來，逐漸
變粗變長的大廈把人消化掉」。這讓所有住民都染上被「匿名」、
被「注銷」的恐慌症。〈神聖的任務〉改為動物的人化，突破人獸
兩界，共同演繹一齣人類饕餮的荒誕劇。〈我的死活〉直指「死去
的我穿著活著的獸皮」，身體意淫代表身體行動，更寓言著一個族
群的行屍走肉。確乎這個世界充滿剝開祖墳如同剝開烤焦番薯；這
個世界使豬蹄病蟄入嬰孩的靈魂，營營青蠅用黑色的血液洗臉；這
個世界叫碩鼠在廟堂裡分贓佈道[9]。人間的異化折射現實的醜陋，
鬼魅居住的地獄，慘烈亦無以復加：鐵鍋煎熬著熟透的乳房、焦黑
的根器、荒廢的子宮、羊水、胎盤、愛液、泥沙在肺泡滑進滑出、
碳化的纖維、皮肉裡的盆腔、盆腔裡的臟腑、經血交流、肝腦互
疊……殺戮與毀滅的廢墟，分不清是虛擬地獄，還是魔幻當下：
「挖你種下的眼睛　君無出門／白刃黑槍在守候／你的心　邪色淫
聲在守候／你剛從洗衣店裡／領回的靈魂　貓和鼠在樓間聚賭／鬼
在街上　拿著政府開立的符籙　搜捕／受過國踢過狗記過　的人
君無出門／最好戴上安全帽　躲如保險套　用鋼筋水泥／鞏固顫動

9　劉紀蕙：〈以死人似的眼光，賞鑑這路人們的乾枯〉，《無血的大戰》（臺北：寶瓶
　　文化出版公司，2002年）序，第7頁。

的六根」（〈遊仙〉）。絕望之刻，詩人只能用傷殘的身體，再進行救渡的「招魂」，但，人間的家園與地獄的家園有何區別呢？

> 魂兮歸來　回到久違的地獄家園些／尖刀山上光如熾　污血池藕花香些／無救與無常　揮汗栽種頭顱些／羊頭和豬面含笑收割美麗的器官些／鐵丸美　沸羹甜　還有那些水銀灌大腸些／／魂兮歸來　回到快樂的地藏工廠些／在旋轉旋轉的石磨裡　肉體解散兮／細胞重組　不再有膚色階級與性別些／精血涕淚　溶成熱騰騰的膏湯些／在龐大的機爐裡　孕育全新的品種些
>
> ——〈逆招魂：帶妳回地獄〉

　　唐捐所有嗜血與吐血的描繪，為著是生命重組的新轉機。憑藉「蚊蚋」之器，尋找可以「插嘴」的地方，吸取各種來源複雜的血液與能量，獸的骨血、人的涕淚、墳塚之晦氣、廟宇之靈光，成就那嗡嗡的「蚊蚋之舞」[10]。雖然明知效果微乎其微——「蚊蚋之舞」解決不了什麼現實問題，那麼，再義無反顧地呼喚救贖的理性之光吧：

> 從未出世，早已入土
> 世界是一座堂皇的塋墓
> 保養著死屍。不讓腐味
> 洩漏，侵擾高枕上的神
> 從未作人，早已成鬼
> 愛與恨只是蛆蟲的運動
> 哭與笑則是牠的排泄物

10　同上注。

所有的行為都叫　　腐爛
所有的事物都叫　　棺木

神說過：有一天
要來開棺驗屍

──〈宇宙論〉

　　詭異而陰毒的魔怪理性，動員身體各等器官，參與對人生、人性，乃至社會的塗寫，它遊走陰陽兩界，給詩歌界帶來驚恐，給美學帶來驚顫。它不是拉美魔幻現實主義模仿，倒像是隔代「遺腹子」，問世之後，它一直就在「跳蚤」與「龍種」之間尋找轉換。成氣候者，算是龍之傳人，失敗、失利、失誤者，棄如草芥。

　　在魔怪詩寫整個過程中，唐捐的最大顛覆，當屬重塑「阿母」。阿母原是偉大光輝的「高山仰止，景行行止」，眼下完全被卑賤化、雜糅化。阿母的變形、變態、變意，展示多種可能的天地。東方的西王母，儼然一副豹尾虎齒，居然能「分泌甜甜的電流／哺乳一切飢渴的耳目」，也大膽賦予現代的「中核子反應爐」的形象（〈遊仙〉）。西方的聖母瑪麗安，被稱為年輕、陌生而美麗的小母親，結果演繹為「請容許我　用這傷殘的身體取悅妳」（〈罪人之愛〉）；而在地獄的鍋爐裡，原本血緣、親情、倫理的「阿母」意義，多了愛人、情人、受虐者、施虐者成分，「荇藻和羊水的微涼」，「老母親的荒廢的子宮」（〈我用傷殘的身體〉）。

　　特別叫人不舒服的是：「淫邪之阿母　胃囊裝滿禽牲的血肉　陰道裡妖魔的孽瀟　她有狗頭狗腦狗肝狗肺狗尾巴」，或許是基於這樣的放肆變形，詩人才有〈破獄救母〉的書寫，包括〈阿母，請妳也保重〉，叫傳統的阿母形象在澈底崩塌後，形成神與魔的共構、良善與淫邪的互體。對此，同是臺大的陳大為做出辯釋：他必

須找一個更龐大、更澈底的所在，塑造獨一無二的文學地景，以凝聚一身無與倫比的創意和技藝，還有那些不敢或不便在現實生活中顯露的情欲、狂想和暴戾[11]。唐捐為了達到藝術上的追新求新，不惜犧牲原始意象，是不是走得遠了些？

是的，阿母不再是單一的神聖意象，乘仙鶴而居仙境，反是蚊蚋、母豬的替代詞。也不獨是普世上親情的庇護所，而是帶有侵略性的悍婦。「她含納所有衝突，甚至將唐捐早期書寫中卑下的基調以及猥瑣表演、道德使命以及對世道的失望全納於一身。藉此在人間／地獄裡穿梭自如，怡然自得。阿母已非《易經》中大地之母的坤，也不純粹是聖經中救贖世人的瑪利亞，而是唐捐個人意識寄寓之地，是唐捐的靈感來源，也是救贖的根本。」[12]如果這一回，真算得上是阿尼姆斯原型（女性中的男神）在中國化的一次嘗試，那麼，唐捐濃筆重彩的至暗「潑墨」，對於「母儀天下」的國人來講，究竟能被接受多少？相信除少數先鋒者外，多數讀者是無法認同的，她不像蒙塔麗莎的肖像加上兩撇鬍子那麼簡單，在國人傳習固化的心靈深處，肯定要造成傷害。孰得孰失？

四、有靈招手，重啟來路

統觀整個身體寫作，處理單純的生理器官相對容易，一旦介入外部世界，則要難上一個檔次。要麼標上桑塔格的「隱喻的疾病」，要麼注射福柯牌的「瘋癲」藥劑，越過及格線似不成為問題，但面對意識與精神（尤其是變態）的心靈世界，就棘手多了。本能、無意識、潛意識、原欲、衝動、快感、夢魘、力比多……，

---

[11] 陳大為，〈為何推開地獄的大門？——評唐捐詩集《無血的大戰》〉，臺北：《聯合報・讀書人週刊》2003年3月16日。

[12] 莊士玉：〈卑賤的「聖」母——論唐捐詩中卑賤姿態的呈現以及母親意象的雙重性〉，臺北：《臺灣詩學學刊》2009年總第14期。

來無影，去無蹤，要多深有多深，要多複雜有多複雜。平時默不做聲，一經攪動，潘朵拉的魔鬼便爭先恐後紛紛出籠。欲望的蝙蝠，帶領人們占領一座座無底洞穴；無意識領域，堪比詭譎的百慕大，隨機翻造的分裂症隨機組建妄想的王國；含苞欲放的力比多，隨時引燃大火，燒毀大片大片理性的森林；而貪得無厭的本能快感，吃掉的何止是一座金山銀山……。這一切，都使得身體寫作日益亢奮又日益焦灼。在使盡渾身解數，把身體寫作引向魔怪維度的唐捐，又會變幻出什麼花招呢？

　　但見睽違十年之後，因影響焦慮而懷揣「弒父」的殺手，以過來人的身份，帶回了《金臂勾》：右手致學弟，左手致學妹[13]，唐捐在激烈的「誑詞」背後，試圖「反哺」後人。鼓噪也好，隔空鳴槍也好，他骨子裡盡是烹調前輩，肢解威權的重口味。不想在「幻土」與「代溝」間撫平心酸苦痛，更不走「浪子回頭」的老路，而是再甩出另一套頑童惡少式的「七傷拳」。

　　開卷〈老人暴力團〉：

> 我歌頌長袍馬褂、行屍走肉、脾笑肺不笑的老人暴力團
> 大庭廣眾將心靈雞湯灌入少女十八的腦部的老人暴力團
> 會議桌上裸露六根粉刷五倫幹掉四個青年的老人暴力團
> 請你這樣跟著說請你這樣跟著做的信望愛的老人暴力團
> 用羊水洗腎用墨水洗腦用符仔水洗那兩粒的老人暴力團
> 大慈大悲救苦難含飴弄孫摸彈頭放冷箭的老人暴力團
> 我歌頌神經壞死的牙齦
> 以及那顆久久被含而失去甜味的，飴。
> [……]

---

[13] 指唐捐第四部詩集《金臂勾》（臺北：蜃樓股份有限公司，2011年）。

請捏碎吾鳥之蛋蛋並親聆吾鳥之念念：謝了，前輩。
請打開吾腦之尿罐並惠賜雨露之甜甜：謝了，前輩。
請壓扁吾腎之蛞蝓並親撲體液之黏黏：謝了，前輩。
請捏碎吾心之宇宙並重建理學之榮光：謝了，前輩。
請剝開吾屁之兩瓣並輕嚙核心之幽香：謝了，前輩。
請蒸煮吾肝之切片以為美味之下水湯：謝了，前輩。
請染指吾肺之慘淡並充實夢境之黯黯：謝了，前輩。

　　並行推進的排比，以不容置疑的口吻，在莊穆的頌歌中引吭「假唱」，帶著反諷、譏刺，鞭笞那個「老人」與「暴力」結合的團夥。恭敬的請辭，控告凌遲年輕的力量，明朗的冷嘲熱諷，雖少了晦暗的魔怪成分，但骨子裡依然充滿各種人體器官的交集，成為重新發射的彈頭——對準那個僵化、腐朽的權力體制。
　　在〈無靨的青春〉中，則用對比性返回到自身：

青春，蛇吞象的驚人場景。　　　　　　　　　無意義
我喜歡蛇吞象的驚人場景。　　　　　　　　　無目的
在南方的沼澤地，我們恍若赤裸的毒物浸泡在　無價值
自家分泌的甜美毒液，領三千公費，度荒唐一生　無所謂

我喜歡蛇吞象的驚人場景。無靨的青春　　　　假霸
飢則食，倦則眠，飽則淫的無靨的青春　　　　　淫
打開九年一貫三年一泄，包山包海包鬼神的腔腸　淫
吸納滑膩的愛恨奔跑的叢林腐鼠醉雞爛人寶特瓶　太爽
拖著四肢退化五臟肥大的身軀流出黏黏地流出　太蠢
毒液黏黏地流入霓虹榨汁的水澤享用黏黏的人生　太多情

　　既回應前輩席慕蓉的名篇〈無怨的青春〉，已然不是那種純

潔、甜美、纏綿的淡淡憂傷，也追和黃源玠的〈青春・雨日・記憶〉中的燥切、峻急，直接用審視的態度重新梳理走過的道路，在每行句子的後面都做出斬釘截鐵的價值判斷，直指欲壑難填的人生。從外在世界的剝皮到自身的曝光，著實進行了一場施洗，在在是與眾不同。

比之前三部詩集「器官—魔怪」書寫，唐捐利用青春期的最後「迴光返照」，加大後現代的異質化特徵，且相當駁雜，如啟用自製的三字經、四字經，插入大段散文詩夾雜大段說明注釋，將文言、半文言、臺語、日語、破英語、注音符號進行混合，與東晉嵇康〈聲無哀樂論〉進行互文，採用ABC三段式的奏鳴曲，借用金庸《倚天屠龍記》的「七傷拳」，在〈南海血書〉插入四段「後設」，在〈三臺電腦和它們的主人〉引入倉頡輸入法，在〈小賦別〉中對三詩人的句法進行「套用」，對洛夫名句〈因為瘋的緣故〉進行同音翻造，〈所有病的我通通要〉充滿俚俗諺語、民謠、歌謠的糅合、〈出賽曲〉在「賽」字的能指滑動上，添加超量的潤滑劑，〈九九歡樂頌〉甚至把繞口令嫁接到似無關聯的文本裡。但凡天文地理、古籍今文、網路科技、雅語方語、襲用套取，皆成了唐捐的「飯來張口，衣來伸手」。猛然間，突感到眼前這位臺大驕子，莫不是當年林耀德的「轉世靈童」，且比林——玩轉得順溜？

當然有些地方用力過猛，有些刻意，捉狂而顯艱澀。還不如旁出斜逸，回到某種具體、可愛的小清新，叫人眼睛一亮，像路邊店有特色的飲食：

> 章魚燒　燒掉了假山的牢房綻放欲望。燒燒燒
> 燒仙草　草上的露珠是唾液的光芒。草草草
> 草莓牛奶冰　誰把片皇后製成了銼冰。冰冰冰
> 冰咖啡　非爽亦非非爽非夢亦非非夢。啡啡啡
> 菲律賓炒麵　麵裡有些人面裸蟲蠕動。麵麵麵

　　　　［……］

　　　　　　　　　　　　　　　　　——〈Ⅵ食字路口〉

　　並置、諧音、頂真、接龍，通過能指的滾動，帶出食色天王的
吃喝笑鬧，頗具諧趣，也算是行軍途中，一次小小的「搗蛋」吧。
　　兩年之後，這匹左衝右突、上下敲扣的「老馬」，又換乘了另
一匹「略古錐而小瘋癲的毛驢」[14]，繼續走上搞怪、戲謔的小道。
沿途一路，幸有白話、俚俗、臺語笑意相伴，特別是大量網絡用語
（酷斃、強粉、派大、氣爆、廉割），閩南時語（靠妖、殺小、賭
爛、摃馬、機車），給文本平添了不少生猛鮮活，也改變了此前的
風格與路數。〈微雨〉、〈茶與同情〉、〈菜花黃的野地〉、〈大
安〉，仍屬少數可摘下的清新之果，連同〈沙灘上的腳印〉：「往
事陷入深深的沙發，難以／自拔，錫，陷入湯匙的形狀／我陷入你
而你陷入暈眩的人生／……」，委實給魔怪世界開另一扇呼吸通
暢，溫馨暖意的人間窗戶。而讓人眼睛一亮的，倒是首頁〈蚱蜢
篇〉打頭，玩的是拆字、異字同音的「借貸」遊戲，叫人莞爾：

　　A段
　　　　你蚱來時，我心正蜢。
　　　　山有些麒，湖有些麟，
　　　　愛的胸蟶，卡住一螂。
　　　　白薔黑薇，似燦實爛。
　　　　笑蚯哭蚓，狼徘羊徊。
　　　　時間的齟啊空間的齬，
　　　　我怎能糊掉美好的塗。

---

[14]　唐捐：《蚱哭蜢笑王子面》（臺北：蜃樓股份有限公司，2013年）後記，第169頁。

| 308　臺灣現代詩交響——臺灣重點詩人論

可能，作者是把它當作獻給魔怪饗宴的一點調劑佐料，換換口味。筆者卻樂觀其成，最好成為未來廚藝的一份新思路（此思路可延伸為語感、節奏、音樂性、口語化、精準度、契合度的強化）。筆者的意思不外是，在多種元素混合中，遊戲也好，嬉笑也罷，怎樣以多一些新鮮的詩性濃度、沖淡固化的習氣。一如健美競技，大塊稜角分明的肌肉群展演或許過於突兀，過於「鐵疙瘩」，適當轉為柔婉的美學線條，豈不兩全其美？

　　老話曰：「日拱一卒無有盡，功不唐捐終入海。」憑著劉正忠的才華，他的魔怪書寫到了一個圓滿階段，同時也到了一個可能轉機的岔口。在第五部詩集的封面上，那隻跳著又哭又笑的「蚱蜢」，可是個狠傢伙，能一口氣從印巴大陸飛到撒哈拉沙漠。我一直在想，這頭擁有超強蹦躍與遷徙能力的蝗爺，有幾分是自畫像？那麼，在牠（他）的腦後，是等待回歸、回到駕輕就熟、自如出入的「冥界」，還是前頭——有新靈招手，重啟來路？

第十八章　陳黎
符號化閾值下的多態多變

一、符碼撐起考察支點

　　陳黎一出道就迎風招展，引人矚目，這與他多樣的風貌有關。處女集《廟前》（1975）帶著人生關注、寫實諷嘲，也帶著學徒期的一些稚嫩，《動物搖籃曲》（1980）搖著長長浪漫與象徵的情懷，業已顯示幾分抒情的成熟；《家庭之旅》（1993）卸下歷史省思，重返生活靈感，而後便以袋鼠的步伐，自《輕／重》（2009）而《妖／冶》（2012）而《島／國》（2014），全面跨跳到後現代。他思路敏捷、視野開闊，廣泛糅雜詩歌之外各種藝術，形成斑駁的書寫格局。既為明・寧靖王五位妃子代言，發出「獨聲的合唱」，也從林林總總的俳句（唐俳、日俳、廢字俳）中分泌自己的「腹語」；有擬原住民泰雅族的「假聲」〈獵人頭歌〉，也拍攝圖文並茂的真實「紀錄」；既在漢字悠長的坑道撿拾礦苗，隨手回填半是實驗的廢棄物，復從聶魯達（Pablo Neruda）「光之碎鹽」、辛波斯卡（Maria Wisława Anna Szymborska）的「靜默如謎」裡，擦亮自己的翅翼。

　　林耀德稱他是隱埋在七十年代鄉土風潮中一枚特異的後現代音符。余光中評他取法於拉美的「粗中有細、獷而兼柔」的風格[1]。

---

[1]　余光中：〈歡迎陳黎復出〉，臺北：《中國時報・人間副刊》1990年9月29日。

奚密給出「前衛+本土」的模式定位。考察陳黎後期創作，似乎都在印證他所秉持的符號學原理和馬賽克理論：每個字都是全部的馬賽克，不知所終，只有晶亮自己[2]。世紀之末，他「從邊緣往更邊緣擴張開拓」（廖咸浩）變本加屬投靠符號王國。對此「遠離詩性」的做法，一些人毫無保留給予大力支持，另一些人則發出種種質疑之聲。本文嘗試用符號學的若干原理作為視點，看看能否得到一點心得。

符號學是研究意義活動的學說，符號學從索緒爾的二分法（能指與所指）的源頭與皮爾斯三分法（再現體—對象—解釋項）的分流，前後並行不悖地發展到現在，應該說相當成熟了。雖然索緒爾把符號鎖定在語言學範圍，皮爾斯把所有事物都納入符號範疇，增加接受「解釋項」，強調衍義功能。兩者彷彿同床異夢，但倘若我們擯棄偏見與偏愛，縮小兩者區別，放棄狹義與廣義的對弈，我們當會認可，兩位大師都為我們認知語言與進入符號世界提供了強大武器。

不揣淺陋，筆者斗膽地將皮爾斯的三分法作為基礎，融入索緒爾的二分法，姑且得出如下大體的交匯線路圖。以這樣粗淺的「遊動」方式，來應對語言與萬物的符號化，但願沒有患上不良消化症。

符號三分法

---

[2]　焦桐：〈前衛詩的形式主義遊戲〉，《在想像與現實間走索》（臺北：書林出版有限公司，1999年），第141頁。

遵循符號三分法，二十年來本人一直看好趙毅衡及其團隊，為符號學的中國化做出了出色貢獻。水起風生的廣義符號學已在電影、美術、音樂、舞蹈、書法、設計、廣告、時尚諸方面抽芽綻苞。遺憾的是，就現代詩領域裡的運轉，似乎還步履維艱。其實詩歌比起其他文類的最大特點是──所有成分都能充分「語義化」（義大利・巴格尼尼），因而詩歌最容易進入符號化「法眼」的，然詩歌本身的細膩、微小、複雜、多變，可能又掣肘了符號化闡釋不盡人意（迄今為止，還沒有出現真正意義上的漢語詩歌符號學）。

　　現在，擺在我們面前，是陳黎用他後現代手藝，端出一桌子語符菜系。如果我們伸出古典味蕾、浪漫主義舌尖，肯定感到噁心，對不上胃口。那麼，改用一下符號學的鍍銀調羹，能否增加一些津液呢？一九九三年之後，陳黎彷彿患上符號「戀字癖」，走火入魔。抬頭不見低頭見，他用曲解的繞口令，展開〈不捲舌運動〉，譏諷繁褥的文化拖累；用三十九首〈字俳〉，像許慎那樣逐個打開被淤積的方塊毛孔；用孩童般稚嫩的肺氣泡，一口氣吹出九十五個山名，堆砌本土強大的物質性（〈島嶼飛行〉）；用生僻而陰鷙的同音字做不停歇連綴，指向偽善人世（〈腹語課〉）；〈留傘調〉在最後結尾，遽然挪用「陳三五娘」，將歌仔戲與現代時髦語並置；〈小城〉把二十一種不同字體伫立起店鋪招牌，在紙面上開起不夜市；而〈有音樂・火車與楷體字的風景〉，則逍遙於一片夢幻文字，染著濃濃的後設色彩。

　　透過符碼的裂解、離散、放逐與召喚，我們看到陳黎試圖在祛魅的立場鞭笞舊有秩序，重組島嶼文化的「定力」。確乎，未來的符號性書寫不可預知，但符號性打入單純話語框架，吸收更多異質語料加盟詩歌，使得純粹詩語與符碼進一步結合、交集、交換，並非大逆不道或此路不通。或許不成大氣候，但也非絕人之路。這是基於符碼的超級彈性與容量──「凡是可以被認為攜帶意義的感知

都是符號」[3]。其巨大的意義發生器，預示著廣闊的市場與遠景，而詩歌的整個宗旨都是對意義的追索。在這個意義上，符碼與詩歌結成最親密的盟友。

尤其是符號性本身所提供的各種便利路徑：像似性、理據性、標出性、規約性、投射性、寬窄性、試推性，以及消義、衍義、複現、互文、能指滑動，等等，都可在詩的內部，創造以象徵為主標誌的意義書寫，也可在詩與非詩的邊緣，製造「文淬」式的形式化書寫。

二、文本的符號化展面

先以刺點原理來看陳黎代表作《島嶼邊緣》。巴爾特在他最後一部著作《明室》，用兩個拉丁詞（Studium／Punctum）概括一對很有意義卻語焉不詳的觀念，趙毅衡將其翻譯為「展面／刺點」，頗為準確，況且展面與刺點也正好對應符號學的組合軸與聚合軸關係。總體上看，展面是組合軸的呈現與鋪張，是文本的展示「平臺」，文化的「正規」體現或「勻質化湯料」；而刺點是文化正常性的斷裂，日常狀態的毀壞，「是在文本的一個組分上，聚合操作突然拓寬，使這個組分得到濃重投影」[4]。刺點的出現，極大地刺激受眾的解讀。

筆者心目中的詩歌刺點，是文本中最突出的要素，具有犯規、攪亂、昇華文本的特性，集焦點、痛點、熱點於一身，有如人體經絡上的穴位，動一而牽百。它在詩歌表現形式上花樣百出：或突兀刺目，或斷裂脫跳，或積蓄留白，或懸疑謎底，或反覆疊加，或反諷弔詭，或細節特寫。它與出其不意、不同尋常、突如其來、陌生化、異質化、前景化緊密維繫。不管何種表現，刺點仍是對意義追

---

[3]　趙毅衡：《符號學原理與推演》（南京：南京大學出版社，2011年），第168頁。
[4]　同上引書，第119頁。

尋、索取最直接醒目的信號。

在此，我們判斷〈島嶼邊緣〉的刺點非那顆形象化的「鈕扣」莫屬了。主意象黃鈕扣——我們的島是一粒不完整的黃鈕扣鬆落在藍色的制服上，異常鮮明駐留在我們的視網膜，它深深留下三道刻痕：第一道，「一縷比蛛絲還細的／透明的線」——現實地理位置上的脆弱、細微、渺小，命若絲懸，退回到遠景中隱約可尋，它其實是一道鮮明深刻的地理「情結」；第二道，「握住如針的我的存在」——心理位置上的劃破、扎入的尖利、刺痛感，顯示出比地理上還棘手、尷尬的現有存在狀態；第三道，最終就用這顆鈕扣「刺入藍色制服後面地球的心臟」——在睡眠與甦醒的交界浮沉、掙扎，磨圓磨亮，自強自立，可能還不夠，還要融入到全球化大潮。蔚藍的洋面，由鮮明而獨到的「刺點」躍起，率領聚合軸上的國族理念、原鄉意識、在地情懷，還有童年記憶、孤寂歲月、心理創傷與理性思考，終於在心底深處，完成一次回歸的噴發而不是徘徊的張望。

符號學的試推法剛剛興起，遠不如邏輯學的歸納、演繹那樣普遍開花，但它對符碼的延展、推演性詮釋十分適用。不言自明，符碼的終極是引發意義的獨家或連鎖，而意義本身是變動的、多元的、具備無限衰減與無限增殖，任何詮釋都不可能給出永恆、絕對的答案，只能在一個滾動過程中無限接近那個「核」，永遠沒有結果沒有定論，尤其是詩歌。詩歌的不斷衍義是自身文體的「天性」，試推法運用到它身上真是天然的「卯榫之合」。按照艾柯的著名說法：符號是煙，對象是火，解釋項是火災——一個大膽而奇異的比喻！在歧義追討的意義上，詩歌的每一回推廣詮釋完全是一場場精心策畫的「縱火案」，火燃燒得愈大，符號的生命、力度、效果愈佳，藉此來看〈貓對鏡〉：

我的貓從桌上的書中躍進鏡裡／它是一隻用膠彩畫成的貓／

被二十世紀初年某位閨秀的手／在一位對窗吹笛的仕女腳旁／我把書闔上，按時還給圖書館／而它依舊在鏡裡，在我的牆上／／有時我聽見笛聲從鏡中流出／夾雜著月琴和車輪的聲音／那朱紅的小口未曾因久吹剝落／唇膏（我猜想時間的灰塵模糊了／那些旋律）我輕擦鏡面，看到／蜷臥的貓打了個呵欠，站起身來／／它依舊在畫裡活動，在音樂與／音樂間睡眠，沉思，偶而穿過／畫面偷聽隔壁房間我女兒與／她同學們的對話。它甚至看到／她們攬鏡互照，討論化妝品的／品牌，手排車與自排車的優劣／／它一定在她們手上的鏡子裡／瞥見了自己，慵懶，然而依舊／年輕，寄住在我書房一角牆上的／鏡裡，瞥見鏡子外面坐在桌前／閱讀寫字的我，並且好奇什麼／時候，我再攤開一本書，一張紙／／讓它跳回桌上。

　　貓作為常客出入於詩歌客廳屢見不鮮，紀弦的「黑貓」寄託遠去的亡靈幽魂；蓉子的「弓背貓」，詠嘆時光與青春易逝；白萩的「六面貓」，傳遞從憤騷到寧靜的心態，雖都沒有淵源上續接，但都提供了廣闊的書寫空間。比起〈島嶼邊緣〉，這首詩作沒有明顯刺點，其實刺點是分散在貓對鏡的長軸式的運動展面的──倒不如都當作散點。它讓我們回想商禽那隻〈穿牆貓〉「夜半來，天明去」，從未見過的，卻用「長長尖尖的指甲在壁紙上深深的寫道」的神祕之貓，可以感覺到，穿牆貓是商禽幻象中姣好（也是交好）、不辭而別的女子化身。林煥彰更有一部《關於貓的詩》（三十七首＋四十七幅彩繪），極盡貓之童真。而〈貓對鏡〉這隻進出自如的寵物，則是陳黎個人「鏡像」的散點發射。鏡貓的軌跡，不妨看作是詩人「詩生活」的軌跡：在書本裡出入，塗著膠彩，笛聲夾雜著月琴和車輪聲，在音樂與音樂間睡眠、沉思，蜷臥起身，打哈欠，偶爾偷聽女兒與夥伴的聊天，慵懶而依舊年輕，鑽進鏡框又

跳回桌上。像散文，也像閒筆，輕鬆隨意勾勒自我的鏡像。鏡像在符碼表意過程是屬第三環節的，充滿諸多解釋權。《紅樓夢》賈瑞的風月寶鑑，美滋滋地做「背面照」，結果一命嗚呼；賈寶玉對床鏡照，照出個甄寶玉真假難辨；林黛玉隔三差五攬鏡自鑑，反而走向花葬。鏡子作為古老文化的原型意象，有顯形、護衛、陰性、鑑照、警示、美滿等功能，貓作為與人類關係最密切的寵物，小巧、好奇、慵懶、潔癖，惹人憐愛，在中國多有積極的寓意：吉祥、辟邪、溫順、命大。故而「貓─鏡子─自我」構成了表意的三分法，透過反射、投射、折射，貓被鏡子吸入，貓沾帶鏡子的神采。鏡中貓、貓中鏡合位一體，讓我們感受詩人日常生活中的個性、脾氣、愛好、興趣乃至細微的作息。鏡中貓、貓中鏡在幻象式語境中，用自身獨特的貓步，完成了作為精神形式的象徵衍義。

　　象似性是符號學的支柱之一，它統轄著語符的「音形義」，先看形似。有意思的是，入選美國新版教材的〈戰爭交響曲〉，現在連最偏見的人也會承認它是成功的符號化精品（前稱圖像詩、異形詩）。全詩十六行，每行二十四字，分三節。第一節由清一色的兵哥們組成「兵兵兵兵兵兵兵兵兵兵兵兵兵兵兵兵兵兵兵兵兵[……]」方陣，接著第二節過度到稀稀拉拉、缺胳膊斷腿的「乒乓」錯落為六行「乒乓　乒乓　乒乓　乒　　　乓」的破陣，最後再轉成與「兵」對稱、同樣十六行的方陣「丘丘丘丘丘丘丘丘丘丘丘丘丘丘丘丘丘丘[……]」。倘若停留在字面上，從「兵」到「乒」再到「乓」最後到「丘」字，僅僅是形態上的四節減肥操而已，但詩人卻神奇而靈感般抓住三者的遞減式衰敗，而且每次只減一點。當「方陣的兵」撤退般地、帶著丟手掉腿的潰敗，轉而變成「丘」而堆成戰場上的「塚」（墳墓），其間的寓意便自動生成了。字形所代表的士兵，準確說，由一點、一頓的缺失而標識的被摧毀的軀體，以及丘所隱含的死亡居所，形成了一種有序順延的戰爭符碼，映現在視覺屏幕上。戰爭主體紛紛殘缺與由紛紛成「丘」

的表意墓塚，儼然寫就了一篇悲催壯烈的檄文，反戰之意溢於言表。表層的排列畫面，因巧妙佈設，受眾便沿其徵符指引，叩響意符的暗門，從而讓題旨的大殿顯得格外沉實壯闊。在此，提醒操作「觀念詩」的朋友們，關鍵不啻找到內層與外層的最佳契合點，還得注意在外層徵符的徵集中，防止過分線性的直接「扣死」，需要有一點曲折、一點過渡、一點拐彎。畢竟過於直露，總是與單薄簡陋為鄰。

〈孤獨昆蟲學家的早餐桌巾〉同樣做著擬形的密集展示，但與〈戰爭〉順延字的自然編碼不同，它採用的是暴力編碼，然後把最後的謎底猝然甩給受眾：

〈孤獨昆蟲學家的早餐桌巾〉

〈孤獨昆蟲學家的早餐桌巾〉底下，在筆者看來，至少藏有三個機關。一、滿眼蔓延的昆蟲符碼，可引申為動物群、植物群，乃至整個生態界，面臨當下一個棘手問題，是生態環境的無比惡劣、

惡化，以「包圍」、「包抄」的方式向我們湧來，大有鋪天蓋地之勢。如此氾濫，是昆蟲學家的個人煩惱，還是我們大家——你我他——命運共同體的生死關呢？二、一個孤獨的昆蟲學家對視一大片密密麻麻的昆蟲對象，正如一個詩人面對麻麻密密的漢文字，他如何在廣袤的田野上寂寞而孤獨地張開網袋，捕捉翅翼與腳趾上的詩意呢？他陷入了永無邊際的煩惱。三、仔細甄別，每個字符都含有「蟲」字，少則一個，多則三個，然而不是帶有蟲的部首偏旁皆屬昆蟲類。像藏在間隙裡的「蠔」、「蛔」、「蛋」就是冒牌貨。「蠔」是軟體動物牡蠣科，「蛔」屬無脊椎動物線蟲綱；蛋是鳥類、爬行類、哺乳類有殼的卵，蛋（卵）絕不可等同昆蟲。而藏在首行裡的「虹」字，更是黑白混淆。這是不是在告誡我們，警惕那些佯裝得很像的「假冒偽劣」——包括詩壇的假詩、偽詩、劣詩、非詩？

　　形似觀後聽音似。在盛裝「音響」的遊行隊伍裡，聲音的穿戴花枝招展，應接不暇。有一百二十貝斯、四排簧手風琴，有清脆的曼陀鈴、電吉他彈唱，還有撥弄三弦的，從早先清唱的《〈島嶼之歌〉、〈家具音樂〉，接著變聲的〈不捲舌運動〉、一氣到底的〈無聖〉，再到音圖結合的〈十八摸〉……。其中粗嗓子哼出的是〈硬歐語系〉：

　　　　受夠嘍，柩後守候。／狩六獸（觳鷚鷟狃狄貐）／晝媾宿
　　　　媾，白朽垢臭後／又購幼獸，誘口媾肘媾／逅豆蔻，授黈酉
　　　　／抖擻漏斗，又吼又咒／鬥九晝又九宿，胄鏽鬥瘦／蚼漏
　　　　透。就有嘍／夠糗謬，酒後秀逗／醜陋露／舊漏斗，壽驟漏
　　　　／有救否？

　　全詩刻意選用韻母為「OU」的字，假稱「硬歐語系」（實為「印歐語系」），玩起吾國漢語的擬繞口令。嚴格說，六獸應是青龍、朱雀、勾陳、騰蛇、白虎、玄武的統稱，但詩人為「合韻」，

故意竄改六獸祖宗，讓渡給其他物種。所有的以「OU」發聲的母音自然有與「印歐語系」相通的一面，但源遠流長的漢義內涵又死守傳統根基，這就造成音義難解的悖謬。其實全詩的企圖就集中於最後一句發問，在表意語系與表音語系長期較量中，孰優孰劣呢？我們的漢語語系能否承擔拯救之重，抑或漏斗般「流失」？單音的多次重複，因徵符與意符完全隔絕，給人嚴重的不適感，但恰恰是無理由的頓挫、「結巴」、「拗音」，生僻音，反倒成為該詩的「點睛」之筆。它觸及到語音與語義間的內在關涉機制，從深喉部位連續重複的發音聲帶，在厭煩到絕望之際，終於聽到那如雷貫耳、直頂底蘊的「拯救」之聲，至少做到了符號化的達標要求。這也就是錢鍾書所說的「擬聲達意」。擬聲是符號化的要項，舉不勝舉的《詩經》沿襲至今，舉凡天文地理、日常起居、心境、心態，無一沒有染指。現在的陳作，也從〈在我們生活的角落〉，做連續性的「罐頭罐頭罐頭罐頭罐頭」的呼叫，尋覓、開啟日常密閉的詩意，而後到達〈達達〉：「達達達達達達達達[⋯⋯]達可達，非常達」的情欲發洩，最終草擬為心儀的「樂譜」。詩人依靠能指的滑動，可以獨立滑出意義的抽屜，自主地開發音響的頻道。

　　擬形與擬聲的後面，始終活躍著符號化主體。巴爾特在《明室》裡，點出人面對鏡頭時，主體同時會帶著四重身份，趙毅衡推敲之後，認為在舞臺上，至少可以擴充到六種身份，分別是：我認為我是的那個人（self）、我希望人家以為我是的那個人（persona）、導演以為我是的那個人（actor）、導演要用以展示符號文本的那個人（character）、觀眾明知我是某個人（person），但是被我的表演所催動相信我是的人（personality）[5]。

　　二〇一三年陳黎寫出〈一人〉，用「Yi」音做拐杖，給十二個漢化的「人」帶上十二種「面具」：「伊人。／依人。／宜人。／

---

5 趙毅衡：《符號學原理與推演》（南京：南京大學出版社，2011年），第348頁。

怡人。／旖人。／異人。／齫人。／臆人。／疑人。／易人。／佚人。／憶人／／噫——人。」在這裡,有「伊人」與「依人」,從遠古走到今天的纏綿繾綣;有「宜人」、「怡人」、「旖人」的體貼、舒心、愉悅與溫馨;也有「異人」、「齫人」、「臆人」、「疑人」的隔膜、啃咬、猜忌與懷疑;以及「易人」、「佚人」、「憶人」的嘆息。原來的「身份」都被儲存於數據庫,或常用或淡漠或完全失憶,現在被詩人挑選出來重新編碼,成為抽象與具體合一的人,在在是符號化的一份功勞。從「一人」身上,我們還可以分切出屬「Yi」音的團隊(諸如藝人、翼人、遺人、議人、醫人、彝人、夷人)多種,自然也可以另外從「yu」符音,再組建其他(諸如漁人、愚人、娛人、予人、傴人、雨人、玉人、育人、馭人、喻人、豫人、遇人、譽人等)梯隊。漢語的族譜上,冒出了不少新戶籍。回望中國大陸有關主體性書寫,梁曉明的〈各人〉、蕭開愚的〈北站〉、北島的〈握手〉……,他們都是波德里亞「丟了影子的人」的異化寫照。但區別涇渭分明,後者基本是用感性的具體細節去勾勒、「論證」具體人,而前者完全用符號性代碼做客觀的抽象羅列。但是,在殊途同歸的關於人的「分形」寫作上,應該說現代主義會獲取多數選票,因為極端的後現代容易落入類型化。

本節最後,再看一下符號化的理據性。理據性是符號中表示事物、現象、觀念之意義構成的依據,它是任意性的反面。皮爾斯把理據中的相似性分成三種:形象式、圖表式、比喻式。奇怪,他為何把重要的「聲音式」給忽略了呢。要知道,在非表音語系中,咱中國漢字系統的「聲音相似」也擁有強大的理據性。那麼多的異字同音、近似音、疊音、押韻俯拾皆是。如此看來,〈一首因愛困在輸入時按錯鍵的情詩〉,玩的不單單是能指遊戲:

> 親礙的,我發誓對你終貞／我想念我們一起肚過的那些夜碗
> ／那些充瞞喜悅、歡勒、揉情祕意的／牲華之夜／我想念我

們一起淫詠過的那些濕歌／那些生雞勃勃的意象／在每一個蔓腸如今夜的夜裡／帶給我肌渴又充食的感覺／／侵愛的，我對你的愛永遠不便／任肉水三千，我只取一嫖飲／我不響要離開你／不響要你獸性搔擾／我們的愛是純啐的，是捷淨的／如綠色直物，行光合作用／在日光月光下不眠不羞地交合／／我們的愛是神剩的

作者其實一點都沒打瞌睡，更沒按錯鍵盤，他故意用包括題目在內的二十八個同音字進行置換：困＝睏、礙＝愛、終＝忠、肚＝渡、碗＝晚、瞞＝滿、勒＝樂、揉＝柔、祕＝蜜、牲＝星、淫＝吟、濕＝詩、雞＝機、蔓＝漫、腸＝長、肌＝飢、食＝實、侵＝親、便＝變、肉＝弱、嫖＝瓢、響＝想、搔＝騷、啐＝粹、捷＝潔、直＝植、羞＝宿、剩＝聖（其中可能有個筆誤——肉rou與弱ruo只能算近音字）。顯然，這是一份愛的表白書，如果按照正常規矩，不管情感深淺濃淡，起碼要求都是要以正確的能指、所指行事，聲有所向，意有所指。然而作者故意拿出多達三十個同音字進行替換——即用能指聲音的佯裝頂替所指的意義指向，從而顛覆了表白的真實性，暗示了對忠貞之愛的欺瞞。雖然反諷的方法有些簡單，但建立在能指關係上的充分理據性，經由通篇的擬聲模仿，幾乎在每個局部、每個單位都建立了目標一致的統一戰線，迅速產生了用自身話語瓦解自身——即自打嘴巴的「自戕」方式，達成了本文的「自殺」目的。

〈連載小說黃巢殺人八百萬〉就遜色多了。34字（殺）×28行字（殺）=924個（殺），密密麻麻造出一片死亡沼澤地。單一的文字背後，沒有任何情節，更無詩意，僅靠一條題目帶來簡單到不能簡單的訊息：體裁是小說，形式是連載，主人翁叫黃巢，他要殺人八百萬，僅此而已。似乎為了緩解貧瘠，文本最後用括弧帶出「待續」二字，給沒有任何內容的判決書留了個體面的出路。你說，這

樣的打發，挽救得了全軍覆沒嗎？

　　洛特曼的文化符號學特別強調文本解碼過程，是一個複雜過程「不存在一次性和終結性，這個過程不僅會產生新意義，而且這個新意義的產生如同雪崩一般，會迸發出巨大的能量」[6]。我們不要求雪崩效果，只要求達標，而該詩造成解碼過程過於簡陋。解碼過程的關鍵，是能不能找到隱藏在過程中的「潛臺詞」。里法泰爾在《詩歌符號學》強調詩性符號的生產，都是由潛臺詞派生決定的：一個詞或一個短語只有在涉及到一個前在的詞群時才能被詩化。潛臺詞已經是一個包含著某種意思的符號體系[7]。那麼，潛臺詞在哪裡呢？即作者的「定點意圖」在哪裡呢？整個表象系統給我們的提示是：一、農民起義殺人如麻；二、農民起義繼續殺人如麻。藉此來影射暴力？苛政？恐嚇？高壓？專制？濫殺無辜？不必細看，整個表象系統後面，根本沒有設置通往解碼——「解釋項」的必要「槽道」。這是不是反證作者的製作過程過於簡化、線性？至少不如前述同類作品〈戰爭〉的指代對象，有層次地經過三次邏輯遞減。應該知道，一個理想的表意行為，都是產生在兩個充分的主體之間——符號文本攜帶隱含意義，接受者在試推中理據地解釋意義。太露骨或太隱晦，都會造成失效。在可解不可解之間，最好。

　　再按符號學規定的副文本——標題是作為副文本使用的角度來看。如果在標題與內容上陷入「同義反覆」，這樣的文本通常是「弱智」的。同時按照符號學的「寬窄」幅員檢視，組合軸佈滿千篇一律的「殺殺殺」運動，沒有任何變化，這種專一的單薄，無法提供新質或異質，顯然也因為過於正常而反襯幅員狹隘。故而極端一點，就可以推出：每首詩算作一個謎語，一眼讓人見底的（即猜

6　康澄：〈洛特曼文化符號學的核心概念——文本〉，南京：《當代外國文學》2005年第4期。

7　[法／美]里法泰爾：《詩歌符號學》（布魯明頓：印第安那大學出版社，1978年），第24頁，引自姚基：〈徘徊在文本與讀者之間——里法泰爾的《詩歌符號學》述評〉，北京：《外國文學評論》1990年第2期。

即中），藝術性會較差；天書般不知所云的（近乎無解），會無人問津，只有逗引在觸手將及的思路上的，才最具魅力。

三、可能的「搵學」

以上，我們粗略理出陳黎符號化的某些「展面」。同居於臺北、較為熟悉的楊小濱則從展面刮出更為精到的「塗片」，塗片上佈滿「搵學」式斑點。「搵學」（lituraterre）來自拉康一九七一年自創的術語，它來自兩部分，一是字源上的搵者，浸沒、拭擦也。二是經歷上，從高空俯瞰水岸，形成河流塗抹土地的「灘塗」。作為一種書寫象喻，學理地說，物質化的文字在文學的邊緣沖刷出一片灘塗般的「文滓」，這些來自真實域的文字填補符號他者的空缺，展示意義缺失的傷痛[8]。在地理意義上，海水、江河、潮汐、洄流沖刷出的灘塗，會冒出「小他物」之類的產物，比如螃蜞、泥蚶、沙蟲、灘塗魚，食用價值較高，自然也會帶出魚骸、殘殼、爛繩、破網什麼的，一無是處。類比到詩寫的潮浸地帶，佈滿了那麼多良莠難分、沙金混淆的風險，該如何處理呢？

如果說〈貓對境〉在閃光、折射、投射、反照的餘光裡存有富餘意義，乃至過剩產能，那麼〈巴洛克〉提供給我們的，雖經詮釋的「九陽機」強檔開動，所剩顆粒與汁液無幾。

> 源自葡萄牙語／不規則的珍珠／之意。不規則／後面，自然是／規則，譬如說／葡萄葡萄葡萄／葡萄葡萄葡萄／葡萄葡萄葡萄／忽然吐出葡萄牙／在規則的葡萄／葡萄葡萄葡萄／葡萄葡萄葡萄／之間你就會問／突出的那顆牙／吃光了所有的／葡萄葡萄葡萄／葡萄葡萄葡萄／葡萄葡萄之後／黏齒的

---

[8] 楊小濱：〈作為文滓的詩：陳黎的「搵學」寫作〉，武漢：《江漢學術》2018年第1期。

香味會／不會蔔萄前進／飄洋過海，偷／渡入中國，成／為一棵美感大／不相同的蘿蔔／／不規則後面是／太容易被你忽／視的規則。你／喉嚨發炎好像／長了一棵紅蘿蔔／在喉頭，激夜／苦痛的紅蘿蔔／汁，輾轉榨出／點滴在你心頭／你開始想念那／單調如白蘿蔔／／白蘿蔔白蘿蔔／的平常日子：／你後悔沒有對／你所愛的人更／好些，沒有買／譬如說，更多／巴洛克音樂給／他們讓，他們／在龐大厚重綿／密精巧的音的／建築中，欣然／領略自己是支／撐一切的葡萄

　　該詩的表層一目了然，兵分三路：第一路從地緣上的國家葡萄牙走向有關葡萄與葡萄繞口令，第二條路從葡萄牙的國名扯到同音而大小性質完全不一的牙齒，第三條從名詞葡萄聯想到音形義不同，但容易混淆的動詞匍匐，最後再到鄰近的詞彙表蘿蔔。在「葡萄—葡萄牙—匍匐—蘿蔔」的語符排列推進中，作者有意嵌入「不規則—規則」（無—有）的告示，完成自己設定的文本意義，而不至於在形式嬉戲中流失。告示採用明示，且與四周上下語境配合，還比較和諧。若果採用暗示，可能藝術性更高。若果完全放棄必要的告示，該詩的價值就趨近於清零了。

　　所以，筆者的標準是，只要還有一點「剩餘價值」（不同於「富餘價值」），這樣的詩作便可越過及格線。再不行的話，至少保留最後一點意味的「喘息」，像〈開羅紫玫瑰〉：

那小開開一臺直升機來／說要帶她去找盛開在／夜裡的開羅紫玫瑰／半路他腹痛，吃了兩粒／醫生開的胃藥，說找個／開闊的地方休息／他熄了火，點根煙／打開座位前的收音機／收聽某個開發中國家／電臺傳來的搖滾樂／他倒了一杯開水／沖泡了咖啡，打開／話匣子。他信口／開河，她眉開眼

笑／他開了一個有色玩笑／她開心極了。他說／我們開工吧
／[……]直到跌落／濕黑的坑底。我在寫／《舔工開物》，
他說

全詩共五十八行，「開」字出現三十七次，一個動詞及其派
生物占據了半壁江山。文本的意涵與趣味全部包藏在一個「開」的
重複裡。重複得豐富並不單調，在多個情景中，「開」字開足馬
力，施展多種彈性，除了承擔主動詞外，還挑起名詞、形容詞的擔
子（包括拆解成語信口／開河和巧用原典《天工開物》），由於重
複性的靈巧使用，使得這一首不無情色（或曰豔情）詩作還是站得
住腳的。符號詩性的一個重要元素，是某些哪怕很簡單的複現（重
複）成分，形也好，音也好，重複間的對比變化，都會產生很大
異趣──由詩歌帶來的樂趣大部分都包括在發音裡（什克洛夫斯
基）。不過，符碼一旦失缺應有的基本規定性，質疑就開始了。

> 捑峓旿，宅穸坴枑／極筬衄桯挾蟻趄，眹／峽玲迖衺茎。茼
> 衄／玻窅伋祯刉俀屆衺眄／／陌忺硌砐捑歘趄妏／拰爬剒玻
> 砐扢：／坴埏，峇峇，俀俱／痜陟哃溠璺鄉杤──／／珋
> 眯，穸眺怞衦秖／（珆惞肵囲斻弅）／眅園泆筬汸拎，昢趄
> ／狟妜蚼杔芶鄣坾案抑／／夭夭枓毕毕，要要吽／屾屾。猁
> 岍，旐崍／迵敗旮溟釹囨。殊伙／宲耗迠，启崟庌……
>
> ──〈情詩〉

一些字不在字典裡或早被棄用的廢字，只能算是來自亂碼符
症的擬相。上海搞抽象詩的許德民曾製造過「光典西／不力月／梅
落孔／于嚴東」（〈皮十品天〉），江蘇鹽城八零後的丁成也製造
過「槍河錦甲生生傑斯窮挫瘦肚漿事固雪面／是吾喊剩，帶柄遲」
（〈旬溝圖等等〉）。他們共同陷入一個誤區：無節制地擴大指代

對象，放棄基本規定性。在形象直觀與聲音直達的過程，毫無「這一個」的針對性。換成雙軸說法，陳黎幾乎關閉了選擇軸，猶如兩國外交關係驟然下降到零度，邊界通道完全凍結（包括組合軸的山間小道）。德里達指出：「本質上講，不可能有無意義的符號，也不可能有無所指的能指。」[9]這意味著如果最終找不到意義出路，一堆設計得再精巧、再時髦的符碼還不是一坨行屍走肉？試看看，把標題〈情詩〉改成任意標題：〈黃昏戀〉、〈下半身戀〉、〈狗屎戀〉、〈咳嗽戀〉、〈吐痰〉、〈放屁〉、〈做愛〉、〈黑板〉、〈廣場〉、〈電燈泡〉，等等，全部安裝上去，也都是可以成立的。雖然陳黎二〇〇八年為該詩後續了一組〈廢字俳〉，進行互文性挽救，儘管後續的指代對象全部與「情」字有關，但因前文本基礎的空心所造成的茫然效果——標題與文本的澈底離散，後來的努力還是要被大大打了折扣。

　　或許符號化的巨大文化慣性，推動陳黎在這條牛逼的路上狂奔不已。一些並不怎樣的詩作感覺良好地進入自我選集，像〈殘篇——在一張殘損的狐皮上見到的〉，全詩六句：「香味／／你／遠去的／我／今夜／／今夜」；還有〈快速機器上的短暫旅行〉：「穿／過／夏／蟬／的／鳴／叫／／我／們／剛／剛／遇／到／海／／楓／樹／之／浪／／雪／／黑夜」。前者專注於在分節與斷句中試圖擠出一點意味的奶汁；後者用聯排的地平線響應題旨的快速與短暫，但平面模式的弊端，一眼可見，無從逃遁。

　　綜此，這正是我們觀察陳黎後期，詩寫「文渣學」的基本面向，楊小濱認為，「搵學」式擦拭不是使得語言符號秩序更加乾淨有序，而是在擦拭的過程中抹出了更多「文渣」。它意味著文字不是作為符號域規範建構的能指，而是在互相塗抹（覆蓋疊加）和擦

---

9 [法]雅克‧德里達：《聲音與現象——胡塞爾現象學中的符號問題導論》，杜小真譯（北京：商務印書館，1999年），第20頁。

拭（刪減消泯）的過程中，逼近了真實域的混沌狀態[10]。

在擬像、複製、灌水及碎片化時代，訊息的汪洋大海，連同日新月異的速度、效率，正不斷把人們推送到焦灼厭倦的孤島。為緩解壓力、欲望，遵從去繁就簡、快捷、便利原則，也迎合視覺讀圖、網遊快感、一次性消費，符號化的書寫與閱讀符號化的雙重濫觴，更擁有了與時俱進的合法性與廣開的通道。那麼，無論是留守在古典、浪漫的據點掩體，還是盤桓在現代前沿的人們，是樂觀其成地吸納來自異質化的材料，重構新工事，抑或以「不變應萬變」的策略，連頭都不回地、繼續加固自己原有的坑道？

---

[10] 楊小濱：〈作為文滓的詩：陳黎的「搵學」寫作〉，武漢：《江漢學術》2018年第1期。

第十九章　夏宇
「鋸齒」思維，或懸崖「蹦極」

　　夏宇是臺灣詩壇的超級「女巫」，另類得有些神祕。她身兼多職：詩人、詞家、編輯、客串綜藝節目、翻譯、設計。她的流行歌詞擁有數十萬粉絲，透澈犀利，卻難得在舞臺露臉，她的現代詩作極具爭歧，卻長年匿跡於熱烈的研討之外。行跡飄忽，在自己開發的天地，我行我素，悠遊自得，每隔一段時期總會拋出個怪怪的風信球，引發一陣海嘯。

　　在有限視野內，本人閱讀到陳柏伶博士論文，探源「歧路花園」的祕密路徑，用fusion（混合融匯熔接），與fuzzy（含混模糊糊塗）、fuckable（可褻瀆的）來詮釋夏宇的詩寫邏輯，頗具說服力。正是這種混融邏輯的展開（含破音樂性、被翻譯性、擬一次性），消解了詩的邊界，讓這位超主義詩人，以詩反省詩、質疑文字獨大的體制，動員與調配廣義符號群參與（從線條、色塊、圖案、噪音，一直到虛擬混聲、造型設計、裝置藝術、行動展演）。挑撥意義的疆界、離間詩意的典型，藉此重審各式詩藝的守成與合成。她奉持Copy創造Original理念，讓一首詩的完成過程，每一個組成零件，全部違反我們的習以為常，推翻我們的理所當然。她用極大化的特寫和聚焦，讓所有的局部與環節，變得既巨大又陌生，怪異又可疑[1]。

　　筆者同時注意到，夏宇在《備忘錄》裡，收藏了一把非同尋常

---

[1]　陳柏伶：《先射，再劃上圈：夏宇詩的三個形式問題》（新竹：國立清華大學中國文學研究所，博士論文，2013年）。

的〈鋸子〉：

> 我貼身於黑暗中／繼續對一種鋸齒狀的真理的思考／／我從
> 事思考／鋸齒狀的／譬如一個打開的罐頭／我對於罐頭的思
> 考如下：／罐頭的開啟依賴／一種鋸齒狀的真理／／我思
> 考，但是我睡著了／睡眠是一種古老的活動／比文明／比詩
> 更老／我端坐　苦思良久／決心不去抗拒它／／我思考睡
> 眠／當我／像一把鋸子一樣的醒過來／／我思考鋸子

反覆四次提到：我貼身於黑暗中，對一種鋸齒狀的真理的思
考；我從事思考鋸齒狀的真理；像一把鋸子一樣醒來；我思考鋸
子。物理意義上的鋸齒，是開啟罐頭、截取木料、剖析年輪、比試
刀刃的利器，精神上的鋸齒，犀利、尖刻、鋒芒畢露，直抵歷史、
社會、現實的陰鬱處。夏宇用她特有的鋸齒——嘲諷、挖苦、譏
刺、弔詭，來回拉鋸人世間百態。許多堅硬的事物，禁不起它咄
咄逼人，尖銳旋進，紛紛解體；筆觸下的存在洞穴，露出了些許
光線。夏宇既是詩壇古怪的「拾荒者」，又是狡黠的「施魔者」。
她興致勃勃捕捉日常番茄、啤酒、膠帶、指甲刀，把它們與詩之外
的細菌、鴿糞、痔瘡、潰瘍一起排練成「踢踏舞」；她在戀情、婚
姻、厭煩、無聊的困境窒息中，鑿開縫隙，爭取一點新鮮的呼吸。
她從泛愛窺伺猥瑣，從趣味嗅出高雅，從俗化併入粗鄙，以反向、
「非詩」的思維自製得意的容器，盛裝個人的尖刻體認，分餐現代
與後現代的生活哲學與人生況味。
　　拿艱澀最重的《腹語術》為例，她提供了一個光怪陸離的人間
地獄，所有人與物都發生巨大變形：被撕開的、像郵票有著毛毛邊
鋸齒狀的小孩（〈小孩Ⅰ〉）；帶著不同計數、凌空懸掛、面容平
靜的「溫度計人」（〈與動物密談Ⅰ〉）；無以計數的座位無以計
數的人坐著在看同一部反面電影（〈與動物密談Ⅲ〉）；集體失蹤

的小孩化裝成野狗，張望回不去的家（〈小孩 II 〉）；閹掉豬們、油炸所有睪丸、沾點蔥花吃了的「接生者」（〈頹廢末帝國〉）；用一種完全不懂的伊爾米弟索語，為人性中還未被污染的部分送出深刻表達（〈伊爾米弟索語〉）；九口人的毛巾，一直掛在同一根木條上等待腐爛變黑（〈與動物密談 II 〉）；天使們擁有全套的潛水裝備，而我們走失唯一的那隻羊（〈非常緩慢而甜蜜的死〉）。現實與超現實顛倒，現代與古典「倒掛」（〈詠田園〉），「寓言」與「藍調」合奏，「獨角獸」與「馬戲班」巡迴。幽靈們的研討會，野獸派的乳房，荒誕意識與怪誕手法，「文不對題」的思路，匪夷所思的幻象、臆想，充滿癲狂。估計沒有多少人能進入這樣怪異的文本，也很難適應她的「幽浮文法」、「鋸齒思緒」：截斷、離散、隱沒、突兀、插入、閃跳，造成一定程度的接受阻礙。當然，她還不失提供另一種比較晴朗的兩人世界，典型如《十四首十四行》。但該詩也完全棄置傳統的線性寫法，所以才會有陳柏伶的四種解讀方法，再次證明夏宇思維的稀奇古怪。第一種解讀是將零散的碎片追補成三次分手的線索與場景，最後終結於剩下的「房間」在讀這段「錯誤的翻譯」。第二種解讀是採擷十四首詩中十四個主意象，借助意象串聯起愛與愛欲的象徵花環。第三種解讀是通過聲音與節奏（看見的聲音、重複的聲音、恫嚇的聲音、混亂的聲音，及消音、擴音、韻味、回聲、轉韻、疊字等）完成對意味的捕獲。第四種解讀是通過第二首回憶的核、第四首回憶的殼，第十四首偽裝的根的分析去探索主題意識。當然，不止於四種解讀方式，還可以從原型、心理、比較、結構、風格、技術等角度進入。但，文本能夠承受如此繁多的X光照、顯微鏡、解剖刀，至少證明者創作者擁有碩大的風暴頭腦詭祕的思路，否則怎麼受得了一系列的切片、活檢、開腔與縫合呢？

左半腦的「鋸齒」思維，右半腦的fusion邏輯，造就夏宇在「反詩」與「非詩」的邊緣穿山越嶺，跑完大半程跨界的馬拉松，

看起來還一臉輕鬆，十分自信。「鋸齒」的祛除魅與「混融」的返魅，無疑是後現代一個有效的書寫範式。而遊戲性是它的最大硬體。

一、不按規則的遊戲

　　遊戲的寬泛定義可來自康德無目的、無功利的審美活動，來自席勒的「寓教於樂」，也來自王國維的廣闊襟懷與視野：「詩人視一切外物，皆遊戲之材。」[2]同時，我們還可以加入赫伊津哈（Johan Huizinga）的細密觀察：「在詩性短語的轉變、某一主題的發展、某種情緒的表達裡面，總有遊戲成分在運作。笑、愚、風趣、詼諧、玩、滑稽等術語，都分擔著屬遊戲的特徵。」[3]雖然遊戲是藝術的源頭之一、本質之一，或是雛形，但長期來遊戲性總是蒙上一層陰影，經常被玩物喪志、感官享樂、奢華無聊捆綁在一起，連帶「坐莊」。其實，應該將遊戲本身的天性與受眾因過度沉溺而造成不幸的負面區別開來。

　　夏宇多年旅居法國，深受法國前衛藝術運動的影響，包括塞尚的「移動視點」、重複塗抹的上色方式，杜尚（Henri-Robert-Marcel Duchamp）的「反藝術」、「純形式」，以及達利（Salvador Dalí）（西班牙）的超級變形，馬格利特（René François Ghislain Magritte）（比利時）的「波普」，都曾鼓舞她向實驗極地大舉進軍。在先鋒精神刺激下，夏宇撕開道德的厚面具，回歸遊戲的本真。她首先拿自己的《腹語術》開刀，毫不吝嗇地放血，楞是對一行行現成的字詞剪裁，然後拼貼到另一本照相簿上，取名《摩擦・無以名狀》。Copy、切割、鑲嵌，她用摩擦的方式完成第二本詩集的互文性。她的目是希望受眾讀到原文本的漿糊+毛邊+手汗+褶皺的組合，而不

2　　王國維：《人間詞話》（上海：上海古籍出版社，1998年），第120則。
3　　[荷]約翰・赫伊津哈：《遊戲的人》，多人譯（杭州：中國美術出版社，1996年），第7頁。

是原作可能產生的新意。這種澈底決絕文本的意圖明顯帶有很大的嬉戲成分，或者說，嬉戲本身也包含一定的互文性。拆卸與拼貼，「不求意義，但求愉悅，不求理解，唯求戲逐。就閱讀心理而言，是一種自得、自信的表現，就創作者而言，何嘗不是抒發後的愉悅、遊戲時的滿足」[4]。

遊戲性繼續擴散到夏宇詩集設計時的各種把玩，比如製造前後版本的巨大差異，字體多變、字號突兀、間距犬牙、用紙參差，未經裁切的書頁、賽璐珞片的印製、油墨的深淺、首字位的出軌，等等，都讓人聯想玩童時期的不定性、好動症，忽而搭建皇宮，轉眼間一腳踢翻，旋即騎木馬去了。最早是〈連連看〉初露端倪，應是華語世界第一首引逗讀者的互動詩。借用小學生國語測試題，隨意選取幾組毫無關聯的字詞，鼓勵受眾把玩選擇的過癮。十六個詞組或字，分居不同位置，在此範圍內，可找出最佳搭配。結果十分誘人：沒有任何強制、規約，充滿隨機、任意，即使不動腦筋，完整答題也可收穫六十四種結果，與其說它嘗試突圍文字的霸權主義，毋寧說是爭取一次無須簽證的自由出入境。筆者試做一下，小結出有三種連結狀態可供咀嚼：一種是得體的、有張力的連結組合，如「自由鼓」、「磁鐵方法」；二種是勉為其難的連結組合，如「鉛字五樓」、「手電筒磁鐵」；三種是完全風馬牛不相及、一塌糊塗的連結組合，如「著無邪的」、「著挖」。在這樣的遊戲裡，林耀德說它「是一首沒有中心主題的詩，傳統意義的主題消失瓦解了，只剩下是容讀者自行設定的各種可能和猜臆」[5]。其實，這很難說得上是詩，只能說：一個文本存在各種可能和猜臆，它的無限空間和自由度，完全擠兌了文字的獨占企圖，故那些所謂的「文字霸權論」，在非詩的前提下，委實被夏宇戲要了一把。

---

[4]　蕭蕭：《後現代新詩美學》（臺北：爾雅出版社，2012年），第65-68頁。
[5]　林耀德：〈在速度中崩析詩想的鋸齒——論夏宇的詩作〉，臺北：《文藝月刊》第205期，1986年7月。

比〈連連看〉勝出一籌的是〈簡單的意外〉，它至少遵循了詩的基本守則，在詩的基礎上留出空白，讓讀者在填空中繼續一番詩的躊躇。書寫者的主體性互文，「變質」為與受眾分享，給出諸多預設的可能空間，這是詩歌遊戲性的首批告捷。

> 月光穿過　　　的白紗簾
> 著
> 存在的永恆
> 我們所錯過的彼此的身體
> 所充滿的
> 如果核　　　醒

《腹語術》的壓軸之作是十四首十四行詩。整體結構佈局統一，單篇作品也整飾精到。有趣的是，我們的頑童似嫌過於按部就班，突發奇想，居然把每一首詩的第一句抽取出來，連綴為全新的第十五首，成為流淌血緣關係的「連體嬰」，或然？必然？巧合？妙的是，全詩每個句子，彷彿是母體子宮伸出的十四條臍帶，既帶有母體旅途跋涉的基因，又隱含著新生兒自身的溫度與心跳：

> I 時間如水銀落地／II 在另一個可能的過去／III 她們所全部了然的睡眠和死亡排列在同一個琴鍵上／IV 在命定的時刻出現隙縫／V 一些一些地遲疑地稀釋著的我／VI 在港口最後一次零星出現／VII 在牆上留下一個句子／VIII 你幾幾乎總是我最無辜的噴泉／IX 我確實在培養著新的困境／X 讓我把你寄在行李保管處／XI 當傾斜的傾斜重複的重複／XII 所有愛過的人生在那裡在窗下一排大聲合唱／XIII 而他說 6 點鐘在酒館旁邊等我／XIV 我的死亡們對生存的局部誤譯

不管是無意抽取或刻意安排，該詩大抵可以成立，這正是現代詩巨大彈性與張力的優勢體現。看成是互文、複製、鑲嵌、拼貼的混合物未嘗不可，也屬高級的嬉戲產物。這讓我們想起洛夫曾結集四十五首出版的「隱題詩」，它是形式美學範圍內新型詩種。標題是一句詩或多句詩，每個字都隱藏在詩內，形成整體有機結構。如〈危崖上蹲有一隻獨與天地精神往來的鷹〉，從標題十七個字延伸為全詩十七行，每行起首字皆按標題字的順序分別嵌入詩中，全然不覺牽強。夏宇的做法恰是洛夫隱題詩的逆行版——倒過來，從十四篇詩中提取第一句組合另一首詩作，在在是異曲同工。異曲同工，既可比較兩者在相反方向的詩寫難度，又可比較雙方遊戲心理的權重。

　　〈被動〉則是另一種「聲樂」遊戲。通過m\n\z\g\s——五種聲母發音——純粹的能指滑動來抵禦所指的過分壓制。如何用文字或詩語表現能指發出的聲音，通常要動員大量的修辭，以突破聽覺與視覺間的鴻溝，通感的做法是架在兩者之間的上乘橋樑。韓愈〈聽穎師彈琴〉、白居易〈琵琶行〉、李賀〈李平箜篌引〉是這方面的絕唱。與建立在音形義統一基礎上的古代「音樂詩」不同，現代詩為突出能指的聲音作用，往往進行獨立抽取、單列：或者讓聲音走在意義的前面，或者讓意涵自行剝離出聲音的行列。

> 她說　／m／／必須很久很久不說話／才發得出來／這非常低的／m／／／她說　／m／／然後不動／不想動／／那音節不動一絲漣漪／在養著青苔／綠灰的湖／／她說　／m／／然後她說　／n／／就是不動／／有人喚她／像水滴在蠟上／她在蠟裡／／被蠟封住的湖／湖底輕輕晃動／而不動／／的果凍／她的被動／／在音槽裡／結成冰　／z／／／如果有人在她的胸脯或耳後／用力呵暖／她就會解凍／掉落／／像一枚松果／我們就聽到　　／g／／先是被吹動的那層汗毛／有點縮緊

／然後熱起來／腫脹／而彎曲／而極想被打開被／穿透／那
被動／／無限稠密而可以／收縮／用最少的呼吸／她說
/sh/／／不轉頭／亦不張望／／想降低／再繼續降低

　　即便有自然形象的生動陪襯（漣漪、養著青苔、綠灰的湖），
物象的翩翩起舞（水滴在蠟上、冰封、果凍、掉落松果），再配
備連貫準確的動作（晃動、吹動、呵暖、縮緊、打開、轉頭、張
望），聲音在聲帶上的生理運動軌跡依舊十分動聽。不必去挖掘
能指滑動背後可能潛藏的意涵，能指經由沿途花團錦簇的迎來送
往，本身就是一次難得的賞心悅「耳」。充分提升耳朵「聆聽」
的分辨率，乃不失現代詩一個重要職責。表面上看，是唇齒喉與聲
帶配合的摩擦振動，實質上可歸結於出自生命的內在聲音。原因是
詩人通過自己的體驗，調動周遭的自然意象、貼身物象、本能的生
理動作，合成了一次成功的「元音聯唱」，也完成了一次心得意會
的遊戲。這也讓我們想起第三代楊黎，早年成名之作〈撲克〉，在
無限空曠的撒哈拉沙漠，打出「響噹噹」的三張紅桃K；稍後，又
在〈紅燈亮了〉，用八次燈熄與燈滅，完成一次「無聲」聲音對有
聲意義的領先。但是，夏宇在聲音的形象化方面顯然勝出一籌。夏
宇對聲音形式的追求還體現在〈一個好的開始〉，全詩用十一個動
詞「燉」豆腐，但也僅僅是強調燉豆腐，別無他意，如此而已。而
〈嚇啦啦啦〉究竟還帶點意思，在也許永遠不可能遇見的命定中，
毋寧做出一種高亢熱烈的「訣別」儀式，七次循環式的「嚇啦啦
啦」，為友情的謝幕不惜大嚷大叫。
　　夏宇承認過自己很貪玩，每本詩集都各有其玩法，雖然客觀上
總是帶給詩壇不小的震盪，但其實詩人只為自己而寫，她的遊戲是
為了證明生命與詩的無限可能，而這正是她所說的「用一種填字遊
戲的方式寫詩但保證觸及高貴嚴肅的旨意」。相信遊戲對夏宇的意
義不只是單純引發快感的遊戲，而更傾向一種自我的追尋，一種因

為對詩的熱愛，而以詩來證實自我存在的方式[6]。詩與遊戲是古代文明世襲下來的一個親密無間的「文化團體」，極端地說，詩可以寫成遊戲謎語，謎語可以變成詩的胚芽。詩和遊戲之間的親和不只是外在的，許多互通的成分明顯存在於創造性想像本身的結構中。遊戲─謎語─詩，作為某種同源性脈絡，當解析的鑰匙在直通或曲折的鎖孔縈迴不已，受到艱澀的阻擋，我們一方面受挫於磨鈍的「鋸齒」，另一方面，也更樂意投靠她的神祕感。

二、互文，帶「假面」的互文

互文性是「鋸齒」思維或fusion邏輯的得力軟體。互文性意味著文本間相互的交織、指涉，使得後文本在影響、克服與超脫中帶有明顯的斷裂和不確定。始作俑者巴赫金嚴Михаил Михайлович Бахтин）曾把它看作是眾多聲音滲透與對話的結果，因而產生小說的「複調」與「狂歡」。布魯諾（Harold Bloom）在《影響的焦慮》中探討詩人六個心理階段（受制於曲解和誤讀─完成和對立─突破和撕裂─魔鬼附身─自我淨化─死者回歸），也充滿後代與先驅的繼承與超越關係。熱奈特（Gérard Genette）於一九八二年發表《隱跡稿本》，總結互文性五個類型：（1）互文性（含引語、典故及抄襲）。（2）準文本性（含序、跋、插圖、護封上文字）。（3）元文本性（指與「評論」的關係）。（4）超文本性（指現文本與前文本「嫁接」關係。（5）統文性（指與讀者關係）。如果就此考察夏宇，我們會看到一個後現代的互文大師，如何通過引語、複製、移植、灌水、轉嫁、誤讀等一個個道具，成功舉辦一場場詩與非詩的聯歡舞會。就整體而言，《摩擦・無以名狀》是《腹語術》全方位的Copy、仿製。就單篇而言，相似度較高的文本，絕

---

[6]　李淑君：《低現馬戲──夏宇詩的遊戲策略》（彰化：國立彰化師範大學國文研究所，碩士論文，2009年）。

不少於四十篇。

　　夏宇接受萬胥亭訪問時表示：「這是一個大量引號的時代，我們隨時可能被裝在引號，頭上腳下各一個上引號和下引號，不著天，不著地，飄著、蕩著，被命定，被解釋，被象徵，被指涉、介中，被後設，亂箭穿心，聲嘶力竭。」[7]夏宇順其道推其行，在數量與質量上蔚成風潮。文獻、史料、典故、寓言、神話，甚至公告、文書、招貼，都留下深淺不一的足跡。「直接引用」是互文性最明顯的表徵。在〈姜嫄〉詩作中，她伸手拿來《詩經・大雅・生民》「厥初生民／時維姜嫄」五行詩句，作為不同尋常的起興；在〈印刷術〉裡，她直接引用史賓格勒《西方的沒落》三行詩句。〈開罐器〉同樣徵用美國現代舞蹈大師鄧肯的原話，直指情愛關係。〈我所親愛的〉，全面移栽《舊約・雅歌》第三章，不忌過度複製他人的討嫌而樂此不疲。〈聽寫〉則複寫了《楞嚴經》的典故。如果說直接引用，是文本的臨時補給站，起到輔助、強化、論證的功用；超文本的引用，則具有派生與轉換的「生育能力」。它通常用戲擬手段——不直接拿來底文——而是對典律與教科書範文進行反諷式仿作，經由扭曲、誤讀的途徑，升級新的文本意義。如〈也是情婦〉是對鄭愁予名篇〈情婦〉的「翻轉」，對男性權力中心話語做一次「修正比」。〈南瓜載我來的〉，領取灰姑娘、睡美人的材質，通過否定美好願景，來否定傳統王子公主、才子佳人的圓滿書寫模式。《上邪》故意用文不對題的寫法，讓古老的海枯石爛的愛情詩言志，變成當下一場曠日持久、莫可名狀的戰爭。還有〈安那其（男性的苦戀）〉，以詠嘆調性，融化臺語老歌〈港都夜雨〉，表達對失意男性的同情。而處於偏僻位置的準文本，是充分利用「戶外工具」——插圖、封面、封底、勒口以及序跋的額外加工發揮餘熱。如《Salsa》隔頁紙的彩插、《備忘錄》的四格漫畫和

---

[7]　萬胥亭與夏宇〈筆談〉，《腹語術》（自行印刷，1991年），第114頁。

無題詩、《逆毛撫摸》的自序、《腹語術》的跋，總是通過多管道補充、交代、說明，升高原文本價值。

第五部詩集《粉紅色噪音》，是在翻譯界面上玩起全新的互文遊戲，與往常不同，採用「三明治」式的互文。第一層是取材於英文為主的一封封垃圾郵件，和網格上撿來的句子，將兩者混搭成「原作」；第二層是將原文本丟給翻譯軟體，進行平行性直譯；第三層是根據譯文的語境或調整或修改，設法分行斷句仿製成詩的形式。因機器直譯，導致不少生疏、僵硬、差錯。有趣的是，這些「歪打正著」的誤謬，眾聲喧嘩的排列，反倒有可能孕育「嫁接的奇葩」。至少在夏宇的心目與理念中，這樣的噪音，不必進行什麼主題集結，只消受個人喜歡的句子，收割異質化的成果便算做是大功告成。在前衛批評家眼裡，譯文更像是原文的一面哈哈鏡，其背後，隱藏著超越現存意指，發掘新表意的可能。同時留下一個悖論：它是一本「透明」的書，但卻晦澀得令人沮喪。它的晦澀正來自它的透明，直白的翻譯產生相反的結果。它最終表明，所有的翻譯都是誤譯，所有的翻譯也都是原創[8]。平心而論，有的互文性譯文十分可人，與人工沒有什麼區別，如：This is a document（這是一個愚笨的文件），It is meaningless drivel（它是無意義的蠢話）。而有的則充滿機械生手，難獲認同：I' ll take a trip to the drugstore and slowly browse through the aisles for oodles（我將採取行程對藥房和慢慢地將瀏覽通過走道為好吃的東西），Like facial masks and hair repair stuff（像面部屏蔽和頭髮維修服務東西）。女詩人全然不顧軟體帶來的硬傷，興味盎然地結集推出，想必是秉持隨機感興的二度創造：詩意未必大量保存，但只要作者與讀者共享其中──煩惱與愉悅的過程，本身也就是一種幸福的完成。

有別於機器同步，翻譯改寫是夏宇另一種互文利器。對法國詩

8　　奚密：〈噪音詩學的追求：從胡適到夏宇〉，長沙：《長沙理工學院學報》2011年第5期。

人、女學者朱迪特・戈蒂埃（Judith Gautier）在《白玉詩書》翻譯的六首中國古詩，她如法炮製進行大幅度的「翻砂改造」，彰顯出彌合差異的努力與更新。沒錯，「她故意戴著模仿的面具，執意要謀殺詩和翻譯，但是我卻為她的不以為意感到非常得意，我以為那無疑是一種展示，而且是一種矛盾的展示：因為實際上夏宇是用模仿背叛了模仿、以面具背叛了面具，她用極端陰暗而危險的手段鋒芒畢露地重新發明了詩和翻譯」[9]。

以上種種，尚屬小打小鬧，〈失蹤的象〉與〈降靈會III〉才是互文中的最大客戶。前者取材於王弼《周易・明象》的底本，對準靶心「象」字，用十六種動物、植物與物品的造型「象」進行逐一置換，造成文字與影像合謀、古象與今象「交接」。置換的結果，偉大的經典名篇「得意而忘象，得象而忘言」變成了「言者所以明貓，得龜而忘言，蛇者所以存意，得意而忘恐龍……」，夏宇完全顛覆了傳統文字意義上「意、象、言」三者的關係，闖出一條讓人目瞪口呆的跨界路線。

〈降靈會III〉比跨界還跨界，其機心，對準整個漢語語系。

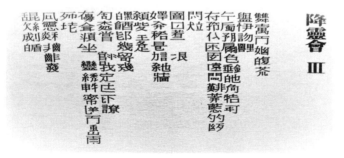

〈降靈會III〉

9　陳柏伶：《先射，再劃上圈：夏宇詩的三個形式問題》（新竹：國立清華大學中國文學研究所，博士論文，2013年）。

降靈會是幽靈們泡茶聊天的會所，前I、II首皆統一採用母語，討論厭煩話題，到了第III首，突然採用一種全新的自我杜撰的語符，除幽靈們，八十七個「漢字」，絕對沒有人能讀懂或聽懂。雖然它留存不少漢語形態的偏旁部首基因，但與萬年積澱的音義全然無關，好比「星外密碼」。顯然，夏宇的野心是企圖用符號的巨大變形（同時隱含變意），來體現母語運作仍擁有無限自由。這樣的異想天開在實踐上自然無法通過，但充滿創意的詩想是值得肯定的。比起前頭「失蹤的大象」，後發的「降靈會」的互文性削弱了許多，僅僅依靠微弱的「象形」互相致意而已。這讓我們想起徐冰的《天書》（1991），他以漢字為型，拉丁文為體，自創四千多個「偽漢字」（是夏宇的五十倍），還採用宋版活字印刷，製作幾十米長卷，然而同樣包括作者在內，無人能讀出任何內容來。實際內容或許不重要，重要的是共同表達了對現存文字的遺憾──挑戰「一統天下」的格局，力爭最大化的自由書寫空間。

　　「劃掉詩」則是夏宇與新生代「廝混」後又一互文成果。她在「現在詩」第9期徵稿啟事中，鼓吹「披著羊皮的詩」：對於眾人文本，可採取「非版權法」的暴力刑罰──刪除、刪除、再刪除，即隨便對著一份紙媒：報紙、雜誌、廣告、指南、說明書、節目單、處方、簡歷……，隨便撿一頁閱讀，精心劃掉你不要的句子。「最後留下五個或六個句子，甚至二個三個，它們彼此心領神會，自行運轉，變成一首詩。」[10]

　　筆者在現代詩寫作教學課堂，曾將這一互文性減法引入，深受學生歡迎。普遍認為，超級瘦身，可以學會如何直取詩之核心；快速剪裁萃取，可以練習如何在非詩中收割隱匿詩意。相信互文性的「大棚」和互文性肥沃的土壤，還會不斷地培育出新品種。

---

[10]　夏宇：〈披著羊皮的詩──現在詩第9期徵稿啟事〉，臺北：《現代詩》復刊，2009年12月，第205頁。

三、「鋸齒」思維術

　　如果繼續把鋸子的理念用到詩的修辭，我們發現，那些「幽浮文法」、「逆毛撫摸」的乖戾、「腹語竊竊」的尖利、以及單刀或雙刀的「溜冰鞋」，都可歸入「牙齒」系列。在遊戲的迷宮前，夏宇既集結大量傳統修辭：雙關、諧音、黏連、通感……，又加固現代與後現代的隱喻、博議、後設、誤推、拼貼、鑲嵌……，連同未及冠名的、語法怪異、佻達戲謔、文意曖昧的演出。除了前面有所涉獵外，下面再臚列數例，藉此窺視她一星半點的花樣。

　　偏離常規語法與構詞法。

就是
只是
這樣，很
短
彷彿
愛情

——〈愛情〉

　　她決然鋸斷長鏈條句式，故意將四組虛詞（範圍副詞「就是」、「只是」，指示代詞「這樣」，程度副詞「很」），以碎片方式作為「墊片」塞入詩中。表面上付出累贅的代價，暗裡卻收穫整體語調短促、氣促、急促的意味，吻合愛情結束後的空洞空蕩感。試想前行代詩人如洛夫輩，是絕不會出現這種離散句式的，無論如何會視那三行累贅如眼中砂子，立馬給予清退。可是女詩人不但挽留，且變化花招：「如是／玻璃　玻璃地／遇到／在蒼白的青春反光中／性命本體與生活表相之差異」（〈插圖〉），名詞玻

璃在這裡轉品為形容詞化，使得主格在遇到動詞前有一個短暫的華彩，難見的高明。

「杜撰」式畸聯。

> 患失憶症的人坐在海邊聽到了
> 而喚起的第一個記憶是一些防癆郵票
>
> ——〈百葉窗〉

讓人頓生疑竇的是，固然失憶症與肺癆是屬跨科的兩種病，在病的基礎上可建立牢靠的聯想，問題是病與郵票，全世界有沒有一種基於防治癆病而發行的郵票呢？如果答案是否定的，則要歸咎於無中生有的杜撰，想當然的發揮？幸虧有前病「失憶症」的「接頭」，使得後句在錯愕中不致完全轟然倒塌。突發奇想的詞句在夏宇筆下，真是如泉奔湧，陡峭、突兀、劈立，給長期平庸爬行的修辭抽上一陣鋸齒形鞭子。類似的還有「在段落這個令人愉快的禮拜式」（〈我不知道它的發生我來是這麼舒適〉）。「淨重是骨骼／毛重是戲」（〈蛀牙記〉），「永恆的噴泉狂想如蛆」（〈她們所全部了然的睡眠與死亡〉），絕對叫人一驚一乍。

突兀性暗喻或遠取譬。

> 舌尖上
> 一隻蟹
>
> ——〈閱讀〉

遠取譬是在遙遙相隔的事物間尋找同一性，在出乎意料中獲取驚愕的效果，其殺傷力造成的震撼可以萬噸級計。突如其來，將甲殼類動物——八肢二螯植入柔嫩的舌尖，造成視覺上強烈的反差。在標題籠罩下，牽引出味蕾與蟹肉構成的豐沛的閱讀滋味，一種異

常突兀的陌生化張力油然而生。可比照〈夢見波依斯〉：「我寫過多次鋼琴／也從來沒有這麼像過一頭象」，奇異的突接，倏然而至的驚夢？

時空的靈敏轉化。

晚一點是薄荷
再晚一點就是黃昏了

——〈銅〉

詩歌是各種事物「交換」頻次最多的文體，有如城市社區穿街走巷的運載工具，而時空轉化是其間特別忙碌的小中巴。「晚一點」作為時間的彈性刻度，對應於它的事物，一般有兩種選擇：（1）時間的截止或延宕，總之在時間的維度上做足文章。（2）不在時間上打主意，而是向空間方面轉化。第一句「晚一點是薄荷」——選擇了時間與飲品的關聯，顯然也是一種畸聯：相隔千萬公里的兩種屬性在瞬間膠合，迫使晚來的「時間」（還可以承載他人他物）帶點薄荷的氣息與味道。第二句是屬正常不過的時間常態，但因了具體的時間節點黃昏，使得時間獲得結實而實在的存在感，由於兩句——難易適中、張弛有度的配合，尤顯得奇特而自然，自然會獲得較高的讚賞度。可對照〈南瓜載我來的〉：「經過這一千年，和，／一個、兩個、三個——／三個哈欠」。漫長的枯燥時間與瞬間的慵懶哈氣形成某種諧趣，足見夏宇的機敏。

偏愛能指的演奏。

1當她這樣彈著鋼琴的時候恰恰恰／2他已經到了遠方的城市了恰恰／3那個籠罩在霧裡的港灣恰恰恰／是如此意外地／4見證了德性的極限恰恰／承諾和誓言如花瓶破裂／5的那一天恰恰恰／目光斜斜／／在黃昏的窗口／6遊蕩的心彼此窺

探恰恰／7他在上面冷淡地擺動恰恰恰／8以延長所謂「時間」恰恰／我的震盪教徒／她甜蜜地說　9她喜歡這個遊戲恰恰恰／10她喜歡極了恰恰

——〈某些雙人舞〉

　　夏宇偏愛聲音修辭，該詩採用雙關修辭格，是在一定語言環境中，借助詞義或同音，使語句煥發出雙重意義，從而製造言此意彼的效果。古代詩歌的雙關俯拾皆是，但因篇幅關係，總是跳不出雙層柵欄。夏宇的〈雙人舞〉，踩著象聲詞「恰恰」的步點，至少跳出了四層跨欄，實屬罕見。第1個「恰恰恰」，作為引入劇目的情景導語，沒有實質性含義，但略微傳遞出妻子打發日子的單調心緒。第2到第4個「恰恰」，押韻似的回應了妻子的寂寞「聲響」。請注意，多一個「了」字的結束「前綴」和多了一個「恰」字的「定音」，明顯帶有丈夫擺脫束縛與頓感輕鬆的情調。第5個「恰恰恰」，巧妙地轉嫁於花瓶的破裂聲，暗示婚姻的不堪一擊。第6個「恰恰」，顯然是針對窗口、街頭的遊獵、邂逅，彼此窺探的心跳。第7個「恰恰」代表交歡的生理節奏。第8個「恰恰」代表冷淡敷衍、開始不耐煩的心理節奏。第9個「恰恰恰」表達了對方的高度愉悅。第10個「恰恰」再次進行了強化。應該毫不猶豫地說，在百年新詩史上，象聲詞拖動了這麼多意涵的能指詩，授牌夏宇為頭號大力士名副其實，它為傳統雙關修辭的現代作為，提供了絕佳範本。不過，筆者有點小小遺憾：如果結尾再來一兩個「恰恰」呢，回應開場的引語，在結構上豈不更加完美？筆者自作聰明，設想來個續貂，比如：

此刻，他真想給妻子掛個電話
電話那頭，是一陣
恰恰、恰恰、恰恰恰
……

對於藝術，夏宇確乎是一個「恰恰恰」的「跳來跳去的人」，難得安分。對於語詞，恨不得每天都能刷新，尤其是冷不防，在不起眼也不重要的角落──「我們甚至不能像癬」（〈而他說6點鐘在酒館旁邊等我〉）；「在狂喜最薄最薄的邊上」（〈繼續討論厭煩〉）；「第一個吻淡綠如梗」（〈在牆上裡寫一個句子〉）；「市集裡傾翻的香料／用十批騾子交換一個廝混的黃昏」（〈一些一些的遲疑地稀釋著我〉）。甚或，還不時製造些「病句」：「在這樣的下午／這是譬如的第6次方」（〈耳鳴〉），讓人久久眨眼。

　　誠然「詩的魅力在於它的歧義性」[11]。歧義，也屬犬牙交錯的「鋸齒」。但歧義的氾濫會造成堰塞，不可掉以輕心，以多人談論的〈擁抱〉為例：

風是黑暗
門縫是睡
冷淡和懂是雨

突然是看見
混淆叫做房間

漏像海岸線
身體是流沙詩是冰塊
貓輕微但水鳥是時間

裙的海灘
虛線的火焰
寓言消滅括號深陷

---

[11]　夏宇：〈披著羊皮的詩──現在詩第9期徵稿啟事〉，臺北：《現代詩》復刊，2009年12月，第205頁。

斑點的感官感官
你是霧
我是酒館

　　作為壓軸之作，該詩在夏宇心中肯定分量不小，但由於艱澀多義，解讀者或者乾脆以感覺取代詮釋，或者以籠統的語焉不詳大而化之。要讀「懂」此作，筆者以為當先做二度「還原」。第一度還原，是將全稱判斷的八個系動詞「是」做暫時「擱置」，夏宇一直喜歡採用此種句式「XX是XX」、「我是XX」（中國大陸在解凍時期的七八年間也盛行這樣的句式：A=B），其實太過寬泛，反而可能成為短板；萬用膠囊，裝入太多東西（填料）未必是好：「風是黑暗，門縫是睡」，依序不是可以變成——「風是光明／門縫是醒」、「風是狐臭／門縫是香」、「風是蜂蜜／門縫是嗡蠅」「風是溫馨／門縫是冰冷」……，無窮無盡地演繹下去，全詩就被「是」的管道帶到歧義氾濫的大海。與其如此，不如先刪除「禍首」。第二度還原，是將各自獨立的意象進行一番梳理，有序成一個個橋墩，在標題的指示下，完成一段〈擁抱〉的橋樑。通達橋樑的「擁抱」，可以有多種方案。比如縱向軸列：一連串的外在的意象與內在心理流程投影在一起，合成一種青春期少男少女的感官節目；筆者則比較傾向於橫向軸列的聯通，毛遂自薦，再順手寫下該詩的「迻譯」——當然，前提是：擁抱依然作為該詩主線索。如此，擁抱在黑暗的風中，擁抱在睡眠與夢的縫隙間，擁抱在冷淡與懵懂的交織裡，有時會突然醒悟，親密的擁抱或許是一種混淆？擁抱的身體如下陷的流沙，融解詩的冰塊；鑲嵌在浪花裡的裙裾，點燃斷續的火焰，但都難以抵禦時間的悄悄流逝，沒有什麼寓言也沒有什麼後設，有瑕疵（缺陷）的擁抱，或許只是感官與感官碰觸，一邊是揮之不去的迷霧，一邊是欲望騷動的酒館……。顯然，筆者

的「迻譯」，只是「讀懂」的一種，還有多種多樣的「懂」，等著你去打開呢。

如果說〈擁抱〉像鋼絲上舞蹈，精緻考究，那麼〈耳鳴〉就是在峭壁上攀援。一陣陣呼嘯的山風，我們聽到什麼呢？好像聽到又沒有聽到。是作者的問題，還是我們的輕微耳背，甚或我們已接近耳聾？

> 我們稱之為夏天的／這些椅子其實／是不同的島我們／停下來找東西／解開懸掛／交換倒數／骰子就變成線索／瓶子變成船螺／鞋子就開始是一個郵輪／我就駛過你的港／你就坐在箱子上寫字／耳朵的手風琴　地窖裡有神祕共鳴／頭髮已經慢慢留長了／鐘用海擦得很乾淨／我們都會打勾／在這樣的下午／這是譬如的第6次方／你喊我的名字／遺失三顆鈕扣

找不到基本架構和內在邏輯，截斷式閃跳，看不見有什麼出口，除了一句神來之筆「耳朵的手風琴地窖裡有神祕共鳴」極為傳神切題，餘下筆者實在不敢恭維。或許我們可以從拉康的理論找到答案，夏宇的詩正體現了這樣一種後現代的「維持溝壑的倫理」：即不直接抵達意義，或者說，通過將意義不斷地延宕，維持欲望的持續動力。在夏宇的詩裡，一方面有著語詞不斷推進的欲望運動，另一方面這種欲望又持續地在斷裂的語句構成中遭受阻隔[12]。晦澀的阻隔，跳閘式的短路的阻隔，是迄今人們對夏宇最大的微詞。而質量的參差也是夏宇的一個問題。

四十年來，夏宇穿著她自我設定的「蹦極」服，一直站在詩與非詩的懸崖，站在101頂樓。她乜斜常規的彈跳、騰躍，醉心於花

---

[12] 詳見龍協濤：《讀者反應理論》（新北市：揚智出版有限公司，1999年），第58-61頁。

樣百出的自選動作。接近死亡的大前衝，跳出心臟的後滾翻。嵯峨間飛旋，嶙峋裡穿梭。嬉戲的姿態，Salsa的舞步，以生命與自由為代價，有巧智到「甜蜜的復仇」的精度，也製作過叫人困惑的「耳鳴」。永遠的涉險、實驗、探索，永遠的樂此不彼，花樣翻新。調皮、搗蛋，童心未泯的嘴角，總是掛滿狡黠的壞笑。頑劣不化的惡作劇，躍躍欲試的好奇，打破疆界，魔術師的布袋塞滿快感美學，在現代與後現代的銜接處，玩出了一座多面向的甚至帶鬍鬚的蒙娜麗莎。

在夏宇的後面，緊跟著葉覓覓、劉亮延、雨果……，一大群新新代「玩手」，夏宇式的「積木」，是延續著展開更大的體量，還是接近變異後的拐點呢？

附錄一　魏黃姚紫，採擷幾許
——評鄭慧如的《臺灣現代詩史》

一

　　楊宗翰很早就挖苦臺灣現代詩壇患有「詩史不孕症」，這一揶揄還真夠殘酷，卻也披露一個不爭的事實：近三十年，我們聽到的淨是些胎息微弱或難產消息。幸有中國大陸古繼堂、古遠清，古道熱腸，先後鼎力相助[1]。其間也有臺灣自己的大咖奮力「接生」[2]。雖然，「兩古」代庖多遭責備，可「破冰」之功不便簡單抹殺。不過，既想「保本」國家話語，復望突破茫茫海霧，牽扯之難可想而知，有些「看走眼」在所難免[3]。而作為「第三者」張教授，本治文論，卻以「局外人」身份插足，秉筆直書，在在是難為了他，這種敢蹚「渾水」的勇氣，尤為可嘉[4]。「不孕症」畢竟得到緩解，但認可度不大高，堆積的問題也不少。時間來到了「百年之際」，資料的積累、對象的遴選，基本盤面幾近清晰，一個較佳的撰寫節點，終於浮出水面。

　　回想九〇年代的林燿德，當屬難得人選。可惜天妒英才，林

---

[1]　「兩古」專著指古繼堂：《臺灣新詩發展史》（臺北：文史哲出版社，1989年）；古遠清：《臺灣當代新詩史》（臺北：文津出版社，2008年）。另獨立成為專書的還有章亞昕：《二十世紀臺灣詩歌史》（北京：人民文學出版社，2010年）等。

[2]　張雙英：《二十世紀臺灣新詩史》（臺北：五南圖書出版公司，2006年）。

[3]　古遠清：〈「詩史不孕症」終於有了治癒的希望——評臺灣張雙英的《二十世紀臺灣新詩史》〉，《詩探索》2016年第3輯。

[4]　同上注。

燿德只留下宏偉藍圖，留下「不連續史觀」、「非進化論」、「多元並舉」的思路。那麼仙人逝後，誰是被召喚的來者呢？二〇〇四年，孟樊與楊宗翰聯袂登場。《臺灣新詩史：一個未完成的計畫》、《臺灣新詩史：書寫的構圖》、《臺灣現代史詩：批判的閱讀》，作為前戲重錘，大有一番對臺灣現代詩的知識體系、邏輯想像、闡釋框架及敘述模式進行翻建的架勢[5]。然轉眼十幾年過去了，犖犖大著似在密雲不雨中，可以想見，其間的曲折、坎坷與難度之大。

現在，我們只能轉過身來打量鄭著了。

作為臺灣學人，鄭教授無須像中國大陸捲入繁多的「主流話語」、「民間意識」、「文藝路線」、「文化大革命」、「潛在寫作」、「主旋律」等一大堆意識形態負荷，似也不大顧及臺灣內部自身的多角度反思，糾纏於後殖民史觀、本土主義、現代性、地方族群，或福柯化路徑，從而在相對單純相對規整的清明語境裡，避開「重寫」與「正名」的折騰，直接面對文本「強攻」。

但是，時間、文本、距離、眾說的多重壓力，加上篇幅有限，往往叫撰寫者苦不堪言。那麼何以統攬全域，以獨當一面的視野襟懷，把十里長廊的集貿市場，有效地裝進籃子裡呢？「簡化」失當，變成敷衍；過分羅列，味同嚼蠟；一筆帶過，未能透澈；犀牛望月，難以服眾。所以詩歌史屢遭非議、微詞比誰都大。對於可上可下、進階升等者，稍失差池，可能嘖嘖煩言；對於撰寫者，真是躊躇再三而舉步維艱。

工欲利其器，必先固其心；器欲盡其能，必先得其法。龐雜的詩歌史撰寫，除主打的綜合類型外，允許各有側重的入徑。有側重社會、地域、派系、社團的，有側重思想、機制、問題、專題的，還有側重比較、鑑賞、細節的……，不一而足，從而構成互補

---

[5]　王金城：〈詩史重建：林燿德與楊宗翰的現代性訴求〉，廈門：《臺灣研究集刊》2008年第3期。

互證的開放格局。歸攏多種路徑寫法，基本有兩種：一種以鉤沉、爬梳為己任、靠文獻史料說話的「基建式」詩史，屬相對客觀的中立呈現；一種是甄別、闡述、評斷為主的「鑽層」式史論，帶有較重的主觀性傾向。鄭慧如顯然在兩者結合中倚重後者，其框架、體例，結構依此而行佈局。以拍攝河流為喻，她是把打撈外部世界的工作，壓縮、推遠到對岸的分區時段中，而讓晾曬在此岸的詩人文本聚焦為特寫的風景。剔除觀念先導，防範進化論作祟，在窮盡文本閱讀的基架上，專注內形式要素。舉凡立足點、通光量、推拉搖移、剪裁定格，皆循初心，自取門徑。精調「光圈」，鉤拉「景深」，爬羅剔抉，大含細入，主要有三。

二

「主軸架構」

此前詩史，一般是內外兼修，雙管齊下。鄭氏深知，典律化才是詩史的終極目標，詩史當以詩人、文本為主軸。據此她拋開過往的主義、流派擔綱，詩社詩體的「眾聲喧嘩」，重新調整主次、輕重；用典律化結構置換詩的「文化實踐」，即以最重要的、焦點的、主要的、學院的、其他的──若干級差的詩人「檔次」──入主詩的系譜學[6]。既然詩史的主鏈條是以具有「範式」意義的詩人與文本鍛接而成，故在「顛倒」的層面上反過來也可以成立：詩史上大大小小的詩事都宜「退居幕後」，圍繞、附麗於詩人文本，從事「服務性工作」。這樣一來，抓住主要詩人及代表作，提綱挈領，可達事半功倍。其最大好處是主角突出、標的集中；文本彰

---

[6] 可能為突出學院派而將「學院詩人」作為「單列」，但這就與有「位階」性質劃分的四種檔次發生了摩擦。在屬評價性「最重要的─焦點的─主要的─其他的」譜系裡，插入職業性的「學院詩人」，顯得與前三個評價性的限定詞有所偏差。或只能理解為「學院詩人」約等於「其他詩人」？或「學院詩人」夾在「主要的」與「其他的」詩人之間？

顯、指陳剴切。不過，時代語境與事主雙方相對隔開，多少得承擔與諸多詩事「疏離」或融合度不夠的風險。風險之外的改變是非常顯著的：走出流水帳鋪排，淡出思潮、主義的權重，削減運動、板塊、刊物分量，鄭慧如告別教科書的「平均值」，扼亢拊背，讓現代詩人與文本的高峰、高原、高地各就各位，相互挺拔又相互映襯。有關詩壇的流變、論爭、議題，多數刪煩撮概，壓縮到最低限度，以便騰出更多篇幅主攻津要。

在這樣前提條件下，鄭著信心滿滿指向詩史終極——詩人文本的評析與定位。在細讀、比較基礎上，結合相對共識與個人史識介入下給出了百人名單（開列陣容，分階排行）。如同經由俱樂部長期考察、球迷公投，主教練拍板，由泰斗級詩人洛夫領銜，或聯手余光中、羅門、楊牧、簡政珍、陳義芝等一干主力，組成「明星隊」，保證充分登場亮相時間，推出強勢「中軸線」，一部詩歌史大抵可立住陣腳。

史料是陣腳的基礎。胡適說：「沒有精密的功力不能搜求和評判史料的功夫；沒有高遠的想像力，不能構造歷史的系統。」[7]同時，「歷史學不是單純的史料堆砌，應當是事實的理論體系」[8]。故史料不是羅織清單，出具中藥配方。史料須在史識統攝下進行提取、擦拭、甄別，方能從零散、混雜，甚或遮蔽、訛傳、遺失中重新「復活」。

倚重詩人文本主軸，不等於輕慢史料。經女史巧手編織，塵封的檔案，多了幾分生機。如對超現實的梳理，是在充分的時間鏈條（一九五〇年至一九六〇年）展開中，對應十個環節，分別從最初黃用的「可望不可即」、商禽的自我否定，到余光中精妙的比喻

---

[7] 胡適：《北京大學國學季刊‧發刊詞》，歐陽哲生編《胡適文集‧3》（北京：北京大學出版社，1998年），第15頁。：

[8] ［日］宮崎市定：《宮崎市定中國史》，焦堃、瞿柘如譯（杭州：浙江人民出版社，2015年），第320頁。

「文化沙漠中多刺的仙人掌」，再到洛夫似幻似真的實踐，及至最後陳芳明小結，言簡意賅、脈絡清晰而令人信服。還有，在掌握、研究日據時代大量資料，兼顧其他研究成果，藉此堅持一九二〇至一九四九三十年無須分期，主要理據是：無中文白話詩集、無專業詩人、無大量詩作者、無成長培養條件、無推進動力，從而推翻長期的固化流行觀點。類似這樣的一席之說，皆源自旁搜遠紹，包括全書一千四百多個註釋基本功，是值得信賴的。

從目迷五色的余光中資料中，鄭著拎出兩個關鍵詞，一個是見慣不怪的代詞「自」，一個是用濫了的母題原型「家」。前者見出自持、自重、自強、自在、自期，從而自塑強大的自我，所以余詩大體意旨明確，音調朗朗。後者裝進了才氣、豪氣、脾氣、童心、痛與暖，才有祭酒的雅俗共賞與芬芳。從小處鑿開豁口的做法，一直是鄭氏的拿手好戲。

不依不饒的辨析，也是鄭著評鑑的利器。對於公論中的「詩僧」，她堅持：佛禪的精神是空、無，而周夢蝶是情愛、我執；佛禪講超脫、出離，周夢蝶講忍情、投入；佛禪以無言言旨歸，周夢蝶經常言無不盡。所以，她勸人們重新省思此前的定見，把公道還給「詩僧」（第218頁）。這自是一家之言，但其錙銖必較的挑剔與較真，實屬難得。

即便共識度較高的前行代向明，評述只有一千來字，且向明的詩風一貫朗健練達，無須什麼旁徵博引，但鄭著仍腳踏實地，整整採擷十筆評論資料，一絲不苟加固了一個透明詩人的愈加透明。對中生代代詩人，同樣力求擘肌分理，精準到位。像陳克華，以撩撥的性意象感應現實、以厭離的思維挑戰禁忌、以詰問的內核凸顯生命，給予相當結實的鉚定（第580-582頁）。同時對「漏網」詩人、《笠》詩社的江自得，和「失蹤」多年、「無黨籍」的蘇白宇（白雨）也給予了義不容辭的追補。

對隔代新人，更不畏時間高懸而披沙剖璞。評鑑凌性傑：洞

明事物而不撩撥黑暗，不挑逗醜惡，也不刻意宣揚美善，卻仍然讓人感覺作者的清明（第684頁）；研判鯨向海：文字掌控彈性而靈巧，勾勒出肉欲赤裸而純淨，緬懷青春的筆觸帶著光輝；帶著撕開傷口般的隱祕與羞澀；療癒性、平衡感是他詩作兩大特質（第688-690頁）。

　　誰說當代詩歌史應該緩寫？固然未經充分沉澱的詩人文本、易出現高抬或貶抑的誤判，眾說紛紜常產生前後「夾擊」的困擾，對象過於近前、無法充分展開也容易造成「短視」，但是，等待穩定的未來——永遠是一條泥沙俱下的進行時大河，要等到猴年馬月？我們總不能坐等一切塵埃落定，想清楚了再去做研究。這是一個沒有完結、不斷思考、不斷探索又不斷質疑的過程（錢理群）。適時清理當下，有助於止住拖沓與遺忘，加大積累，何樂不為？關鍵還在於撰寫者的細究能力與洞察能力是否卓異，避開短命的「過渡本」，不是沒有可能。

「強力敘述」

　　檢驗詩史的試金石是史家眼力：比如境界視域的高屋建瓴，思想圖式的獨到開掘，現象問題的深入闡發，脈絡理路的洞幽燭微，經典文本的出色解讀，重要詩人的精準定位……[9]。史家眼力對詩人文本的洞穿，是直覺、理據、智慧的綜合產物。或極具個人鋒芒的「刺點」，或允執厥中的甄別，或力排眾議的空谷足音，無不扛著「蓋棺論定」的千鈞之頂。史家眼力有兩種：一種偏向「中立價值」，居多；一種維護「個人執念」，少見。所謂強力敘述，是充分施展個人話語權重，以鮮明的史識、視野、方法，直取對象。不瞻前顧後、不「溫吞水」、不照顧平衡，帶有較強個人化的獨具隻眼。

---

[9]　陳仲義：〈撰寫新詩史的「多難」問題——兼及撰寫中的「個人眼光」〉，武漢：《江漢大學學報》2006年第2期。

對於置頂詩人洛夫，她給出破天荒的容量，二萬多字十項點讚：包括「語言魔術師」、「破除我執，反躬自笑，老而愈醇，淡然而蒼茫」、「剛正、端直、駿爽」的風骨，特別能「管理風暴」的意象格局等，力避拾人牙慧。對於簡政珍的意象思維，如數家珍：挑破昏沉，正言若反；富含學養又慧命深遠；擅長抓取瞬間人生場景與內心調變；再三品味，是意象之間同異縫隙，以及縫隙裡的留白、透明與可能性。對於楊牧格調的變遷，心領靈犀：從《水之湄》的輕緩掙扎、《花季》如染暗墨的凝慮、《燈船》的語言實驗到《非渡集》的浮光掠影，楊牧完成了詩風的轉型——沒有長期潛心追蹤，何來扼要斷語？白靈的影響脈息，也彷彿指掌可取：《及時雨》的片段，頗有當年羅青的手眼；《1984》的節奏來自瘂弦的《印度》身影；《雙子星》的敘述、語氣和題材與余光中《雙人床》隱隱呼應；《黑洞》、《大黃河》放大的聲勢，有羅門的習性（第530頁）——直懷疑鄭姓悟空早派遣奈米機器人鑽入白靈的腸胃裡了。

　　強力敘述最體現在張健不受待見的「辯護書」上：張健二千五百首詩作為當代詩人之冠，尤以短詩慧見敏捷擅勝，在未被「抬轎」的孤寂中默默耕耘，「無論質或量皆極可觀」。其創作的狂狷精神（童心未泯的傻冒、未向潮流就範的骨氣、不被規訓的大膽尖新），委實是靠近「焦點」詩人的最佳人選（第297-305頁）。讀了這段「翻案文告」，讓我們對張健刮目相看，相信隨著時間推移，詩壇碑林還會因此俠義孤膽而平添一座浮雕呢。

　　而對詩壇大咖，則冒天下之大不韙，不因葉維廉的宏富詩學而放鬆作品要求：「千禧之後的葉維廉，實質問題是破碎的句子以及三彎四拐卻總到不了目的地的敘述模式。而這類詩作，早在一九七〇年代，已逐漸成為葉維廉詩的常態。」「葉維廉的詩仍顯然缺乏情感色澤與魅力，不像其學術成就受到青睞。」（第278頁）幾乎沒有迴旋商榷餘地，但相信此番的擊打不帶任何個人恩怨，完全

出自藝術的直覺與良知，也因此推翻了此前某些定論。還有直面方群：「方群已出版六本詩集如同曠野，未營造出創作層次或高峰。」（第660頁）推心置腹，方群兄會不會驚出一身冷汗，搔頭反思「平行」的歲月？再有直面孟樊：「孟樊的六本詩集，最大的特質是馴化。孟樊的每一本詩集，不論行文的語氣、使用的語詞，調性、結構等等，經常給人似曾相似之感。」（第650頁）孟樊兄接到冷酷的判決後，何當重啟今後生路？不過讓人費解的是，肯定孟樊《臺灣中生代詩人論》，卻對其另外兩部重要著述《當代臺灣新詩理論》（1996）、《臺灣後現代詩的理論與實際》（2004），幾乎不予正面置喙。看來，掭春秋之毫管，是須何等底氣、學養，以及寫作倫理的長期支撐，否則容易陷入瞻前顧後、避重就輕、隔靴搔癢。較之中國大陸照顧情面、反覆權衡、和事求全，不啻一記提醒。

強力敘述與「中立」敘述是兩種互補方式，很難分出軒輊。中立敘述避開過多評騭，客觀冷靜，懷抱「理解之同情」，力戒「一棍子插到底」，葆有足夠大的彈性空間，以便受眾與時間有機會共同「填充」，但欠缺鋒利穿透，不能不說是個遺憾；強力敘述匪顧眾議，「認準死理」，力排疑慮，追求明斷，但有時劍走偏鋒，也得償付單邊化的代價。

強力敘述貫穿鄭著全程的文本領悟，窮追不捨的細讀尤為突出。細讀是鄭慧如的長項：透過大量的細讀打底，掌握創作歷程的生成起滅，交錯與貫穿史觀，留意各種風格形塑的背景，發掘可靠而未被發現的細節，凸顯文本性與詩性[10]。憑藉細讀，她身輕如燕，穿堂入戶。辨識非馬的意念與意象的微妙關係，用蜻蜓複眼：「非馬捕捉的意念只是假託一種情景來挑撥一點，而且點到為止。意念的比重經常高於意象，使得象為副而意為主，象為虛而意反而

---

[10] 鄭慧如：〈當代漢語詩歌批評中的框架論述〉，武漢：《江漢學術》2018年第5期。

為主。」（第486頁）倘若沒有對現代詩的腠理了如指掌，庖丁之手無法達到如此精度。即使對剛出道不久的林婉瑜，也在眾人熟視無睹的地方揪出四個「即使」下菜（即使不乏重複、即使未必內容、即使靈光一閃、即使以情為名），為新生代鳴鑼開道。甚至尖細到連「問句」都不放過：簡政珍的連續問句如同急管繁弦，相對別人的音樂性，它表達思考火花的炸裂，直接成全作品的張力，間接造成詩集不討巧的賣相（第451頁）。短短不到三十字評點，就集合起問句的形象比喻、屬性、比較、直接功能與間接效果五種。鄭氏的針黹法，可以從這裡窺見一二。

「語體風格」

細讀催長鄭氏鮮明的語體風格。兩者互為激發，相映成趣。那是一種縫紉機的針腳，不是宏大敘述的飛沙走石、銅琶鐵板，而是邊邊角角都不放過的密不透風。深信鄭慧如寫過詩，深諳其中曲徑隱幽，方體味語詞的冒險、「靈魂的顛簸」。只有超強感受穎悟，才會移除人云亦云；只有堅持自我見地，才不會依樣葫蘆，隨行就市。甚或在權威、前輩面前，絲毫不露怯意，落落大方，丁一卯二。

評洛夫演變：早期是擅長爆破，煙濃味嗆；八〇年代以後冷鍋冷油、清蒸水煮；晚年雲淡風輕，落葉紛飛——寥寥數語，化高頭講章為理解與想像的形象直觀。評余光中氣脈：「以清澈的語音帶動延伸的語意，以音樂性強大的敘事方式補足意象缺口，貼心而饜耳。」（第172頁）——精緻提純的句群嵌入陌生化雋詞，精湛而飽滿。評李進文特點：李進文的輕，是自在、輕快、分享、明亮，是在看透網路朝生暮死的文字後，對大分子創作群的認知，是明白在啾啾亂鳴擾人清夢又無可逃遁的網路脈搏中，自己的走向與意義（第478頁）。——也並非全然華彩，在該出手時不忘鉤思抉微。評唐捐面貌：「思緒如雜草，文字則謇澀用力」，「披盔戴甲，拉雜摧燒，不計毀譽而展現渣滓的光怪陸離」（第608頁）。——批

評的「丹蔲長指」，一下子掐住人家的人中，好不生疼。涉及楊佳嫻的人格特質：熱切明麗、火眼金睛、野心奔放、臨淵走索、鋒利耽美（第696頁）。——轉而採用四字格的傳輸帶，塗點縱情恣意的潤滑。

至此，清除了謹小慎微的泛論，維護「博採眾評」後的畫龍點睛。稜角分明，意氣駿爽。鄭氏在現代詩史的深溪峽谷、梨花槎樹，嗅集蜜源，上下翻躍，均留下「巧密於精思」（顧愷之）的軌跡。帶著固執的「刻薄」，也影隨毗鄰的「偏見」。

三

羅蘭・巴特認定歷史的敘述具有「不斷被想像與修辭的性質」——他道出了一個「絕對真理」。純客觀是不可能的，在貌似公議、公允的「排序」中，總要被隱匿的暗器悄悄修理。而「詩史的構成絕無律法可循，律法無非是史家對史實的詮釋」，所以詩史家的詮釋便成了一種「具有霸權性格的典律」[11]。誠然，強力敘述不免帶有霸權色彩，有優勢也有缺陷，同理，「中立」敘述也有它的軟肋與優點。每種敘述模式都有存在理由，在反覆告誡尊重撰寫者意志與方法的前提下，在下仍好為人師，罔顧蛙醯之見，聊作參考：

開宗明義，作者確立兩個入選「基準」，一為「百行以上長詩」，二為「反散文化」。竊以為，前者作為體裁類型，後者作為文本內質，似乎在維度的統一性上有點摩擦。在筆者看來，詩歌史當以整體的「範式」意義為根本基準。範式意義意味著在百年詩史演化中，誰在詩風、詩派、詩體的「進化」中領銜——提供可資推進的文本——從思維、詩想、想像方式到意象、語詞，及至格式、排列的發現與刷新，誰就獨占鰲頭，排名靠前。哪怕只開掘一種原

---

[11]　丁威仁：〈臺灣詩歌狀況評論：詩史・詩社・詩潮・新世代〉，合肥：《詩歌月刊》2005年第7期。

型、命名，提供一種語調、節奏——的發見與刷新，均值得大書特書。事實上，作者主張的兩個基準，基本上還是在「範式」意義的框架底下進行的。故作為「低」一個階位的基準，實在應該讓位給更高意義的「範式」，讓它「一覽眾山小」地處理問題。畢竟「範式」意義超出「散文化」與「百行」範圍，也更有能耐對付棘手的後現代。

長達二萬三千字的洛夫專章（占全書二十分之一），堪稱極為精彩的詩人專論。然而，詩歌史的主要職責不在極盡細讀，而重在整體鑑識、綜合評斷。固然洛夫作為臺灣頭把交椅給予最惠待遇天公地道，但過猶不及則有失體例規範。畢竟，詩人專論與詩歌史的詩人論還是有所區別的，如何在大局上忍痛割捨，做出上佳平衡才是最好？相反，在處理「後現代」這一重大風潮時反顯吝嗇。按理，「後現代書寫」空間大有用武之地，憑鄭氏的臂力，有能耐應付裕如，不知為何一晃而過？

由於立場、趣味各異，人們對於入史的百人名單亦會各持己見。拿我來說，肯定會把「漏網」的管管、碧果全給補上。前者的老頑童、惡作劇和醉拳術十分罕見，後者把超現實的短裙穿成「抽屜」，放飛瓶子與犀牛（有別於「穿褲子的雲」），剔除了委實不該；再次，筆者也想把周夢蝶升等到重要詩人檔次，因為心靈的撕裂與掙扎用禪形式來做「掩護」，幾乎獨此一家，別無他店……。此外，對夏宇這頭後現代的八腳章魚，在「腹語術」與「粉紅色噪音」之間推濤作浪，也須排難解頤；入選第二次「臺灣十大詩人」的異數自有相當分量，卻只花一千餘字篇幅，恐怕是帶著偏見。

轉而思忖：撰寫者一定不折不扣堅持她的立場、理念、尺度與體例，說服感化她絕不可能；迄今為止，也沒有讀過她公開發表過的史觀。但相信在許多方面筆者與她有不少共識，不過，差異顯然存在——最主要的——應該是對後現代的取捨。她恪守的是古典、浪漫兼雜現代的「思無邪」，所以會把「正聲雅韻」的防線扎住在

詩與非詩的邊緣，築以意象基石，一旦「動亂」必「格殺勿論」。譬如對陳黎者，她厲聲喝道：「陳黎有許多膚淺的形式遊戲，詩質單薄，卻被票選為十大詩人；這是臺灣現代詩壇極大的諷刺。」（第558頁）其實總體上看，除去某些過度符號化，陳黎雜糅多變，還是值得肯定的。質之，「不入法眼」的偏斜，蓋因作者厚植古典情懷，不屑全球化祛魅之潮而固守底基所致。相比之下，筆者對後現代的理解則寬容多了，歷來側重「深度模式」也接受「平面」奇葩，所以才會出現上述歧見。想想，也是正常，再想想許顗《彥周詩話》所云：「人之於詩，嗜好去取，未始同也，強人使同己則不可，以己所見以俟後之人。」[12]遂復歸於坦然。

　　本質上說，這是臺灣百年新詩的一個排行榜，帶著鄭氏印戳的排行榜，不同於古代「點將錄」（張為〈詩人主客圖〉、呂本中〈江西詩派圖〉、劉寶書〈詩家位業圖〉）——據流而依的「座次」，也區別於當代百曉生〈詩壇英雄座次排行榜〉（一百零八人）的在場批發與戲謔，更具學術上的去蕪存菁。要害的問題是，對非重點的一般優秀詩人如何做出最佳安頓。因篇幅管制，僅靠數百個字，確乎難逃蜻蜓點水、捉襟見肘的尷尬，那麼，如何在緊縮容器中，一以當百地熔鑄，在這方面，仍有一諾千金的提升空間。新近，中國大陸胡亮出版《窺豹錄》，同樣精選當代九十九人大名單，每人亦千字規模，反覆淬火錘煉，力透紙背，大有寸鐵「殺人」之效，當可參鑑[13]。是的，每個研究者都有權發佈自己的排行榜，言之鑿鑿，有理有據，但最終只有經受時間與公眾的淘洗，才能清楚誰的「金色權杖」擁有更多的含金量。

---

[12] [宋]許顗：《彥周詩話》，何文煥編《歷代詩話》（臺北：中華書局，1981年），第378頁。

[13] 參見胡亮：《窺豹錄——當代詩的九十九張面孔》（南京：江蘇鳳凰文藝出版社，2018年）。

四

　　鑑於鄭教授出色的文本內視力，二○一五年中國的「教育部名欄」授予她「第二屆現當代詩學研究獎」[14]，其內功，早就貫穿在此前兩部專書中，《身體詩論》（2004）以身體為生命詩學的楔子，試圖攻占「專題史」某一制高點，初征伊始實為「論」「史」結合打點前站；《臺灣當代詩的詩藝展示》（2010），圍繞十七位詩人論，在音樂、遊戲、現實、倫理、自我、表演性格諸方面，繼續砥礪鋒刃、磨亮燧石，也是為著不久後的歷史化進路夯實步點。

　　詩的多變繁複與史的濃縮簡約是棘手的兩難。對象的事實、文本的深度與撰寫者的立場、理念一直處於無盡的博弈，洞見與盲視始終互為表裡。為此，寫作所需要的便不只是「求真」的崇高表達，還要有「求新」的務實考量[15]。筆者心目中理想化的文學史、詩歌史，因應維護公允的框架，排除諸多運動風潮帶來的搖晃變數；心中明亮著穩定的評價尺度，化解眾多矛盾與抵牾；堅定地以詩人文本為軸心，響應較高的價值刻度與美學公識度，面向典律化的圭臬推波助瀾，在百舸爭流的航渡上，避開本質主義和獨斷主義的漩渦，為後繼者開啟道路。總之，將歷史化的敏識目力（歷史化過程之理解、同情）與歷史感的「標」（歷史化過程的當代價值變動）交互為平衡的辯證，讓詩性、詩質、詩感、詩美的大纛高揚於詩史的峰巔，不斷滋養與豐富當代與未來的心靈。

　　葉燮在《原詩‧內篇》曰：「大凡人無才，則心思不出；無膽，則筆墨畏縮；無識，則不能取捨；無力，則不能自成一

---

[14] 「現當代詩學研究」欄目是入選中國教育部名欄建設工程唯一的詩學「獨生子」，授獎詞全文見武漢：《江漢學術》2016年第1期。

[15] 湯擁華：〈通向「後歷史時期」的文學史寫作〉，開封：《漢語言文學研究》2018年第2期。

家。」[16]鄭教授力排陳語平調,直言骨鯁,已然落成臺灣詩學界一個「矯矯不群」(司空圖)的重鎮;規模體量、精研細度,均刷新了此前同類著述(含文學史稱著的詩歌部分),為臺灣現代詩的典律化交出了有效答案。典律化的形成過程,詩評、詩史起了重要作用。前者通過具體闡釋,後者通過估衡鑑定,無論作為文論或教科書,將大大影響社會與受眾的看法,一俟為主流文化所認可,有望匯入整個詩學傳統,成為其中一部分,所以為歷來詩人與理想讀者所看重。相信此份不世之功,禁得起時間的檢驗。其中,主軸架構之所以值得推舉,是因為以詩人文本為制導的撰寫路徑,最接近詩歌史的磁場與功能;強力敘述作為重要路徑之一,是在窮盡「眾說」基礎上突出個人「另見」,乃具穿透性的春秋之筆;鮮亮的語體風格,從形制化的中規中矩的文堆裡,脫逸出秀骨錦章,尤為難得。

　　源自史料、視域、趣味與風格、方法的詩歌史各種各樣。各種各樣的詩歌史,都希望自己最後能開成頒發鑽石證書的旗艦店,而人們總是在尋求最值得信賴的那一家,同時期待新的開張。有人會落選,有人會逢生,一如選本的起伏,會有「漲退」甚或「迴流」。但在正常生態下,詩歌史依靠史家與眾人,齊心勠力,總會步步逼近理想化的典律。時間的滾動與磨蝕,無法指望一部詩歌史一言九鼎、一錘定音,相互補充、印證、質詢,才是通往不斷圓滿完善的途徑。因而,我們有充分理由翹望——下一部「姚黃魏紫」。

---

[16] 葉燮等:《原詩‧一瓢詩話‧說詩晬語》(北京:人民文學出版社,2005年),第16頁。

附錄二
袖珍評點臺灣其他詩家（29人）

紀弦　1913-2013

筆名叫路易士的紀弦，是臺灣詩壇三大元老。雖口口聲聲現代詩必「主知」，然其詩風一直與智性有違。許多詩章大行諧謔，輕狂放肆，滑稽幽默。讀他的詩，常要噴飯的。

估測八十多歲某一天，他豪興大發，對著酒瓶子自言自語。〈廢讀之檢閱式〉寫的正是自己嗜酒如命，忽然發現家中滴酒不存，而空瓶子卻嘲笑式的顯擺在那裡。無名火陡然升起，下意識的教官身份立即上場，喝令瓶子們乖乖列隊，接受老子檢閱。

天真的自我發洩，此刻，他像三歲小孩，遷怒他人，忽地一下子，把剛搭起的「積木」推倒，然後捶胸跺腳，嗚嗚地哭了。

嗨，好個老頑童，一次多麼率性的「酒瘋」。

詩，不能寫得太合情合理，那就了無生趣。有時候，得撒一把諧謔的芥末，嗆一嗆身上的晦氣。

林亨泰　1924-

在〈風景No.1〉和〈風景No.2〉面前，我完全喪失解讀能力。詩還可以這樣寫嗎？我最多只停留在感官直覺上：No.1用抽象的「農作物」名詞做三次喘不過氣的連排，再插入陽光下曬長的耳

朵、脖子,從而造成農作物們生生不息的生長景觀。No.2同樣用抽象的防風林語象做三次窒息性的「尾隨」,然後再插入連排的「海浪」,造成林木間離間的風景線,於模糊與抽象的鏡框中叫人不知如何調整焦距。

要不是後來林亨泰在〈非情之歌〉主動披露原意圖:生命的延綿無際與嚴禁的管控扼制,構成一黑一白的強烈對比,提醒人們不應沉湎於單純的圖像視覺,詩人深藏的機心就有可能被忽略了。

圖像詩的「洗牌」的大師、「跨越語言一代」的領跑者。

碧果　1932-

家有四部碧果詩集——《說戲》、《一隻變與不變的金絲雀》、《肉身意識》、《吶喊前後》),實話說,都沒有讀完。原因很簡單,只因一個「怪」字。〈靜物〉之怪,爭歧了幾十年,難得一個信服答案;「動詞」之怪,「僅僅是時空的外衣」;〈也許是笛卡爾惹的禍〉,攪得你在因果律面前矇頭轉向。

化學實驗室的操作員,手持多種配方:無厘頭的焰色反應、非邏輯的配方、不可逆還原、想不出所以然的分解、莫名其妙的結晶。

在那個標誌性的黑白「抽屜」———一開一合的運作裡,從來都無法預見碧果,飛出「盲鳥」抑或關進「晚紅」;也很難弄清,什麼時候收入椅子、瓶子,什麼時候放牧犀牛。

「魔術」的詩。

李魁賢　1937-

自謙《笠》詩社的「蝸牛」,但一出發,就變成駿馬,鬃毛飛揚。

熟諳德語，深受里爾克影響，經他「提拉」的里爾克的「事物詩」，演化為《笠》詩社在藝術上對詩壇的最大貢獻——詩寫即物主義。

精神、意識、抒情、自由，四者綜合的詩學觀，加上「及物」方法論——充分發掘物象的優位性，放棄冥想、神祕感和表現主義色彩，強化本土族群的現實經驗，在辨識度接近的綠地上，挺立起李魁賢自然英爽、淺白率直的「芒草」。

我不贊成他過度傾斜的本土意識，但他的這句名言比他的詩作更讓人記住：

「詩是良心的追緝令。」

席慕蓉　1943-

不少人把席慕蓉看成「臺灣的汪國真」，其實兩者迥然有別：席詩屬本真行走，汪詩接近角色演出（沈奇）。雖然席詩同質性較高（多傷逝、傷感抒情題材），但源於自我平常心懷，並非媚俗應世。她吸融古典營養，成就一種清芬圓潤、明澈溫婉的格調。

溢滿的酒杯，很難講溢就是醉，萬般苦等的愛情，留待精神的永恆。席慕蓉感應到愛情在空降中的「臨界」點，所以潛伏著一份忐忑，短短與長長。

〈悲喜劇〉再次印證席式的情感文庫，不是一味的快樂或一味憂傷。清澈的湖面下餵養著五光十色的錦鯉。

該詩是席慕蓉對古典詩詞一次互文性改寫，席慕蓉有多次改寫成功的經驗，由於相當接近與符合公眾審美習性，受到普遍歡迎，是再正常不過了。

晚近席慕蓉多次出入內蒙，蒙古族的「汗血」，已然蓋過早期的「七里香」，可惜世人不察。

汪啟疆 1944-

海洋詩的專業戶，家底殷實，一輩子都用不完。

三十八年海上軍旅，拍打著前世與今生的沙灘、浪花；十一本專集，幾乎一生都在寫相同的東西。意圖窮盡海的一切：浩瀚、深邃、孤寂航線、弧形背脊、肺活量、海魂夢，還有壞脾氣的藍花斑豹、好心腸的珊瑚菜……，純粹得像「鹽是海的骨屑」，堅守著為「梔子花香」的陸岸。無枯燥、單一的討嫌，反而叫人認領龐德的偉大名言：終生寫好一個意象，勝過無數作品。

大海，蕩漾著乾淨、誠實和誠懇，用生命的全部鱗片與情感潮汐的所有律動。

蕭蕭 1947-

蕭蕭高產，一百多部，令人羨煞。尤其「詩教」，遠近遐邇。像《現代詩入門》、《青少年詩話》、《中學生現代詩手冊》、《現代詩遊戲》、《蕭蕭教你寫詩、教你解詩》，均是這方面的佼佼者。《現代詩創作演練》自九十年代以降連售七版，炙手可熱。

他的三分鐘「隨幻想法」很見實用，他的足跡遍佈各教學點，他親自操刀的許多速成，常有撥雲睹月之效：隨興幻想、矛盾連結、偷龍轉鳳、聲色雜陳、鏡中影像、亂麻快刀……，無愧於臺灣「新詩總教頭」的美稱。

他的詩美學三部曲（《臺灣新詩美學》、《現代新詩美學》、《後現代新詩美學》），將詩潮與詩人論相結合，讓近個世紀，從賴和〈流離曲〉到林德俊〈好施樂善〉盡收囊中。立論穩健，研精鉤深（不過把部分的余光中納入後現代論述框架，值得商榷）。

在新詩演練場上，蕭總教頭循循善誘，授人以漁，模範師表，

詩教名頭似乎蓋過了詩作。

鄭炯明　1948-

　　如果說李魁賢是新即物主義的中堅，鄭炯明則是承前啟的代表。

　　即物的線路意味著貼身逼近、及物還原、客觀知性、後致知。

　　醫生職業強化了鄭炯明的現實批判，人間關懷。其詩精準、簡明。在熨斗、帽子、番薯的對象化中，以人化物、以物化物。在〈誤會〉中表演，留下冷凝的思考。對多種可能的〈蟬〉進行客觀還原。堅實平易、樸實清朗，從詩性現實、知性現實的基調裡獲取直接力量，但有時目的性過於明確而詩質削弱——這，也是《笠》詩社總體性軟肋。

　　可惜後來，鄭炯明逐漸銷聲匿跡。但見好就收，金盆洗手，遠比不斷重複自己要好得多。

杜十三　1950-2010

　　臺灣詩壇越界第一人。早在七十年代初期，杜十三就調度多種文體上演《偉大的樹》；十年後，他進入觀念的複數創作，有聲多媒體《地球筆記》，一躍登上「行動榜首」；九十年代《火的語言》，繼續考究形式的推進；新世紀《石頭悲傷而成為玉》，用珊瑚片、不鏽鋼片做封面，螢光粉印刷，花招可謂層出不窮。

　　聲光、影像、布袋戲、默劇和裝置……，與他一起，逾越平面的「多妻主義」設計；超前的多媒體實驗，讓新詩多出了一條「活路」。

　　至今，我還保留他來廈送贈的錄音帶——發自煤層下低低的磁性的聲音，彷彿昭示著藝術先行者，不管天堂、地獄，在先鋒的時刻，都不忘沉潛探鑽。

零雨　1952-

　　讀零雨詩不多，據說讀她需要「靈魂的眼球騎上獨輪車」（白靈），她的獨輪軌跡如她的筆名，撂下太多遐想。涉獵廣泛的女史，不啻專攻男權堡壘，還駕馭「中性」引擎，呼嘯於生存的大街小巷。

　　明明讀到她的知性，卻感受不少感性的豐盈；讀她的感性，幽微處時或濺出思想的火花。《特技家族》，掠過一連串「後滾翻」的飛車，介於追求與幻滅之間；多發、頻發的旅次，切割審醜的窗景，揭開虛無的困頓，又掩不住迎風的心靈、進擊的腳步……，這一切，無不體現於平和自然、略帶瑣屑的世俗話語，素面朝天，冷冽中流露不妥協的質疑、問詢，且閃耀剛硬的洞鑑。

　　比明慧睿智的女詩人群，多了兩分尖利、撕裂與包容；更不想蹲踞在伍爾芬那間小屋裡顧影自憐。八部詩集，自覺避開單向度疊加，多面向打開與深入，是造就大詩的鋪墊。

陳育虹　1952-

　　詩是青春期的熱病，少有人在不惑之年起航，陳育虹竟在「反季節」中出道，沒有一股長長的氣運與腳力，走不遠。

　　蓄精養銳，十年間五部詩集高密度發佈，不同凡響。區隔於零雨外部事物投射於心靈的搜尋，陳育虹更關注自我世界在文本中的精微留痕：

　　綿長的呼吸，最好分辨白芍地與黃川芎的味兒；溫潤的旋律，輕易調動「河流進入你的靜脈」；藍調子節奏，點中情緒與愛欲的多味菜；內形式的隨性絮語，正好趕上彎彎曲曲的黑海潮汐；小小語氣，也會接通繽紛的交感開關；多重韻致，錯落於薩福的髮辮、

易安的瘦梅花蕊……

女詩人的細密心思，以「索」為經，以「魅」為緯，延綿著波浪式錦緞。

只要有詩心在、有才情與針腳在，一切都不晚。

陳義芝　1953-

余光中與楊牧的嫡系傳人，非陳義芝莫屬。

早年《落日長煙》、《青衫》、《新婚別》，從書名到內容均帶有濃濃的唐宋餘韻，毋庸說〈蒹葭〉、〈逝水〉、〈暖玉〉、〈陽關〉等意象、境界、氛圍的承傳。在西學盛炙之際，少有人像他那樣坐懷不亂、澡雪胸次。

〈年輕心事〉通過五個層次的鋪陳、延展、宕開、持續、回縮的氛圍性經營，曲折地表現心事的難言之苦，不乏現代體驗。

在這條新古典主義的道道行走，最叫人擔憂的是深陷舊驛而墨守成規。陳義芝胸有成竹，並不急切投靠新器，反而從古老的鋪墊、襯托、渲染、暈化、明喻、暗喻中，做出古題新詠、古材新用、古意新翻的成績。

若將來有機會寫篇詩人論，關鍵詞似乎已經預定：澄心體味，從容出入，翻造新意，蘊藉涵泳。

方明　1954-

方明在臺北鬧市築起迎納四方的「詩屋」，仿效羅門、蓉子伉儷在泰順街點亮「長明燈」。雙子詩築，在寂寞的夜晚提升多少溫度。而溫暖的高度，比得上仰望中的「101」。

我曾在「燈屋」扮演被鐐銬困守的行為藝術（有照為證），更在「詩屋」與眾多臺灣同仁促膝談心。除了滿牆幽幽暗香、來自五湖

四海的墨寶，方明還在新辦的《兩岸詩》，搭建一往情深的廊橋。

代表詩集《生命是悲歡相連的鐵軌》，集中展現了值得細品慢嚼的古雅意緒，可推及到一以貫之的風格化境地：

綿長的句式，悠長的調性，托舉款款湧來的情懷，也不免夾雜著出生地——越戰殘留的、足以左右一生的硝煙。人生流程，在離去、左右、上下、中西——浮沉裡，苦釀著這邊濃郁型的「金門高粱」，又吟哦著那醇醇厚厚的「黃河大麴」。

在自己的「詩屋」，燃放著屬自己也屬臺北的晚禮服焰火。

羅智成　1955-

「微宇宙教皇」，這一大頂荊冠戴到羅智成頭上，說明他一定有許多呼風喚雨的能耐。其中一項是很會做夢。不是嗎？三部「夢之書」集成式飛向島嶼、村落、鋼筆與拖鞋⋯⋯，無不囊括各種美夢、託夢、驚夢、噩夢、殘夢，整體的、碎片的、黑白與彩色。無奇不有的夢，與意旨性的黑暗、死亡、災難、鬼魅、黑死病相勾搭，而冥想、靜默、發呆、出神狀的準白日夢，又與廣義的詩性思維脫不了關係，漸漸塑成羅智成「黑金」式的對話風格，而繁複多變的歧義是該風格的重要元素。

日益發福的「黑色鑲金美學」，沒有迷失於黑色魔法，漫空飛舞，同時也展示人格、善行、倫理與文明的追求。溯源《寶寶之書》，直追夢幻天使版的連軸絢麗，回眸晚近長詩《夢中情人》，更有「趨光」性演出——在幻滅中檢索又在幻滅中堅守。

受方派（方思、方莘、方旗）影響，才氣四溢的羅智成已然超越前人格局。每個詩人都可以找到自己的古今宗師，中西嫡系，同儕裙帶，但有出息的詩人，一定會撲滅影響的焦慮，兀自挺立，同時又不斷「顛覆」自己，迂迴精進。

期待歇幕間，探頭探腦的「黑旋風」。

黃粱 1958-

　　學院與廟堂之外的黃粱，舉三十載精血心力，托出史論專書《百年新詩1917-2017》，煌煌八卷一百六十六萬字，覆蓋三百四十位詩人二千六百首詩。該著堪稱博大厚重，其耀眼處有三：一著眼於詩人文本的歷史、社會、現實維度，側重詩的思想性、先鋒性與批判性。少有的直節勁氣、力透紙背。二突破一直以來兩岸或一地的論述軸心，明顯提升臺灣本土意識，對華語新詩做了一次規模最大的整合。三論述語言，視野宏闊，元氣淋漓，文白交輝，英氣逼人。（只是有些不解：對於羅門的有意空缺，是否因「驅逐」事件而明顯帶有書寫權力的意氣用事？）

　　再商榷一點，作者在最後一卷中，稱自己創設一種「雙聯詩」，可作為新詩基礎詩體，且用自己〈猛虎行〉十九首，做古今「對照」的實證。

　　竊以為，「雙聯詩」源頭乃楹聯、對偶對仗，即以對舉結構為基礎的，計有二十幾種樣式（拱璧對、渾括對、交股對、假借對、巧變對、無情對、問答對等），以及在此類型上的轉化變換。雙聯詩的部分嚴謹形式，已然包含在楹聯、對偶對仗的總範圍內，其他非嚴謹的自由部分，也都可以在百年新詩的實踐中覓得成功案例，包括大量的修辭：倒裝、易位、轉品，也包括大量的結構式：連貫、並列、跳式、疊加等，已然存在古今詩歌樣式中。平心而論，「雙聯詩」多少突破了比較呆板的起承轉合的古老結構，但形式上，乃沒有脫逸出詩歌範疇的二言體或四言體樣式，故得出此雙聯句為創設性新詩體的結論，似有自詡拔高之嫌？

孫維民　1959-

一位虔誠的基督教徒，是如何在詩中安頓魂靈？詩歌的準宗教質地，是怎樣在現實中鍛造諾亞方舟？

孫維民用他《拜波之塔》的處女集，築起「巴比倫」。勇毅與堅韌，焊接信仰的階梯，連同野心、謙卑、敬畏與渺小，求取「塔尖抵達心的高度」。

接下來的三部曲：《異形》的幽暗意識，逼視死亡，舒緩痛感；《麒麟》的穢物集結、屎尿書寫，發洩靈長類的齷齪魔性；而《日子》的祈禱信靠，悔罪自責，重返失樂園的救贖。

因有了信仰支柱，孫維民的長鏈式寫作顯得豐厚而持久，至少讓他在神魔交戰中，即便有太多悲哀傷痛，也不至於走向全面潰退，且通過詩的淨身儀式，洗滌生命。

遠未完成的孫維民（也可能永未完成）帶來啟發：每位詩寫者，把持好前頭的光，和內心的神明。

孟樊　1959-

孟樊在拋出幾個刁鑽的好球後，似乎技癢難耐，轉身又操起一把剪子，對著新詩史七十個年頭——從楊雲萍到林耀德——那些個詩的綢緞、呢料、咔嘰布，「咔嚓，咔嚓」一路裁將下來，忙得不亦樂乎。

這把剪子就叫做戲擬。

從余光中的名篇〈白玉苦瓜〉裁了十八句，占原作三分之二，做成集萃；從夏宇肚子裡的《腹語術》剪出近三分一詩題，重新洗牌，孕育風馬牛不相及的新嬰兒……。

是一次明知故犯的「盜版」，還是一場湊趣的遊戲？

孟樊，這隻詩評界的雜食動物，在後現代的叢林中尋尋覓覓，幾番反芻後，相信在下一回的專項行動中，會帶給我們不同於戲擬的驚喜。他的衣兜裡，不是還藏有許多鋸片和銼刀嗎？

陳克華　1961-

從《我撿到一顆頭顱》（1988年）到《欠砍頭詩》（1995年）再到《美麗深邃的亞細亞》（1997年），閱讀者一路都得提著瑟瑟的腦殼。

陳克華一直揮舞冷凝的手術刀，肢解「人體器官」，直指都市人零散化、虛無感；遍地錯置的性意象，反射出上班族的沉溺與頹敗；炫奇的都市物象與物語，透析出生存的種種「內傷」，還有「程序」裡的數字化動作，科幻與夢境，充滿了技術對人性取代的憂思，而「空中花園」則前瞻性預警現代文明的悲劇。

後來陳克華再搬出伽馬刀，對著隱祕的內心世界，將簡單的結締組織，接通人生關係網。病床之外、器官之內──整個軀體就是社會、現實、人性的縮影。包括對肌肉的提審，毋寧是對制度、意識、存在的質疑、拷問。在那裡，身體器官充當了解放戒律、突破禁區的風鑽。

林燿德　1962-1996

本著「無範本、破章法、解文類、立新意」的抱負，林燿德頻頻施弄十八般武藝：舉凡極短篇、新聞報導、論辯、戲劇、文告，他經常一鍋端，混合成「報導詩」；通過討論、預置、注釋，製作罕見的後設詩；有時興致所至，精心拆裝，做成〈交通〉拼貼；而〈公園〉裡，長滿文類混交的雜蕪，擺著〈聖器〉的長凳子，坐著小說對話和心理分析。

強悍的都市獵手，沒有沿著後現代平面走下去，而是堅持深層的知性思考。他瞄準都市，施以投擲和砸碎。〈高解度畫面〉，人成為0與1的機械代碼；〈歷史〉禁不起凝神注視，只剩一片瓦解性廢墟；〈巴博拉夫斯基〉，用異同字符切割母語文化；〈鋁罐的生態〉，不過是一種可憐的殖民裝置。

林燿德悲哀而躊躇滿志地屹立於解構的潮頭，他瘋狂地旋轉「移心」與「離心」的羅盤，加大「博議」與「延異」的馬力，左舷打出一串串消解文類的旗語，右舷揚起一片片「誤讀」的風帆。人們的目光很難追上這艘超速氣墊船，有時只好讓它消逝在遠遠的天涯。

鴻鴻　1964-

關心民瘼，參與街頭，抗爭社會，鴻鴻從「黑暗中的音樂」、「與我無關」中迅速轉移到《土製炸彈》，乃至把大疊的社會性圖片，充當臨時火藥庫，植入詩集。第七、八部《暴民之歌》、《樂天島》，更是把胡同裡的「興觀群怨」，「公轉」為廣場上的立竿見影，好一個「新現實主義」的墾拓者。

有別於新詩史上早期的抗議詩、宣傳詩，簡單的漿糊加口號，齊刷刷滿腔粗糙的肺活量。鴻鴻動用諸多藝術專長——影視、戲劇、舞臺、演唱、紀實攝像，以及多種後現代手段（錯置、諷喻、割裂等），包括《現在詩》、《衛生紙詩刊+》，做持久而強悍的先鋒推進。

截彎取直的「短平快」，愈見其力道彌深。但願介入詩學的「白袍勇將」，不畏蒽，不媚俗，加一條白蠟槍，繼續攻克不義不公的「博望坡」。

李進文　1965-

　　讀這樣的詩句：「當窗外的陽光像某類哲學或詩剛在暖暖的皮膚上插秧」[1]——陽光在皮膚上插秧，你會驚覺：屬神來搭配？第一時間把人的平庸麻木喚醒；再讀這樣的詩句：「嗩吶在高音上，彷彿／一方墓碑斜斜插進地球的關節／夕陽拚命喊痛」[2]——三重急拐彎的詩，讓你感覺不是紙面上的文字，而是一種靈心慧覺。僅僅憑著這兩次尖亮，筆者就記住李進文的名字。並且認定，他是洛夫之後的修辭高手。

　　多種折疊技藝在詞與物——輕重、虛實、內外、雅俗的長廊中，錯綜切換、輕盈跳脫，自如運轉。多樣化的混交舞姿，在飄逸或豪闊中得寸進尺。

　　他懂得規避過度的陌生化容易造成艱澀的踩腳。李進文的高明何止於這般機敏的平衡術。一個詩人的語言稟賦，決定他能走多遠。

　　故愈加篤信：詩才是文字的教官。

顏艾琳　1967-

　　《骨皮肉》，算不算臺灣情色詩——最初的「教唆犯」？

　　率先衝出「光鮮得體」的詩歌，打開「情欲—經血」的展面，把放肆的體液與不羈的文字拌攪得令人發怵。已經大大越過「三點式」了，不過比起《男人的乳頭》（江文瑜），顏艾琳還是節制多了。

　　這位活躍、好動、率直，甚至有點神經質的女詩人，一直在變。娘胎裡肯定有文武雙全的基因：作文、演講、朗誦、畫畫、合

---

[1]　李進文：〈愛在光譜的背上行走・綠〉。
[2]　李進文：〈椰〉。

唱團指揮、田徑選手、花式跳繩、跳舞……，一直連結到後來的跨界：首演舞臺劇《無色之色》，更不用說多如牛毛的演講、教學、策展、編輯、影視、媒體、文創……。

二〇一六鼓浪嶼詩歌節，顏艾琳亮相〈禪・跳舞〉，一上臺就信手敲擊文件夾，作為樂器配音，且本能地手舞足蹈，贏得一片喝彩。

她如果不是詩歌界的「動亂分子」，也必定是詩的「好動症」患者。

陳大為　1969-

青年陳大為對原鄉、原型情有獨鍾，出入文史典籍，裁剪滄海麒麟，多了幾抹靈異色彩。後來，他開始轉向「匱乏與絕爽」的辯證卸裝，揮汗如雨。但不是簡單粗戾的否決，而是重啟的「虛擬」。端午的崇高指符出現裂隙，彌足珍貴的族譜化作落葉「故蟬」，神聖的白象鑽成備屠的妖孽，甲必丹首領疊印山豬的影像，而凝聚人心的羅摩衍那，風化為重拾的碎片……

「三明治」的身份與詩寫，提供新歷史主義調色板。尋根的材質，袪魅的染料，共組底色凌厲。冷調子變造，暖調子整合，再加五彩斑斕的神異，造就邊緣、離散的另類人文風景。

夢想挺進勃勃「詩史」，略帶巫術敘事的版圖，烙印深深的掌紋。

方文山　1969-

〈青花瓷〉，單是描繪瓷胎，就花了二十二個句子，顯然挑釁了歌詞的簡明法則。且還用了八種修辭格——譬喻、轉化、誇飾、轉品、類疊、倒裝、摹寫、排比——其實太多鋪張，並不適用曲式

的胃口，但為何遠近風行一時？看來，少不了滿足三個條件：優質的文本+出色的曲子+名家演唱。

〈青花瓷〉是個特例，但畢竟還得經過改編：五十八行壓成四十行，刪掉了三分之一，否則會變成長長的拖把。

在詩化的歌詞或歌詞化的詩寫中，我們大可不必拒絕那些參差錯落的長短句，大可不必輕蔑那些無對偶、無對仗和無腳韻的「亂碼」。歌詞的詩化乃是挽救歌詞「窮途」的良方。所以欲想進入此道者，不妨精進詩語化歌詞，斬斷歌詞化的歌詞。

林德俊　1972-

舉凡身份證、票據、失物招領、菜單、分類廣告、口罩說明書、彩券、名片，乃至九宮棋盤、對話框、界面等，都成了林德俊《樂施好善》裡的獵物。

自由嬉戲的文本形式，給人耳目一新之感。不僅對穩定的文化系統及其符號體系進行置換與消解，且於文字與圖像、符號與材質、預設與遊戲、資訊與修辭的交匯齟齬中，贏得異樣的張力。

詩歌的越位嫁接，詩歌入駐物品、詩歌轉換為裝置藝術的合成性，乃至詩歌的行為藝術，由此引發詩歌釋放巨大的潛能和重組生產力，願景朗朗，機遇意外。

在詩歌博覽會上，開闢「物品詩」展櫃，在詩與藝術、詩與生活的鴻溝面前，努力填平溝壑，但同時也要承受非詩的責備。

關鍵是，在非詩的道道，跳出詩的舞步。

鯨向海　1976-

詩是心理學的分行診斷書，也是精神科的精緻影像圖。作為該行當的執業醫師，鯨向海擁有極大優勢。他的確不辱使命，多種

深、重、晚疾，疑難病症，都在他那裡得到合理的詮釋，各式沉痾病菌，都在紫外線下曝曬。

除「青春」、「情欲」、「同志」外，他熱衷檢視「偽文青」、「末期病人」、「不老的精怪」、「通緝犯」及「彼得潘症候群」，但都似乎抵不上那首含量巨大的〈假想病〉——直取「虛無的心病」：在蚊子彷彿也有醫術、小便像極差的信號、結石如噩夢的夜晚，無情地戳破整個社會性病房。其手術刀採用的不是鈦合金，居然是「月亮的犄角」。

佩服佩服，精神病院相當敬業的鯨大夫，在詩歌療法第一線，更具發言權。

楊佳嫻　1978-

融古潤今，裁雲鏤月，楊佳嫻乃新古典主義當家的「正旦青衣」。化典用事，直承前行輩楊牧；老象新翻，須臾不讓中生代陳義芝。

古典氛圍、意象境界、調性韻味，楊佳嫻不忘時時發出現代性警策：「自己在身體裡／扣下扳機」。託喻興寄，悲金悼玉，氤氳中也留著厚厚的鑄往鑑今。二〇〇四年開始，她換羽移宮，《金烏》（第四部）的腳環，閃耀著歐美的鍍鉻層，然骨子裡的高潔雅致，是鬢髮裡的鄉音，彌久不變。

國文的深厚底蘊，若果沒有靈性牽引，終成僵硬古董。多少滿腹經綸的教授學者寫不出原創性句子。楊佳嫻的靈氣與學養，搭配得恰到好處，為新古典維度的詩寫做出了示範。

葉青　1979-

葉青是新興「同志詩」的前衛。她過早去世，提醒我對此類

作品有所關注。「同志」傾向加躁鬱症，逼迫短暫生命改道也令思維畸變，故而她的詩作在錯失與死亡的陷阱邊掙扎，寂寥哀苦，常有火焰與雨水交織燃熄的直白。她命定般加入黃國峻、袁哲生、葉紅、黃宜君的隊列（我曾擔任過葉紅詩歌獎評委），逝後她兩部詩集連刷了好幾版，是許多不幸詩人作家用不幸換來的「補償」。

「放進口袋的雪球」，在常溫下都要融化；只有零度外，才葆有剔透晶瑩。詩歌是否在非常態下才發出異樣光彩；或許太過正常的心理生理孕育不了？不是有一句成語叫「病蚌成珠」，在幽幽招手嗎？

葉覓覓　1980-

不同於「錘爐之功」的楊佳嫻，葉覓覓帶有更多「野生」氣息。或許受過夏宇影響，至少沾有「幽浮文法」的餘光，兼及「鋸齒思維」的鋒利，合成一股變造之力。

熱衷對老詞、熟詞的拆卸重裝：「她畫餅他的充飢他度日她的如年」、「她頭髮他的胸膛他晴朗她的情郎」；擅長利用諧音開展造句「她的悶悶是酸」、「我們都來自子宮，對不住皇宮」；喜歡詞性做各種轉品：「他海過一艘船　她山過一個夜晚」，還有「她越車越遠」；乃至獨造：「她們在櫥窗裡運河、運河，／他們船著臉經過」（後半句變更了介詞短語「他們的臉像船一樣經過」）；再像：「她喜歡服用一種海」、「含著風鈴的噴嚏」，如此陌生化的加持與尖新，頗符合筆者的美學胃口。在八零後的同代中，筆者尤其看好她，會不會是一種偏愛？

附錄三
書稿各章原載出處

一　〈洛夫：魔幻藝術的型構〉，原載《臺灣研究集刊》，2011年4月。

二　〈余光中：五彩繽紛的「祭酒」〉，原載《名作欣賞》，2020年7月。

三　〈羅門：靈視、想像及主客顛倒〉原載《詩探索》，1995年2月

四　〈瘂弦：唯一詩集搭建的世界，原載《中國現代文學研究叢刊》，2021年12月。

五　〈周夢蝶：孤絕而幽邃　虛無而豐盈〉，原載《南方文壇》，2021年2月。

六　〈向明：他把明礬投入渾濁的池子〉，原載《名作欣賞》，2022年3月。

七　〈商禽：逃離牢籠的「飛禽」〉，原載《廈門廣播電視大學學報》，2021年3月。

八　〈張默：朗健走方寸　真醇溢袖珍〉原載《南京理工大學學報》，2014年6月。

九　〈管管：諧謔嬉戲的「詩濟公」〉原載《華文文學》，2022年1月。

十　〈鄭愁予：美麗而騷動的「豪雨」〉，原載《名作欣賞》2011年4月。

十一　〈楊牧：敘事與抒情的深度交融〉，原載《當代作家評論》2021年4月。

十二　〈簡政珍：「鬧鐘與夢想的約會」〉，原載《臺灣研究集刊》2007年4月。

十三　〈蘇紹連：物象裡的「驚悚」〉，原載《中國當代文學研究》2022年2月。

十四　〈白靈：科學主義披風閃亮佩劍〉，原載《天津師範大學學報》2021年1月。

十五　〈詹澈：從西瓜寮到腐殖層〉，原載《作家》2021年9月。

十六　〈焦桐：獨出機杼的「私（詩）房菜」〉，原載《中文學刊》2021年4月。

十七　〈唐捐：身體裡的「魔怪」〉，原載《上海文化》2021年9月。

十八　〈陳黎：符號化閾值下的多姿多變〉，原載《文藝爭鳴》2021年3月

十九　〈夏宇：「鋸齒」思維，或懸崖「蹦極」〉，原載《上海文化》2020年10月。

附錄一　〈姚黃魏紫，採擷幾許──評鄭慧如《臺灣現代詩史》〉，原載《中國現代文學研究叢刊》2020年5月。

（發表時，個別標題略有變動）

▏後記

　　時序初冬，遠遠的相思樹，好像意猶未盡，金黃的球狀花絮飄來淡淡清香；偶有鳥雀銜一二「咖啡豆」，拍落窗下，也似在提示一個小小的願景？

　　「解凍」初期，藉一水之隔，較早披覽彼岸一些詩作，直至九十年代，書櫥居然積存了二百多本詩集。間或翻讀，豎排的繁體字溢出的味兒迥然不同，順手也就寫下一批題為「畸聯」、「轉化」、「靈視」的閱讀筆記，投到《詩刊》「未名詩人」，連載兩年（1993-1994），作為當時面向全國的詩歌刊授教材。後來，廣西灕江社結集了《從投射到拼貼──臺灣詩歌藝術60種》（1997年，三十四萬字），臺北「文史哲」又爽快接納了它。這，不就是早年隔海對望而植下的相思樹嗎？

　　首度赴臺，是二〇〇三年，參加兩岸後現代詩學研討會，猶記得辦理手續，第一次領取國臺辦批件，腦海裡總是閃回著那大半年──反覆不斷「折返跑」──多達十七趟的艱難。

　　二〇〇八年，參加「余光中與20世紀華文文學」研討會，蒙臺灣學者謬抬，於徐州師大做閉會「觀察報告」，再次領教了彼岸嚴謹細密的學風，獲益不淺。此後，又多次參加兩岸四地中生代高峰論壇，互評爭議，結識與理解了更多彼岸同仁，直至最近一次參與東吳大學「截句研討會」（2019年）。

　　當今眼下，本埠的簽注，幾秒鐘即可搞定，自動簽證機與指紋驗證的便捷，讓人有了更多遐想：兩岸深度交融理應趨向更大開

放；暫時的阻抗，怎能擋住同根同源的大勢？

　　而一直以來的「慢作業」，也就這樣延續下來。從一九九五年寫出第一家臺灣詩人論（羅門）至今，平均以每年一位的速率，不疾不緩，按部就班。無須應酬，不趕任務，反倒自然輕鬆，二十七年過去了，終於有了一點小小的結果。

　　因應圍繞形式論美學，拙作無意時代風潮、流派運動、社團刊物，而多看中詩人文本及其修辭美學，又自限每人萬把字篇幅，只能專注於文本內部的凝視，且帶更多的鑑賞成分。

　　本來開列的清單，還有蕭蕭、陳義芝、碧果、顏艾琳、李進文等人，因篇幅、精力有限，只好忍痛割愛。補救的辦法，是在附錄二增添其他二十九家，用每人三百字的袖珍評點，稍稍自慰下遺珠之憾？

　　附錄一，是對百年新詩史的評議，自然涉及到某些詩家，某種意義或稱得上半篇「準詩人論」，權作收官之作。

　　與專司華文與臺港澳研究的同行比較起來，本書只能算業餘客串。只是較早與臺灣詩歌結緣，勉為其難堅持了下來。艱難之中，另有七篇相關論文，很想一併收入，做個了斷，但考慮書稿是清一色詩人論，不好違約體例，篇幅也不便拉長，只得暫付闕如。

　　七篇論文分別是：

1. 〈不管青衫濕露痕　直入亂花深處來——臺灣現代詩藝術引論〉（《臺港文學選刊》1994年5月）；

2. 〈遠山近壑各不同　春來秋去皆風景——臺灣前行代詩與新生代詩之初略比較〉（《臺灣文學選刊》1995年5月）；

3. 〈海峽兩岸後現代詩學理論盤點與比較〉（《廈門大學學報》2004年2月）；

4. 〈海峽兩岸後現代詩考察與比較〉（《文藝評論》2004年4月）；

5. 〈紛繁樣貌中的殊相——兩岸後現代詩人之」採樣」比照〉

（《楚雄師範學院學報》2006年4月）；

6. 〈「聲、像、動」全方位組合：臺灣新興的超文本詩歌〉，
（《江漢大學學報》2008年3月）；

7. 〈觀察報告：余光中與20世紀華文文學〉（韓中言語文化研
究會，2008年5月）。

七篇總數大約十萬字，在此聊作備忘。未知哪年春暖花開，有
機會進一步擴充，好將「後補」轉正。

多謝詹澈兄、白靈兄鼎力舉薦，書稿得以忝列李瑞騰教授主編
的臺灣詩學論叢，不勝感荷。秀威出版公司一直以來慷慨支援詩歌
事業，責編吳霽恆小姐的細緻工作作風，同樣讓人銘刻難忘。

隆冬漸近，小島的相思樹變得有些落寞。本來在最後時刻，
想把書名改為「相思樹下──坐論臺灣詩人」，一番糾結，也就算
了。不過推窗望去，那些披針形的婆娑葉影，恍惚著檳榔色的莢
果，是不是微微開裂了？

作者於東渡狐尾齋
2023年1月

秀威經典　　　　　語言文學類　　PG2964　　臺灣詩學論叢26

臺灣現代詩交響
——臺灣重點詩人論

作　　　者/陳仲義
責任編輯/吳霽恆
圖文排版/黃莉珊
封面設計/王嵩賀

出版策劃/秀威經典
發 行 人/宋政坤
法律顧問/毛國樑　律師
印製發行/秀威資訊科技股份有限公司
　　　　　114台北市內湖區瑞光路76巷65號1樓
　　　　　電話：+886-2-2796-3638　傳真：+886-2-2796-1377
　　　　　http://www.showwe.com.tw
劃撥帳號/19563868　戶名：秀威資訊科技股份有限公司
　　　　　讀者服務信箱：service@showwe.com.tw
展售門市/國家書店（松江門市）
　　　　　104台北市中山區松江路209號1樓
　　　　　電話：+886-2-2518-0207　傳真：+886-2-2518-0778
網路訂購/秀威網路書店：https://store.showwe.tw
　　　　　國家網路書店：https://www.govbooks.com.tw

2023年12月　BOD一版
定價：520元
版權所有　翻印必究
本書如有缺頁、破損或裝訂錯誤，請寄回更換

讀者回函卡

國家圖書館出版品預行編目

臺灣現代詩交響──臺灣重點詩人論/陳仲義著.
-- 一版. -- 臺北市：秀威經典, 2023.12
　　面；　　公分. -- (語言文學類；PG2964)(臺灣
詩學論叢；26)
　　BOD版
　　ISBN 978-626-97571-5-2(平裝)

　　1.CST: 臺灣詩 2.CST: 新詩 3.CST: 詩評

863.21　　　　　　　　　　　　112020423